Zu diesem Buch

Isabelle Holland, geboren in Basel als Tochter eines Diplomaten, verbrachte ihre Kindheit in Guatemala, wo sie Erdbeben, Fiestas und Revolution kennenlernte. Die Übersiedlung nach England im Alter von sieben Jahren empfand sie als «Kulturschock», dem ein zweiter folgte, als ihr Vater sie nach Amerika schickte. Zu schreiben begann sie früh, mit dreizehn Jahren. Jugendbücher brachten ihr rasch internationalen Erfolg. Der Roman «Das Haus zu den Vier Winden» erschien in sechs Sprachen gleichzeitig.

Isabelle Holland

DER ANRUF

Roman

Deutsch von
Heinz von Sauter

rororo
Rowohlt

Die Originalausgabe erschien
unter dem Titel «Counterpoint»
Umschlagentwurf Manfred Waller

16.–20. Tausend Januar 1986

Veröffentlicht im Rowohlt Taschenbuch Verlag GmbH,
Reinbek bei Hamburg, Juni 1985

Satz Sabon (Linotron 202)
Gesamtherstellung Clausen & Bosse, Leck
Printed in Germany
780-ISBN 3 499 15565 6

I

In der Nacht, bevor alles begann, hatte Kate einen beunruhigenden, gruseligen Traum. Sie träumte, sie liege auf einer Tragbahre und werde von zwei Männern in eine kleine, fensterlose Kammer gebracht. Jedesmal, wenn sie aufzustehen versuchte, stieß einer der Männer sie zurück. Da es dunkel war, konnte sie die Gesichter der beiden nicht sehen, aber sie war ganz sicher, daß sie sie kannte, und ebenso sicher, daß sie sie in der Kammer lassen würden, bis sie gestorben war. Als die Männer fortgingen, wurde ihre Angst im Traum so übermächtig, daß sie wußte, sie werde daran sterben. Dann, gerade als sie zu sterben meinte, sah sie in der Mauer einen Spalt, durch den Licht hereinfiel. Sie raffte sich von der Bahre auf, taumelte auf den Spalt zu und versuchte ihn zu verbreitern. In diesem Augenblick erwachte sie.

Uff, dachte sie und setzte sich auf. Ihr nächster Gedanke war: Was habe ich zu Abend gegessen? Sie war mit Freunden im Theater gewesen und hatte zusammen mit ihnen gespeist, aber was –? Etwas Überbackenes. Austern? Die oder der Käse mußten schuld daran sein.

Erst viel später sah Kate einen Zusammenhang zwischen diesem Traum und einer der für Jed typischen verrückten Feststellungen. «Die Zeit ist nicht so, wie wir sie uns vorstellen – ein Streifen oder ein Band, das von irgendeiner himmlischen Spule abläuft. Sie bewegt sich im Kreis. Vergangenheit und Gegenwart entpuppen sich – in irgendwie unerfindlicher Weise – als Einheit. Man glaubt, man hätte die Vergangenheit endgültig hinter sich. Und dann entdeckt man, daß sie immer gegenwärtig war, in Bereitschaft.»

Später, wenn sie daran zurückdachte, konnte sie sich nicht mehr mit Sicherheit erinnern, ob sie das in einem seiner unvermeidlich erfolgreichen Bücher gelesen oder von ihm während dieser turbulenten Tage im Haus der Lamonts gehört hatte. Jedenfalls paßte es zu seinen ausgefallenen metaphysischen Theorien, die den Absatz seiner Bücher auf über 90000 steigen ließen, die jedoch in dem Verlag, der seine Bücher herausbrachte, niemand – einschließlich Kate, seiner Lektorin – ernst nahm.

Für Graham Maitland, der den Verlag kürzlich gekauft und seine Leitung übernommen hatte, war der Inhalt der Bücher belanglos. Nur der Absatz zählte, und die Vorbestellungen für Jed Kramers neuestes Buch – das Kate noch nicht fertiglektoriert hatte – schnellten bereits hoch.

«Erfreulich», hatte Graham kürzlich bei einer Vertriebsbesprechung angesichts der letzten Berichte gesagt, «höchst erfreulich.»

«Graham geht es nur ums Geld», ereiferte sich Joel hinterher. Er war in Kates Büro gekommen, um sich die Zeitung auszuleihen, die sie immer mitbrachte, und stand lesend am Fenster.

«Davon werden unsere Gehälter bezahlt, mein lieber Joel», erwiderte Kate. Sie plagte sich gerade mit einem von Jed Kramers kaum entwirrbaren Sätzen. «Und außerdem ist die absolute Unfähigkeit unseres Mr. Kramer, in einem verständlichen, schlichten Standardenglisch zu schreiben, ein überzeugender Beweis dafür, daß er wirklich die wissenschaftliche Ausbildung genossen hat, auf die er sich beruft.»

«Ich bin froh, daß er *dein* Autor ist, trotz seiner lausig hohen Auflage», sagte Joel und blätterte um.

Das Telefon läutete. Fast gleichzeitig summte Kates Gegensprechanlage so energisch, daß sie zusammenzuckte. Sie nahm den Hörer ab. «Ja? Ach du bist's, Dick. Ja, das Kramer-Manuskript wird rechtzeitig fertig, wie bereits versprochen, du Kleingläubiger. Gewiß, gewiß, gewiß, und was durch meinen Nervenzusammenbruch an Arztkosten entsteht, werde ich der Herstellung verrechnen.»

Aus dem Hörer erklang eine heftige Antwort. Kate lachte und legte auf. «Wenn du willst, Joel, nimm die Zeitung mit in dein Büro. Wie du eben gehört hast, liegt mir Dick wegen des Kramer-Buchs in den Ohren. Die Herstellung schreit bereits.»

«Unter keinen Umständen möchte ich das Erscheinen eines weiteren dieser hirnlosen Bestseller behindern.»

«Reiner Neid!» Kate hatte sich bereits wieder über das Manuskript gebeugt.

«Er ist ein Idiot.» Joel starrte trübsinnig aus dem Fenster auf die 29 Stockwerke tiefer gelegene belebte Straße. Er war ein großer junger Mann mit einem braunen Krauskopf, Brille und hellgrauen Augen über hohen Backenknochen.

«Nein, er ist kein Idiot. Hast du je eines seiner Bücher gelesen?»

«Natürlich nicht.»

«Dann urteile nicht. Er belegt alles, was er behauptet.»

Joel wandte sich um. «Offenbar gehörst du zu seinen Jüngern.»

«Um die Wahrheit zu sagen, nein. Aber er ist ein ernsthafter, zuverlässiger Arbeiter, und ich habe ernsthafte, zuverlässige Arbeiter gern.»

«Ich wollte, du hättest mich gern.»

Kate schaute auf, und ihr wurde warm ums Herz. «Habe ich doch.»

Er seufzte. «Also dann. Angesichts deiner diesbezüglichen Bestätigung – ich habe oben in Vermont Zimmer reservieren lassen. Dort liegt noch Schnee. Zwei Jahre lang redest du schon davon, daß ich dir Schilaufen beibringen soll. Das wäre *die* Gelegenheit.»

«Joel, du weißt genau, daß ich nicht kann. Wie sehr du Kramer auch hassen magst, ein Termin für die Druckerei bleibt ein Termin. Wenn ich diesen letzten Teil nicht bis Monatsende abliefere, wird das Buch bis zum Erscheinungstermin nicht fertig, und die Buchhändler werden Krach schlagen.»

Nach einer kurzen Pause sagte Joel: «Du lehnst aus demselben Grund ab, aus dem du all meine anderen Einladungen zu einem Wochenende, einer Woche oder nur zu einer Nacht woanders abgelehnt hast. Ich bin dir gut genug, daß du mit mir ins Theater, zum Essen oder zu Buchpräsentationen gehst, aber das ist auch schon alles.»

«Weißt du, ich ...»

«Nein.» Joel kam näher und blieb vor ihr stehen. «Hör auf damit. Sei wenigstens ehrlich. Wir leben im Jahr 1980, die Befreiung der Frau und die sexuelle Revolution haben bereits stattgefunden. Die Gesellschaft erwartet nicht mehr, daß du als Jungfrau ins Hochzeitsbett steigst.»

«Die Gesellschaft erwartet das schon eine ganze Weile nicht mehr. Und außerdem», sagte Kate, «bin ich es nicht. Nämlich Jungfrau.»

«Wenn du mit 39 –»

«38», verbesserte Kate. «Mach es nicht schlimmer, als es ist. Nicht daß ich etwas gegen mein Alter hätte. Ich setze große Hoffnungen in meine vierziger Jahre.»

«Ich weiß, daß du keine Jungfrau mehr bist», fuhr Joel mit der geduldigen Beharrlichkeit eines Menschen fort, der einen logischen Gedankengang verfolgt, «wegen deiner Beziehung zu unserem ehrenwerten Verleger.»

Kate hob den Kopf und lehnte sich in ihrem Stuhl zurück. «Du redest allmählich wie ein Arzt, der mir erklärt, wo ich mir die Masern geholt habe. Was deine Generation eine ‹Beziehung› nennt – das ekelhafteste Wort, das ich je gehört habe, und nur wenig widerlicher als eine ‹ernsthafte Beziehung› –, nannte meine Generation eine Affäre. Meine Affäre mit Graham endete Jahre vor meinem Eintritt in dieses Haus und noch viel länger, bevor er es kaufte. Dafür, daß wir jetzt wieder in einem Verlag zusammenarbeiten, kann ich nichts.»

«Aber da er sich nun von seiner damaligen Frau getrennt hat, wärst du vielleicht gar nicht so abgeneigt?»

«Spielst du John Alden für seinen Miles Standish?»

«Nein. Ich versuche meine eigenen Interessen zu wahren. Und einen annehmbaren Grund dafür zu finden – unter den derzeitigen Umständen –, warum wir nicht das miteinander haben sollten, was deine Generation lieber eine Affäre nannte.»

«Klopf nicht dauernd auf den Busch. Ich, in meinem Alter, kann nicht verstehen, warum du ein solches Theater machst, das dir doch nur Enttäuschungen bringt. Dieses Haus ist voll junger, reizender Frauen, von denen etliche glücklich wären, von dir beachtet zu werden.»

«Du weißt recht gut, daß es kein Theater ist, und hör endlich auf mit diesem Getue um dein Alter. Du bist eine höchst attraktive Frau – auch wenn du es anscheinend nicht glauben willst. Und du bist genau neun Jahre älter als ich. Wie dem auch sei, du hast mit diesem ganzen Generationsgerede angefangen.»

«Neun Jahre in der falschen Richtung.»

«Das ist mittelalterlich gedacht. Hast du nicht gelesen ...?»

«Doch», fiel ihm Kate heftig ins Wort. «Und ich hatte eine sehr unreife Anwandlung – ich mußte die ganze Zeit kichern.»

Joel kehrte ihr jäh den Rücken und starrte aus dem Fenster auf den Hudson und den Hafen von New Jersey.

«Lieber Joel – was die Attraktivität angeht, vergiß dich selbst nicht dabei! Du bist ein sehr attraktiver Mann.»

«Für dich offenbar nicht.»

«Das ist nicht wahr. Nur ...» Wie konnte sie ihm das seltsame Zögern erklären, das sie immer befiel, sobald es um die Frage einer gemeinsamen Nacht ging? Sie mochte Joel. Entgegen seiner Annahme hatte sie sich nicht mit Haut und Haaren einer vergangenen puritanischen Moralauffassung verschrieben. Und doch ...

«Das war Graham», stieß er bitter hervor. «Er hat dich so tief verletzt, daß du nie wieder jemandem trauen wirst. Ich weiß.»

«Das ist viel zu romantisch gesehen. Graham und ich hatten eine lange Affäre. Sie verlief wie die meisten solcher Affären, begann leidenschaftlich und endete schließlich in Überdruß und Enttäuschung. Wir hätten zwei Jahre früher Schluß machen sollen.»

Und doch, dachte Kate, gab es eine Zeit, am Anfang und – ungeachtet dessen, was sie eben gesagt hatte – gegen Ende, in der sie wie im siebenten Himmel war. Joel mochte mit seiner Diagnose nicht so ganz unrecht haben.

«Hast du wirklich geglaubt, daß sich dieser Schuft von seiner Frau scheiden lassen und dich heiraten würde?» fragte Joel wütend, immer noch mit dem Rücken zu ihr.

Heftiger Ärger überkam Kate. Er hatte genau ihren wunden Punkt getroffen.

«Ich glaube nicht, daß dich das irgendwas angeht, Joel», antwortete sie.

Er seufzte und wandte sich um. «Entschuldige. Wenn es dir eine Genugtuung ist, gehe ich und bringe mich um. Das wäre vielleicht sowieso das beste.»

«Nein, tu das nicht. Deine Autoren würden dich vermissen.»

«Da hast du recht», sagte Joel grinsend. «Ohne mich würden ihre Bücher nicht erscheinen und sie nicht genug Geld verdienen.»

«Ja, aber Bücher bringen auch Ruhm und Ansehen, ganz zu schweigen von den Besprechungen in namhaften Zeitschriften durch ebenso namhafte Persönlichkeiten der literarischen Szene.»

Er ging im Büro auf und ab. «Du willst also nicht mit mir nach Vermont fahren.»

«Nein. Und ob du es glaubst oder nicht, nur deshalb, weil ich dieses Buch fertiglektorieren muß.»

«Das glaube ich dir nicht. Ich meine, ich glaube nicht, daß das der wirkliche Grund ist. Trotzdem ...» Joel blieb hinter ihr stehen und schaute ihr düster über die Schulter. «Worum geht es darin? Um Geister? Um Séancen?»

«Nein. Es geht um die Zeit, um die Vergangenheit und Gegenwart, um Hellseher, Vorwissen und Wiedergeburt. Eine Art Anthologie von Philosophie, Anekdoten, Feststellungen und Ereignissen.»

«Kompletter Blödsinn!»

«Es ist keineswegs Blödsinn. Jedenfalls für eine Menge höchst respektabler Leute nicht. Und auf seinem Gebiet hält man Kramer für die größte Kapazität. Seine Schreibweise mag entsetzlich sein, aber seine Dokumentation und Zusammenstellung sind bewundernswert.»

«Hm. Wie war doch der Titel – nur damit ich ihn leichter finde und mich noch mehr kränke, wenn ich die Verkaufszahlen ansehe.»

«Du bist ein Masochist.»

«Um nicht zu sagen ein Verschmähter.»

«Hör auf damit. Es heißt ‹*Das Rad*›.»

Joel stand da und ließ das Wort auf der Zunge zergehen. «Das ist ein guter Titel», sagte er pessimistisch. «Hoffentlich bringt er goldene Eier.»

«Joel! Das ist nicht nett.»

«Diese Vorstöße in das jenseitige Dunkel sind selten nett. Wie ist er, dieser Kerl, meine ich?»

«Keine blasse Ahnung! Ich habe ihn, wie du weißt, von seinem Lektor geerbt, als dieser ausschied, ihn jedoch weder gesehen noch mit ihm telefoniert. Wir haben nur korrespondiert.»

«Er schreibt wahrscheinlich mit den Fingernägeln.»

«Nein, mit einer Schreibmaschine, die ziemlich sicher aus dem Jahr 1902 stammt und seither nicht gesäubert wurde.»

«Du wirst es noch bereuen, wenn sie meine Leiche aus dem Hudson fischen.»

«Wenn du deinen Selbstmord nicht bis übernächste Woche verschiebst, werde ich keine Zeit dafür haben.»

Joel ging und schlug die Tür hinter sich zu. Kate grinste und machte sich wieder an ihr Manuskript. In diesem Augenblick klingelte abermals das Telefon. Sie runzelte die Stirn wegen der Störung, nahm aber an, daß ihre Sekretärin, Judy Roth, abheben würde.

Daher war sie ein wenig überrascht, als Judy an der Tür erschien. «Kate, der Mann ruft schon zum viertenmal an. Er sagt, es sei dringend. Etwas wegen deiner Familie.»

«Meine Familie?» Kate wandte sich um und schaute ihre Sekretärin an. «Ich habe keine – jedenfalls praktisch keine.»

«Nun, er glaubt das jedenfalls.»

«Wer ist es?»

«Ein Doktor Soundso. Er ruft von irgendwo aus Westchester an.»

Kate runzelte die Stirn und nahm den Hörer ab. «Kate Malory.»

«Mein Name ist Dr. McGrath. Ich rufe aus der White Falls Klinik in Westchester an. Eine Patientin, Deborah Lamont, eine Mrs. Paul Lamont, die, wie mir gesagt wurde, Ihre Schwester ist, befindet sich seit sechs Wochen hier in Behandlung. Bei ihr daheim ist der Notstand ausgebrochen. Ihr Mann, der gerade in Tokio ist und nicht sofort abreisen kann, hat angeregt, ich solle mich mit Ihnen in Verbindung setzen. Sie sind doch mit ihr verwandt?»

«Was ist denn los mit ihr?» erkundigte sich Kate, ohne seine Frage zu beachten.

Er zögerte. Dann: «Vor sechs Wochen machte Mrs. Lamont einen Selbstmordversuch und liegt seitdem hier in der Klinik. Eine Haushälterin hat sich um das Haus und die beiden Kinder gekümmert. Aber gestern ist sie gegangen – mehr oder minder plötzlich. Deshalb habe ich mich mit Mr. Lamont in Verbindung gesetzt. Er meinte, daß Sie und seine Frau sich entfremdet hätten, aber daß Sie der einzige Mensch wären, an den er sich um Hilfe wenden könne.»

«Wird sie gesund werden?»

«Körperlich ja.» Die Einschränkung machte das Nichtgesagte nur noch deutlicher. Der Arzt hatte eine angenehme, eher gelassene Stimme, was im Widerspruch zu der Dringlichkeit stand, von der ihre Sekretärin gesprochen hatte.

Kate holte tief Atem und hatte einen Augenblick lang das Gefühl, als schiebe sie eine Mauer von Luft – oder vielleicht Erinnerungen – vor sich her. Den Hörer noch immer am Ohr, drehte sie sich um und betrachtete ihr Gesicht in dem Spiegel an der gegenüberliegenden Wand. Wäre ich ein Pferd, dachte sie, würde ich jetzt das Weiße in meinen Augen sehen. Ihre Haselnußaugen, mehr grün als braun, blickten groß und erschrocken. «Kein hübsches Gesicht», hatte ihr Vater einmal bezeichnenderweise festgestellt. «Aber ein nettes», hatte ihre Mutter, ebenso bezeichnend, gekontert.

Kate wandte ihre Aufmerksamkeit wieder dem Arzt am Telefon zu, ungewiß, wie lange das Schweigen gedauert hatte. «Ich schließe aus dem, was Sie nicht gesagt haben, daß sie – Mrs. Lamont – zwar körperlich gesund, aber geistig nicht auf der Höhe ist.»

«Sie haben meine Frage nicht beantwortet», sagte der Arzt schroff. «Sind Sie mit Mrs. Lamont verwandt? Spreche ich mit der richtigen Kate Malory?»

Er hatte ihr die Ausrede in den Mund gelegt, nach der sie suchte. Sie brauchte nur zu erwidern: Tut mir leid, Sie sprechen mit der falschen Kate Malory. Sie öffnete schon den Mund, um das zu sagen. Und dann tauchte blitzartig ein Bild vor ihr auf. Es war ihr weniger als ein halbes dutzendmal im Leben passiert. Aber jetzt wieder. Sie sah eine sich teilende Straße vor sich. An der Gabelung stand eine Person, in der sie sich selbst erkannte. Es war ein erschreckendes und unangenehmes Gefühl, daß sie, obwohl sie das Ganze nur aus großem Abstand betrachtete, im Gegensatz zu der Person an der Gabelung genau wußte, wie sehr eine dieser Straßen ihr Leben für immer verändern konnte. Panik ergriff sie.

«Hallo?» Die angenehme Stimme des Doktors klang schärfer. «Sind Sie noch da? Sind wir unterbrochen worden?»

Sie sprechen mit der falschen Kate Malory. Sie setzte erneut an, es zu sagen. In diesem Augenblick summte ihre Sprechanlage, und eine dritte Stimme – Max Vincenti, der Vizecheflektor – meldete sich. «Kate, brauchst du Judy, um das Kramer-Manuskript neu zu tippen? Ich hätte für sie heute eine andere Schreibarbeit.»

«Ich rufe dich gleich wieder an, Vince. Ich telefoniere gerade auswärts», sagte sie. Dann stellte sie zu ihrer Sekretärin durch. «Judy, anscheinend spreche ich mit zwei Leuten, mit einem im Haus und einem draußen. Versuch bitte, die Verbindungen auseinanderzuhalten, ja? Entschuldigen Sie», sagte sie automatisch zum Arzt.

«Paul Lamont erwähnte, daß Sie in einem Verlagshaus arbeiten», sagte der Arzt.

Kate seufzte. Das nahm ihr die Entscheidung ab. «Ja. Verzeihung, ich war mit meinen Gedanken … ganz woanders. Ich bin Deborahs Stiefschwester.» Sie kämpfte gegen das ihr sehr vertraute aufkeimende Gefühl, in einer Falle zu sitzen.

«Können Sie herauskommen? Die Nachbarin, eine Mrs. Fitch, hat mir telefonisch mitgeteilt, daß die Haushälterin fort ist und ein Chaos hinterlassen hat und daß sich jemand darum kümmern müßte – wenigstens eine Zeitlang.»

«Dr. – Wie war doch Ihr Name?»

«McGrath.»

«Also, Dr. McGrath, ich habe einen Beruf. Ich kann nicht einfach zu meinem Chef, zu meinen Mitarbeitern und meinen Autoren sagen: ‹Bis später also. Ich bin eine Frau, daher muß ich alles liegen- und stehenlassen und mich um die Familie kümmern.› Nehmen Sie an, ich wäre ein Stiefbruder. Würden Sie dann in derselben Weise sofortige Hilfe von mir erwarten?»

Ein kurzes Schweigen folgte. Kate hörte ihn zweimal tief atmen.

Dann sagte er: «Entschuldigen Sie bitte. Ich gebe zu, daß ich mich dann wahrscheinlich anders ausgedrückt hätte. Ich hätte Sie wahrscheinlich gefragt, ob Sie heute abend herkommen könnten, um sich um eine neue Haushälterin, Gouvernante, Pflegemutter oder Ähnliches zu kümmern, bis Mr. Lamont zurück ist. Ich sage dies also nun so.»

Kate schaute auf ihren Terminkalender, der geöffnet vor ihr lag. Für sechs Uhr abends hatte sie hingekritzelt: «Abendessen – Konzert, Joel.» Es war ein reines Mozartkonzert, und sie hatte sich schon sehr darauf gefreut. Die Falle schloß sich noch ein wenig enger. «Kann es bis morgen abend warten?»

«Vermutlich, aber meiner Meinung nach sollte es das nicht. Das ältere Kind im Haus ist erst fünfzehn – und noch dazu kein sehr in sich gefestigtes Mädchen. Wie mir die Nachbarin erzählte, ist sie letzte Nacht, oder besser gesagt, erst heute morgen gegen vier nach Hause gekommen.»

Und was geht das mich an? Wann haben mir Deb – oder Paul – jemals geholfen?

«Na schön», sagte Kate. «Ich komme. Wie ist die Adresse?»

«Sie wissen sie nicht?»

«Nein. Wie Paul Ihnen schon erklärt hat, waren wir nicht in Kontakt.»

«49 Wood Lane, Meadowbrook. Kommen Sie mit dem Wagen?»

«Nein, Dr. McGrath. Ich bin eine der wenigen in der westlichen Welt, die nicht Auto fahren. Ich komme mit dem Zug und nehme ein Taxi.»

«Dann will ich Sie nicht mit Orientierungshinweisen langweilen.»

«Nein, nicht nötig.»

Sie schrieb die Adresse nieder, die er ihr angegeben hatte. Dann sagte sie: «Also Paul hat veranlaßt, mich anzurufen. Nicht Deborah selbst.»

«Ihre Schwester ist leider nicht in der Verfassung, irgend etwas von sich aus zu unternehmen. Kurz nachdem sie in die Klinik gebracht wurde, versuchte sie aus dem Fenster zu springen und verfiel, nachdem sie daran gehindert worden war, in eine tiefe Depression. Sie antwortet nicht, ja sie zeigt nicht einmal, ob sie etwas von dem gehört hat, was man zu ihr sagt.»

«Gibt es denn kein Mittel, sie aus diesem Zustand herauszuholen?»

«Doch, Miss Malory, das gibt es. Und wenn alles versagt, werden wir das Nötige tun. Im Augenblick versuchen wir es mit eher konventionellen Mitteln.»

«Wann wird Paul – Paul Lamont – heimkommen?»

«Ich werde ihn heute abend anrufen, um ihm zu berichten, daß ich Sie ausfindig machen konnte. Dementsprechend wird er seine Pläne einrichten.»

«Sehen Sie, Dr. McGrath, wie schon gesagt, habe ich einen Beruf. Der ist genauso mein Lebensinhalt, wie es diese Kinder für meine Schwester oder meinen Schwager sind. Ich kenne Paul seit langem, obwohl wir keinen Umgang miteinander haben. Falls er glaubt, mir die Verantwortung überlassen und sie dann vergessen zu können, wird er das tun. Wenn Sie mit Paul telefonieren, erklären Sie ihm, daß ich versuchen werde, wenigstens für ein paar Nächte Ersatz zu spielen, bevor ich wieder nach New York zurückfahre. Danach muß er, so leid es mir tut, nach Hause kommen und sich selbst darum kümmern oder wenigstens entsprechende Vorkehrungen treffen.»

«Ich werde ihm vorschlagen, er soll Sie anrufen, Miss Malory. Sie können es ihm dann selbst erklären.» Damit legte der Arzt auf.

Nachmittags um halb vier sammelte Kate die verstreuten Seiten des umfangreichen Manuskripts ein, steckte sie in ihre Tasche, zog ihren Mantel an und machte sich auf den Weg. Vor Judys Schreibtisch blieb sie stehen.

«Morgen bin ich nicht da. Offenbar liegt meine Stiefschwester in einer Klinik, und ich muß an diesem Wochenende bei ihr daheim Babysitter spielen – oder besser Kinderhüter –, weil ihr Mann in Tokio ist.»

«Ich wußte gar nicht, daß du eine Schwester hast», sagte Judy.

«Stiefschwester», berichtigte Kate. «Eine Adoptivstiefschwester, mit der ich seit sechzehn Jahren nicht mehr gesprochen habe, und mit dem Schwager ebensowenig. Jetzt ist sie in einer Nervenheilanstalt und er in Tokio. Eine besorgte Nachbarin sagt, daß es im Haus drunter und drüber geht – vielleicht sogar buchstäblich – und daß die fünfzehnjährige Tochter um 4 Uhr morgens nach Hause kommt. Und deshalb werde ich mich auf mein Roß schwingen und zur Rettung in den Vorort reiten.»

«Hals- und Beinbruch», sagte Judy mitfühlend. «Nimmst du das ‹*Rad*› mit?»

«Ja. Ich hätte mir von dem Arzt die Telefonnummer des Hauses geben lassen sollen. Aber du wirst sie auch von der Auskunft erfahren können, falls du sie brauchst. Es ist in Meadowbrook. Paul Lamont. Wood Lane. Falls es eine Geheimnummer oder etwas ähnlich Dummes sein sollte, werde ich dich morgen von dort aus anrufen und sie durchgeben. Inzwischen schreib, soviel du kannst. Den Rest bringe ich am Montag.»

Sie eilte den Korridor entlang und wollte den Verlag gerade verlassen, als sie sich, die Hand schon auf der Türklinke, anders besann, kehrtmachte und auf ein großes Eckzimmer zuging. «Ist er da, Cindy?» fragte sie die Frau im Vorzimmer. «Und weder an der Strippe noch bei einer Besprechung?»

Cindy, eine mütterlich aussehende ältere Frau, antwortete: «Ich bin überzeugt, daß er für Sie da sein wird, Kate.»

Kate verzog, über sich selbst verärgert, das Gesicht. Dann ging sie zu der halboffenen Tür und klopfte mit dem Knöchel leicht an den Rahmen. Als der gutaussehende blonde Mann von den Papieren auf seinem Schreibtisch aufblickte, sagte Kate: «Hättest du einen Augenblick Zeit für mich?»

«Für dich immer», sagte Graham Maitland und stand auf.

Kate fühlte, wie ihr Herz den offenbar unvermeidlichen Sprung tat und dann auszusetzen schien. Diese immer wiederkehrende Reaktion war eines der Dinge, die sie ihrem Arbeitgeber gegenüber auf der Hut sein ließ. Sie hatte den Verlag, in dem sie beide während der Dauer ihrer Affäre gearbeitet hatten, nur deshalb verlassen, um ihm und der Demütigung zu entfliehen, zu der ihre Beziehung für sie schließlich geworden war. Dann hatte Graham, ein durch Erbschaft und Heirat reicher Mann, vor einem Jahr Suttcliffe and Wells gekauft, den Verlag, zu dem Kate übergewechselt und in dem sie nun als Cheflektorin tätig war. Dadurch wurde er zu ihrem Arbeitgeber, mit einem Unterschied: Er und seine Frau lebten jetzt gesetzlich getrennt und warteten auf die Scheidung. Das hatte, mehr noch als alles andere, ihre unwillkürliche Zurückhaltung verstärkt. Aus beruflichem Interesse mußte sie ein gutes Verhältnis zu ihm wahren; um ihrer Gemütsruhe willen blieb sie auf größtmöglicher Distanz – geistig ebenso wie körperlich. Eines war ihr jedenfalls klar: sie wußte nicht, was sie für ihn empfand.

Sie blieb an der Tür stehen und sagte: «Ich komme nur, um dir zu sagen, daß ich morgen nicht da sein werde. Ich muß nach Westchester, um im Haus meiner Schwester für Ordnung zu sorgen. Sie liegt im Krankenhaus.»

«Das tut mir leid», sagte Graham mit seiner gewohnten Höflichkeit. Er ging um den Schreibtisch herum. «Ich habe vergessen, daß du eine Schwester hast.»

«Wir haben seit Jahren nicht mehr miteinander gesprochen. Sie und ihr Mann Paul sind eine Zeitlang für irgendeine große Gesellschaft herumgereist, so war es nicht schwer, einander aus dem Weg zu gehen. Ich habe nicht einmal gewußt, daß sie jetzt in Westchester wohnen. Aber heute morgen hat mich ein Dr. McGrath angerufen und mir erklärt, daß Deborah mit Depressionen nach einem Selbstmordversuch in seiner Klinik liegt. Und Paul, der in Tokio ist, hat mich ausgegraben, damit ich hingehe und irgendwelche Vorkehrungen für eine neue Haushälterin oder ähnliches treffe. Die beiden Kinder sind zu jung, um allein zu bleiben.»

«Wie betrüblich», sagte Graham. «Wirst du inmitten von diesem Sturm und Drang noch am ‹*Rad*› weiterarbeiten können?»

«Ich nehme das Manuskript mit. Irgendwie werde ich dort schon Zeit finden – wenn nicht anders, so mitten in der Nacht.»

«Mach dich nicht kaputt, aber es wäre schon viel getan, wenn du den Termin für den Setzer halten könntest. Es würde dem Verlag eine Menge Geld ersparen. Wenn nicht, müßten wir beim Druck Überstunden bezahlen, und das kostet.»

«Dein Wort in Gottes Ohr. Ich werde mein möglichstes tun.»

«Hör mal zu, Kate.» Graham trat vor sie hin und legte seine Hände auf ihre Schultern. «Du bist das zuverlässigste Mitglied der Belegschaft. Das weißt du genauso gut wie ich. Und glaube nicht, daß ich das nicht zu schätzen wüßte.»

Wieder spürte Kate die vertrauten Anzeichen, Gewissensbisse und einen rascheren Herzschlag. So war es immer gewesen, wenn Graham sie berührte. Sie wußte, das war das Frühwarnsignal einer alten Sehnsucht. Sie hätte daran denken sollen, wie zerstörerisch diese Gefühle auf ihr Leben wirken konnten. Das kam ihr jetzt in den Sinn, während sie – vergeblich – versuchte, einen Schritt zurückzutreten. «Danke, Graham, Worte süß wie Honigseim.»

«Du weißt sehr gut, daß ich sie ehrlich meine.» Seine blaugrünen Augen hatten ihren gewohnten Ausdruck amüsierter Distanz verloren. Es war der Blick, erinnerte sie sich plötzlich, mit dem er sich – ganz und gar nicht distanziert – an einem frühen Morgen über sie gebeugt hatte. Die Sonne der Bahamas hatte durch das Fenster geschienen und den gebräunten Körper über ihr in goldenen Glanz getaucht. Ihre Hände waren an seiner Brust gelegen und hatten die Muskeln, die Haare und die warme, trockene Haut gefühlt.

«Du bist mir sehr wichtig», sagte Graham nun und küßte sie, ungeachtet der offenstehenden Tür.

Mit wild pochendem Herzen löste sie sich von ihm. «Mach dir keine Sorgen um das ‹*Rad*›, Graham. Das schaffe ich schon.»

Sie ließ ihn einfach stehen und ging – ja floh fast aus dem Zimmer und eilte zum Aufzug. Dieser Schuft, dachte sie. Das hat er mit Absicht getan.

Kate saß in einem Nichtraucherabteil des Zugs und starrte auf den Bahnsteig hinaus. Der Zug stand nun schon seit zwanzig Minuten in der Station 125. Straße. Der Beschlag und die Wassertropfen an den schmutzigen Fenstern zeugten von feucht-nebeligem Wetter, und im Inneren des Wagens roch es undefinierbar nach Metall oder Chemie. Kaum verständlich kam aus dem Bahnhofslautsprecher die Ansage, daß irgendwo ein anderer Zug entgleist sei und der Verkehr für eine Weile angehalten werden müsse. Nach der Meinung jener ihrer Freunde, die während der ersten Ehejahre in den Vororten gewohnt hatten, verbrachten die Züge zwischen der Grand Central Station und Westchester, Rockland, Putnam Counties und Connecticut die meiste Zeit damit, auf andere Züge zu warten, die irgendwo anders wieder in Fahrt gebracht werden mußten.

Einer ihrer Freunde aus den Vororten (der jetzt wieder in der City lebte) hatte ihr erzählt, daß er als kleiner Junge in Montana immer zum Bahnhof gegangen sei, um den Great Northern Express pünktlich auf die Minute zwischen 2 Meter hohen Schneewächten vorbeidonnern zu sehen. Bissig hatte er hinzugefügt, daß in New York ein leichtes Tauwetter genüge, um den ganzen Bahnverkehr zwischen der City und ihren zahlreichen Vororten lahmzulegen. Kate mußte lächeln, als sie sich daran erinnerte.

Sie beugte sich vor und starrte durch das verschleierte Fenster. Grau, schmutzig und düster lag der Bahnsteig da. Von ihm führten, wie Kate wußte, Stufen direkt zur Straße hinauf. Von der Grand Central fuhr der Zug unterirdisch etwa 50 Häuserblöcke weit unterhalb des Prunks und Reichtums der Park Avenue, kam bei der 98. Straße an die Oberfläche und lief dort als Hochbahn über den Harlem River und Bronx in Richtung Westchester County. Früher hatten die östlich der 80. und 90. Straße wohnenden New Yorker, wenn sie aus den Vororten zurückkamen, den Zug an der 125. Straße verlassen und sich ein Taxi nach Hause genommen, um nicht die ganze Strecke bis zur Grand Central weiterfahren zu müssen und sich erst dort um ein Taxi zu bemühen – was oft schwierig war. Jetzt taten sie das nicht mehr. Denn im Gebiet ab der 96. Straße hatte Verarmung im Lauf der Zeit zu steigender Kriminalität geführt.

Warum kam ihr all das in den Sinn? Weil, gestand sie sich mißmutig ein, sie nicht an das denken wollte, was ihr vielleicht bevorstand. Lieber dachte sie an die Veränderungen, die mit New York vor sich gegangen waren, seit sie als Zweiundzwanzigjährige in den frühen Sechzigern hierhergekommen war. Hinterher hatte sie erkannt, daß New York damals zwar nicht mehr das war, was es unmittelbar nach dem Zweiten Weltkrieg gewesen sein mochte, aber immerhin hatte sie noch ein oder zwei Jahre alles im alten Glanz erlebt – die Mode, die Politik, die Sprache und die Übereinstimmung von Staat und Gesellschaft –, bevor der gewaltige Aufbruch der späten sechziger Jahre fast alles für immer veränderte. Steif und eingezwängt im trüben Dunst des Abteils sitzend, dachte sie wehmütig an die Stadt zurück, in die sie gekommen, und an das Mädchen, das sie gewesen war: jung, eifrig und ungeschickt, eher bestrebt, sich einen Namen als ein Vermögen zu machen.

Und was wurde daraus? dachte sie.

Das Leben wurde daraus. Ein Ausspruch kam ihr in den Sinn, den einmal jemand getan hatte: Leben ist das, was geschieht, wenn man eigentlich ganz andere Pläne hat ... Immerhin, Cheflektorin in einem führenden Verlagshaus zu sein, war nicht schlecht. Sie liebte ihren Beruf, mochte ihre Autoren – die meisten als Menschen und auch sonst –, sie war stolz auf die Bücher, an deren Erscheinen sie mitgewirkt hatte (wieder auf die meisten) und – Graham? An ihn wollte sie nicht denken, das hatte keinen Zweck, jetzt nicht mehr. Wenn sie schon hier in der Station 125. Straße aufgehalten war und vor sich hin träumte, dann wollte sie lieber an die Anfänge zurückdenken – warum sie eigentlich nach New York gekommen war.

Der Stadtpark von New Orleans war nicht der Ort, sich mit einem jugendlich verdüsterten Gemüt herumzuschlagen, doch gerade in dem alten eleganten Haus in der Prytania Street hatte sie zum erstenmal den bitteren Geschmack der Demütigung verspürt. Ihr Adoptivvater Keith Malory, ein wohltuend erfolgloser Makler, war weder ein Aristokrat noch ein alteingesessener Bürger von New Orleans. Er stammte aus einer Methodistenfamilie in einer kleinen Stadt irgendwo im Süden, war gescheit, gutaussehend, träge, ein guter Gesellschafter – und auch auf eine seltsame Art wissensdurstig –, und er hatte die für ihn ideale Frau geheiratet. Sie kam aus derselben Stadt und hatte dieselbe methodistische Sonntagsschule besucht. Sonst gab es keine Ähnlichkeiten. Beth Malory war unscheinbar, an Selbstsucht und Arbeit gewöhnt. Sie gestaltete ihr Leben und das Leben derer, die sich in ihren Einflußbereich wagten, mit unbeugsamer Tüchtigkeit. Auch verfügte sie über ein kleines Vermögen, das sie von ihrer Mutter geerbt hatte, die sich rühmen konnte, daß in ihren Adern ein paar Blutstropfen der vornehmen Welt von Virginia flossen. Alle ihre anderen und ihres Mannes Vorfahren waren mit der großen Auswanderungswelle schottisch-irischer Pioniere herübergekommen, die die Wälder gerodet, Farmen bestellt oder Läden eingerichtet hatten und eine friedliche, wenn auch eigenbrötlerische Gemeinschaft bildeten.

Das einzige, worin sich Keith und Beth Malory von ihnen unterschieden, war ihre offensichtliche Unfähigkeit, im Lauf der Jahre ein Kind in die Welt zu setzen. Beth ging zur Kirche und betete viel. Keith verzog sich, sooft es ihm möglich war, ins Geschäftsviertel und spielte im Haus eines Kumpanen Poker. Keine Kinder zu haben, bereitete ihm keinen Kummer. Die Zeit, die ihm neben dem Pokern blieb, widmete er seinen geistigen Interessen und den Versuchen, seine Frau dazu zu überreden, ihm ihr Geld auszuhändigen, das seiner Meinung nach nur nutzlos auf der Bank lag. Wäre es in seiner Hand, erklärte er, könnte er es investieren, mehr daraus machen und dann in eine größere Stadt ziehen, wo es für sein Talent einen größeren Wirkungsbereich gäbe. Es war ein einfacher, ehrlich gemeinter Plan, und da er kein Verlangen danach hatte, mit seinem Gewinn ein ausschweifendes Leben zu führen, sondern wirklich beabsichtigte, Beth an seinem unvermeidlichen zukünftigen Reichtum teilhaben zu lassen, konnte er ihre Widerspenstigkeit nicht verstehen.

Aber Beth beharrte ihrem Ehemann gegenüber auf einer Einstellung, die einer Neuengländerin würdig war.

«Keith, Liebling, wir wollen immer etwas auf der hohen Kante haben, mit dem wir rechnen können.»

Und das blieb so, bis ihr der Spezialist in Memphis, den sie konsultiert hatte, erklärte, es liege nicht an Keith, sondern an ihr, wenn sie keine Kinder bekäme. Daß ausgerechnet ihr etwas so irdisch Prosaisches wie die Fähigkeit, schwanger zu werden, abgehen sollte, erfüllte Beth anfangs mit Unglauben, dann mit Zorn. Und eine Woche später verkündete sie bei Tisch aus heiterem Himmel: «Wir werden eines adoptieren. Das gehört sich so. Morgen gehe ich ins Methodistenheim.»

«Hör doch, Liebes, wir brauchen kein Kind. Kinder sind eine große Verpflichtung.» Im Geist hatte er bereits (irgendwie) genug Geld gemacht, um zu investieren und durch Spekulationen groß zu verdienen, in Verbindung mit einem namhaften Maklerbüro in einer größeren Stadt – vielleicht Memphis oder New Orleans oder Houston. Ein Kind würde viel kosten und ihn und seine Frau, dessen war er ganz sicher, an diese kleine, langweilige Stadt fesseln, die er so gern verlassen hätte.

«Doch, wir brauchen eines. Und ich werde mir eines verschaffen.»

Aber Beth, die in ihrem ganzen Leben noch keinen ernsteren Widerständen begegnet war, erlebte sie jetzt. Sie erfuhr, daß sie nach dem Gesetz ohne Einwilligung ihres Mannes kein Kind adoptieren konnte – wenigstens nicht in diesem Teil des Landes. Und der voraussehbare Krach, wenn sie trotz seiner laut geäußerten Einwände ein Kind nach Hause mitbrachte, ließ sogar ihre standhafte Seele erzittern. Sie versuchte alle möglichen Schliche. Sie brachte den Pastor dazu, mit ihrem Mann über Christenpflicht und heimatlose Waisen zu sprechen. Keith verzog keine Miene und verschanzte sich hinter Ergebung in den Willen Gottes. Dann lieh sich Beth die Kinder ihrer zahlreichen Freundinnen aus und verstreute sie ein Wochenende lang im ganzen Haus. Daraufhin flüchtete sich Keith zu seinem Poker. Sie weigerte sich, mit ihm zu schlafen, und zog in ein getrenntes Schlafzimmer. Keith nahm es als Anlaß zu Geschäftsreisen. Beth verfiel in Depressionen und aß bei den Mahlzeiten nichts. Keith, den das Essen nie besonders interessiert hatte, bemerkte es nicht einmal. Dann machte sie einen schweren Fehler. Sie ging zum

Präsidenten der Bank, auf der sie ihr Geld liegen hatte, einem Kirchenrat, und veranlaßte ihn, Keith eines Nachmittags in seinem Versicherungsbüro aufzusuchen. Der Kirchenrat tat es. Keith kam nicht nach Hause. Statt dessen fuhr er nach New Orleans. Von dem Augenblick an, als er im Zentralbahnhof an der Rampert Street aus dem Zug stieg und das atmete, was er später immer die typische Atmosphäre von New Orleans nannte – eine Geruchsmischung aus Moder, duftenden Olivenblüten, geröstetem Kaffee, Knoblauch, Schweiß und Abwasser –, wußte er, daß er seinen natürlichen Lebensraum gefunden hatte. Er ging nie mehr von dort fort.

Nach einer Weile folgte ihm Beth in die enge kleine Wohnung an der Esplanade, wo das Holzwerk von mausgroßen Küchenschaben wimmelte, wo man Honig- und Marmeladegläser in Schüsseln voll Wasser stellen mußte, damit nicht eine gewundene schwarze Linie von Ameisen zur Stellage und zurück entstand, und wo die Menschen, hoch wie niedrig, nach Beth' Ansicht ein sittenloses und unmoralisches Leben führten.

Schließlich schlossen sie einen Kompromiß. Keith durfte drei Viertel ihres Vermögens investieren, und Beth konnte ein Baby adoptieren. Bevor ihr das gelang, kamen ihr schreckliche Zweifel. Über den Versuchen, Mutter Natur eine Chance zu geben, und ihren ausgedehnten Disputen war fast zu viel Zeit vergangen. Keith war 44 und Beth 41. Aber schließlich erhielten sie das Kind, ein Mädchen namens Kate.

Als Kate etwa acht Jahre alt war, lebten sie in einer anderen schäbigen kleinen Wohnung in der Harmony Street am Rand des Stadtparks. Keith hatte das gewonnene Geld größtenteils wieder verloren. Sein Traum von pokererfüllten Tagen, von üppigen abendlichen Dinners und dem Besuch großer Karnevalsbälle wich der Realität, und er nahm bei einer Maklerfirma einen unbedeutenden Posten an. Sie konnten es sich – mit Mühe – leisten, Kate auf eine der kleineren und äußerst strengen protestantischen Privatschulen zu schicken, wo Kate ihre ersten Buchstaben malte. Sie besuchte auch eine methodistische Sonntagsschule, wo sie mit zwölf Jahren Paul Lamont, den Sohn des Pastors, kennenlernte und sich leidenschaftlich in ihn verliebte. Als ihre Mutter durch Zufall auf Kates geheimes Tagebuch stieß und ihre heftige Schwärmerei entdeckte, hielt sie die Zeit für gekommen, Kate sexuell aufzuklären, vor allem angesichts der Tatsache, daß Kate unehelich geboren und adoptiert war. Sie fürchtete, diese Herkunft könnte Folgen haben.

Kate hörte ihr artig zu. Trotz der Tatsache, daß jedes Buch, jede Zeitung und Illustrierte, die ins Haus oder in die Schule gelangten, streng geprüft und ihre Kinobesuche überwacht wurden, war es ihr doch gelungen, eine ganze Menge Informationen zu sammeln. Nichts davon stimmte mit dem überein, was ihre Mutter ihr erklärte. Schließlich platzte sie heraus: «Aber kann man schon davon, daß man einen Jungen küßt, ein Baby bekommen?»

Ihre Mutter zögerte. Wenn Kate, die sich sehr viel früher entwikkelt hatte als Beth und bereits aus dem ersten BH herausgewachsen war, durch eine solche falsche Information vor gefährlichen und wahllosen Küssen bewahrt werden konnte, dann war es vielleicht Beth' mütterliche Pflicht, Kate in diesem falschen Glauben zu belassen – jedenfalls vorläufig.

«Ja, man kann davon ein Baby bekommen», sagte sie und beruhigte ihr Gewissen mit der unleugbaren Tatsache, daß Küssen zu anderen Dingen führte, durch die man tatsächlich ein Baby bekam.

Es gab zwei Themen, die Kate sehr beschäftigten. Das eine war Gott und das andere war Sex. Als die Zeit kam, da Kate in die methodistische Kirche aufgenommen werden sollte, fragte sie der Pastor, leicht verwundert über das Selbstbewußtsein des Kindes, ob sie Interesse für Religion habe.

«Ich interessiere mich für Religionen», erklärte Kate mit besonderer Betonung des Plurals.

Der Pastor fand das erheiternd und erzählte es Beth. Sie hielt es nicht für erheiternd und sagte es Keith.

«Das ist deine Schuld», erklärte sie. «Du hast immer mit ihr über heidnische Ideen gesprochen. Sogar über Seelenwanderung!»

«Interessierst du dich denn nicht für Gott – wer immer ER sei?» fragte Keith phlegmatisch.

«Die Kirche interessiert mich.»

«Das ist nicht dasselbe.» Keith verabscheute Kirchen.

«Das habe ich dir doch immer klarzumachen versucht. Du übst einen schlechten Einfluß auf Kate aus.»

«Nein, das glaube ich nicht», erwiderte Keith. «Warum sollte sie sich darum kümmern, was ich denke?»

Aber das tat sie. So weit sie sich zurückerinnern konnte, hatte sie immer gefühlt, daß sie anders war als andere Leute. Meistens hatte sie es darauf zurückgeführt, daß sie adoptiert war. Manchmal schien ihr nicht einmal das als Grund auszureichen. Sie bewunderte Keith, aber sie wußte, daß sie ihm nicht viel bedeutete, obwohl er gelegentlich mit ihr über Dinge sprach, die ihn interessierten, als wäre sie seinesgleichen. Sie liebte Beth, für die sie wichtig war. Aber sie liebte sie, wie jemand in einer Festung denjenigen lieben würde, der diese Festung belagert. Beth versorgte sie – bildlich gesprochen – mit Nahrung, Wasser und Zuneigung. Aber sie lauerte draußen, dachte Kate, und wartete nur darauf, sich der Seele Kates zu bemächtigen.

Jahre später merkte sie, daß ihr, wenn sie an ihre Mutter dachte, sofort Sex in den Sinn kam, weil das zu einem immer häufigeren Gesprächsthema zwischen ihnen geworden war. Ihre Mutter machte sich große Sorgen um Kate und Sex.

Wenn sie an ihren Vater dachte, kam ihr Gott in den Sinn, weil es das Thema war, über das Keith wenigstens gelegentlich mit ihr gesprochen hatte. Er pflegte Behauptungen von sich zu geben, die das Endergebnis langer, komplizierter innerer Gedankengänge waren, die er aber aus heiterem Himmel und vollkommen zusammenhanglos äußerte, wie etwa (bei irgendeiner Gelegenheit): «Natürlich ist der Begriff der Unsterblichkeit ursprünglich platonisch, nicht biblisch.»

«Woher weißt du das?» fragte Kate.

Keith schaute verärgert auf und begann ihr einen langen Vortrag zu halten, den sie nicht verstand. Aber das machte nichts. Er sprach mit ihr, oder besser, zu ihr, was nicht sehr oft geschah.

«Liebst du Gott?» fragte Kate, als er aufhörte zu sprechen.

Da lächelte er und sah sie an. «Ja, das muß ich wohl, denke ich. Ich suche ständig nach IHM.»

«Mami sagt, daß ein Pokertisch ein seltsamer Ort ist, um IHN zu suchen.»

«Nicht seltsamer als die Kirche.»

Mit ihren Freunden sprach sie nie über Sex. Keiner von ihnen schien ihre gespannte Neugier zu teilen, was sie dem Umstand zuschrieb, daß sie nicht adoptiert waren. Richtige Kinder waren – im Gegensatz zu adoptierten Kindern – einfach nicht so neugierig. Adoptiert zu sein, war irgendwie minderwertiger, und ihre persönliche Minderwertigkeit äußerte sich nicht nur in ihren schmutzigen

Gedanken – die keines der anderen Kinder zu haben schien –, sondern auch in der Tatsache, daß sie ihre Periode schon bekam, als sie kaum elf Jahre alt war.

«Das kommt wohl vom wärmeren Klima», stellte ihre Mutter fest. «Bei uns daheim kam das nie so früh. Vermutlich, weil wir alle von den Britischen Inseln stammen. Natürlich, du bist adoptiert ...» Sie unterbrach sich, weil sie Kate wirklich liebte und ihr nicht das Gefühl geben wollte, nicht ganz erwünscht zu sein. Hauptsächlich war es ihr herausgerutscht, weil sie zeitweise ganz vergaß, daß Kate nicht der ethnisch zuverlässigen Elternschaft von ihr und Keith Malory entstammte.

«Wer bekommt seine Periode früher – welche Leute?» fragte Kate. Sie schämte sich ihrer Herkunft, war aber gleichzeitig brennend daran interessiert.

«Ach – du weißt doch, Italiener. Und ähnliche Leute.»

Die nächsten Jahre hindurch fragte sich Kate immer wieder, ob sie Italienerin war, betrachtete sich in dem Spiegel über ihrem Schreibtisch und stürzte sich auf jedes Buch mit Fotografien von Italienern, das sie auftreiben konnte. Aber nichts in ihrem Gesicht oder ihrer Gestalt erlaubte einen zuverlässigen Schluß. Ihre beiden Eltern hatten blaue Augen, während die ihren haselnußbraun waren, und kurze Nasen, während ihre eigene zwar gerade, aber übermäßig lang war. Und außerdem waren ihre Eltern schlank, sie dagegen war – keineswegs schlank. Sie seufzte und blickte zwischen ihren bereits vollen Brüsten auf die stattlichen Speckfalten darunter hinab. Sie war ein pummeliges Kind gewesen und ein dicker Teenager geworden.

Einmal hatte sie in der Sonntagsschule bei einem Ringelreihen Pauls Hand ergriffen und sie fest gedrückt, bevor sie ihn wieder losließ.

«Ich mag dich», sagte sie.

Er erwiderte nichts.

«Magst du mich auch?»

«Nicht sehr.»

Schmerz durchzuckte sie wie ein Blitzschlag. «Warum?»

«Weil du zu dick bist.»

Sie begann eine Diät und versuchte es geheimzuhalten. Irgendwie wußte sie, daß ihre Mutter etwas gegen ihre Bemühungen haben würde.

«Ich will nicht, daß du eine dieser albernen Diäten machst, Kate. Hast du verstanden? Wenn du erwachsen bist, ist immer noch Zeit genug, dich um solche Dinge zu sorgen.»

«Aber kein Junge wird mich mögen», jammerte Kate, alle Vorsicht vergessend.

«Ach, das ist es also! Ich warne dich, ich werde es nicht zulassen!»

«Laß sie doch abnehmen», widersprach der Vater. «Sie hat recht, kein Junge wird sie so mögen, wie sie ist. Sie wird immer klug sein, aber besonders hübsch kann sie nicht werden. Das wenigste, was sie tun kann, ist, sich eine gute Figur zu erhalten. So wie sie ist, wird kein Mann sie je anschauen.» Und dann vertiefte er sich wieder in sein Buch.

Abermals gab es Kate einen schmerzhaften Stich. Sie schloß die Augen und schlang die Arme um ihren Körper, als wäre er etwas Obszönes.

«Hör mir zu, Kate», sagte ihre Mutter. «Niemand wird dich jemals so lieben, wie ich es tue. Du bist mein kleines Mädchen. Ich mag dicke kleine Mädchen.»

Keith schaute wieder von seinem Buch auf. «Das ist verteufelt wenig Trost für das Kind, Beth. Na hör mal. Du verpfuschst damit doch ihr Leben.»

«Was liegt dir daran?»

Kate erinnerte sich an diesen Augenblick; er blieb ihr wie ein in Glas eingeschmolzenes Bild in Erinnerung.

Keith zuckte die Achseln. «Nicht allzu viel. Du hast sie adoptiert.» Und er stand auf und ging ins nächste Zimmer, wo er in Ruhe weiterlesen konnte.

In diesem Augenblick hatte Kate erstmals den Wunsch zu sterben. Er hielt nicht lange an, aber sie vergaß es niemals.

Beth, die New Orleans und alles, was es darstellte, haßte, konnte nicht anders, als ihren Mann (der sie hierhergebracht hatte) und Sex (dem man nach ihrer festen Meinung hier und vor allem im französischen Viertel übermäßig frönte) mit den gleichen Waffen zu bekämpfen.

«Mach dir nichts daraus, Liebling. Nimm ein Bonbon. Ich bin eigens in dieses schmutzige Franzosenviertel gegangen, um sie für dich zu besorgen.»

Aber mit fünfzehn konnte Kate schließlich doch ungehindert

Diät halten. Beth bekam einen bösartigen Gehirntumor und starb ziemlich plötzlich.

Ein Jahr nach dem Tod ihrer Mutter heiratete Keith Malory Diane Légère und übersiedelte mit Kate in das große Légère-Haus in der Prytania Street.

«Und das ist meine Tochter Deborah», sagte Diane, als Kate das erste Mal zu Besuch war. «Ich weiß, ihr beide werdet richtige Freundinnen werden!»

«Hallo», sagte Kate zu dem großen Mädchen, das ein paar Jahre jünger war als sie.

«Hallo.» Deborah streckte ihr die Hand entgegen, die Innenfläche leicht nach unten geneigt. Ein wenig überrascht, weil sie fürs Händeschütteln nicht viel übrig hatte, gab Kate ihr die Hand und schrie auf. Eine schwarze Spinne krabbelte über ihren Handrükken.

Kate kreischte noch einmal und schüttelte entsetzt ihre Hand. «Daddy!» rief sie. Deborah bog sich vor Lachen.

«Debbie, Liebling, das war nicht sehr lustig», sagte ihre Mutter und kicherte.

Eines Tages, als Paul vorbeikam, um Kate zur Sonntagsschule abzuholen, sah er Debbie im Wohnzimmer. Damals waren Kate und er erst sechzehn und Debbie vierzehn. Aber danach war alles anders.

Ein Ruck ging durch den Zug. Öldunst und Staub zog durch das Abteil. Dann gab es noch einen Ruck, der Zug fuhr an und ließ den Bahnsteig und die 125. Straße hinter sich.

Kate sah die oberen Stockwerke der Mietshäuser vorbeigleiten. Wie viele Kinder hatte Debbie? Der Arzt hatte nur zwei erwähnt. War dabei das fünfzehnjährige Mädchen, das um 4 Uhr morgens nach Hause kam, mitgezählt?

Kate wußte es nicht. Nicht mit Debbie und Paul zu verkehren – ja sie nicht einmal zu sehen – war eine Zeitlang das einzig Wichtige in ihrem Leben gewesen. Auch als diese Abneigung schwand, blieb sie ihnen fern, weil sie zu dieser Zeit überhaupt kein Interesse mehr an ihnen hatte. Natürlich, ihre Mutter war tot. Keith und Diane ebenfalls. Daher gab es nichts mehr, was sie verband.

«Gar nichts», sagte sie laut.

Um sie herum raschelte Zeitungspapier. Die anderen Fahrgäste saßen dichtgedrängt, waren aber, wie immer in solchen Pendelzügen, mit sich selbst beschäftigt.

«Zum Teufel damit», murmelte sie vor sich hin und nahm das Manuskript aus ihrer Tasche. Wenn irgend etwas gegen die Fangarme der Vergangenheit helfen konnte, so waren es die Anforderungen der Gegenwart. Sie zog einen blauen Kuli aus ihrer Handtasche und versuchte, sich auf den Anfang des Schlußkapitels zu konzentrieren. Nach ein paar Sekunden stockte die Hand mit dem Stift. Was für ein Durcheinander, dachte sie, während sie sich daranmachte, einen weitschweifigen, unbeholfenen Satz voller Wiederholungen zu glätten. Aber dort draußen warteten neunzigtausend Menschen mit neunzigtausendmal 10.95 Dollar in ihren begierigen Händen darauf, die neuesten Erkenntnisse des Experten zu verschlingen. Das brachte Kates Gedanken auf Joel. Sie seufzte, und ihre Konzentration ließ nach. Sie hatte teilweise die Wahrheit gesagt, als sie ihm erklärte, daß sie nicht mit ihm schlafen wolle, weil er fast eine Generation jünger war. Die ganze Wahrheit war, daß sie nicht wollte. Was sie an Selbstachtung dabei einbüßen würde, stand in keinem Verhältnis zu dem zu erwartenden Gewinn.

Mit Graham war kein Preis zu hoch gewesen, aber damals war Graham verheiratet ...

«Es ist interessant», hatte ein Therapeut gesagt, als sie es einmal kurz mit Freud versuchte, «daß Sie sich immer Männer aussuchen, die nicht zu haben sind ...»

Das hatte sie schon lange vor dem Therapeuten entdeckt. Ausgenommen natürlich Paul ...

Aber zurück zum *‹Rad›*. Diesmal machte sich die Routine geltend. Sie wurde völlig von dem Versuch in Anspruch genommen, Kramers interessantes, aber elend geschriebenes Buch lesbar zu machen. Als der Schaffner den Namen ihrer Station ausrief, hatte sie kaum noch Zeit, das Manuskript in ihre Tasche zu stopfen, ihr Köfferchen aufzunehmen und den Zug zu verlassen.

Das Haus war eines von vielen in einer gewundenen Straße, die alle auf größeren Grundstücken standen. Kate fand es dem Haus der Légères in der Prytania Street seltsam ähnlich, es war nur etwas kleiner. Hier gab es das gleiche weiße Balkenwerk, den gleichen überdachten, langgezogenen Vorbau, die gleiche Doppelgarage und die gleichen schlanken Säulen zu beiden Seiten der Eingangstür. Damit hörte die Ähnlichkeit auf. Statt der riesigen Lebenseichen des Hauses in New Orleans, deren Äste fast bis zum Boden reichten, standen hier nur ein paar japanische Sträucher und ein Baum, der im Dämmerlicht wie eine Ulme aussah. Noch ein Unterschied sprang ins Auge. Auf dem Rasen lagen die verschiedensten Dinge: ein umgeworfenes Fahrrad, ein Wagen, dem ein Rad fehlte, Papiersäcke, eine Springschnur und Hundekot.

Kate ging zur Tür und läutete.

Von drinnen ertönte Disco-Musik und eine Stimme – sie klang wie die eines Jungen –, die versuchte, den Lärm zu überschreien, dazu das Klingeln eines Telefons.

«Mach doch das Ding leiser», brüllte der Junge.

«Wozu denn!» schrie eine andere, wahrscheinlich weibliche Stimme. «Tu's doch selber.»

Dann hörte man Schritte, ein Krachen, als wäre etwas hinuntergefallen, und ein Winseln.

Der Junge erhob ein Wehgeschrei: «Du hast meinen Hund getreten, du Scheusal!»

Die Musik brach plötzlich ab, und das Telefon hörte auf zu läuten. «Hallo», sagte eine Mädchenstimme. In der folgenden Stille klingelte Kate abermals. Dann stellte sie ihr Köfferchen nieder und rüttelte an der Tür.

«Wer ist da?» rief der Junge.

«Kate Malory.»

Wieder Schritte. Dann öffnete sich die Tür. Vor ihr stand das zwölfjährige Ebenbild von Paul Lamont mit seinem breiten, von weizenblondem Haar umrahmten Gesicht. Kate befiel ein merkwürdiges Gefühl von déjà vu, so als wäre die Vergangenheit zurückgekehrt. Konnte dieser unheimliche Kramer mit seinen Verrücktheiten doch recht haben?

«Ich bin deine Tante Kate – sozusagen.»

«Oh.» Eine Sekunde lang verrieten seine Augen Furcht. Dann wurde sein Gesicht abweisend. «Der Doktor hat gesagt, daß du kommst. Wir sind okay», platzte er heraus. «Du hättest nicht zu kommen brauchen.»

«Nichts könnte mich im Augenblick glücklicher machen. Aber bevor ich den nächsten Zug zurück nehme, hast du doch nichts dagegen, daß ich wenigstens so lange hineinkomme, um ein Taxi zu rufen?»

Ein kurzes Schweigen folgte. Dann trat der Junge zurück. «Und du wirst keinen großen Wirbel machen?»

«Nach Möglichkeit nicht», sagte Kate. Sie trat durch die Haustür direkt in ein riesiges Wohnzimmer. Als sie den Fuß aufsetzte, gab etwas Weiches, Breiiges unter ihm nach.

«Das ist Bones passiert», sagte der Junge. «Er ist noch nicht ganz stubenrein.»

2

Kate blieb auf einem Bein stehen. «Wie wäre es, wenn du mir ein feuchtes Papiertuch bringen würdest? Bevor ich auf den Teppich trete?»

«Sind keine mehr da. Sie sind ausgegangen. Und der Teppich ist sowieso ziemlich versaut, weil Bones noch nicht stubenrein ist.»

«Hast du sonst irgendein Tuch?» Kate versuchte ihre Selbstbeherrschung und das Gleichgewicht zu bewahren. Beides war nicht leicht.

Der Junge zuckte die Schultern. «Ich nicht. Vielleicht Marie. Marie!» brüllte er plötzlich. «Hast du irgendein Tuch? Tante Kate ist in ein Häufchen von Bones getreten.»

Wenn Marie das Mädchen am Telefon war, dann ließ sie sich nicht unterbrechen.

«Ich hole Zeitungspapier», sagte der Junge und verschwand. Ein paar Sekunden später kehrte er damit zurück.

«Danke», sagte Kate und reinigte ihre Schuhsohle. «Vielleicht holst du noch frisches, nasses Papier, damit wir auch den Boden aufwischen.»

«Okay.»

Sie gab ihm das benutzte Papier und setzte behutsam ihren Fuß nieder, nachdem sie vorher sorgfältig den Parkettboden um sich herum gemustert hatte. Dann blickte sie auf. Ein schlankes Mädchen unbestimmbaren Alters in Jeans und einem T-Shirt lehnte an der gegenüberliegenden Wand und telefonierte, den Rücken Kate zugewandt und mit dem Gesicht in Richtung auf einen schmalen Durchgang, der aus dem Wohnzimmer hinausführte.

Kate ging weiter und mußte dabei einem T-Shirt, einem Haarfön, einigen Büchern, einem Haufen Zeitschriften und einer Stickerei ausweichen. Bei der Stickerei blieb sie stehen und hob sie auf. Die Vorderseite war gar nicht so schlecht. Sie drehte sie um. Die Rückseite glich eher einem Netzwerk von Autobahnen. Kate legte sie zu einem Haufen Zeug auf einen Tisch an der Wand. Dahinter war ein Spiegel. Kate betrachtete ihr Gesicht und strich ihr dunkles, gekraustes Haar zurecht. Es war nicht leicht zu bändigen gewesen. In den sechziger Jahren hatte sie es mit einer Glättung versucht. Als diese endgültig herausgewachsen war, hatte sie es in Wellen legen lassen. Ausgerechnet Joel hatte sie davon abgebracht. Als sie einmal zusammen schwimmen gingen, war er ihr mit den Fingern durch die noch feuchten, sich kringelnden Locken gefahren. «Warum läßt du es nicht einfach so?»

«Meinst du vielleicht, ich soll es im Afro-Look tragen?»

Er hatte gegrinst und seine Brille aufgesetzt. «Der meine ist doppelt so schlimm.»

Und was würde Joel zu diesem Haushalt sagen? Wahrscheinlich käme er damit besser zurecht als sie. Und sicherlich auch besser als Graham. Aber wie war es möglich, daß die superordentliche Deborah Légère-Lamont eine Nachkommenschaft aufgezogen hatte, die ein solches Chaos zuwege brachte? Oder Paul? Kate hörte ein Geräusch und drehte sich um. Der zwölfjährige Junge war zurückgekommen und bearbeitete die letzten Kotspuren auf dem Boden.

«Wo ist Bones?» fragte sie.

«Draußen in der Küche.»

«Wie heißt du?»

Er stand auf. «Ranger.»

Ranger? Natürlich. Ranger Légère war Deborahs Vater, und Ranger war der Mädchenname seiner Mutter gewesen.

Ranger stand da und betrachtete sein Werk.

«Da hast du noch etwas übersehen», sagte Kate.

Er kauerte wieder nieder, rubbelte und ging dann durch den Durchbruch hinaus, hinter dem Kate die Küche vermutete. Sie erwartete, daß er zurückkommen würde, doch er kam nicht. Das Mädchen stand immer noch am Telefon und murmelte in den Hörer. Kate war hier offensichtlich nicht besonders willkommen. Gut so, dachte sie. Um so früher kann ich zurückfahren …

Sie zog ihre Tweedjacke aus. Darunter trug sie eine dunkelgrüne Bluse und einen braunen Rock. Im Zimmer war es warm und stikkig. Zu beiden Seiten der Haustür sowie an der gegenüberliegenden Wand gab es große Fenster, die geschlossen waren. Kate versuchte der Reihe nach, sie zu öffnen, und es gelang ihr bei dreien. Die anderen klemmten. Außerdem bedeckte eine dunkle Schmutzschicht die einstmals weißen Fensterbänke. Was das wohl ist, fragte sich Kate und befürchtete das Schlimmste. Was immer es gewesen sein mochte, jetzt war es eingetrocknet.

Sie hängte ihre Jacke über einen Stuhlrücken, wo sie hoffentlich sicher war, und stellte ihr Köfferchen und ihre Tasche auf das Sofa. Ihr Blick schweifte zum Schmutz auf den Fensterbänken. Ob ihre Sachen wohl vor Bones sicher waren? Nun ja, schließlich war Bones in der Küche.

Ranger war nicht zurückgekommen. Kate hätte Marie am liebsten den Hörer aus der Hand genommen und energisch aufgelegt. Faschistin, schalt sie sich selbst.

Kate betrachtete den Rücken des Mädchens. So wie Ranger dem jungen Paul ähnlich sah, erinnerte Marie von hinten stark an ihre Mutter. Kates Mut sank, und ein unbehagliches Gefühl überkam sie. Würde sie etwas Ähnliches wie diese bitteren Jahre im Haus der Légères noch einmal erleben müssen – diese beiden Jahre der Leiden und Demütigungen, bis sie sich endlich mit achtzehn aus dem Staub machte?

Natürlich nicht, sagte sie sich. Und doch war es seltsam, wie stark sie die Erinnerungen angesichts dieses anmutigen Rückens überfielen.

Wie schmal der Durchgang war, wurde ihr bewußt, als sie sich an dem Mädchen vorbeidrückte, um in die dahinter vermutete Küche zu gelangen. Das Mädchen machte keinen Zentimeter Platz. Die Küche war groß und freundlich, jedoch schmutzig und in einem chaotischen Zustand. Ranger kauerte in einer Ecke und streichelte einen mageren gelben Hund. Man konnte leicht erkennen, woher der Hund seinen Namen hatte. Seine Knochen, sein Gebein zeichneten sich unter der goldbraunen Decke deutlich ab.

«Du mußt auf das Papier machen, Bones», erklärte ihm Ranger. «Auf das Papier.»

Bones wedelte mit dem Schwanz, sprang hoch und leckte Rangers Gesicht.

«Vielleicht», sagte Kate hilfsbereit, «solltest du, bis Bones es begriffen hat, hier den ganzen Boden mit Papier belegen und ihn in der Küche lassen, bis er es gelernt hat.»

Ranger explodierte beinahe. «Ich werde ihn nicht in der Küche einsperren. Hier ist er so einsam. Möchtest du immer allein bleiben müssen? Oder vielleicht wäre es dir egal.»

«Okay, okay. Entschuldige! War ja nur ein Vorschlag.»

«Du bist wie alle anderen», murmelte Ranger. «Hör nicht hin, Bones. Es wird schon gut werden.»

Kate liebte Tiere und ging auf Bones zu, um ihn näher anzusehen. «Hallo», sagte sie, beugte sich vor und hielt ihm ihre Hand hin. Auf seine Reaktion war sie überhaupt nicht gefaßt. Bones winselte jämmerlich, riß sich von Rangers Hand los, verkroch sich unter dem Tisch und klemmte den Schwanz zwischen seine Beine.

«Sieh mal, was du angerichtet hast! Und wahrscheinlich wird er jetzt auch noch eine Pfütze oder sonstwas machen. Das passiert immer, wenn er sich fürchtet. Ist schon gut, Bones!» Ranger kroch auf den Knien unter den Tisch. Aber wie erwartet, war es schon passiert. Ein unangenehmer Geruch machte sich bemerkbar.

Kate blieb ratlos stehen und fragte: «Warum ist er so schreckhaft?»

«Weil ihn Leute ... Leute wie du, die auch meinten, er gehöre nicht ins Haus, verprügelt und in einen Schuppen gesperrt und ihm nichts zu fressen gegeben haben. Komm, Bones, ist schon gut!» Das Winseln hörte auf.

Kate entdeckte auf dem Herd eine Schachtel Streichhölzer, ein altbewährtes Mittel gegen unangenehme Gerüche. Langsam, um nicht nochmals eine Panik auszulösen, ging sie hin, riß ein Streichholz an und ließ es fast ausbrennen, dann blies sie es aus und zündete ein neues an. Während sie zusah, wie es brannte, fiel ihr etwas ein, das sie in einem von ihr lektorierten Buch gelesen hatte: In früheren Jahrhunderten, als es noch kein fließendes Wasser und noch keine Kanalisation gab, trug man Eimer mit glimmendem Holz durch die Räume, um die schlechten Gerüche von Krankheiten, wie etwa der Ruhr, zu neutralisieren.

Sie fragte sich, warum sie sich ausgerechnet an so etwas erinnerte, während sie die Namen von Leuten vergaß, die sie vor einer Woche kennengelernt hatte. Sie warf die abgebrannten Streichhölzer in den Ausguß.

«Tut mir leid, daß ich ihn so erschreckt habe. Ich werde in Zukunft vorsichtiger sein.»

Bones lag immer noch unter dem Tisch. Ranger machte mit Zeitungspapier sauber. Als er fertig war, ging er mit dem zusammengeballten Papier zur Tür hinaus.

Kate setzte sich auf einen Stuhl neben dem Tisch und betrachtete Bones, der sie unverwandt anstarrte. Er hatte lange Beine und riesige Pfoten und Ohren, woraus sie schloß, daß er etwa vier Monate alt und ein nicht ganz reinrassiger Golden Retriever war.

«Woher hast du Bones?» fragte sie Ranger, als er zurückkam.

«Aus dem Tierheim.»

«Und dort hat man dir erzählt, daß er geschlagen wurde?»

«Ich gehe jetzt mit ihm hinaus.» Ranger nahm eine Leine vom Türhaken, kroch unter den Tisch und tauchte mit Bones wieder auf, der noch immer mit eingezogenem Schwanz dasaß und sich mit allen vieren dagegen stemmte, hinausgezogen zu werden. «Wenn du ein bißchen zur Seite gehen würdest», sagte Ranger, und aus jeder Silbe sprach Feindseligkeit, «dann kommt er mit mir.»

«Ich mache Platz», sagte Kate liebenswürdig, stand auf und zog sich in den L-förmig angelegten Arbeitsbereich der Küche zurück. «Aber es gibt keinen Grund für dich – oder Bones –, auf mich böse zu sein. Ich wollte ihn nur streicheln. Ich habe ja nicht gewußt, daß er so furchtsam ist. Woher sollte ich es auch wissen? Das hat mir niemand gesagt. Also behandle mich bitte nicht als Feind. Ich bin keiner.»

«Okay», sagte Ranger. «Aber es wäre vielleicht doch besser, wenn du ihm nicht zu nahe kommst. Er mag keine Frauen – außer Marie. Und er mag keine Erwachsenen.» Und bevor Kate noch etwas fragen konnte, waren er und Bones durch die Tür verschwunden.

Warum fühle ich mich eigentlich schuldig, fragte sie sich.

Hastig wandte sie sich um und ging in den Hauptteil der Küche zurück. Eine Wanduhr zeigte auf 3 Uhr 35. Früh oder nachmittags? Sie blickte auf die eigene Uhr. Es war jetzt fünf Minuten nach acht. Sie hatte noch nichts gegessen, war müde und empfand eine überwältigende Sehnsucht nach ihrem sauberen, aufgeräumten Appartement in der 83. Straße. Jetzt würde sie einen Drink nehmen, ein Abendessen kochen und sich an ihren eigenen Tisch setzen, die Fernsehnachrichten anschauen oder ein Buch lesen. Ihre Fenster führten auf eine in New York seltene Aussicht – einen Garten, dessen Bäume fast bis zu ihren Fenstern heraufreichten. Auf ihren Fensterbänken standen Futterhäuschen, die sie jeden Morgen für die Vögel füllte, die sich dort versammelten und auf sie warteten. Im Lauf des Abends würde sie dann wahrscheinlich mit ein oder zwei Freunden telefonieren. Wieder kam ihr Joel in den Sinn. Er hatte die Gewohnheit, sie ein- oder zweimal in der Woche, angeblich wegen irgendeines Buches, gegen 10 Uhr anzurufen und eine halbe Stunde mit ihr zu plaudern.

«Ich glaube, du siehst in mir deine Mutter», hatte sie einmal zu ihm gesagt.

«Nein, keineswegs. Und sag das bitte nicht noch einmal. Du weißt wahrscheinlich selbst nicht, warum du das gesagt hast, aber ich weiß es. Und ich finde es nicht nett.»

«Und warum?»

«Denk darüber nach», sagte Joel und legte auf.

Er erklärte es ihr nie, und sie fragte ihn auch nicht mehr danach. Doch vergingen fast drei Wochen, bis er sich wieder meldete.

Und manchmal rief auch Graham an. Aber wie auf Grund eines gegenseitigen unausgesprochenen Einverständnisses nicht allzu oft. Kate war froh, daß die Wohnung, in der sie ihre lange und letzten Endes unglückliche Affäre gehabt hatten, weit entfernt im Ostteil der City lag. Als ihr endlich klargeworden war, daß sich Graham trotz seiner Beteuerungen niemals von Danielle scheiden lassen würde, zog sie in einem raschen Entschluß um, verkaufte die meisten ihrer Möbel und kaufte andere. Ihr neues Appartement war für sie ihr geheiligtes Privatreich, und das hatte sie Joel auch einmal erklärt.

«Ja», sagte er, «so sieht es auch aus.»

«Mir gefällt es so, wie es ist», hatte sie störrisch erwidert.

«Die Wohnung ist okay, aber man könnte noch einiges besser machen.»

Als er das sagte, erkannte sie zum erstenmal klar, daß dieser neunundzwanzigjährige Mann mit ihr ins Bett gehen wollte. Sie wies ihn ab. Aber es tat ihr im Innersten wohl, und sie ließ ihre Wohnung mit großem Aufwand in neuen und helleren Farben ausmalen.

«Ich nehme an, du bist Tante Kate, die gekommen ist, um uns aus unserer Verwahrlosung zu retten», sagte eine kühle Stimme hinter ihr.

Kate, nun plötzlich wieder in den Schmutz, die Unordnung und die Feindseligkeit ihrer gegenwärtigen Umgebung zurückversetzt, wandte sich um. Marie lehnte lässig in der Tür. Sie ist wirklich erstaunlich schön, dachte Kate und fühlte diese seltsame Mischung aus Bewunderung, Neid und Haß, die große Schönheit in anderen Frauen erweckt.

«Und ich nehme an, du bist Marie», sagte sie.

Das Mädchen verbeugte sich theatralisch. «Deine Annahme trifft zu.» Ihr Blick schweifte über die Unordnung in der Küche. «Es tut mir leid, daß dich anscheinend niemand willkommen geheißen hat,

Tante Kate», fuhr sie fort, und es klang gar nicht so, als täte es ihr leid. «Aber schließlich haben wir dich nicht gebeten zu kommen.»

«Nein», sagte Kate liebenswürdig, «das hat Dr. McGrath getan. Aber ich glaube, du solltest wissen, daß es für mich eine ebensolche Zumutung ist – ein ebensolcher Eingriff in mein Leben – wie für euch.»

«Aber dann mußt du doch nicht bleiben, oder?»

«Unglücklicherweise – für uns beide – muß ich. Wenigstens für ein oder zwei Tage, bis irgendein Arrangement mit einer Aufsicht oder Haushälterin oder dergleichen möglich ist. Oder bis euer Vater nach Hause kommt. Ihr seid minderjährig und solltet nicht allein leben.»

«Wir kommen gut zurecht.»

«Dr. McGrath und eurer Nachbarin zufolge nicht.»

«Die neugierige alte Fitch-Hexe?»

«Wahrscheinlich. Aber Mrs. Fitch hat recht. Vor allem wenn du es vorziehst, um 4 Uhr morgens nach Hause zu kommen.

«Das geht sie überhaupt nichts an.»

«Darüber läßt sich streiten. Wenn du krank wärest und hättest niemanden zur Pflege, und sie wüßte das und würde sich nicht um dich kümmern, würde ihr fast jedermann ernsthafte Vorwürfe machen.»

«Bist du nie um 4 Uhr früh nach Hause gekommen?»

«Doch. Aber nicht mit fünfzehn.»

«Wo liegt da der Unterschied? Achtzehnjährige kommen oft um 4 Uhr morgens nach Hause. Ich finde es scheinheilig, wenn man es den einen erlaubt und den anderen nicht. Genauso hat auch Mami über Daddy und mich geredet, wenn sie betrunken oder high war. Und die ganze Zeit hat sie sich mit Pillen vollgestopft. Aber ich mache ihr keinen Vorwurf.»

Vor Kates innerem Auge tauchte das Bild der eleganten Deborah auf ihrem ersten Ball zu Beginn des Karnevals auf. «Pillen? Deborah?»

«Sicher. Deshalb hat man sie auch eingesperrt.»

«Ich dachte – der Arzt hat etwas von einer Depression gesagt.»

«Sie hat Depressionen. Aber sie ist auch süchtig.»

Ich werde damit nicht fertig und möchte nach Hause, dachte Kate. Sie merkte, daß sie und Marie einander anstarrten. «Das tut mir leid», sagte sie. Eine Menge Fragen gingen ihr durch den Kopf, aber die Tatsache, daß sie noch nichts gegessen hatte, war ihr im Moment wichtiger. Sie fragte: «Ich bin halb verhungert. Ist etwas zu essen da? Habt ihr schon gegessen?»

«Wir essen nicht regelmäßig, zumindest seit Mrs. Brody nicht mehr da ist, sondern wenn wir Hunger haben.»

«Also, ich habe Hunger. Was schlägst du vor?»

Marie zuckte nur die Schultern.

«Na schön», sagte Kate trocken. «Macht nichts. Habt ihr irgend etwas Alkoholisches im Haus?»

«Wegen Mami haben wir alles, was wir finden konnten, beiseite geschafft. Wenn sie zu ihren vielen Pillen noch etwas trank, war sie ganz benebelt. Bist du Alkoholikerin?»

Kate wußte, daß Marie mit Absicht unverschämt war – ein Test, ob sie, Kate, sich auf die Palme treiben ließ –, deshalb erwiderte sie ruhig: «Nein, das bin ich nicht. Ich nehme nur immer einen Drink, wenn ich nach Hause komme. Alkoholismus ist, wie du weißt, eine Krankheit, wenigstens hat man es mir so erklärt.» Sie drehte sich um und öffnete den Kühlschrank. Es würde wohl auf ein Schinken- und Käse-Sandwich hinauslaufen, stellte sie schließlich fest. Zwei Stück Brot paßten zwar nicht recht in ihren Kalorienplan, den sie einzuhalten trachtete. Aber um sich eine Omelette zu machen, hätte sie die fettige Pfanne nehmen müssen, die auf dem Herd stand.

Kate füllte Wasser in den Kessel, stellte ihn auf den Herd und drehte das Gas auf. Dann suchte sie in den verschiedenen Küchenschränken nach Kaffee, entschlossen, wenn möglich, nicht mehr das verstockte, feindselige Mädchen zu fragen, das sie noch immer beobachtete. Doch nachdem sie alle Schränke von oben bis unten durchsucht hatte, mußte sie sich mit der Tatsache abfinden, daß kein Kaffee da war. «Das ist doch unmöglich», sagte sie laut. «Es ist kein Kaffee da. Wie werde ich dann morgen früh bloß wach?» Sie wandte sich an Marie. «Habt ihr wirklich keinen Kaffee?»

Die Hände in den Taschen, schlenderte Marie an Kate vorbei zum Kühlschrank. «Nein, Mrs. Brody trank Tee. Daddy ist nicht oft zu Hause, und wir trinken alle Milch oder Limonade. Ich hasse Kaffee. Tut dem Magen nicht gut.» Und sie klopfte auf ihren flachen Bauch.

«Ich kann unmöglich am Morgen ohne Kaffee losziehen. Wo ist hier in der Nähe ein Laden, ein Kiosk oder ein Supermarkt, der um diese Zeit noch offen hat?»

«Du bist in einem Vorort, liebe Tante Kate. Nicht in der großen Welt, wo man zu jeder Tages- und Nachtzeit bekommen kann, was man will. Wir leben hinter dem Mond. Alle schließen zu einer anständigen Zeit.»

«Nun mach schon einen Punkt, Marie», sagte Kate so friedlich wie möglich angesichts der Tatsache, daß sie einen kaffeelosen Morgen vor sich hatte.

Ohne zu antworten, drehte Marie sich um und öffnete den Kühlschrank.

«Entschuldigt, meine Kleinen, wenn ihr einen kalten Zug verspürt.» Sie nahm einen Becher Joghurt heraus, schloß die Tür und kauerte sich nieder.

Verärgert, aber neugierig ging Kate zu Marie und blickte ihr über die Schulter. In einer tiefen Schachtel lag eine getigerte Katzenmutter mit vier Jungen. Sie hatten die Augen noch geschlossen, waren vielleicht einen Tag alt, maunzten und tappten blind mit ihren winzigen Pfoten umher. Unter den Zeitungen und Lappen, auf denen die Familie lag, kam ein Kabel hervor.

«Na so was», sagte Kate überrascht. Und nach einer Minute: «Wie heißt sie?»

«Herzogin.»

«Was ist unter dem Papier? Ich meine, mit diesem elektrischen Kabel?»

«Ein Heizkissen. In der Nacht schalte ich es auf niedriger Stufe ein. Also, meine Kleinen, schlaft gut.» Marie breitete ein schmutziges Stück Plane über die Schachtel. Da die vordere Wand der Schachtel niedriger war als die hintere, blieb, wie Kate bemerkte, ein Spalt zwischen dem Schachtelrand und der Abdeckung offen, durch den Luft eindringen und die Katzenmutter hinausschlüpfen konnte.

«Wann sind sie auf die Welt gekommen?» fragte sie.

«Gestern.» Marie schlenderte zum Spülbecken, nahm einen Löffel von der Geschirrablage und wollte hinausgehen.

«Warte einen Augenblick», sagte Kate. «Ich möchte mit dir reden.»

«Worüber?»

«Ist dir oder Ranger eigentlich klar, daß der Staat, wenn euch meine Anwesenheit nicht paßt, einschreiten könnte und euch in ein Erziehungsheim oder zu Pflegeeltern stecken würde?» Kate wußte nicht, ob das stimmte, aber sie holte es aus irgendwelchen Tiefen ihres Gedächtnisses.

Marie begann ihr Joghurt zu löffeln. «Wir würden davonlaufen. Außerdem kommt Daddy manchmal nach Hause.»

Das klang wie ein neues Echo auf alte Erinnerungen. Kate mußte lächeln. «Ich bin davongelaufen», sagte sie. «Ich war älter als du, und es war eine andere Zeit. Aber es blieb doch ein Davonlaufen.»

Maries Blasiertheit ließ ein wenig nach. In ihrem Blick war ein Funke von Interesse erwacht. «War eine tolle Sache, was?»

Kate antwortete zögernd: «Es hatte seine guten Seiten, wenigstens beruflich. Aber zwanzig Jahre später stand ich immer noch vor dem gleichen Problem. Ich habe es damit nicht wirklich gelöst.»

Das Interesse schien abzuflauen. «Jedenfalls kommt Daddy ja doch gelegentlich heim.»

«Wie lange ist er jetzt fort?»

Wieder zuckte Marie nur die Schultern, anscheinend eine charakteristische Geste. «Einen Monat. Aber er wird hier vorbeischauen, bevor er zu seiner Freundin fährt. Lange genug, um eine neue Glucke für uns anzustellen.» Sie schaute Kate mit ihren türkisblauen Augen an. «Außer du wärest das – unsere neue Glucke. Aber ich glaube, Daddy hat einmal erzählt, du wärst Privatsekretärin von irgendeinem Filmbonzen. Sitzt du da auf seinem Schoß?»

Einen Augenblick lang wäre ihr Kate beinahe auf diese Sekretärinnengeschichte hereingefallen. Dann wußte sie, daß sie wieder in eine Falle gelockt werden sollte. Sie lächelte amüsiert. «Du weißt sicher sehr gut, daß ich nicht die Sekretärin eines Bonzen bin. Ich bin Cheflektorin bei Suttcliffe and Wells, einem der besten Verlagshäuser im Land. Was ist eigentlich los mit dir, Marie? Warum verhaltet ihr euch mir gegenüber so feindselig?»

Marie war mit ihrem Joghurt fertig und warf den Becher in den überquellenden Mülleimer. «Wir wollen dich nur einfach nicht hierhaben. Wir brauchen keinen Aufpasser.»

Kate beschloß, dies zu überhören. «Wann steht ihr auf, um in die Schule zu gehen?» erkundigte sie sich.

«Da mußt du Ranger fragen, wann er aufsteht. Ich gehe nicht zur Schule.»

«Wie kommt das?»

«Ich bin geflogen.» Der Triumph in Maries Stimme überflutete Kate wie eine Woge warmer Luft. Marie hatte sie offensichtlich schockieren wollen, und das war ihr gelungen. Bevor Kate etwas erwidern konnte, war sie verschwunden.

Kate machte sich ein Sandwich, goß sich ein Glas Milch ein und setzte sich an den Tisch. Erst jetzt, beim ersten Bissen, merkte sie, wie erschöpft sie war. Niedergeschlagenheit bemächtigte sich ihrer. Irgendwo hatte sie gelesen – vielleicht in einem von Kramers Büchern –, daß man glaubt, Entscheidungen zu treffen, aber das sei ein Irrtum. Jeder Schritt sei vorherbestimmt. Sie hatte das weit von sich gewiesen, aber nun war sie wieder hier bei den Légères und Lamonts und deren Arsenal von Druckmitteln gegen sie – die sich anscheinend nicht sehr geändert hatten –, trotz all ihrer Bemühungen, sich körperlich und geistig von ihrer drückenden Vergangenheit zu lösen. Sie starrte auf die zweite Hälfte ihres Sandwiches und hatte plötzlich keinen Appetit mehr. Wenn sie hierblieb, wäre alles, was sie sich aufgebaut hatte, wieder dahin: ihre Stellung, ihre Karriere, ihre Wohnung. Sie würde wieder das sein, was sie vor 22 Jahren gewesen war, eine Außenseiterin, eine Fremde, die immer lief, lief, lief und versuchte, etwas einzuholen – was es auch sein mochte –, das für sie immer außer Reichweite blieb.

Als sie eine Berührung an ihrem Schenkel spürte, wäre sie fast aufgesprungen. Es war die Tigerkatze. Die großen goldfarbenen Augen blickten zu ihr auf. Das Tier miaute leise und traurig.

Kate hatte nie eine Katze besessen, aber sie verstand ihr Anliegen sofort. «Hier», sagte sie. Sie goß ein wenig von ihrer Milch in die Untertasse, die sie so optimistisch aus dem Schrank genommen hatte. Dann schnitt sie das restliche Fleisch und den Käse in kleine Stücke und stellte beides auf den Boden. Die Katze roch daran, tauchte ihre Zunge in die Milch und begann zu schlabbern. Als sie die Milch aufgeleckt hatte, machte sie sich über den Schinken und den Käse her. Dann putzte sie ihr Schnäuzchen, die Schnurrbarthaare und die Pfoten und schlich zu ihrer Schachtel zurück.

Kate hob das Geschirr vom Boden auf und stellte es zusammen mit ihrem Glas ins Spülbecken. Als sie am Mülleimer vorbeikam, stieg ihr der scharfe Gestank wieder in die Nase. Den müßte man leeren, dachte sie. Was machen die Leute in den Vororten mit ihrem Müll? Das muß ich jemanden fragen, dachte sie. Sie wollte gerade die Küche verlassen, um ins Wohnzimmer zu gehen, als ihr einfiel, daß Ranger und Bones schon fast seit einer halben Stunde fort waren. Sie wandte sich um, ging zur Hintertür und öffnete sie. Das

Licht aus den Küchenfenstern und der Tür fiel auf einen dunklen Rasen. Dort standen ein paar Bäume und etwas, das nach einer Hundehütte aussah. Hinter den Bäumen war es finster. Sie konnte weder den Jungen noch den Hund entdecken.

«Ranger!» rief sie. Keine Antwort.

«Bones!» Wieder keine Antwort. Sie schaute auf die Uhr. Zwanzig vor neun. Ihre Mutter hätte einen Anfall bekommen, wenn sie mit zwölf Jahren um zwanzig vor neun noch draußen gewesen wäre. Falsch, dachte Kate spöttisch. Beth hätte keinen Anfall bekommen, weil Kate um diese Zeit nie allein draußen gewesen wäre. Punktum. Aber sie war zu der Erkenntnis gelangt, daß Beth in den vierziger Jahren, Krieg oder nicht Krieg, immer noch die Südstaaten-Viktorianerin geblieben war, zu der man sie erzogen hatte.

Und was tue ich jetzt? fragte sich Kate, als sie die Tür wieder zumachte. Sie betrachtete das Schloß, dann öffnete sie die Tür noch einmal und griff nach dem Knopf auf der anderen Seite. Er ließ sich leicht drehen. Wenn ich jetzt ein Fell hätte, dachte Kate, würde es sich sträuben. Kein Bewohner der City von New York konnte über eine unverschlossene Haustür etwas anderes fühlen als bares Entsetzen. Und wie die New Yorker Zeitungen mit einer gewissen Genugtuung berichteten, blieb die Kriminalität in den Vororten nicht hinter der im Zentrum der Stadt zurück. Aber wenn sie die Tür versperrte, wie kamen dann Ranger und Bones wieder herein? Also, dachte Kate, als sie die Tür schloß, müssen wir eine Gipfelkonferenz über Schlüssel abhalten. Dann ging sie zurück durch die Küche ins Wohnzimmer. Dort war niemand. Marie war im Oberstock, von wo jetzt Disco-Musik laut und durchdringend herabdröhnte.

Kate stand eine Weile im Wohnzimmer und nahm automatisch den großen, rechtwinkeligen Raum mit seinen ausgewogenen Möbeln und passenden Farben in sich auf. Irgend jemand – Deborah oder ein Innenarchitekt – hatte hier gute Arbeit geleistet. Aber trotz der herumliegenden Illustrierten, Zeitungen und Bücher sah das Zimmer irgendwie unwohnlich aus, so als hätten zwar unzählige Durchreisende es benutzt, aber die wirklichen Bewohner es noch nie betreten.

Hastig machte Kate auf dem Absatz kehrt und ging zurück in die Küche, die trotz der offensichtlichen Vernachlässigung und Unordnung erfreulicher und gemütlicher wirkte. An der Küchenwand hing, wie Kate sich erinnerte, ein Telefon. Auch kam ihr vor, als hätte sie unterhalb auf einem Regal eines dieser Bücher gesehen, in die man häufig benötigte Telefonnummern eintrug. Einer plötzlichen Regung folgend, schlug Kate die erste Seite auf. Ja, da stand es: Dr. McGrath, und dahinter zwei Nummern, die eine mit Ord. gekennzeichnet und die andere mit Pr. Sie wählte die mit Pr. Das Telefon klingelte zweimal, dann wurde abgehoben. Eine männliche Stimme, die sie sofort wiedererkannte, sagte: «Hallo.»

Kate holte tief Atem. «Dr. McGrath, hier spricht Kate Malory, die Person, die Sie dazu überredet haben, hier in dieses Haus zu kommen, das angeblich so dringend eine Mutter braucht. Die gegenwärtigen Bewohner, Marie und Ranger, scheinen ebenso darauf erpicht zu sein, mich hierzuhaben, wie ich darauf, hierherzukommen. Sie verübeln mir unmißverständlich meine Gegenwart, was ich verstehen kann – das Leben ist im Augenblick für sie nicht leicht. Aber ich habe ebensowenig die Autorität, sie irgendwie auf Vordermann zu bringen, wie ihnen das Tragen von Uniformen einzureden – selbst wenn ich wollte. Ich werde heute nacht hierbleiben und mit ihnen reden, falls es mir gelingt, sie beide zusammen in ein Zimmer zu bekommen. Aber das ist auch schon ziemlich alles, was ich tun kann.»

«Das tut mir leid. Ich hatte nicht gedacht, daß es so schwierig sein könnte.»

«Ich glaube mich an Ihre Bemerkung zu erinnern, daß das Haus in einem chaotischen Zustand ist. Aber Sie haben vergessen hinzuzufügen, daß sich die beiden Kinder offenbar in verschiedenen Stadien der Wut und Auflehnung befinden. Es würde einen erfahrenen Psychotherapeuten vollständig ausfüllen, alle diese Feindseligkeiten hier abzubauen. Übrigens habe ich von Marie erfahren, daß Deborah anscheinend Drogen nimmt.»

«Das stimmt. Aber sie hat auch Depressionen. Ob das ausschließlich eine Entwöhnungserscheinung ist, weiß ich noch nicht.»

«Aber sie muß noch in der Klinik bleiben?»

«Ohne jeden Zweifel. Sie ist suizidgefährdet, wie ich Ihnen, soviel ich mich erinnere, schon erklärt habe.»

«Eigentlich hatte ich mir vorgestellt, daß ich nur für ein paar Tage herkommen und die Rolle eines vertrauten Erwachsenen spielen müßte, bis eine neue Haushälterin gefunden ist. Ich wußte nicht, daß man von mir erwartet, mit einem anarchistischen und feindseligen Haushalt fertig zu werden. Das kann ich nicht.»

«Was schlagen Sie vor?»

«Ich weiß es nicht, Dr. McGrath. Ist das nicht eher Ihr Problem und das von Paul?»

Kurzes Schweigen folgte. Dann seufzte der Arzt. «Also gut. Bleiben Sie heute nacht dort und fahren Sie morgen nach Hause. Ich werde irgend etwas anderes in die Wege leiten.»

Widersinnigerweise war Kate über diese Erklärung ebensowenig erfreut wie über die vorangegangenen. Sie nahm an, daß er gleich auflegen würde. «Warten Sie!» sagte sie.

«Ja? Was gibt's noch?»

«Wo ist Paul im Augenblick?»

«Irgendwo in Tokio. Ich habe eine Telefonnummer hier, die Sie anrufen können, um ihm eine Nachricht zu hinterlassen. Er ruft dann zurück.» Kate konnte hören, wie Schubladen geöffnet und wieder geschlossen wurden. Sie schaute auf die Uhr. Viertel vor zehn. «Da ist sie», sagte McGrath und gab ihr die Nummer durch.

«Danke. Ich glaube, ich sollte noch wissen, wie spät es jetzt in Tokio ist.»

«Ich habe eine Uhr mit der internationalen Zeit. Lassen Sie mich mal sehen. Ich glaube, der Unterschied zu Tokio beträgt minus zehn Stunden.»

«Das würde heißen, daß es dort etwa Mittag ist. Wahrscheinlich wird er zum Essen ausgegangen sein. Aber ich will es versuchen.»

«Lassen Sie mich bitte wissen, was er gesagt hat.» Und damit legte er auf. Seine Stimme hatte irgendwie seltsam belegt geklungen.

Kate wählte die Nummer in Tokio und stellte sich darauf ein, warten zu müssen. Daher war sie angenehm überrascht, als Paul sich selbst meldete.

Beim Klang seiner Stimme verspürte sie Herzklopfen. Sicher, dachte sie, kann das nach all den Jahren und nach dem, was inzwischen geschehen war, nicht der versteinerte Rest ihrer längst überwundenen alten Schwärmerei sein. Sie zog es vor, es für Beklemmung zu halten.

«Hallo, Paul. Hier spricht Kate Malory. Ich rufe von deinem Haus aus an.»

«Kate!» sagte er. «Daß du dort bist, ist wunderbar. So prompt Hilfe zu bringen!»

«Es ist nicht wunderbar von mir, Paul, weil das nämlich nicht zutrifft. Ich kam auf das Verlangen dieses Dr. McGrath hierher und hatte vor, höchstens über das Wochenende hierzubleiben, bis jemand für dauernd gefunden wird. Aber ich habe wirklich nicht einen so durch und durch chaotischen Haushalt erwartet – im wörtlichen wie im psychologischen Sinn des Wortes. Ich habe gehört, daß Deborah seit einem Monat in der Klinik ist, und soviel ich weiß, ist die Haushälterin erst vor ein paar Tagen gegangen. Trotzdem kann ich ihr dieses Chaos nicht zur Last legen. Deine Kinder wollen niemanden hierhaben, und das zeigen sie auch ganz offen. Eigentlich rufe ich dich nur an, um dir zu sagen, daß diese Situation entweder dich persönlich oder einen anständigen Psychologen mit einer Menge Geduld und Autorität erfordert. Ich habe einen Beruf und muß zurück ins Büro. Ich bin nicht gewillt, deine Kinder dazu zu bewegen, ihre Feindseligkeit einzustellen. Leider muß ich dir sagen – im Augenblick besteht diese Feindseligkeit durchaus auf beiden Seiten.»

«Sieh mal», sagte Paul. «Ich weiß, daß die Kinder ... Sie hatten eine schwere Zeit, Kate. Deborah geht es schon seit langem nicht gut.»

«Wie Marie mir erzählte, nimmt sie Drogen.»

«Das stimmt zumindest teilweise, obgleich ich wünschte, Marie würde es nicht in alle Welt hinausposaunen ... Nun ja, wie du schon sagtest, das ist nicht dein Problem. Mir bleibt nur noch, dir für den Versuch zu danken.»

«Wann kommst du voraussichtlich nach Hause, Paul? Ich betone nochmals, daß diese Situation deiner persönlichen väterlichen Obsorge bedarf.»

«Wenn du oder Mrs. Brody geblieben wärt, hätte ich mich noch etwa drei Wochen hier aufgehalten, da ich die Möglichkeit hätte, Peking zu besuchen. Eine solche Chance bietet sich nicht allzuoft. Wenn es dir jedoch nicht möglich ist zu bleiben, könnte ich frühestens in einer Woche oder zehn Tagen zurück sein.»

Kate stellte sich Paul vor, wie er bei ihrer letzten Begegnung ausgesehen hatte. Sein Spitzname auf der Schule und im College war ‹Wikinger› gewesen. «Er braucht nur», hatte einmal eine Verehrerin gesagt, «die Ausstattung Erik des Roten aus der Fernsehwerbung mit Speer und Lederschurz, nicht einmal ein Make-up.» Das stimmte. Mit seiner Größe und seinem blonden Haar sah er geradeso aus, als käme er direkt aus einem Fjord.

«... es liegt also bei dir», sagte Paul der Wikinger am Telefon. «Ich unterwerfe mich deiner Entscheidung.»

Plötzlich kam Kate Maries Bemerkung in Erinnerung, daß ihr

Vater eine Freundin hätte. Sie öffnete den Mund, schloß ihn dann aber wieder. Das ging sie nichts an. «Übrigens, Paul, hast du gewußt, daß Marie von der Schule geflogen ist?»

Kurzes Schweigen folgte. Dann sagte Paul langsam: «Nein, ich habe nur gewußt, daß es ... Schwierigkeiten gab. Mrs. Brody hat nichts erwähnt.»

«Hat sie dir geschrieben? Und dich auf dem laufenden gehalten?»

«Ich habe mit ihr telefoniert – ziemlich oft.»

Sie schwiegen beide, wie um ihr Wissen nicht zu verraten, daß dies nicht stimmte, oder zumindest nicht ganz. Dann raffte sich Kate auf. «Paul, es sind deine Kinder. Sie haben eine nervenkranke Mutter, die im Augenblick im Krankenhaus liegt. Du solltest hier sein, was immer dein Beruf sein mag.»

«Wenn ich diesen Job verliere, müßte Deborah in ein staatliches Krankenhaus – und du weißt, wie die sind –, die Kinder könnten nicht mehr in teure Privatschulen gehen, und ich müßte mir eine neue Stellung suchen.»

«Das klingt ziemlich dramatisch. Ich kann nicht glauben, daß eine vernünftige Firma dir nicht einen Monat Urlaub geben würde, damit du nach Hause kommen und jemanden als Hilfe für deine Familie engagieren könntest.»

«Auch wenn das der vierte Urlaub innerhalb von zwei Jahren sein würde? Meine Firma ist so human wie jede andere. Und ich bin einer der Teilhaber. Aber sie hat bereits drei Aufträge verloren, weil ich zu Hause war anstatt dort, wo ich sein sollte. Ich bin keineswegs unentbehrlich. Ganz gewiß nicht. Ich fürchte im Gegenteil, daß sie mich für sehr entbehrlich halten und rasch hinausdrängen würden. In diesem Fall ade Privatschulen, ade Privatsanatorium und ade Lebensstandard. Glaubst du, das wäre eine Hilfe?»

«Ich bin nicht so sicher, daß es keine wäre, Paul. Zumindest wärt ihr dann alle zusammen. Im Augenblick möchtest du, daß ich deine Pflichten für dich übernehme, und das kann ich nicht. Es sind nicht meine Kinder.»

Wieder blieb es still. «Also gut, Kate. Ich komme nach Hause. Ich rufe dich an und sage dir, wann. Bitte bleib nur, bis ich da bin. Niemand will dir vorschreiben, daß du nicht tagsüber deiner Arbeit nachgehen kannst. Ich möchte nur, daß du während der Nacht dort bist.» Er zögerte. «Wo ist Marie jetzt?»

«Ich weiß es nicht. Möchtest du, daß ich nachsehe, ob sie oben ist? Den Aussagen deiner neugierigen Nachbarn zufolge kam sie einmal erst um 4 Uhr morgens nach Hause.»

«Um sie mache ich mir mehr Sorgen als um Ranger. Sie ist ... nun ja, sie schlägt mehr ihrer Mutter nach. Auch sollte sie meine Post aufbewahren. Ich wüßte gern, ob die Schule mir geschrieben hat.»

«Würde sie es dir sagen?»

«Ja, das würde sie. Du magst vielleicht meine Kinder nicht, Kate. Aber sie haben auch ihre Tugenden, und Ehrlichkeit ist eine davon. Bitte, hol sie mir ans Telefon.»

«Hier bin ich, Daddy.»

«Wie lange hörst du schon zu, Marie?»

«Von Anfang an. Du weißt doch, daß es hier oben kurz klingelt, wenn von unten jemand telefoniert.»

«Und dir ist nicht der Gedanke gekommen, daß ich auch ein Privatgespräch führen könnte?» fragte Kate.

«Da mein Vater die Telefongespräche von seinem Haus aus bezahlt, sehe ich, seine Tochter, nicht ein, warum ich nicht auch mit ihm sprechen sollte.»

«Ich wollte dir gerade ...»

«Schon gut», unterbrach Paul schroff. Dann: «Stimmt es, Marie, daß du aus St. Hilary's hinausgeworfen wurdest?»

«Ja. Ich bin vor einer Woche endgültig rausgeflogen. Da ist ein Brief von ihnen. Soll ich ihn dir vorlesen?»

«Bitte.»

Man konnte Papier rascheln hören.

«‹Sehr geehrter Mr. Lamont!

Wir bedauern, daß wir uns entschließen mußten, Marie von unserer Schule zu verweisen, aber es blieb uns keine andere Wahl. Ihre Leistungen waren äußerst mangelhaft, sie kam nicht zum Unterricht, und wenn sie kam, war sie aufsässig und frech. Wenn es das erste Mal wäre, daß wir diesen Schritt in Erwägung ziehen, hätten wir eine solch drastische Lösung zu vermeiden gesucht. Aber wie wir beide wissen, ist das nicht der Fall.

Ich bedaure das wirklich aufrichtig. Marie ist aufgeweckt, begabt und verfügt über eine enorme Energie, richtet sie jedoch unglücklicherweise meistens auf Aktivitäten, die für sie selbst und die anderen Schüler schädlich sind. Ein großer Mann sagte einmal: Energie ist neutral, man kann sie dazu nützen, etwas aufzubauen oder etwas zu zerstören, aber man muß sie nützen. Ich wünschte von ganzem Herzen, daß Marie ihre überreichen Gaben dazu nützen würde, etwas Befriedigendes und Dauerhaftes in ihrem Leben aufzubauen. Im Augenblick tut sie das nicht, sondern hält während ihrer Abwesenheit hier in der Schule andere davon ab, es zu tun. Wir glauben daher, keine andere Wahl zu haben: Wir können Marie nicht gestatten, unsere Schule weiterhin zu besuchen.

Ihre sehr ergebene
Margaret McNair,
Direktorin.›

Das ist ein ziemlich guter Brief, nicht wahr, Daddy? Die McNair versteht es zu schreiben.»

Ganz gegen ihren Willen – sie war wütend auf sich selbst, daß sie nicht aufgelegt hatte – sagte Kate: «Tut es dir denn überhaupt nicht leid, Marie?»

«Warum sollte es das? Ich habe die Schule satt. Oder glaubst du etwa, daß diese blöde Schule mich hinauswerfen könnte, wenn ich es nicht darauf angelegt hätte?»

«Du enttäuschst mich sehr, Marie», sagte Paul. Und zum erstenmal klang es müde. Kate spürte, daß er nicht wußte, was er tun sollte.

«Wir sprechen darüber, wenn du heimkommst», sagte Marie. «Wann wird das sein?»

«Ich habe deiner Tante Kate bereits versprochen, daß ich es ihr morgen mitteilen werde. Und, Marie, geh nicht ans Telefon. Erstens will ich durchkommen, zweitens möchte ich gelegentlich mit Kate auch ein paar persönliche Worte wechseln.»

«Über mich?»

«Und das Haus und Ranger.»

«Ich fände es großartig, wenn du zwischen zwei Besuchen bei deiner Freundin auch mal bei uns vorbeischauen könntest», sagte Marie. Und Kate hörte das Klicken, als sie auflegte.

«Es gibt Zeiten», sagte Paul, «da würde ich am liebsten direkt in einen indischen Ashram gehen.»

«Warum tust du es nicht?»

«Das ist nur ein Scherz und nicht der Mühe wert, beantwortet zu werden. Du hörst morgen von mir. Und nochmals vielen Dank.»

Kate stand noch immer am Telefon, als die Hintertür aufgestoßen wurde. Bones kam herein, gefolgt von Ranger.

«Ranger», sagte Kate, «ich finde es keine gute Idee, Haustüren unverschlossen zu lassen. Nicht einmal in einem Vorort.»

«Ich habe keinen Schlüssel.»

«Man könnte einen machen lassen.»

«Den verlier ich nur. Hier stiehlt niemand etwas. Was sollte er auch?»

«Also, was mich betrifft, ich fühle mich bei verschlossenen Haustüren viel wohler. Wo ist übrigens der Schlüssel?»

«Vielleicht in einer der Schubladen dort. Komm, Bones! Es gibt was zu fressen.»

Kate öffnete in dem Kästchen unter dem Spülbecken eine Schublade nach der anderen. In der letzten fand sie eine Schachtel voll einzelner Schlüssel. Einer hatte sogar ein Schildchen mit der Aufschrift «Hintertür». Sie ging zur Tür und probierte ihn. Er paßte nicht.

«Hier steht ‹Hintertür› dran. Aber er paßt nicht.»

«Der ist wohl von einer Tür, wo wir früher gewohnt haben.» Er schaute auf. «Du kannst sie doch von innen versperren, indem du diesen kleinen Riegel vorschiebst.»

«Ja, aber – ach, egal. Wenn ich nervös geworden bin, mußt du eben klopfen. Übrigens, ist es nicht ein bißchen spät, wenn du jetzt erst heimkommst?»

«Ich war doch nur ein paar Minuten fort. Was ist da schon groß dabei?»

«Länger als eine Stunde. Sei doch nicht so dickköpfig, Ranger. Du weißt genau, wie spät es ist. Wo warst du denn?»

«Bei ein paar Jungen aus der Nachbarschaft.»

Sie starrten einander an. Schließlich, dachte sie, werde ich ja nicht sehr lange hier sein. «Ranger, würdest du, solange ich hier bin, versuchen, etwas früher nach Hause zu kommen – vor allem wegen der unverschlossenen Tür?»

«In Ordnung», murmelte er und beugte sich über seinen Hund, der eben die letzten Brocken Hundekuchen verschlang, die Ranger ihm gegeben hatte.

Kate ging ins Wohnzimmer und holte ihre Jacke, das Köfferchen und die Tasche. Dann ging sie nach oben. Sei dankbar, sagte sie sich, für die kleinsten Freuden. Die Disco-Musik hatte aufgehört. Oben angekommen, blieb sie stehen. Welches Zimmer war eigentlich noch frei?

Sie stellte ihr Köfferchen auf ein kleines Sofa in der oberen Diele und klopfte an die nächste Tür. Marie öffnete in einem Männernachthemd, einen Apfel kauend, die Tür. «Ja?» sagte sie und spuckte ein paar Kerne in die Hand.

Kate haßte es, in der Rolle eines Bittstellers zu fungieren. «Weißt du, welches Zimmer ich nehmen soll?»

«Nimm doch das am Ende des Anbaus. Das hatte Mrs. Brody.» Und damit schloß Marie die Tür.

Als Kate in dem Zimmer anlangte und die Tür hinter sich schloß, merkte sie zu ihrem Entsetzen, daß ihr Tränen über die Wangen liefen. Soll sie alle der Teufel holen, dachte sie und suchte nach der Packung Papiertaschentücher, die sie immer in der Handtasche hatte. Es waren keine mehr vorhanden. Irgendwie gab ihr das den Rest. Alles hatte sich gegen sie verschworen! Sie setzte sich aufs Bett und schluchzte. «Morgen verschwinde ich von hier, und dann können sie meinetwegen alles niederbrennen», sagte sie laut. Aber kaum hatte sie diesen Gedanken ausgesprochen, als vor ihrem geistigen Auge das Bild der kaum einen Tag alten Kätzchen aufstieg, wie sie mit ihren winzigen Pfoten und ihren verhältnismäßig großen Köpfchen blind nach den Brustwarzen der Mutter suchten. Sie seufzte. «Ich habe es nicht so gemeint, lieber Gott.»

3

Kate erwachte bedrückt und mit dem Gefühl, einen unfreundlichen, erschreckenden Traum gehabt zu haben, an den sie sich nicht mehr erinnern konnte. Vergeblich versuchte sie, auf dem Bettrand sitzend, sich etwas ins Gedächtnis zu rufen, das beunruhigend war – oder sie beunruhigt hatte. Während der Nacht war sie ein- oder zweimal halb aufgewacht in der Meinung, sie hätte ein Geräusch gehört. Aber das konnte sie ebensogut nur geträumt haben. Seufzend schlüpfte sie in ihre Hausschuhe.

Auch das Fehlen von Kaffee hatte sie vergessen. Gewohnt, als erstes in die Küche zu gehen, um den Wasserkessel aufzusetzen, war sie schon auf dem Weg zur Schlafzimmertür, bevor sie sich erinnerte, wo sie war, und an die noch niederschmetterndere Tatsache, daß es unten keinen Kaffee gab. Einen Augenblick lang blieb sie mitten im Zimmer stehen und verspürte einen abgrundtiefen Haß auf das Haus, ihre Familie, den Vorort, Paul, Deborah und die ungezogenen Kinder. Dann fügte sie sich in das Unabänderliche, nahm Handtuch und Waschlappen und tappte ins nächste Badezimmer.

Wie im ganzen Haus herrschte auch hier eine unbeschreibliche Unordnung. Entsetzt schloß sie die Augen. Gebrauchte Handtücher lagen zusammengeknüllt auf dem Boden, die Badewanne hatte breite Schmutzränder, und das Waschbecken war mit Zahnpaste verschmiert. Als sie darin auch noch einen Zigarettenstummel entdeckte, mußte sie sich auf den Wannenrand setzen und tief Luft holen. Schließlich nahm sie ihn heraus, warf ihn in die Toilette und spülte nach. Dann hob sie die Handtücher auf und stopfte sie in einen Wäschekorb. Sie säuberte das Porzellan von der Zahnpaste, schraubte die Kappe auf die Tube, stellte die verschiedenen Dosen und Fläschchen in das Arzneikästchen oder auf die Wandregale und nahm, nachdem sie die Ordnung so ziemlich wiederhergestellt hatte, eine Dusche. Als sie schon unter dem Strahl stand und in die Seifenschale griff, merkte sie, daß darin keine Seife lag. Sie mußte sich also die Seife vom Waschbecken holen.

Vierzig Minuten später ging sie nach unten und fühlte sich etwas besser. Auf ihrer Uhr war es zehn Minuten nach acht. Ranger saß am Küchentisch vor einer Schüssel voll Getreideflocken. Bones lag zu seinen Füßen und schaute zu ihm auf. Als Kate die Küche betrat und «Guten Morgen» sagte, kroch Bones sofort unter den Tisch. Kate ging zum Kühlschrank, öffnete ihn und suchte Milch oder Orangensaft. Beides hätte – wenn auch unzureichend – einstweilen den Kaffee ersetzen können. Aber beide Kannen waren leer. Kate drehte sich nach dem Jungen um. Rangers Getreideflockenschüssel war voll Milch. Vor ihm stand ein leeres Glas, in dem, nach den Resten zu schließen, offenbar Orangensaft gewesen war.

Also, dachte sie, gibt es keinen Kaffee, keine Milch, keinen Orangensaft, und in Ermangelung von Milch waren auch die Getreideflocken von der Liste der Möglichkeiten zu streichen. Tee?

Sie fand im hintersten Teil eines Schranks eine Schachtel Teebeutel, setzte Wasser auf und machte sich eine Tasse Tee, die auch eine irische Großmutter beglückt hätte. Als sie den Beutel aus der Tasse nahm, war der Tee fast schwarz. Suchend glitt ihr Blick über den Tisch. Ja, da stand eine Zuckerdose. Es gab zwar kein Brot, aber auf einem Bord standen Kekspackungen. Das war nicht gerade Diät, dachte sie düster, aber vielleicht würde ihre innere Wut allein schon einige Kalorien verbrennen.

Sie holte sich eine der Packungen und setzte sich zu ihrem Tee. Bevor Ranger begriff, was mit seiner Getreideflockenschüssel geschah, zog Kate sie ihm unter dem Löffel weg und goß ein wenig von der gesüßten Milch in ihren Tee.

«Danke», sagte sie und stellte Ranger die Schüssel wieder vor die Nase. Dann nahm sie noch etwas Zucker.

«Das ist meine Milch, die du genommen hast», sagte Ranger. Aber das klang ein wenig unsicher.

«Da es keine andere gab und du die ganze Milch genommen hast, ohne daran zu denken, daß auch ich vielleicht welche gewollt hätte – und auch den ganzen Orangensaft –, finde ich es durchaus in Ordnung, daß ich mir das, was ich brauche, von dir nehme. Schlechte Manieren pflegen nämlich ansteckend zu sein.»

«Wie sollte ich denn wissen, daß du Milch möchtest? Du hast doch immer nur von Kaffee geredet.»

«Woher weißt du das? Mit dir habe ich darüber überhaupt nicht gesprochen.»

Ranger steckte seinen Löffel in den Mund und schlug die Augen nieder.

«Du und Marie habt also über mich gesprochen. Nun ja, ich kann euch das kaum verübeln. In eurer Lage hätte ich das wahrscheinlich auch getan.»

Eine Erinnerung an den unruhigen Schlaf der vergangenen Nacht drängte sich ihr auf. «Ist einer von euch beiden vielleicht Schlafwandler?»

Ranger erstarrte plötzlich und schaute sie an. «Nein, warum?» Da er schon den ganzen Morgen ziemlich unfreundlich gewesen war, machte sich Kate nichts daraus, daß er jetzt ärgerlich schien.

«Ich bin nicht sicher. Ich glaubte, etwas gehört zu haben. Aber vielleicht war es nur ein Traum.» Sie nippte an ihrem Tee und knabberte Keks.

Hastig schob Ranger seine Getreideflockenschüssel weg, nahm die Hundeleine vom Türhaken und zog Bones am Halsband zur Tür.

«Wohin gehst du?»

«Ich führe Bones nur noch kurz hinaus, bevor der Schulbus kommt.» Und schon waren er und Bones durch die Tür verschwunden. Kate bemerkte, daß er offenbar eine Schuluniform trug: marineblaue Hosen, weißes Hemd, gestreifte Krawatte und Blazer. Fünf Minuten später kamen Ranger und Bones zurück. Der Junge hängte die Hundeleine auf, kniete nieder und klopfte auf die Zeitungen, die auf dem Boden ausgebreitet waren. «Also», sagte er zu seinem geliebten Hund, «sei brav. Auf das Papier.» Der Hund wedelte mit dem Schwanz. Ranger stand auf. Bones sprang an ihm hoch und versuchte, ihm das Gesicht zu lecken. «Platz!» befahl er. «Platz jetzt!» Die beiden schauten einander an. Bones hielt den Kopf schief, so als wollte er einen Kode entziffern. Dann, als hätte er plötzlich verstanden, setzte er sich. «Guter Hund. Guter Hund!»

Ranger lief zu dem Bord unter dem Geschirrschrank, nahm etwas aus einer Pappschachtel und gab es Bones. «Guter Hund!» sagte er. Prompt sprang Bones wieder auf und tanzte um ihn herum. «Nein, Bones! Platz! Platz!»

Von der Straße her erklang eine Hupe.

«Versprich mir», sagte Ranger aufgeregt zu Kate, die am Küchentisch lehnte und das Schauspiel beobachtet hatte, «versprich mir, daß du nicht zu nahe an Bones herangehst. Er ist brav, wenn du ihn in Ruhe läßt. Wie schon gesagt, er mag keine Frauen. Bitte!»

«Ich verspreche, ihn weder zu verhauen noch anzubrüllen. Ist das okay?»

Wieder hörte man hupen. Ranger glich in diesem Augenblick sehr seinem Vater, wenn dieser seinen Dickkopf aufsetzte, doch er nahm ein paar Bücher auf und ging durch die straßenseitige Tür hinaus.

Kate blieb eine Weile im Wohnzimmer stehen und überdachte ihre Möglichkeiten. Vor allem beschäftigte sie die Frage: Wo war Marie? Vermutlich noch im Bett. Sollte sie hinaufgehen und das Mädchen aufwecken? Wozu, beantwortete sie sich die Frage selbst. Sie würde nur weitere offensichtliche Feindseligkeiten hinnehmen müssen. Andererseits konnte Paul jeden Augenblick anrufen. Wenn er fragte, wo seine Tochter war, wie würde sie sich bei der nüchternen Feststellung fühlen, daß sie es nicht wußte? Also gut. Sie würde hinaufgehen und nachsehen.

Aber sie blieb stehen, wo sie war. Ihr Ordnungssinn verlangte danach, hier sauberzumachen und aufzuräumen. Was treibt mich dazu, fragte sie sich. Die Methodistin? Die Puritanerin? Die Waise, die sich niemals für vollwertig hielt?

Müde streckte sie schließlich die Hand aus, um einen kleinen Polstersessel von der Teppichmitte fortzuräumen. Am Vorabend hatte sie den Schmutzfleck darauf nicht entdeckt. Auf diesem mit feiner Stickerei verzierten Sessel sah er häßlich, ja geradezu ekelhaft aus. Bones?

Sie stellte ihn zur Seite, stieg in den ersten Stock und blieb zögernd in der Diele stehen. Dann klopfte sie an Maries Tür. Keine Antwort. Sie klopfte noch einmal. Wieder keine Antwort. Dann schaute sie hinein.

Unten herrschte ein Chaos, aber Maries Zimmer wirkte geradezu unheimlich. Die Wände waren dunkelrot gestrichen. Eine Wand nahm das riesige Bild eines Mönches ein, der sich selbst verbrannte. Das Bett bestand aus einer Bambusmatte mit einer zurückgerollten Wolldecke. Gegenüber dem brennenden Mönch hing ein Aquarell, eine zartfarbige Schäferszene, die eher an die weiße oder leicht getönte Wand eines altmodischen Schlafzimmers gepaßt hätte. An der roten Wand erschien es so zart, daß es fast durchsichtig wirkte. Bambusrollen hingen vor den Fenstern und sperrten fast alles Licht aus. Trotzdem konnte man erkennen, daß Marie nicht hier war.

Kate betätigte einen Schalter an der Wand neben sich und zuckte zusammen. Ein greller Fotoscheinwerfer begann zu blinken.

«Um Himmels willen», rief sie aus. Rasch drückte sie den Schalter wieder hinunter. Nach einer Minute ging sie zu dem Fenster und rollte die Bambusblenden hoch. Das Sonnenlicht veränderte den Charakter des Zimmers völlig. Was im Dunkeln oder Halbdunkeln eher erregend gewirkt hatte, sah jetzt nur noch geschmacklos und billig aus. Kate stand da und fragte sich, wieso dieser Raum den Eindruck in ihr hervorrief, ihn schon einmal gesehen zu haben. Nach ein paar Augenblicken beschloß sie, es müsse am brennenden Mönch liegen. Alles, was er darstellte, alle Gefühle, die er automatisch weckte, gehörte den sechziger Jahren an. Es war mindestens dreizehn oder vierzehn Jahre her, und Marie war wohl eben erst geboren, als dieses Bild mit seinen Flammen viel dazu beitrug, die Welt zu verändern. Warum hing es aber jetzt dort?

«Ist er nicht toll?» fragte Marie hinter ihr.

Absichtlich langsam drehte sich Kate um. «Woher kommst du?»

«Aus dem Badezimmer.» Marie zeigte mit der Hand auf eine ebenfalls rotgestrichene Tür, die Kate nicht bemerkt hatte. In diesem Augenblick wurde Kate bewußt, daß Marie nackt war. Ihr schlanker, rosiger Körper, mit Wassertropfen von der Dusche auf ihren wohlgeformten Hüften und Oberschenkeln, war ohne Makel. Sie hatte kleine, feste Brüste wie ein Kind. Natürlich, dachte Kate, sie ist ja noch ein Kind. Kate schaute auf und begegnete Maries Blick, dessen Ausdruck nicht zur Unschuld und Jugend ihres Körpers passen wollte. Es gab überhaupt keinen Grund, sagte sich Kate, warum sie der nackte Körper eines fünfzehnjährigen Mädchens verlegen machen sollte. Doch fühlte sie sich äußerst unangenehm berührt, so als hätte man sie bei etwas Lüsternem ertappt.

Marie ging graziös zu ihrem Frisiertisch, kramte in einem Durcheinander von Haarspangen, Kämmen, Bändern, Make-up-Fläschchen, Augenbrauenbürstchen und zwei Haarfönen und griff schließlich nach einer Bürste. Mit der Pose einer Ballettänzerin hob sie den Arm und begann, vor sich hinsummend, ihr Haar zu bürsten.

«Zieh etwas an, Marie», sagte Kate scharf. Im selben Augenblick wußte sie, daß sie einen Fehler gemacht hatte, und auch, daß sie genau das gesagt hatte, wozu das Mädchen sie provozieren wollte.

«Warum denn?» fragte Marie in demselben Singsang. «Schließlich ist es mein Zimmer. Ich kann hier nackt herumlaufen, soviel ich will. Wenn du, ohne anzuklopfen, hereinplatzt, liebe Tante, dann ist das dein Problem, oder?» Sie drehte sich lässig um und stellte sich mit vorgewölbtem Becken in Positur.

Kate machte kehrt, verließ das Zimmer und schloß die Tür hinter sich. Sie war richtig wütend, stellte sie fest, und, was noch schlimmer war – wütend auf sich selbst.

Sie war auf dem Weg ins Erdgeschoß, als das Telefon klingelte. Sie begann zu laufen und war sich dabei bewußt, daß sie den Hörer als erste abheben wollte. Aber jemand mußte ihr zuvorgekommen sein, denn das Klingeln hörte auf. Am Fuß der Treppe blieb sie stehen. Schließlich, dachte sie, konnte es ja auch ein Anruf für Marie sein.

Langsam stieg sie wieder hinauf, um Jacke und Handtasche zu holen und einkaufen zu gehen. Wenn Paul anrief, während sie fort war, würde er eben später nochmals anrufen müssen. Schließlich war sie diejenige, die ihm einen Gefallen tat. Aber ihr war klar, daß sie verzweifelt auf eine Nachricht von ihm wartete. Das würde sie davon befreien, länger in diesem schrecklichen Haus mit diesen aggressiven und unfreundlichen Kindern bleiben zu müssen.

«Tante Kate.»

Kate blickte auf. Marie, nun in langem Hemd, stand am oberen Ende der Treppe. «Es ist Daddy. Er will mit dir sprechen.»

«Ich hebe in der Küche ab», sagte Kate. «Nicht, daß dich das daran hindern würde, mitzuhören», fügte sie leise hinzu, als sie die Flügeltür aufstieß und nach dem Hörer griff. «Hallo, Paul», meldete sie sich.

«Hallo, Kate. Ich bin froh, daß du da bist. Ich fürchtete schon, ich würde dich nicht mehr antreffen. Und ich könnte es dir nicht einmal verübeln.»

Ein verwirrender und unerklärlicher Drang zu weinen würgte sie in der Kehle. Sie kam sich töricht vor. «Nein. Ich bin noch hier», brachte sie schließlich heraus. Und dann: «Bist du da, Marie?»

«Nein, das glaube ich nicht», sagte Paul. «Ich habe ihr die Hölle heiß gemacht. Aber geh und schau nach, wenn du willst.»

In diesem Augenblick wurde die Flügeltür des Wohnzimmers aufgestoßen. «Ich gehe fort», erklärte Marie, und es klang nicht so gleichgültig wie sonst. «Dann kannst du in Ruhe reden.»

«Einen Augenblick, Paul», sagte Kate.

Sie legte den Hörer nieder, ging ins Wohnzimmer und dort ans Fenster und beobachtete, wie Marie in Jeans, Bluse und Pantinen den kurzen Weg zum Gehsteig hinausging. Dort angelangt, wandte sich Marie um und winkte. Kate fuhr zurück. Wieder kam sie sich töricht vor, folgte Marie aber mit den Augen, bis sie drei Häuser weiter um die Ecke bog.

Als Kate in die Küche zurückkam und nach dem Hörer griff, fragte sie sich, ob Paul in Tokio noch immer am anderen Ende der Leitung sein würde. «Paul? Sie ist fort. Ich habe sie die Straße hinuntergehen sehen.» Dann in anderem Tonfall: «Was ist mit ihr los, Paul?»

«Ich wüßte nicht, daß mit ihr etwas Besonderes los sein sollte, Kate, außer daß sie in den Flegeljahren steckt.» Seine Stimme klang wieder kühl. «Was denn glaubst du?»

Nun, da er sie danach fragte, fiel Kate keine annehmbare Erklärung für ihre Frage ein. «Ich weiß nicht», sagte sie. «Ich war heute morgen in ihrem Zimmer. Es ist – irgendwie verrückt, wie aus den sechziger Jahren. Als ob sie ...» Was? dachte sie. Daß sie nackt in ihr eigenes Zimmer kam und mich verspottete? Konnte das nicht eine normale pubertäre Trotzreaktion sein?

«Nichts, Paul. Ich fürchte, die hält mich jetzt für übergeschnappt. Ich dachte nur ... wie schon gesagt, sind deine Kinder alles andere als erfreut über meine Anwesenheit. Nichts auf der Welt wird sie dazu bringen, mich zu akzeptieren. Und nichts auf der Welt kann mich dazu bringen, an einem Ort zu bleiben, wo ich vermutlich über kurz oder lang wirklich überschnappe. Wann kannst du es einrichten, nach Hause zu kommen und diese Verantwortung selbst zu übernehmen?»

Es kam keine Antwort.

«Paul, bist du noch da? Kannst du mich hören?»

«Ich wollte dich gerade fragen, ob es dir vielleicht möglich wäre, noch eine Woche oder zehn Tage lang wenigstens die Nächte dort zu verbringen. Das könnte den Ausschlag geben, ob ich weiter bei meiner Firma bleiben kann oder nicht.»

«Sicherlich werden deine Arbeitgeber ...»

«Ich habe keine Arbeitgeber in dem Sinne, wie du das meinst, Kate. Schließlich ...» Fast unbewußt registrierte sie eine leichte Verärgerung in seiner Stimme. «Ich bin selbst mit beträchtlichen Mitteln an dem Geschäft beteiligt. Aber wir können alle durch die Finger schauen, wenn ich nicht noch eine Weile dableibe. Hier laufen mindestens ein Dutzend amerikanische Konkurrenten herum, schnüffeln hinter mir her und warten nur darauf, daß ich eine falsche Bewegung mache. Und da sind die Engländer, Franzosen und Deutschen noch gar nicht mit eingerechnet.»

Er schwieg. Dann, als Kate diese Stille schon seltsam erscheinen wollte, holte er tief Atem und fuhr fort: «Ich gebe zu, ich war nicht ... ich war nicht gerade freundlich, als du fragtest, was mit Marie los sei. Verzeih, das ist ... das ist ein wunder Punkt. Schließlich kann ich nie vergessen, wie ähnlich sie ihrer Mutter ist ... Aber sie ist okay. Die Kinder mögen dir gegenüber nicht sehr nett sein, aber bitte berücksichtige doch, Kate, daß ihre Mutter im Krankenhaus liegt und daß sie mit einer Reihe von Haushälterinnen und Dingen fertig werden mußten. Die Sache ist bestimmt nicht leicht für sie. Und sie kommen bald auf ein College. Das bedeutet große Ausgaben in den nächsten zehn Jahren, gar nicht davon zu reden, was eine gute Behandlung für Deborah in einer anständigen Klinik kostet. Wenn du meinst, ich ziehe das Geschäft meiner Familie vor, dann sollst du auch wissen, warum. Es ist nicht einfach Habgier oder Verantwortungslosigkeit ...» Es klang, dachte Kate, wie eine vorbereitete Rede, aber sie wußte schon, daß sie seiner Bitte entsprechen würde, wenn auch gegen ihren Willen. Hastig, fast schroff unterbrach sie ihn.

«Unter einer Bedingung tue ich, was du verlangst, Paul. Daß du mir dein Wort gibst, am Ende der Woche hier zu sein. Hast du verstanden?»

«Natürlich. Um Himmels willen, Kate. Man könnte glauben ... Habe ich jemals mein Wort gebrochen?»

Schweigen dehnte sich über die vielen Kilometer Telefonkabel.

«Eigentlich nicht», sagte Kate.

«Wir müssen ... ich möchte nicht bei einem Überseegespräch davon anfangen, aber wir müssen miteinander reden, wenn ich Ende nächster Woche nach Hause komme.»

«Na schön», sagte Kate und legte auf.

«Hab Vertrauen», flüsterte Paul.

Sie parkten irgendwo an der Straße längs des Flusses. Glücklicherweise hatte Pauls Auto eine Klimaanlage, so daß die geschlossenen Fenster nicht nur die feuchtschwüle Luft abhielten, sondern auch die Moskitos. Das Mondlicht schimmerte durch die Äste der Trauerweide, die fast bis zum Boden hingen. Etwas weiter links gab es Häuser und einen kleinen Golfplatz. Aber diese Straße war menschenleer. Kate und Paul waren gerade siebzehn. Es war die Nacht nach seinem Abschluß, und sie kamen von einer Tanzveranstaltung seiner Klasse im Roosevelt-Saal.

Pauls Hand glitt über das enganliegende Leibchen ihres langen Kleides.

«Paul», flehte sie ihn an, «bitte nicht!»

Gehorsam nahm er seine Hand fort und streichelte ihren Arm dort, wo ihr die zarten imitierten Kornblumen über die Schulter fielen. Sein Mund suchte den ihren.

Sie küßte gern. Sie liebte den weichen, sanften Druck auf ihren Lippen. Doch sie mochte es nicht, wenn er die Lippen öffnete.

«Mm», machte sie und drehte den Kopf weg. «Nicht so.»

Er hörte auf und ließ sich, eher hastig atmend, plötzlich auf seinen Sitz zurückfallen. «Ich habe gedacht, du wärst mein Mädchen», sagte er dann.

«Das bin ich doch.»

«Dann verstehe ich dieses ‹Bitte nicht› und dieses ‹Nicht so› einfach nicht.»

Sie verstand es auch nicht. Schließlich meinte sie: «Es ist nicht richtig.»

«Wer sagt das?»

Ihre Mutter sagte das, nicht daß sie es direkt beschrieben hatte, aber Kate erriet unschwer, daß Paul etwas tat, das sie «sich Freiheiten nehmen» nannte. Und die Kirche sagte das auch, die methodistische Kirche, in der Pauls Vater Pastor war. Natürlich gab es auch dort keine detaillierten Weisungen über Einzelheiten von dem, was der Pastor und der Sonntagsschullehrer sexuelle Auswüchse nannten. Aber Kate wußte ziemlich genau, was sie meinten.

«Dein Vater hat das gesagt, Paul Lamont. Und Mami auch.»

«Hör bloß auf, Kate! Du nimmst doch um Himmels willen nicht an, daß alle in dieser riesigen Kirche Unschuldslämmer mit blütenweißem Fell sind? Das sind sie beileibe nicht. Es gibt dort mindestens vier Männer ...» Hier unterbrach er sich.

«Was wolltest du sagen?»

«Nichts! Ich meinte nur, daß sie nicht alle solche Tugendbolde sind. Und das betrifft auch einen unserer hochverehrten Sonntagsschullehrer.» Er startete den Motor und legte wütend den Gang ein. Dann trat er aufs Gaspedal, so daß der Wagen einen Satz machte. Es war Nacht, und es gab keinen Verkehr. Doch selbst dafür fuhr er in gefährlichem Tempo.

«Paul, bitte hör auf! Bitte fahr langsamer! Nicht so schnell! Das ist gefährlich!»

«Mach doch die Augen zu, wenn es dir nicht gefällt», schrie er sie an. Und weil sie nichts anderes tun konnte, kniff sie schließlich wirklich die Augen zu und saß mit im Schoß verkrampften Händen da. Erst als sie bei einer scharfen Bremsung nach vorn flog und mit dem Kopf an das reich bestückte Plastikarmaturenbrett stieß, verminderte er die Geschwindigkeit.

Es tat scheußlich weh. Kate kämpfte gegen eine aufsteigende Übelkeit an, dazu quälte sie die Angst, Paul würde sie nun nicht mehr lieben und nicht mehr anrufen. Und außer ihm gab es niemanden.

«Paul!» flehte sie. Stirn und Augen schmerzten, aber darauf achtete sie kaum. Viel stärker war ihre Furcht, daß er sie nun nach Hause bringen und sich dann nie wieder blicken lassen würde. Nicht einmal in der Sonntagsschule würde sie ihn sehen. Paul besuchte sie nicht mehr. Sie wußte das, weil er es ihr erzählt hatte, daß er deshalb zu Hause Schwierigkeiten gehabt hatte. «Aber sie können mich nicht dazu zwingen», hatte er ihr triumphierend erklärt. Und das war ihnen wirklich nicht gelungen. Er ging schon fast ein Jahr lang nicht mehr hin.

«Paul», sagte sie noch einmal.

«Was?»

«Mir tut der Kopf weh.»

«Soll ich dich in ein Krankenhaus bringen?»

«Nein, natürlich nicht. Ich möchte nur, daß du ... daß du nett zu mir bist.»

«Warum sollte ich nett zu dir sein, wenn du nicht einmal Vertrauen zu mir hast?»

«Das habe ich doch, Paul. Ich fürchte mich nur.»

«Wovor fürchtest du dich?»

Am klarsten stand ihr eines vor Augen: «Ich fürchte mich davor, schwanger zu werden.»

«Hör mal, Liebes. Ich verspreche dir hoch und heilig, daß du nicht schwanger wirst.» Er bremste und lenkte den Wagen in eine dunkle Straße am Andubon-Park. «Entschuldige, ich hatte mich geärgert, Kate. Verzeihst du mir?»

Diesmal wandte sie den Kopf nicht ab, als er sie mit geöffneten Lippen küßte. Die Nässe störte sie immer noch, und sie fand es unappetitlich. Aber wenn sie es nicht duldete, rief er vielleicht nicht mehr an, und alles, was Keith Malory über ihren Widerspruchsgeist gesagt hatte, würde sich als wahr erweisen. Das war unausdenkbar.

Seine Hand strich über ihr Mieder. Entsetzen packte sie. Warum fühlte sie nicht das, was eine Frau fühlen sollte, wenn der Mann, den sie liebte, zärtlich zu ihr war? Sie konnte nur denken, wann er endlich aufhören würde. Vielleicht, dachte sie, lag es daran, daß sie solche Kopfschmerzen hatte und ihr immer noch übel war. Aber sie wehrte sich nicht, als seine Finger über ihre Brust strichen und schüchtern in ihr Kleid eindrangen. Erst der Klang von Schritten auf dem holprigen Gehsteig ließ ihn plötzlich innehalten, und als es schien, als würde der Polizist stehenbleiben, fuhr er sie nach Hause.

«Magst du mich noch?» fragte sie ängstlich, als er sie vor ihrer Haustür aussteigen ließ.

«Sicher», sagte er und fuhr davon, als sich Schritte der Haustür näherten.

An diesem Wochenende schaffte es Kate, das Haus in einen einigermaßen sauberen Zustand zu versetzen und alle Dinge, die über den Boden und die Möbel verstreut lagen, fortzuräumen. Niemand half ihr dabei. Aber das hatte sie auch nicht erwartet. Sie hatte sich damit abgefunden, daß sie das Haus nur für sich selbst in Ordnung brachte. Sie war buchstäblich nicht fähig, sich hinzusetzen und ein Buch zu lesen – oder ein Manuskript zu bearbeiten –, solange noch Socken, T-Shirts und verschiedenes andere auf dem Wohnzimmerteppich, den Stühlen und dem Tisch herumlagen, ein paar Socken von Ranger sogar auf den Büchern im Regal.

«Ach du lieber Himmel», sagte sie, als sie die Socken herausnahm. Sie stand da und starrte sie an.

«Wenigstens waren sie unter S wie Socken», sagte Marie. Sie lag auf dem Sofa und las eine Zeitung.

«Wie meinst du das?»

Marie zeigte auf die Bücher, auf denen die Socken gelegen waren. «Romane, alphabetisch nach Autoren.»

Kate schaute sich die Bücher an: Sackville-West, Saffire, Sanders, Sayers, Scott, Segal, Shute, Stendhal, Stewart. «Ja, tatsächlich», sagte sie. «Das war sehr umsichtig von ihm, genau, wo sie jeder suchen würde – unter S.»

Marie, hinter ihrer Zeitung verschanzt, sagte nichts. Aber sie schien ein Kichern im Keim zu ersticken.

Dadurch ein wenig ermutigt, sagte Kate: «Es wäre da einiges, was ich dich gerne fragen würde, aber es lag bisher so viel kratzbürstige

Feindseligkeit in der Luft, daß ich es nicht einmal zu versuchen wagte.» Sie drehte sich um und schaute Marie an, die sie ebenfalls über den Rand ihrer Zeitung hinweg anblickte.

«Was möchtest du wissen?» Wenn es überhaupt einen Augenblick lang so etwas wie geteilte Heiterkeit gegeben hatte, so war sie wieder verschwunden.

«Ich frage mich, warum du so abweisend bist. Dein Vater hat mich – durch den Arzt deiner Mutter – gebeten, hierherzukommen. Wie ich schon einmal erklärt habe, kann der Staat, wenn kein Erwachsener hier ist, einschreiten und euch in ein Jugendheim oder in eine Erziehungsanstalt schicken und dich außerdem in die Schule. Falls du das nicht weißt – aber du weißt es bestimmt –, kann man die Schule erst mit sechzehn und nicht mit fünfzehn verlassen.»

«Das werden sie nicht tun.»

«Warum bist du dessen so sicher?»

«Sie wissen doch, daß Dad früher oder später wieder nach Hause kommen wird.»

«Und du glaubst wirklich, daß sie das abhalten könnte? Wie, wenn sich die Nachbarn beschweren?»

«Diese alberne Hexe nebenan beschwert sich über alles.»

«Okay, wenn sie auch eine chronische Nörglerin sein mag, sehe ich immer noch nicht ein, warum ...» Kate unterbrach sich. Das führte zu nichts. Wenn das ein berufliches Problem wäre, dachte sie, könnte ich ihm in sachlicher Weise beikommen. «Also gut. Ich darf also annehmen, daß ihr beide glaubt, euch schlecht und recht allein durchbringen zu können. Meiner Meinung nach geht das nicht. Ich glaube, daß sich früher oder später irgend jemand an die sogenannte Obrigkeit wenden würde – etwa jemand aus der Schule, aus der Nachbarschaft oder alle zusammen, wenn irgend etwas passiert. Nimm an, es gäbe ein Feuer im Haus.»

«Warum sollte es?»

«Jemand raucht. Ich habe im Waschbecken einen Zigarettenstummel gefunden.»

Marie zuckte die Achseln. «Daddy raucht.»

«Da er im Augenblick nicht da ist, bezweifle ich, daß er von ihm stammt. Und wenn es im Haus brennen würde, glaubst du nicht, daß dann dein Vater ernstlich in Schwierigkeiten käme, weil er nicht für einen Erwachsenen als Aufsicht gesorgt hat?»

«Er ist kein sehr häusliches Familienoberhaupt.»

Kate starrte sie an.

«Ich meine», fuhr Marie fort, «er soll ruhig bestraft werden, daß er seine Kinder im Stich gelassen hat. Das kostet ihn nicht mehr, als er sonst in einer Woche für eine Haushälterin bezahlt.»

«Warum bist du so böse auf ihn? Wegen seiner angeblichen Freundin?»

«Angela Griffin ist überhaupt nicht angeblich. Sie arbeitet fürs Fernsehen und hat ein Absteigequartier in New York, wo Dad viel mehr Zeit verbringt als hier. Warum sollten wir uns also darüber aufregen, daß man ihn schröpft, weil er uns hier allein läßt?»

«Also wirklich, ich brauche keinen Sigmund Freud, um zu erkennen, daß du es kaum erwarten kannst, ihn bestraft zu sehen. Ist das wegen ... wegen deiner Mutter?»

«Für Mami hatte er schon seit vier Jahren nichts mehr übrig. Dad geht fremd. Was ist da schon groß dabei? Wir sind eine richtige rotblütige, hundertprozentig amerikanische Vorortfamilie. Willkommen in der Wirklichkeit!» Und Marie wandte sich wieder ihrer Zeitung zu.

Kate stand da und hielt immer noch die Kleider in der Hand, die sie aufgehoben hatte.

«In diesem Fall ...» begann sie. Sie wollte gerade verkünden, daß sie nach New York zurückfahren werde, als ihr einfiel, daß sie versprochen hatte, hierzubleiben. Und gleichzeitig wußte sie, daß sie Paul nicht im Stich lassen würde, auch wenn sie ihr Wort nicht gegeben hätte.

«In diesem Fall, was?» fragte Marie.

«Nichts», erwiderte Kate. Dann ging sie in die Küche.

Während des Wochenendes überkam Kate irgendwo tief in ihrem Innern ein unbehagliches und anhaltendes Gefühl der Vertrautheit. Nach einer Weile verstärkte es sich und wurde ihr ärgerlich bewußt. Sie begann seinem Ursprung nachzuforschen, um wenigstens sein beunruhigendes Auftreten abzuschwächen. Sicherlich gab es, dachte sie, während sie staubsaugte, wischte, Kissen aufschüttelte, schrubbte und putzte, in diesem New Yorker Vororthaus – oder seinen Möbeln und Bewohnern – trotz äußerlicher Ähnlichkeiten nichts, das sie in die Prytania Street oder in die alte Harmony Street zurückversetzte.

Doch seltsamerweise und trotz aller auffälligen Unterschiede wurde sie, wie sie entdeckte, das bohrende Gefühl nicht los, daß Marie sich auf gleichen Bahnen bewegte wie einst sie selbst. Wie in aller Welt konnte man, fragte sie sich, erschrocken über diese sonderbare Ähnlichkeit, die Erfahrungen von Beths Tochter mit denen von Deborahs Tochter auch nur im geringsten vergleichen? Außer natürlich, wenn die Gegensätze irgendwo im Extrem zusammentrafen: eine Mutter zu haben, die – körperlich und geistig – abwesend war, konnte dieselbe Reizbarkeit und Auflehnung in Marie wecken, wie es die Angst, von ihrer allzu herrschsüchtigen Mutter völlig unterdrückt zu werden, bei Kate getan hatte ... Dann war Maries Trotz die Kehrseite ihrer eigenen Schüchternheit.

Und natürlich ... natürlich ... waren da noch Keith Malory und Paul Lamont, die Väter von ihr und Marie. Zum erstenmal fiel ihr die Ähnlichkeit zwischen den beiden Männern auf, die sich sogar auf das Körperliche erstreckte. Beide waren groß, gutaussehend und blond, dazu gesellschaftlich wie beruflich ehrgeizig und reichlich mit jener geheimnisvollen Gabe, dem Sex-Appeal, ausgestattet ... Als ihr dieser Aspekt der Ähnlichkeit bewußt wurde, fühlte sich Kate so bedrückt wie schon lange nicht mehr. Sie mußte sich davon befreien, wie auch von ihrem Reinlichkeitsfimmel, der sie dazu veranlaßte, noch einen Teppich oder Flur, ein Bad oder Zimmer zu säubern. Mit wachsendem Schuldgefühl erkannte sie, daß sie darüber das ‹*Rad*› vernachlässigte. Also setzte sie sich nach einem Großreinemachtag am Abend hin und überarbeitete die letzten paar Seiten.

In einer Hinsicht war dieses Wochenende nicht ganz so negativ für sie verlaufen, nämlich in ihrer Beziehung zu Bones. Anfangs hatte sie es sorgfältig vermieden, dem bedauernswerten Hund nahe zu kommen, da die kleinste Bewegung in seine Richtung schreckliche Folgen zu haben schien. Das einzig Mögliche in dieser Situation war, den Boden dauernd mit Zeitungspapier zu bedecken.

Aber als sie am zweiten Tag einmal in den hinteren Garten ging, erschien Bones mit traurigen Augen in der Tür und beobachtete sie von dort aus. Am Samstagnachmittag war Ranger ohne seinen Liebling mit einigen Freunden zum Ballspiel gegangen. Bones winselte, und Kate sah ihn an. Er wollte offensichtlich hinaus. Aber wenn sie die Tür öffnete und ihn laufen ließ, konnte er leicht unter ein Auto geraten oder auch einfach ausreißen und nicht mehr zurückkommen.

«Tut mir leid, Bones. Ich könnte mit dir spazierengehen, wenn du es zulassen würdest, daß ich dich an die Leine nehme. Aber du weißt doch, was geschieht, wenn ich dir zu nahe komme.»

Bones winselte lauter. Als Kate wieder hereinkam, kroch Bones in seine Ecke zurück, aber als sie an der Tür stehenblieb und ihn anschaute, wagte er sich etwas näher. Die Leine hing an einem Haken neben der Tür. Kate griff danach: «Wenn du spazierengehen willst, mußt du dich an die Leine nehmen lassen.»

Aber Bones verband mit der Leine offensichtlich ganz andere Erinnerungen. Er klemmte den Schwanz zwischen die Beine und verkroch sich unter dem Küchentisch. Da Kate befürchtete, Anlaß zu einer neuerlichen schrecklichen Bescherung zu geben, hängte sie die Leine wieder auf und ging aus der Küche. Am nächsten Tag, als Ranger gerade mit ein paar Freunden schwimmen gehen wollte, fragte sie: «Warum nimmst du Bones nicht mit? Er würde so gern spazierengehen.»

«Weil er, wenn ihm jemand in die Nähe kommt, davonläuft. Er ist schon dreimal getürmt. Laß ihn doch endlich in Ruhe», sagte er scharf.

«Ranger, ich konnte schon mit Hunden umgehen, bevor du auf der Welt warst.»

«Okay, okay! Deshalb mußt du mir nicht gleich den Kopf abreißen.»

«Wenn das die einzige Möglichkeit ist, dir Manieren beizubringen, dann tue ich es. Ich glaube, du solltest dich bei mir entschuldigen.»

Sie erwartete eigentlich nicht, daß er es tun würde. Aber zu ihrer Überraschung murmelte er: «Entschuldige», als er die Hintertreppe hinunterging.

Am späten Nachmittag beschloß Kate, das Schlimmste zu riskieren. «Komm, Bones. Wir gehen spazieren.»

Sie nahm die Leine vom Haken, kauerte nieder und war gespannt, was Bones tun würde. Offenbar war er unschlüssig. Er winselte und kroch zurück, streckte den Kopf unter dem Tisch hervor, winselte lauter, tapste in seine Ecke und kam zurück. Nach etwa fünf Minuten, als Kate schon glaubte, sie würde ihre Stellung nicht mehr lange aushalten, kam er langsam hervor und schnüffelte an ihrer Hand. Sie ließ ihn eine Minute lang gewähren. Dann befestigte sie so vorsichtig wie möglich die Leine an seinem Halsband. «Gassi, Gassi», sagte sie und kam sich albern vor.

Nachdem Bones einmal seine Angst überwunden hatte, schien er recht zufrieden zu sein. Sie führte ihn durch den hinteren Garten hinaus auf die Straße, immer nahe am Rinnstein, falls sich die Natur oder die Panik bei ihm melden sollte. Im großen und ganzen verlief das Wagnis erfolgreich. Sie und Bones legten in raschem Gang einen ziemlich weiten Weg zurück, bevor sie ihn zurückbrachte. Zu Hause war niemand. Keiner hatte sie gehen oder kommen sehen. Sie beschloß, ihre aufkeimende Beziehung zu Bones niemandem gegenüber zu erwähnen. Es würde ihr Geheimnis bleiben, wie ein angenehmes heimliches Laster.

Freitag machte sie einen Auflauf und gab die Reste in den Tiefkühlschrank. Am Abend war Ranger da. Am Samstag erschienen beide, Ranger und Marie. Streitsüchtig sagte Ranger: «Was gibt es zum Nachtisch?» Am Abend zuvor hatte es Obst gegeben.

«Nichts. Ich esse keinen Nachtisch und habe vergessen, euch zu fragen. Tut mir leid.»

«Ist auch besser für deine Zähne, Ranger», sagte Marie unerwartet.

«Wenn das so ist, wieso hast du dann am Dienstag mit Martha ein Eis gegessen?»

«Martha hat sich flau gefühlt und eine Aufmunterung gebraucht. Wir alle müssen Zugeständnisse machen», fügte sie gottergeben hinzu.

«Schön zu wissen, daß du einer so durch und durch uneigennützigen Geste fähig bist», sagte Kate und stand auf.

Für den Sonntag hatte sie etwas Eis besorgt, das sie zwischen Ranger und Marie aufteilen wollte. Aber Marie erschien nicht.

«Also, Ranger», sagte Kate, «glaubst du, daß du beide Portionen schaffst?»

«Klar», sagte Ranger.

«Wo ist Marie?» fragte sie, als sie den Tisch abräumte.

«Woher soll ich das wissen?» Ranger machte die Leine an Bones Halsband fest und öffnete die Haustür.

«Einen Augenblick. Dreh dich um, Ranger. Sofort!»

Langsam und mit Abwehr in jedem Zug seines Jungengesichts drehte Ranger sich um.

«Das ist keine Antwort, und das weißt du. Höflichkeit – oder wenigstens Anstand – ist das mindeste, was ein Mensch dem anderen schuldet. Das ist das absolute Minimum. Wenn du ungezogen bist, so zeigt mir das nicht, was du über mich denkst, sondern was du von dir selbst hältst. Ich habe dich nicht darum gebeten zu erklären, warum du es nicht weißt. Ich habe nur gefragt, wo deine Schwester ist. Und ich hätte gern eine vernünftige Antwort.»

«Ich weiß es nicht», brüllte Ranger und schlug die Tür hinter sich zu.

Ich bin unfähig und albern, dachte Kate ärgerlich, während sie das Geschirr mit einem Lappen bearbeitete. Und ein Pedant.

Aber kurz nach Mitternacht, als sie Marie nach Hause kommen hörte, stand Kate auf und ging in Maries Zimmer, weil sie festgestellt hatte, daß ihr Problem eher Feigheit als Unfähigkeit war. Und wenn sie dem nachgab, würde sie sich noch schlechter fühlen. Das Gespräch verlief genauso, wie Kate es sich vorgestellt hatte, so als hätte sie plötzlich hellseherische Fähigkeiten entwickelt.

Als Kate an Maries Tür klopfte, kam keine Antwort. Drinnen war es still geworden. Nach kurzer Zeit klopfte Kate abermals. Diesmal ging die Tür auf. Marie stand in schwarzen Jeans, schwarzem T-Shirt und 10 Zentimeter hohen Absätzen vor ihr. Ihre Lippen hatte sie nur schwach geschminkt, aber ihre Augen trugen dicke Lidschatten. Ihre blonden Locken hatte sie hochgesteckt. Sie roch stark nach Zigarettenqualm. All das führte nicht dazu, daß Marie älter aussah, was sie sicher bezwecken wollte, sondern daß sie trotz ihrer Größe fast fünf Jahre jünger wirkte. Sie sieht wie ein Kind aus, das erwachsen spielt, dachte Kate und ging an ihr vorbei ins Zimmer.

«Du hast nicht das Recht, mein Zimmer zu betreten», sagte Marie.

«Ich habe geklopft. Wo warst du? Es ist nach Mitternacht. Und morgen die Schule ...» Kate fiel ein, daß Marie von der Schule geflogen war.

«Nicht für mich.»

«Du hast meine Frage nicht beantwortet», sagte Kate nach kurzem Zögern. «Wo warst du?»

«Mit ein paar Freunden zusammen.»

«Wo?»

«Bei jemandem zu Hause.»

«Waren ihre – oder seine – Eltern auch da?»

«Was macht das aus?»

«Ich glaube, sehr viel. Was du und deine ausgelassenen Freunde in einem Haus ohne Erwachsene alles machen könnt, unterscheidet sich sehr viel von den Unternehmungen, wenn Erwachsene im Haus sind.»

«Du bist wie alle anderen Erwachsenen. Du hast eine schmutzige Phantasie.» Marie kicherte. Als sie das tat, roch Kate den Alkohol in ihrem Atem.

«Du hast getrunken.»

«Etwas Wein. Sogar Daddy hat mir erlaubt, zum Essen Wein zu trinken. Was ist da schon groß dabei?»

«Man sollte denken, daß deine Mutter ...» sagte Kate.

«Laß Mami aus dem Spiel», rief Marie mit unerwarteter Heftigkeit.

«Sie hat uns von dir erzählt. Was mit dieser tugendhaften Tante aus New York wirklich los war. Wie du gestohlen ...» Sie stockte.

«Was habe ich gestohlen?» fragte Kate. Heiße Wut stieg in ihr auf. «Was habe ich gestohlen?» hörte sie sich schreien.

«Nichts», murmelte Marie. «Willst du das ganze Haus aufwekken?» Unten bellte Bones. Kate und Marie standen da und starrten einander an.

Dann holte Kate tief Atem. «Es ist feige, jemanden mit einer Beschuldigung zu überfallen und dann einen Rückzieher zu machen. Was habe ich gestohlen?»

«Du hast versucht, Daddy zu stehlen.»

Flüchtig kam Kate zu Bewußtsein, daß Marie in das Benehmen einer Zehnjährigen zurückgefallen war. «Ich würde sagen, daß es gerade umgekehrt war», bemerkte sie trocken.

«Mami hat gesagt, daß du so etwas erwidern würdest.»

«Hast du sie besucht?»

«Ich bin müde und möchte ins Bett.»

«Weil», fuhr Kate fort, «ich eigentlich nach dem, was der Arzt sagte, den Eindruck hatte, sie sei nicht in der Verfassung, mit jemandem zu sprechen.»

«Sie spricht immer mit mir.»

«Dann werde ich sie in den nächsten Tagen besuchen.»

«Nein!» protestierte Marie. «Das kannst du nicht!»

«Und warum nicht?»

«Weil es sie umbringen würde. Hast du ihr nicht schon genug angetan? Geh hinaus! Geh hinaus!» Ihre hohe, dünne Stimme überschlug sich.

«Ich werde gehen, wenn du mich in höflichem und normalem Ton darum bittest.»

Die Lebhaftigkeit, die in Maries Gesicht einen Augenblick lang aufgeleuchtet hatte, verschwand. Es erstarrte wieder zu einer Maske. «Bitte geh, liebe Tante Kate.»

Kates Ärger wich einem Gefühl der Sinnlosigkeit. Trotzdem zwang sie sich dazu zu sagen: «Ich möchte, daß du in Zukunft vor 10 Uhr nach Hause kommst, bis dein Vater wieder da ist.» Ohne auf eine Antwort zu warten, ging sie zur Tür.

Als sie schon fast draußen war, fragte Marie: «Wie willst du mich dazu zwingen?»

Was natürlich das Kernproblem war.

«Hallo», sagte Joel, als er am Montag morgen in ihr Büro kam. «Wie geht es dem Manuskript?»

«Es geht – im Augenblick nicht vorwärts. Ich war zu beschäftigt.»

Joel lehnte seinen schlanken Körper an den Türpfosten. «Die Herstellung wird nicht glücklich sein, das zu hören. Unser Chef auch nicht.»

«Ich weiß. Ich versuche ja auch, die verlorene Zeit wieder einzubringen.» Sie klopfte mit dem Kugelschreiber auf das Manuskript.

«Wir haben heute morgen eine Verlagsbesprechung.»

«Ich komme nicht. Ich muß arbeiten.»

«Na, na!»

«Joel, würdest du bitte gehen. Es hat mich schon genug Zeit gekostet, mich zu konzentrieren, ohne daß du mich dauernd störst …»

«Wie wäre es mit einem Abendessen?»

«Ich kann nicht. Ich muß in den Vorort zurück.»

«Spielst du noch immer Hausmutter?»

«Auf Wiedersehen, Joel.»

«Wie hast du die Familie gefunden? Akzeptabel?»

Kate seufzte. Joel ließ sich durch nichts abwimmeln. Sie würde es bestenfalls mit ein paar scharfen Worten schaffen. Aber erstens wollte sie seine Gefühle nicht verletzen, und zweitens fiel es ihr ohnehin schwer, sich zu konzentrieren. «Ich bekam den Generationskonflikt heftig zu spüren», sagte sie schließlich. «Mir ist klargeworden, daß ich in den späten vierziger und fünfziger Jahren aufgewachsen bin. Aber diese Kinder sind ein Produkt der siebziger Jahre. Ich hätte nicht geglaubt, sie seien so ...» Sie zögerte.

«Was?»

«Feindselig. Ich habe geglaubt, das hätte nach den sechziger Jahren aufgehört. Vermutlich aber führt nicht nur der Altersunterschied zu diesem Generationskonflikt. Ich bin sicher, es hat auch eine Menge mit der Erziehung zu tun.»

Joel steckte sich eine Zigarette an und kam ins Büro. «Was ist falsch an ihrer Erziehung? Was könnte schon in einem unserer teuren hochmoralischen Vororte schlecht sein, wo Doppelgaragen und Lattenzäune normal sind?»

«Hör bloß auf damit, Joel. Geld bedeutet nicht automatisch Glück. Das weißt du doch.»

«Oh, ich weiß. Aber eine der Schwierigkeiten mit unserer Kultur ...»

Zu ihrer eigenen Überraschung nahm Kate einen Briefbeschwerer von ihrem Schreibtisch und warf ihn in seine Richtung. «Genau diese Art von Geschwätz wollte ich nicht hören. Ich habe es ein ganzes Wochenende genossen. Also, Joel, bitte laß mich in Ruhe!»

Joel hob den Briefbeschwerer auf und legte ihn auf den Schreibtisch zurück. «Wie wäre es mit Mittagessen?»

«Nein. Ich werde mir ein Sandwich bringen lassen.»

«Du weißt doch», sagte er und drückte seine Zigarette im Aschenbecher aus, «es ist eines der größten Geheimnisse der Natur, daß ich mich nicht entmutigen lasse.»

«Stimmt. Ich denke aber, du bist es dir selbst schuldig, deine Aufmerksamkeit einem der sehnsuchtsvollen Mädchen zuzuwenden, die entzückt wären, deine Aufmerksamkeit zu erwecken.»

«Vielleicht tue ich das auch. Bis später.»

Kate sah ihm nach, als er in den Korridor hinausging. Er war groß, und wenn er sich nicht absichtlich lässig gab, bewegte er sich mit der natürlichen Grazie eines Athleten. Warum, fragte sie sich einen Augenblick lang, wies sie ihn so kategorisch ab? Er sah gut aus, begehrte sie und war ein angenehmer Gesellschafter. Was störte sie an ihm?

Dieses Problem beschäftigte sie schon eine ganze Weile und beunruhigte sie auf unerfindliche Weise. Aber seit jener schrecklichen Nacht in Chicago, als sie aus Graham Maitlands Zimmer gerannt war, hatte niemand mehr den Schlüssel zu ihr zu finden vermocht, der das Schloß zu ihren Gefühlen und Wünschen öffnete. Kate wußte, daß sich andere Frauen Liebhaber nahmen und in dem Bewußtsein, daß die Beziehung nicht von Dauer sein werde, bereit waren, darauf zugunsten einer kurzzeitigen Zärtlichkeit zu verzichten. Aber das konnte sie nicht. Sie hatte es ein- oder zweimal versucht. Und es hatte einfach nicht funktioniert. Bei ihr nicht ... Noch nicht.

Kate arbeitete den ganzen Tag. Kramers holprige Prosa glättete sich allmählich. Er glaubte so sehr an das, was er zu sagen hatte, daß die plumpen Sätze eine merkwürdige Überzeugungskraft besaßen ... Ich bin wohl müde, daß es mir so vorkommt, dachte Kate und blickte auf ihre Uhr: 4 Uhr 30.

Fünf Minuten vor fünf öffnete sich die Tür, und Graham Maitland steckte den Kopf herein. «Wie kommst du voran?»

«Gut», sagte Kate. Ein wenig verzweifelt fügte sie hinzu: «Mach dir keine Sorgen ... Es wird rechtzeitig fertig, das verspreche ich dir hoch und heilig.»

«Ich bin davon überzeugt. Du lieber Himmel, Kate, wenn du das so sagst, bekomme ich Gewissensbisse, daß ich überhaupt danach gefragt habe.»

«Tut mir leid, Graham. Ich bin zur Zeit sehr auf Abwehr eingestellt.»

«Woran liegt das?» Er kam ins Zimmer. Im Gegensatz zu Joels Grazie wirkte Graham kraftvoll. Er war zwar ebenso groß wie Joel, aber muskulöser, und wirkte dadurch größer als der junge Mann. Zwar hatte er eher dunkles als blondes Haar, aber die gleichen wikingerblauen Augen wie Keith Malory und Paul Lamont. Was ist Besonderes an Männern mit blauen Augen, fragte sich Kate, als Graham sie anlächelte.

«Macht dir Kramer oder diese Westchester-Sache so zu schaffen?»

«Sie bringen es irgendwie fertig, daß ich mir idiotisch vorkomme.»

«Wer sind ‹sie›?»

«Meine Nichte und mein Neffe. Widerspenstigkeit ist nicht das richtige Wort. Sie zeigen ganz offen, daß sie mich nicht dort haben wollen.»

«Warum bleibst du dann?»

Sie zögerte. Ja, warum, dachte sie. «Ich glaube, weil sie so jung sind. Weil ihnen etwas zustoßen könnte, und vor allem deshalb, weil ich mich wahrscheinlich mein Leben lang schuldig fühlen würde, sollte ihnen wirklich etwas zustoßen.»

Graham musterte sie einen Augenblick lang. Ich sollte etwas sagen, dachte sie. Aber schließlich brach Graham das Schweigen. Er stand auf und hielt ihr die Hand hin. «Komm. Ich habe den Wagen hier und fahre dich heim.»

«Ich will nicht zu mir nach Hause, sondern zum Grand Central und von da nach Westchester.»

«Dort wollte ich dich auch hinbringen. Es liegt auf meinem Weg», sagte er, als sie widersprechen wollte. «Ich bin zum Abendessen in Bedford Hills eingeladen.»

4

Schweigend fuhren sie die Ausfahrt hinaus und auf die Schnellstraße. Graham war ein guter Fahrer, legte geräuschlos die Gänge ein und steuerte seinen deutschen Wagen so geschickt, daß er die meisten anderen Wagen ohne besondere Geschwindigkeitserhöhung oder abruptes Bremsen überholte und durch die Verkehrsstauungen glitt, als würde gerade ihm Platz gemacht.

Eine der befriedigsten Seiten an ihrer Affäre mit Graham waren die langen, wohltuenden Schweigezeiten gewesen. Mit einem anderen Menschen stumm zusammen zu sein, war ihr einst wie die Einbuße einer schützenden Haut vorgekommen. Nur mit ihrem Vater – zu den seltenen Gelegenheiten, wenn sie allein waren – hatte es ebensolche Zeiten des Schweigens gegeben. Und oftmals hatte sie der beunruhigende Verdacht beschlichen, daß er nicht mit ihr sprach oder sie zum Sprechen ermunterte, weil sie ihn nicht interessierte. Eine Ausnahme bildeten nur ihres Vaters gelegentliche Überlegungen auf theologischem Gebiet, was zweifellos der Hauptgrund war, daß sie so gern bei ihm saß. Aber sogar dann, wenn sie wie gebannt lauschte, war ihr klar, daß seine Ausführungen mehr dadurch angeregt wurden, was ihn im Augenblick besonders beschäftigte, als durch ihre Anwesenheit als Zuhörerin.

Aber bei Graham wußte sie fast von Anfang an, daß er mit ihr einfach gern stumm beisammen war. «Das ist etwas, das ich sonst wirklich mit niemandem kann», hatte er ihr etwa vor zwei Jahren auf ihrer ersten gemeinsamen Fahrt erklärt, und es hatte sie glücklich gemacht, weil «niemand» auch seine Frau mit einschloß. Wo waren sie in diesem Jahr hingefahren? Zu einem der Seen im Norden des Staates New York? Zum Kap?

Es war das Kap gewesen, erinnerte sie sich, während sie durch die einfallende Dämmerung über die gepflegte Schnellstraße fuhren. Und es folgte ein Winter, in dem er wöchentlich ein oder zwei Nächte in ihrer Wohnung verbrachte.

«Wie willst du von ihr fortkommen?» hatte sie einmal gefragt.

Damals erkannte sie zum erstenmal, daß er nicht über die Beziehung zu seiner Frau gefragt werden wollte.

«Meine Sache», antwortete er schroff, so schroff, daß sie begriff, sie dürfe dieses Thema nicht wieder berühren.

Er sprach nicht von sich aus über seine Ehe. Als sie es schließlich nicht länger ertragen konnte, fragte sie: «Graham, ist das hier nur ein Flirt? Denn wäre es das, so würde ich es gern wissen, bevor ich noch mehr Gefühl investiere. Ich eigne mich nicht sehr für Flirts.»

Sie lagen im Bett, und sie fragte ihn mit Vorbedacht, bevor sie miteinander schliefen. Er saß da, rauchte und antwortete nicht. Sie streichelte mit der Hand seine breite Brust und wußte, daß sie, wenn er nicht bald antwortete, den Mut verlieren und von etwas anderem sprechen würde. Sie wollte ihn nicht verlieren. Trotz allem war ihr dieser Gedanke schrecklich.

Aber er antwortete doch. «Ich weiß schon seit einiger Zeit, daß ich diese Frage beantworten muß, nicht nur dir, sondern vor allem mir selbst. Nein, es ist nicht bloß ein Flirt ... Das sollst du wissen. Nicht, daß es da keine Flirts gegeben hätte. Das leugne ich nicht. Mir erschien Monogamie immer als überbewertet ...» Er stockte.

«Und wie denkt Danielle darüber?» Es gehörte viel Mut dazu, den Namen seiner Frau zu erwähnen, während sie neben ihm im Bett lag.

«Danielle ist Katholikin», sagte Graham.

«Ich auch», erwiderte Kate.

«Ich dachte, du seist in dieser strengen südlichen Bibelgläubigkeit aufgewachsen?»

«Ja. Aber vor ein paar Jahren bin ich Katholikin geworden.»

«Ich verstehe.»

Weiter wurde darüber nicht gesprochen. Ein oder zwei Minuten später drückte er seine Zigarette aus und begann Kate zu streicheln. Wie lange war das nach ihrer ersten Fahrt zum Kap? Sechs Monate? Sie erinnerte sich daran, wie er sich zum erstenmal in das Gästebuch eines Motels eintrug: Mr. und Mrs. Graham Maitland. Als der Portier dann eine Frage beantwortete, nannte er sie Mrs. Maitland. Das hatte sie mehr als alles andere gestört. Und es störte sie jedesmal wieder, wenn sie miteinander verreisten. Sie konnte sich nie daran gewöhnen.

«Mußt du mich als deine Frau eintragen?» fragte sie einmal.

«Wir stehen einander sehr viel näher als meine Frau und ich», sagte Graham, und das war eine typische Grahamsche Antwort.

«Das steht nicht zur Debatte. Ich komme mir vor wie eine Betrügerin. Mir wird buchstäblich übel dabei. Könntest du nicht bloß deinen Namen angeben?»

«Damit du vielleicht als Prostituierte verhaftet wirst, falls die Hoteldirektion an etwas Anstoß nimmt?»

«Würde es dazu kommen?»

«Ich weiß es nicht. Möchtest du es herausfinden?»

Das wollte sie natürlich nicht. Wenn es darauf ankam, machte sie fast immer einen Rückzieher.

«Weißt du», hatte Graham bei anderer Gelegenheit gesagt, als sie wieder einmal gegen seine Eintragung protestierte, «wenn du eine emanzipierte Feministin wärst, würde ich es einsehen, daß du ein mutiges Auftreten bevorzugst – dich unter deinem Namen einträgst und dich den Teufel um veraltete Anstandsregeln scherst. Aber wenn ich an deinen grundlegend viktorianischen Puritanismus denke, finde ich deine Überempfindlichkeit seltsam.»

Das fand sie eigentlich auch. Als sie daraufhin nichts sagte, kam er zu ihr und setzte sich aufs Bett. «Die Welt könnte ein halbes Dutzend sexueller Revolutionen durchmachen, und trotzdem würde das, glaube ich, dein … dein Verlangen nach Legitimität nicht abschwächen. Vielleicht ist das eines der Dinge, die ich an dir liebe.»

«Liebst du mich denn, Graham?» Ein brennendes Verlangen überwältigte sie, daß er dies wiederhole.

«Das weißt du doch … du weißt doch, daß ich dich liebe.»

Als sie nun zehn Jahre später bei ihm im Wagen saß, bedrückte sie die Überzeugung, daß er, wenn sie ihn jetzt plötzlich fragen würde: «Liebst du mich noch?», in genau demselben Ton antworten würde: «Das weißt du doch.»

Und was würde das bedeuten, fragte sie sich. Hieß es, daß er all die Jahre, seit sie einander wieder sahen, wenn auch nur über einen Konferenztisch hinweg – wie lange war es seit der Trennung her, fünf Jahre? –, von unerwiderter Liebe gequält worden war?

Wohl kaum, dachte sie. War er etwa durch und durch zynisch? Nein, das wohl auch nicht. Sie war es ja schließlich gewesen, die sich in Chicago von ihm getrennt hatte, wohin die meisten Verlagsangehörigen gekommen waren, um einen Autor aus Chicago zu ehren. Und fünf Minuten bevor sie die Tür hinter sich zuschlug, hatte er gesagt – und offensichtlich auch gemeint –, daß er sie liebe.

«Du weißt überhaupt nicht, was Liebe ist», hatte sie ihm verzweifelt an den Kopf geworfen.

«Vielleicht nicht. Aber wenigstens gebrauche ich das Wort ‹Liebe› nicht austauschbar mit dem Wort ‹vernaschen›.»

«Ich glaube, hier ist die Abzweigung nach Meadowbrook», sagte Graham in diesem Augenblick.

Kate betrachtete in der Dämmerung sein Profil. Er war in diesen zehn Jahren sichtlich älter geworden. Ein wenig schwerer und ein bißchen grauer. Aber sonst hatte er sich nicht verändert. Sie sah mit ihren 38 noch genauso aus wie mit 21 und war kaum ein Kilo schwerer. Auch ihr Haar war noch immer so dunkelbraun wie damals. Und doch hatte sie sich sehr viel mehr verändert als er.

«Ist sie es?»

«Wie bitte?»

«Ob das die richtige Abzweigung nach Meadowbrook ist?»

Warum sitzen wir nun in diesem Wagen, als hätte ich mir niemals von ganzem Herzen gewünscht, ihn umzubringen, fragte sich Kate.

«Ja», sagte sie. «Auf dem Wegweiser hier steht Meadowbrook.»

Graham stieg nicht aus, als sie vor dem Haus ankamen. Er schaute nur hin und sagte: «Also, das dürfte es sein, nicht?»

«Ja. Danke, Graham, daß du mich hergebracht hast. Es ist viel besser als mit dem Zug.»

Das stimmt nicht ganz, dachte sie, als sie die Türklinke nach unten drückte. Der Zug ratterte, und es war stickig und ermüdend. Aber mitten zwischen all den Pendlern hatte sie immer das erfreuliche Gefühl, allein zu sein. In ganz New York gab es nichts Typischeres als eine in einem Zugabteil, Bus oder Wagen der Untergrundbahn zusammengedrängte Menschenmenge, in der jeder entschlossen war, allein zu sein.

Graham starrte aus dem Fenster. «Jemand scheint dich mit großem Interesse zu beobachten.»

Kate stieg aus und schaute über die Motorhaube hinweg zum Haus. Inzwischen war es fast dunkel geworden. Im Wohnzimmer brannte Licht. In einem Vorhangspalt konnte sie ganz deutlich einen Kopf erkennen. Nach der Silhouette der Haare zu schließen, war es Marie. «Das ist Marie, meine Nichte», sagte sie.

«Also dann, bis morgen», sagte Graham, und der Wagen fuhr fast geräuschlos davon.

Kate ging mit ihrer Tasche und dem unvermeidlichen Kramer-Manuskript darin die Auffahrt entlang. Warum schleppe ich das eigentlich mit mir herum, fragte sie sich. Ich habe doch hier nicht die geringste Chance, daran zu arbeiten.

An der Tür angelangt, läutete sie. Niemand öffnete. Nachdem sie entsprechend lang gewartet hatte, läutete sie abermals. «Das ist lächerlich!» murmelte sie. Sie stellte die Tasche nieder und ging ein paar Schritte zurück, um das Fenster sehen zu können, an dem sie den Kopf entdeckt hatte. Dort war nun niemand mehr. Ja sogar das Licht im Zimmer war ausgeschaltet worden. Die ganze Vorderfront des Hauses, Erdgeschoß und erster Stock, lag völlig dunkel da.

Einen Augenblick lang wünschte sich Kate, Graham wäre nicht weggefahren. Dann ging sie zur Tür zurück und läutete Sturm. Diesmal öffnete Marie fast sofort.

«Hast du denn die Türglocke nicht gehört?» fragte Kate gereizt.

«Natürlich. Deshalb mache ich doch auf.» Marie ließ die Tür offen und ging zur Küche.

Kate trat ein, schaltete Licht an und sah sich im Wohnzimmer um. Nur die geputzten Fensterbänke und der gesaugte Teppichboden zeugten noch von ihren Bemühungen um Sauberkeit und Ordnung. Sonst herrschte ein ebensolches Durcheinander wie bei ihrem ersten Kommen.

Sie drehte sich um, ging nach oben und direkt in das Zimmer, in dem sie die Nacht zuvor geschlafen hatte. Sie stellte ihre Tasche nieder, zog die Jacke aus, hängte sie auf, warf einen Blick ins Badezimmer und war überaus erleichtert, als sie es noch in demselben Zustand fand, in dem sie es verlassen hatte. Dann ging sie nach unten.

Als sie durch die Flügeltür in die Küche kam, saßen Marie und Ranger am Küchentisch vor zwei Döschen Kaviar, eine davon leer, drei Packungen gebratener Hühnchen, alle leer, einer Packung Krautsalat, fast leer, einem Becher rasch zerfließendem Schokoladeeis, dazu etwas, das wie Schokoladesirup aussah, und der leeren Cellophanhülle einer Packung Schokoladekeks.

Niemand sagte etwas. Ranger, der gerade dabei war, den letzten Rest Eiscreme aus einem Schüsselchen zu essen, stockte, den Löffel in der Hand, mit offenem Mund. Marie, die Füße auf einem zweiten Stuhl, den Kopf zurückgelehnt, rauchte.

«Hm-hm-hm-hm-hm», summte sie. Es klang sehr nach «Hoch soll sie leben».

Als Kate die beiden so betrachtete, fühlte sie etwas wie Belustigung in sich aufsteigen, und der seit ihrer Ankunft angewachsene Ärger verflog. Schließlich waren sie Kinder, und ihre Entschlossenheit zu zeigen, wie sehr sie sie fortwünschten, war so kindlich übertrieben, daß sie schon fast komisch wirkte. Warum lasse ich mir das gefallen, fragte sie sich. Die Antwort war so klar, daß ihr Ärger wieder erwachte, aber diesmal gegen sich selbst; sie hatte geglaubt, ihnen irgendwie gewachsen zu sein. Sie wußten es besser. Wenn sie sich das eingestand, blieb die Kampftaktik der Kinder wirkungslos, wenn sie nicht andere Mittel fanden, um sie hinauszuekeln. Einen Augenblick lang überlegte sie, was sie dann versuchen würden, und ihre Belustigung flaute ab.

Ich lasse mich doch nicht verrückt machen, dachte sie. Besser hinhaltender Widerstand.

«Guten Abend», sagte sie. Und dann: «Entschuldige, Marie, ich war eben an der Tür ziemlich – hm – ruppig zu dir. Ich hätte meine üble Laune nicht an dir auslassen dürfen.»

Überrascht schaute Marie einen Augenblick auf, und ihre Augen blitzten im Neonlicht der Küche wie Aquamarine. «In Ordnung», murmelte sie.

«Wie geht es der Herzogin?» fragte Kate.

«Prima.»

Kate ging zum Tiefkühlschrank, nahm einen Topf voll gefrorener Nudeln mit Sugo heraus, den sie dort aufbewahrt hatte, zündete den Backofen an und schob den Topf hinein. Dann machte sie sich einen Salat.

Nach 40 Minuten war ihr Abendessen fertig. Die Küche war relativ sauber, die leeren Schachteln im Mülleimer und der Tisch abgewischt. Ranger war mit Bones draußen. Marie hatte die Herzogin gefüttert und geholfen, den Tisch abzuräumen. Als Kate sah, daß sie den Stoß Geschirr ins Spülbecken stellte, fragte sie: «Warum gibst du das Geschirr nicht gleich in die Geschirrspülmaschine?»

«Weil sie kaputt ist», sagte Marie gleichgültig.

«Hat jemand den Servicemann verständigt?»

«Dienst. Servicedienst.»

«Ich korrigiere, den Servicedienst.»

«Nein, wir waren in der Schule.»

«Du doch nicht.»

«Richtig. Aber ich hatte anderes zu tun.»

«Und zwar?»

Marie richtete sich auf. «Zum Beispiel, mich um meine eigenen Angelegenheiten zu kümmern», sagte sie. Und damit wollte sie die Küche verlassen.

«Und auch dein und Rangers Geschirr abzuwaschen», sagte Kate. Und als Marie darauf nicht reagierte, fuhr sie fort: «Bitte dreh dich um, Marie. Ich habe mit dir zu reden.» Sie war selbst überrascht über den scharfen Klang ihrer Worte. Aber Marie blieb stehen, wandte sich um, und ihr Gesicht verriet eigensinnigen Trotz.

«Ich wasche mein Geschirr», sagte sie. «Aber ich sehe nicht ein, warum ich auch das von Ranger waschen soll, bloß weil ich ein Mädchen bin. Er soll es selber waschen.»

«Aber du findest es in Ordnung, daß ich das Geschirr von euch beiden wasche?»

«Na, dafür bist du doch hier, oder? Du bist unser Babysitter, unsere Kinderfrau, unsere Haushälterin. Also ist es deine Arbeit.»

«Du weißt sehr gut, daß das nicht stimmt. Und natürlich kommst du damit auch durch, solange ich hier bin, weil ich in einer schmutzigen Küche mit stinkenden Überresten weder kochen noch etwas essen möchte. Ich glaube auch nicht, daß es für die Tiere, die ihr beide anscheinend sehr liebt, besonders gesund ist. Wenn ihr weiterhin in dem euch eigenen Trotz beharren wollt, dann nur zu. Aber bilde dir nicht ein, daß der Rest der Welt nur auf dich wartet. Es kann noch eine Weile dauern, bis du diese Erfahrung machst, aber glaube mir, Marie, sie kommt. Und je später das sein wird, desto schmerzhafter wird es sein. Nun kannst du gehen.» Kate drehte sich um und ließ Wasser über das schmutzige Geschirr laufen. Hinter sich hörte sie das Hin- und Herschlagen der Flügeltür.

Ärgerlich über sich selbst, daß sie sich so hatte hinreißen lassen, setzte sich Kate und las, bis ihr Essen warm war, die Abendzeitung, die sie für die Zugfahrt mitgenommen hatte. Nach der Mahlzeit spülte sie das Geschirr, räumte auf und ging in ihr Zimmer. Es gab dort keinen Schreibtisch, also nahm sie das Kramer-Manuskript, setzte sich damit ins Bett, stopfte sich die Kissen hinter den Rücken und begann zu arbeiten.

Zwei Tage später, als sie gerade beim Abendessen saß, hörte Kate die Haustür. Sie nahm an, es sei Marie, die nicht zum Abendessen erschienen war. Dann wurde die Flügeltür aufgestoßen, und Paul Lamont stand auf der Schwelle, «strahlend wie ein Gott». Unwillkürlich fiel ihr diese Zeile ein. Der alte Glanz war noch da. Sie hatte sich immer gefragt, von welchen Wikingerahnen er die Größe, die breiten Schultern, die blauen Augen und das goldblonde Haar geerbt hatte. Lamont war sicher ein französischer Name, aber schließlich waren die Normannen, die französische Namen trugen, ursprünglich Norweger.

«Hallo, Kate», sagte er. Und plötzlich kam er ihr älter und müde vor. Unter seinen blauen Augen und neben seiner prägnanten Nase zeigten sich Falten. Und neuerdings trug er, wie sie bemerkte, einen Bart – kurz und rechtwinkelig gestutzt, einen elisabethianischen Bart.

Er stellte seinen Koffer nieder. «Ich kann dir nicht genug danken ...» begann er.

Endlich raffte sich Kate auf und erhob sich. «Du kommst früh», sagte sie und ging auf ihn zu. Er schlang die Arme um sie und küßte sie. Sein Bart kratzte sie im Gesicht. Sie küßte ihn auf die Wange und fühlte dann, wie sich sein Mund dem ihren näherte. Warum nicht, dachte sie und war erstaunt, wie vertraut sich seine Lippen und sein Gesicht an dem ihren anfühlten. Wir haben uns vor mehr als zwanzig Jahren geküßt – dann und wann.

Aber sie machte sich frei, und er ließ sie sofort los.

«Wie schon gesagt, Kate, ich kann dir nicht genug danken, ich ...»

«Daddy!»

Beide wandten sich um. Auf der Schwelle stand Marie. Sie hat gesehen, daß wir uns küßten, dachte Kate.

«Hallo, meine Liebe.» Paul ging auf seine Tochter zu, aber sie wich ihm aus und kam an ihm vorbei in die Küche.

«Gute Reise gehabt?» fragte sie.

«Eine lange. Komm her, Marie, gib mir einen Kuß.»

«Hast du heute abend nicht schon einen bekommen?»

Paul legte seinen Arm um sie und zog sie an sich. «Hör bloß auf damit. Kate und ich kennen uns seit 25 Jahren. Was erwartest du von uns, daß wir uns die Hände schütteln?»

Es sieht genauso aus, als mache er ihr den Hof, dachte Kate, während sie beobachtete, wie meisterhaft sich Paul seiner Tochter gegenüber verhielt. Und es war wirklich meisterhaft, weil es nicht gekünstelt, nicht vorbedacht war. Es gehörte so sehr zu Paul Lamont wie sein blondes Haar und seine Größe.

«Paul, du bist unglaublich», sagte Kate, nahm ihren Teller und stellte ihn ins Spülbecken.

«Wieso?» Seine Hände lagen noch immer auf Maries Schultern.

«Weil du so ein geschickter Schwindler bist», sagte Marie, streifte seine Hände ab und trat zurück. «Du küßt jedermann. Kate, Mami, Angela Griffin, mich ...»

Sie hielt sich außer Reichweite, so als fürchte sie, er werde sie schlagen.

Plötzlich begann er zu lachen. Dann eilte er, bevor sie flüchten konnte, zu ihr hin, schlang die Arme um sie und gab ihr einen schallenden Kuß auf die Wange. «Ich liebe dich», sagte er. «Es tut mir leid, daß du so ein trübseliges Leben hast.»

Marie brach in Tränen aus.

Er hielt sie weiter in den Armen, und Kate beobachtete fasziniert, daß Marie kaum einen Versuch machte, sich zu befreien. Sie möchte es gar nicht, dachte Kate. Sie möchte an seiner Brust weinen. Na und, möchten das nicht alle?

Kate verließ die Küche, ging ins Wohnzimmer, setzte sich auf das Sofa und versuchte, sich trotz bestürzender Erinnerungen an alte Zeiten auf den zweiten Teil der *New York Times* zu konzentrieren. Sie fühlte, daß sie und Marie in seltsamer Weise wie die Stimmen in einer Fuge aneinandergebunden waren, die eine als Kontrapunkt der anderen. Es war verwirrend ...

Zwanzig Minuten später kam Marie mit verweinten Wangen aus der Küche. Ohne Kate anzuschauen, ging sie direkt nach oben. Ein paar Augenblicke später erschien auch Paul mit einem Stück Huhn in der Hand, das im Kühlschrank gewesen war.

«Hast du noch nichts gegessen?» fragte Kate, erleichtert, daß sie über etwas Praktisches reden konnte.

«Eigentlich nicht. Im Flugzeug gab es ein Mittagessen und später etwas, das sie wohlwollend einen Imbiß nannten, zwei langweilige Scheiben Brot mit einem Stück geschmacklosem Rindfleisch dazwischen. Aber ich habe mir auf dem Flughafen ein Sandwich geben lassen, bevor ich in die Klinik fuhr.»

Kate war einen Augenblick lang enttäuscht. «Du bist schon dort-gewesen?»

«Ja. Ich wollte McGrath noch erreichen, bevor er abends nach Hause ging, und ich wollte Deborah sehen und mir ein klares Bild machen, wie es jetzt mit ihr steht und was ich zu erwarten habe.»

«Und was hast du herausgefunden?»

«Daß Deborah noch nicht so weit ist, nach Hause zu kommen,

und daß ich nach jemandem Ausschau halten muß, der für die nächste Zeit hier den Haushalt übernimmt.» Er nagte die letzten Bissen von der Hühnerkeule, wickelte den Knochen in ein Papiertaschentuch, setzte sich und nahm eine Zigarette aus der Packung, die in seiner Hemdtasche steckte. Er zündete sie an, inhalierte tief, holte dann die Packung aus der Tasche und hielt sie Kate hin. «Entschuldige!»

Sie schüttelte den Kopf. «Nein, danke. Sind es nur die Drogen, oder leidet Deborah an tieferliegenden emotionalen Problemen?»

Er steckte das Zigarettenpäckchen zurück in die Tasche. «Ich bin nicht sicher, und McGrath auch nicht. Natürlich kann eines die Folge des anderen sein.»

«Wann hat sie mit Drogen angefangen?»

«Als wir das erste Mal in Japan waren. Dort gibt es eine Menge hochnäsiger Leute, die Dienstboten mit eingeschlossen. Sie hatte kaum etwas zu tun, war einsam und kannte fast niemanden. Ich war viel fort. Den Rest kannst du dir denken.»

Kate musterte ihn. Er wirkte müde und sah genauso alt aus, wie er war, nämlich 38 – gleich alt wie sie. Da sie sehr nahe beisammen saßen, konnte sie erkennen, daß sein blondes Haar von grauen Fäden durchzogen war. Trotzdem schien er voll überschäumender Vitalität wie eh und je und war genauso schlank wie damals, als sie ihm zum letztenmal begegnet war, nämlich an seinem Hochzeitstag.

«Weißt du eigentlich, wie lange wir uns nicht mehr gesehen haben?» fragte Kate.

«Ja», antwortete er sofort. «Es war bei meiner Hochzeit.»

«Weil wir gerade davon reden, du scheinst nicht sehr von Gram gebeugt zu sein, daß deine Frau nach einem Selbstmordversuch drogensüchtig und mit Depressionen in einer Klinik liegt.»

«Ich sollte wohl, aber es ist schon das dritte Mal. Und außerdem haben wir die letzten paar Jahre nur so nebeneinander hergelebt.» Er lehnte sich in seinem Sessel zurück und zog an seiner Zigarette. «Es heißt, daß man sich an alles gewöhnen kann, und vermutlich habe ich mich daran gewöhnt.» Er schaute Kate an. «Ich fürchte, das klingt in deinen Ohren recht kaltschnäuzig.»

«Ja.»

«Jammerschade! Zu deiner Information, ich mache mir wirklich Sorgen um meine Kinder. Deshalb hatte ich die Scheidung noch nicht eingereicht. Bisher hielt ich es immer für das kleinere von zwei Übeln, wenigstens die Fassade einer Ehe aufrechtzuerhalten. Jetzt aber neige ich eher zum Gegenteil. Ich werde die Vormundschaft über die Kinder beantragen und versuchen, ihnen ein gesichertes Zuhause zu geben.»

«Du meinst, du trennst dich einfach von Deborah und überläßt sie dann ihrem Schicksal.»

«Deborah hat selbst Vermögen. Das weißt du doch.»

Kate wußte es. «Ich dachte immer, daß dies ...» Sie stockte, ob aus Takt oder aus Feigheit, das wußte sie nicht.

«Daß ich sie aus diesem Grund geheiratet hätte?»

«Ja.»

«Nein, das hast du dir nur eingeredet. Aber du kennst den wirklichen Grund. Ich habe Deborah geheiratet, weil du erklärt hast, ich solle mich zum Teufel scheren. Damals war Deb eine blendende Erscheinung, schön und strahlend und gerade dabei, die Karnevalsprinzessin zu werden. Für nicht so vom Schicksal Begünstigte wie du und ich war das natürlich eine tolle Sache. Und sie zeigte ganz offen, daß sie mich mochte. Natürlich ging ich mit ihr aus und suchte ihre Gesellschaft – wie so viele andere. Du bist auch mit anderen Leuten ausgegangen. Aber geliebt habe ich dich, und ich wollte dich auch heiraten. Keine Rede davon, daß ich dich wegen des Geldes und der Familie und dem Haus in der Prytania Street sitzengelassen hätte. Das hast du dir eingeredet. Aber es war nicht der Grund.»

«Was war dann der Grund?»

«Ich weiß es nicht, jedenfalls nicht genau. Ich habe es nie genau gewußt. Und als ich dich bei meinen seltenen Besuchen in New York zu erreichen versuchte, hast du auf meine Anrufe nicht einmal reagiert. Du hast dich schon im zweiten Collegejahr seltsam verhalten. Es war, als hätte jemand anders von dir Besitz ergriffen – würde in deiner Haut leben. Ich konnte nicht mehr zu dir durchdringen. Im Jahr vor der Graduierung bist du nur zweimal nach Hause gekommen, das erste Mal zu der katastrophalen Party, auf der du mich aus deinem Leben gestrichen hast, und das zweite Mal an dem Tag, als Deb und ich heirateten.»

Kate war noch ganz mit dieser Erklärung beschäftigt, als sich die Küchentür öffnete.

«Dad!» Ranger kam herein.

«Hallo, Sohn!» Paul stand auf und drückte seine Zigarette im Aschenbecher auf dem Tisch neben ihm aus. Dann zauste er Rangers Haar, schüttelte ihm die Hand und drückte ihn kurz an sich, alles mit einer einzigen schnellen Bewegung. «Wie geht's?» sagte er.

«Okay.» Pause. Beide schienen auf etwas zu warten. Dann platzte Ranger heraus: «Bones ist fast stubenrein.»

«Fast ist nicht genug, Ranger.»

«Er wird es schon. Ehrlich.»

«Du weißt, wie deine Mutter über Tiere im Haus denkt.»

«Dad, warum er so ist, so verstört, liegt zum guten Teil daran, daß er draußen im Schuppen schlafen mußte. Er ist ja noch so jung.»

«Er wird bestimmt okay, Paul», mischte sich Kate ein. «Er hat sich schon sehr gebessert, seit ich hier bin.»

Ranger schaute sie erst erstaunt, dann dankbar an. «Siehst du? Sogar Tante Kate sagt das.»

«Also gut. Aber laß ihn in der Küche. Wenn er Mist macht, kommt er hinaus.»

Kate begriff in diesem Augenblick Rangers diesbezügliche Ängste. Sie warf dem Jungen einen Blick zu und lächelte.

«Bist du etwa an dieser Verschwörung beteiligt?» fragte Paul.

«Keine Verschwörung, Paul. Ich war oft sehr froh, Bones hierzuhaben. Ich wußte nicht, daß Deborah so gegen Tiere eingestellt ist.»

«Keiner von uns kannte Deborah wirklich», erwiderte Paul. Kate sah, daß Ranger rot wurde.

«Hast du deine Hausaufgaben gemacht?» fragte Paul seinen Sohn.

«Ich bin fast fertig.»

«Ich habe nicht gefragt, ob du fertig bist. Ich habe gefragt, ob du sie gemacht hast.»

Ranger murmelte etwas.

«Wenn du nämlich mit diesem Köter herumspielst, statt deine Hausaufgaben zu machen, dann kommt der Hund weg. Also setz dich lieber daran.»

Kate sah ungläubig Ranger nach, als er die Treppe hinauf verschwand. «Mein Gott, Paul, bist du streng mit Ranger! Und mit Marie bist du so nachsichtig. Schließlich geht er in die Schule, und Marie nicht.»

Ein eisiger Blick traf sie aus Pauls Augen und erinnerte sie an frühere Zeiten, in denen sie das schon erlebt hatte. «Du siehst darin ein Problem, Kate, ich nicht. Mit daran Schuld, daß es mit Deborah soweit kam, war Ranger, der eine Reihe von Tieren heimbrachte, die alle völlig unerzogen waren und überall hinmachten. Vieles von dem, was diese Hunde ruinierten – Stühle, kleine Teppiche – waren Familienerbstücke, die ihr eine Menge bedeuteten. Ranger um etwas zu bitten, hatte keinen Sinn. Ich kam nach Hause, fand Deborah in Tränen und – natürlich – high. Marie hat wenigstens versucht, ihrer Mutter zu helfen. Das Vorurteil – wenn es eines gibt – liegt ebenso in deiner Ansicht über die Kinder wie in der meinen.» Er stand plötzlich auf. «Ich gehe zu Bett. Ich bin seit zwanzig Stunden auf und habe auch letzte Nacht nur vier Stunden geschlafen. Ich möchte mit dir darüber reden, was zu tun ist. Aber ich glaube, wir verschieben es besser, bis ich mich ein wenig ausgeruht habe. Bis dahin wäre ich sehr froh, wenn du noch hierbleiben könntest.»

«Wenn du da bist, brauchst du mich nicht mehr», sagte Kate. «Ich werde morgen in meine Wohnung zurückkehren. Außerdem, würden es die Nachbarn nicht etwas seltsam finden?»

«Mir ist es verteufelt egal, was die Nachbarn denken. Aber nebenbei gesagt, ich meine, sie würden es seltsam finden, wenn Deborahs einzige Schwester nicht zu Hilfe käme, während sie im Krankenhaus liegt. Dein Denken war immer von bürgerlichen Vorurteilen eingeengt. Gute Nacht.»

Kate lag im Bett und versuchte, sich an die Party zu erinnern, die Paul «katastrophal» genannt hatte.

Seit er die vierzehnjährige Deborah zum erstenmal gesehen hatte – er und Kate waren damals sechzehn –, war er offensichtlich (zumindest erschien es Kate so) behext wie der Gänsejunge im Märchen, als er zum erstenmal die Prinzessin erblickte. In den folgenden zwei Jahren wurde Kate das immer klarer. Hauptsächlich merkte sie es ihm am Gesicht an, wenn Deborah ins Zimmer kam, während er da war, um Kate abzuholen oder sie nach Hause zu bringen ... Und Deborah schaffte es, bei fast allen diesen Gelegenheiten herumzulungern, obwohl «herumlungern» eine zu derbe Beschreibung für ihr zartes, graziöses Auftreten war. Mit Wut und dem Gefühl der Hilflosigkeit sah dann Kate, wie sich Pauls Gehaben veränderte. Er starrte Deborah wie gebannt an, errötete bis hinter die Ohren, und ein «leicht vertrottelter» Ausdruck – später erklärte ihn Kate als verzückte Besessenheit – kam in sein Gesicht, oder besser gesagt, jeder andere Ausdruck verschwand und nur diese Verzückung blieb, ließ ihn jünger und verwundbarer erscheinen und führte dazu, daß Kate am liebsten geweint und auf ihn eingedroschen hätte.

Aufgrund ihres ausgezeichneten Abschlußzeugnisses in der sozial wenig angesehenen, aber traditionell strengen Schule durfte Kate auf das Barnard College gehen. Bevor sie abreiste, tauschte sie noch mit dem widerstrebenden Paul – der nach Stanford wollte – Zusicherungen ewiger Liebe und Treue aus, wobei jedoch den Gegebenheiten des Lebens Rechnung getragen wurde, einschließlich jener, daß sie beide klarerweise mit anderen ausgehen dürften. Kate wäre durchaus bereit gewesen, noch weiter zu gehen und auf alle Rendezvous zu verzichten. Aber ein kleiner Rest von Einsicht ließ sie begreifen, daß allein schon das Verlangen nach einer so bindenden Übereinkunft mehr Schaden als Nutzen bringen würde. Sie war noch nicht einmal einen Monat in Morningside Heights, als Paul, der im letzten Augenblick und mit Hilfe seines einflußreichen Vaters von Stanford nach Tulane in New Orleans übergewechselt hatte, mit Deborah auszugehen begann, eine Tatsache, die sie aus den Briefen verschiedener Freundinnen erfuhr.

Er ging auch mit vielen anderen Mädchen aus. Als aufsteigende Sportgröße konnte er unter den versammelten Schönen von Newcomb – dem Mädchencollege von Tulane – wählen. Mit Deborah ging er nicht sehr oft aus. Sie war schließlich erst sechzehn und noch auf der McGehee's Schule, New Orleans' Privatanstalt für höhere protestantische Töchter. Aber sie trafen einander regelmäßig – eine Tatsache, die Kate ebenfalls erfuhr. Nach vielen widersprüchlichen Überlegungen beschloß sie, das Problem zu ignorieren. Als sie am ersten Weihnachtsfeiertag nach Hause kam, rief Paul sofort an. Sie gingen miteinander aus. Da Kate fest entschlossen war, sich wegen Deborah auf keinen Streit einzulassen, brachte sie es fertig, die Sache nicht zu erwähnen. Aber da es ihr schwerfiel, verhielt sie sich unnatürlich und verdarb damit den Abend. Sie fuhr zurück ins Barnard und kehrte erst im Juni nach New Orleans zurück, als sie 10 Kilo zugenommen hatte.

Keith, der langsam an einem Lungenemphysem dahinsiechte und bereits in einer anderen Welt zu leben schien, musterte sie mit seinen eisblauen Augen. Es war, als blickte er durch sie hindurch auf etwas hinter ihr.

«So gewinnst du ihn nicht zurück, Kate», sagte er, als sie ihn in seinem Zimmer besuchte. Keiner hatte Pauls Namen erwähnt. Aber beide wußten, was er meinte.

«Ich kann nichts dagegen tun», erklärte sie trotzig. «Wenn ich lerne, habe ich immer Hunger.»

«Damit scheidest du zweifellos als Konkurrenz aus – nicht daß du für Deborah überhaupt eine wärst. Oder für irgendein anderes Mädchen», schloß er grausam. Sein Blick war so gleichgültig und unpersönlich, als hätte er eine Plastikpuppe vor sich. Dann wandte er sich um und starrte zum Fenster hinaus.

«Aber», begann sie in einem letzten Versuch, eine Brücke über die Kluft zu schlagen, die immer bestanden hatte, «ich bin doch deine Tochter.»

Er drehte sich nicht um. «Nein, das bist du nicht, warst es nie. Du bist ein unerwünschtes Kind, das Beth adoptiert hat.» Er war nicht ärgerlich, nur gleichgültig.

Kate fuhr nach New York zurück. Sie schrieb Paul nicht mehr, und auch Paul schrieb ihr nicht. Als ihr Vater ein paar Monate später starb, kam sie zu seinem Begräbnis. Paul rief sie an, um ihr sein Beileid auszudrücken, und lud sie zum Mittagessen ein. Sie lehnte ab. Sie wog jetzt nicht mehr 10, sondern 12 Kilo zuviel.

Keith Malory hatte in dem Haus an der Prytania Street sein ureigenstes Reich gefunden, das ihm eine gerechte Welt schon bei seiner Geburt hätte bescheren sollen. Kate hingegen fand sich einem Spiegel gegenüber, in dem sie sich andauernd als häßliches Entlein sah. Bis dahin hatte sie noch die unausgesprochene Hoffnung aufrechterhalten, daß sie sich mit der Zeit in einen Schwan verwandeln würde. In der Prytania Street wurde ihr schließlich bewußt, daß sie niemals ein Schwan werden würde: Schönheit war angeboren. Sie erkannte auch, daß Paul den Unterschied sofort sah.

Als sie nach dem Tod ihres Vaters ins Barnard zurückkehrte, hatte Kate jede Hoffnung auf Paul aufgegeben.

Zwei Jahre später kam ein Brief von Diane, in dem sie Kate bat, zu Deborahs erstem Ball zu kommen – «um der alten Zeiten willen», wie sie es nannte. Kate wollte ablehnen. Aber sie änderte ihre Meinung vor allem deshalb, wie sie später erkannte, weil sich ihre äußere Erscheinung in den letzten Monaten wesentlich zum Besseren verändert hatte und sie nicht abgeneigt war, dies ihren alten Rivalen in New Orleans zu zeigen. Sie hatte gehungert und war nun schlank, und sie hatte gelernt, sich einfach und mit ziemlicher Eleganz zu kleiden.

Also schrieb sie Diane, trotz des bohrenden Gefühls, daß sie noch nicht nach New Orleans fahren sollte, mit sorgfältig berechneter Gleichgültigkeit, daß sie es vielleicht einrichten könne, einen Besuch in ihrem Terminkalender unterzubringen. Dann ging sie zu Lord & Taylor und gab ihre ganzen Ersparnisse für ein langes, feuerfarbenes Seidenkreppkleid aus, das ihren schlanken Hals, ihre schmale Taille betonte und ihre Augen grünlich schimmern ließ.

Sie kam am Tag der Party, wenige Stunden vor dem Beginn, an. Und das war ihr erster Fehler. Aufregung und Angst hatten zur Folge, daß sie ziemlich unausgeschlafen und überreizt war, doch auch ohne das wäre es, wie sie in ihrer Verzweiflung hinterher erkannte, vermutlich nicht anders gekommen. Jedenfalls hatte sie sich für das erste Zusammentreffen mit Paul mit Erwägungen und Anspielungen auf die zahlreichen Männer gewappnet, die in New York mit ihr ausgegangen waren und von denen manche beharrlich ein schmeichelhaftes Interesse für sie zeigten. Die Tatsache, daß sie keinen von ihnen anziehend fand, hielt sie nicht für wichtig.

In den Monaten, in denen sie immer hübscher geworden war, hatte sie sich in eine mysteriöse Hoffnung und optimistische Erwartung hineingesteigert, daß sich Paul zweifellos nicht so entwickelt habe. Diese tröstliche Fiktion schwand jäh in dem Augenblick, als er stattlich in seinem Frack mit weißer Schleife erschien und mit seinem weizenblonden Kopf alle anderen Männer ringsum überragte. Er kam sofort auf sie zu, küßte sie auf die Wange, drückte ihr die Hand und sagte: «Aber Kate, Liebling, bist du hübsch geworden!»

Es war verheerend. Die psychologische Mühe von Jahren, in denen sie sich mit aller Gewalt hatte einreden wollen, daß Paul nur der Typ eines flegelhaften Muskelprotzes wäre – all das war wie weggefegt, als er den Kopf zu ihr herabbeugte, sie seine Lippen auf ihrer Wange spürte und seine kräftige Hand die ihre hielt.

«Hier, für dich, Kate», sagte er, als er ihr das eine der beiden Champagnergläser reichte, die er vom Tablett eines Kellners genommen hatte. «Für deine bezaubernd grünen Augen.»

Der alte Schmerz überfiel sie. Die alte Liebe flammte unvermindert stark auf. Nach der Sprache New Yorks klang Pauls weicher Südstaatenakzent ebenso verführerisch wie die Liebe selbst. Sie leerte ihr Champagnerglas in einem Zug. Sie hatte noch nie Champagner getrunken, und nach ihrem ersten Eindruck, daß man ihn gewaltig überbewerte, schmeckte er ihr doch recht gut. Als Paul für sie beide neue Gläser von einem Tablett nahm, trank sie das ihre wieder fast sofort aus. Paul lachte und reichte ihr ein drittes.

«Es war ein langer Weg für uns beide von der Methodistensonntagsschule bis hierher, nicht wahr?»

«Das liegt weit zurück!» sagte sie fröhlich und leerte ihr Glas.

«Übrigens, das Zeug ist ein bißchen stärker, als es schmeckt», sagte Paul.

«Ich habe schon entdeckt, daß ich viel vertragen kann», erwiderte Kate, die so etwas nie entdeckt hatte, vor allem deshalb nicht, weil sie instinktiv und gewohnheitsmäßig sehr wenig trank.

«Prima! Eine Frau, die zuviel getrunken hat, kann ich nämlich nicht ausstehen.»

«Das passiert nur Anfängern», sagte Kate.

«Wir haben uns allzulange nicht mehr gesehen.» Paul lachte sie mit seinen wunderschönen blauen Augen an.

Ihr Herz pochte so stürmisch, daß sie zu ersticken glaubte.

Und dann kam Deborah die Treppe herunter, strahlend und graziös in dem klassischen Debütantinnenkleid mit schmaler Taille, gebauschtem Tüllrock und tiefem Ausschnitt.

«Paul!» rief sie mit wohlklingender Stimme. Und Paul ließ Kate sofort stehen.

Etwa eindreiviertel Stunden später, als Deborah mit irgend jemand anderem tanzte, kam Paul zu Kate zurück.

«Wo waren wir stehengeblieben?» sagte er und legte den Arm um sie.

Kate war erbost. Über die Schultern der Männer hinweg, die sich um sie scharten, hatte sie gesehen, wie Paul mit Deborah tanzte oder in ihrer Nähe darauf wartete, sie wieder engagieren zu können. In der ersten halben Stunde hatte sie sich eingeredet, es sei nur recht und billig, wenn sich Paul als alter Freund der Familie auf der Party zu Ehren Deborahs um sie kümmere. In der zweiten halben Stunde fand sie seine Pflichterfüllung schon übertrieben. In den verbleibenden 40 Minuten kämpfte sie mit dem alten Drachen, den sie nach all den Jahren in New York mit dem Verlust an Gewicht und dem Gewinn neuer Freunde ein für allemal überwunden zu haben geglaubt hatte – mit der vergessenen quälenden Überzeugung, daß sie ein Eindringling war, ein fremder Vogel in einem Haus von Schwänen, und daß Paul und alle anderen Männer im Raum nicht nur deshalb mit Deborah tanzten, weil die Party zu ihren Ehren veranstaltet wurde, sondern weil sie in dem Augenblick, als die wirkliche Perle Deborah erschien, erkannt hatten, daß sie, Kate, eine Angeberin, ein Stück Straß, nur Talmi war. Erhitzt durch etliche Gläser des sprudelnden Getränks mit dem darin verborgenen ungewohnten Alkohol fühlte sie das Wetterleuchten wachsender Wut in sich aufsteigen.

«Ich weiß nicht», sagte sie mit einem gekünstelten Lächeln, «es ist schon zu lange her.»

«Ja, ich weiß. Ich habe es auch zu lange gefunden. Aber das ist Debs Party, und ich schulde den Légères eine Menge. Das verstehst du doch? Na sicher.» Er lächelte mit diesem Beifall heischenden, trügerischen Lächeln, das ihr schon in der Sonntagsschule das Herz schwach gemacht hatte. «Schließlich bist du ja auch deshalb hergekommen.»

Sie wollte ihm so gern glauben. Begierig ließ sie seine Feststellung gelten. «Das stimmt», sagte sie und blickte ihn an. «Es ist Debs Party, das müssen wir berücksichtigen.»

Er legte sein Gesicht an das ihre und tanzte sehr eng mit ihr.

Hätte er seine Pflicht gegenüber Deborah damit genügend erfüllt geglaubt, hätte sie nicht so viel Champagner getrunken, hätte die Musik nicht einen Augenblick später zu spielen aufgehört, dann wäre noch Zeit gewesen, den ihr bevorstehenden katastrophalen Verlauf des Abends zu vermeiden. Aber nichts davon traf zu.

«Komm, wir holen uns noch Champagner und gehen in den Garten», sagte Paul, als die Musiker ihre Instrumente weglegten und sich den Schweiß von der Stirn wischten, und suchte einen Kellner.

In Kates Gehirn gellten Warnsirenen. Aber sie waren weit entfernt und gedämpft. «Ja, machen wir das.»

Nach zwei Gläsern Champagner küßten sie einander bereits leidenschaftlich unter den großen Ästen der Lebenseiche, die fast bis zum Boden hingen und sie mehr oder weniger bargen.

Mitten hinein ertönte der Gong. «Das Abendessen ist serviert», rief jemand.

Paul löste sich von ihr. «Ich soll Deb zu Tisch führen», sagte er und lief ohne weitere Entschuldigung zum Haus.

Kate ging langsam zu den französischen Fenstern des Ballsaals zurück. Es war eines der seltenen Male, daß sie der Gedanke an Essen nicht lockte. Im Gegenteil, es ekelte sie davor. Als sie den Ballsaal betrat, verschwanden gerade die letzten Gäste in dem Eßzimmer dahinter, wo, wie Kate sich erinnerte, ein Buffet mit noch mehr Champagner geboten wurde. Der Ballsaal machte einen verlassenen Eindruck, wie es Kate schon oft nach solchen Veranstaltungen gesehen hatte, aber sie wußte, daß es nur eine Pause war, bevor die Musiker, die sich in einem anderen Zimmer stärkten, und alle die Gäste zurückkommen würden und der Tanz wieder begann. Auch die Kellner waren fort, zweifellos bedienten sie jetzt im Eßzimmer. Der lange Tisch, der als Bar diente, war verlassen, und Champagnerflaschen, viele davon mit dem Hals nach unten, standen in Kübeln mit schmelzendem Eis. Aber einige von ihnen waren offenbar noch voll. Kate ging langsam zu dem Tisch, griff nach einem beliebigen Glas und einer der Flaschen. Sie war fast voll und schön kalt. Ohne viel Umstände goß sie das Glas bis oben voll und sah zu, wie der weiße Schaum über den Rand auf den Boden floß. «Entzückend», sagte sie halblaut und trank das Glas aus. Dann füllte sie es erneut.

Später konnte sie sich nie richtig daran erinnern, wie es weitergegangen war, nur an einzelne Szenen: Daß sie im ebenerdigen Badezimmer stand, sich in dem großen Spiegel betrachtete und entschied, daß das feuerfarbene Kleid zu grell oder vielleicht zu kitschig oder beides zugleich war. Dann war da noch der Mann mit der Brille, mit dem sie tanzte, dem sie ihren großen Kummer anvertraute, und der sie dann so gut tröstete, daß sie schließlich mit ihm unter der Lebenseiche stand, wo er ihre Minderwertigkeitsgefühle in sehr handgreiflicher Weise zerstreute. Noch mehr Champagner ... Paul tauchte wieder bei ihr auf ...

Nach einem verwirrenden Durcheinander von Bildern und Tönen, einer hohen Stimme, die andauernd auf sie einredete ... erinnerte sie sich an eines mit unbarmherziger Klarheit: Jemand half ihr in den ersten Stock ... sie war in einem Schlafzimmer ... und dann in einem Badezimmer, wo sie sich noch einmal fürchterlich übergab ... noch einmal? ... Sie blickte an sich hinunter und sah, daß ihr Kleid voll Erbrochenem war.

Als nächstes stand ihr der folgende Tag vor Augen. Sie erwachte mit rasenden Kopfschmerzen, rebellierendem Magen und total erledigt. Eines der Dienstmädchen kam herein und sagte, Mr. Lamont sei am Telefon. Kate weigerte sich, mit ihm zu sprechen. Sie wußte, daß alles Schreckliche, das passiert war, mit ihm zu tun hatte, auch wenn sie die Leidtragende gewesen war (irgendwie war ihr auch das klar). Jedenfalls trug an allem (davon war sie plötzlich ganz fest überzeugt) er und sein charakteristisch hinterhältiges Betragen die Schuld. Als sie in den Süden kam, war sie bereit gewesen – ja, sie hatte sich fest vorgenommen – Vergangenes vergangen sein zu lassen. Aber er hatte sie behandelt wie seine verloren geglaubte große Liebe und ihr vorgegaukelt, sie bedeute ihm immer noch eine Menge. Er hatte sie so umschmeichelt, daß sich ihre Wachsamkeit verminderte ... und als ihm dann die reiche, selbstherrliche, gesellschaftlich hochstehende Deborah winkte, war er sofort an ihre Seite geeilt. Sie hatte also immer recht gehabt; er war ein gutaussehender, flegelhafter Muskelprotz. In New York gab es eine Menge netterer Männer ... Männer, mit denen keine schrecklichen, demütigenden Erinnerungen verknüpft waren. Sie konnte – und wollte – sich nicht an Einzelheiten erinnern. Aber sie wußte in ihrem Innersten, daß nach all dem Geschehenen nichts mehr reparabel war.

Als Paul das letzte Mal anrief, ließ sie ihm sagen, er solle sie in Ruhe lassen. Sie hatte kein Verlangen, mit ihm zu sprechen. Danach fühlte sie sich ein wenig besser und irgendwie befreit. Weder Diane noch Deborah erwähnten jemals, was geschehen war. Auch ihre alten Freunde, die auf der Party zugegen gewesen waren, hüllten sich in Schweigen.

Am nächsten Tag flog sie nach New York zurück.

Nach dieser Katastrophe machte sie eine Zeit durch, an die sie am liebsten nicht mehr dachte. Ruhelos, wütend und entschlossen, sich vor einem unsichtbaren Richter zu rechtfertigen, wechselte sie rasch von einer Arbeitsstelle zur anderen und von einem Mann zum anderen, was später auch dazu beitrug, daß sie Joels zeitweilige Belehrungsversuche über die Vorteile der sexuellen Revolution belächelte und darüber spottete. Sie hatte ihre Revolution hinter sich und war darüber hinaus.

Außer zu Pauls und Deborahs Hochzeit kam sie nie wieder nach New Orleans zurück.

Und nun lag sie hier in Deborahs Haus, Deborah war in der Klapsmühle, und Paul – der besser aussah denn je – schlief im selben Stockwerk. Was meinte er nur mit seinem Gerede von den bürgerlichen Vorurteilen? Wenn es ein typisches Beispiel wohlhabenden

Bürgertums gab, dann war es Pauls Haus im Vorort und sein Lebensstil – mit eingerechnet seine depressive, drogensüchtige Frau.

Kate schlief unruhig und stand auf, bevor jemand anders im Haus wach wurde. Irgendwann in dieser Nacht war sie zu einem Entschluß gekommen. Nach einer hastigen Tasse Kaffee packte sie ihre Tasche, rief ein Taxi und fuhr zum Bahnhof. Paul konnte sich jetzt, da er zurück war, selbst um seine Familie kümmern.

«Jedenfalls trug er die Schuld …»

«… davon war sie überzeugt.» Schließlich hätte er doch wissen müssen, daß einem die Frau wegläuft, wenn man sie nicht richtig behandelt.

… und nicht anders geht's beim Geld.

5

«Ich will meine Sünden bekennen, Pater. Meine letzte Beichte war ...» Kate versuchte sich zu erinnern und stellte schreckhaft fest, daß sie sich das nicht überlegt hatte, als sie den Beichtstuhl betrat. «Also», sagte sie schließlich, «das ist schon lange her. Vielleicht ein Jahr.»

«Nicht zu Ostern?» fragte der Priester leicht schockiert. Ostern lag etwa drei Wochen zurück.

«Nein.»

«Sprechen Sie», sagte der Geistliche.

Kate spähte durch das Gitter in das Halbdunkel. Etwas in der Art, wie der Priester sprach – mehr der Rhythmus als der Akzent – verriet den Ausländer. Nun ja, dachte sie, war das nicht zu erwarten gewesen? Sie war in der Mittagszeit in diese Stadtkirche gekommen, in der eine große Zahl Filipinos, Asiaten und Indonesier als Priester tätig waren.

«Sprechen Sie bitte», wiederholte der Geistliche.

Aber ihr Denken war wie eingefroren. Sie wußte, sie konnte die Liste ihrer Unterlassungen aufzählen – ich war unfreundlich, ich war selbstsüchtig, meine Gedanken waren nicht rein, ich habe nicht geschwiegen, wenn ich es sollte – und dazu die betrüblichen, menschlich unvermeidbaren Verfehlungen – ich war zornig, voll Stolz, rachsüchtig, ich habe mich über das Unglück anderer gefreut, ich habe im Büro Tratsch verbreitet, ich war häßlich zur Putzfrau – das konnte sie vertrauensvoll und mit der absoluten Gewißheit vorbringen, daß sie sich das hatte zuschulden kommen lassen.

Ich habe sinnliche Begierden gehabt – aber dabei erkannte Kate, als seien ihr plötzlich die Augen aufgegangen, daß das keineswegs ihr Problem war. Jedenfalls nicht jetzt. Oder wenigstens nicht in dem üblichen Sinn. Aber was bedeutete das Herzklopfen, der stokkende Atem, wenn ihr Paul oder Graham in die Nähe kamen? Konnte man das Begierde nennen? In diesem Augenblick, unbequem im Beichtstuhl kniend, begriff Kate etwas von sich selbst. Was diese körperlichen Symptome auch anzeigen mochten, von ihr aus gesehen, war es nicht Begierde. Sie konnten verschiedenes bedeuten, waren aber keine Anzeichen, daß sie auch nur den leisesten Wunsch verspürt hatte, mit jemandem ins Bett zu gehen und mit ihm zu schlafen, weder mit Graham noch mit Paul. Was begehrte sie demnach?

«Sind Sie noch da?» Der Priester klopfte an seiner Seite mit einem Finger auf das Plastikgitter.

Kate fragte sich, wie er auf eine Beichte dieser Art reagieren würde: Pater, Sie werden es nicht glauben, ja ich bin sogar sicher, daß Sie mir nicht glauben werden, aber ich bin irgendwie überzeugt, daß meine Sünde darin besteht, in den letzten fünf Jahren niemanden wirklich begehrt zu haben.

Was würde er ihr antworten? Sie beschloß, es nicht darauf ankommen zu lassen. «Verzeihung, Pater, ich habe es mir anders überlegt.» Und sie stand hastig auf, tastete nach der Türklinke und ging hinaus. Da warteten lange Schlangen Bußwilliger zu beiden Seiten des Beichtstuhls, also würde der Geistliche – Kate schaute auf das Schild oberhalb der Tür: Pater Francis Lo – zu beschäftigt sein, um die Tür des Beichtstuhls zu öffnen und sie zurückzurufen, selbst wenn er es wollte. Kate zweifelte, ob das überhaupt zulässig war, obwohl man vom heiligen Pfarrer von Ars erzählte, daß er aus dem Beichtstuhl herausgelangt und jene beinahe mit Gewalt wieder hineingezerrt hatte, die seiner Meinung nach das Bußsakrament nötig hatten.

Statt dessen setzte sie sich in eine der hinteren Bankreihen der Kirche, weit aus dem Blickfeld, das er haben mochte. Was nun, dachte sie. Und warum war sie überhaupt hergekommen, nachdem mehr als ein Jahr seit ihrem letzten Versuch vergangen war, mit ihrem Gewissen ins reine zu kommen?

Sie starrte auf den altmodischen, überladenen Altar und das eher scheußliche Gemälde vom Letzten Abendmahl darüber. Seitlich davon stand eine kleine, überraschend schöne Statue der Madonna, zart, Gesicht und Hände mehr angedeutet als ausgeprägt, künstlerisch in diesem Postkartenprunk der übrigen Kirche fehl am Platz. Aber hier herein hatte sie sich vor vielen Jahren Mittag für Mittag geflüchtet und bei den Plastikstatuen und klappernden Rosenkränzen einen Frieden und ein Anderssein empfunden wie nie zuvor. Wo war dieses Gefühl jetzt? Verschwunden, und das schon seit geraumer Zeit. Lag das an ihrer lang andauernden Affäre mit einem verheirateten Mann, den sie mit allen Mitteln, mit Wort und Tat, im

Bett und außerhalb, dazu bringen wollte, sich scheiden zu lassen? Doch das hatte sie schon längst gebeichtet, und nach dem Glauben der Kirche hatte sie damit ihre Sünde (oder Sünden) getilgt. Aber aus dem Unterricht erinnerte sie sich, daß eine Absolution nicht gleichzeitig auch den Nachlaß der zeitlichen Strafen bedeutete. War demnach dieses Gefühl der Leere, des völligen Ausgeleertseins, der Langeweile und Verkrampfung bei den wenigen Malen, da sie einer Messe beigewohnt hatte, die zeitliche Strafe? Das schien irgendwie nicht koscher ... Kate lächelte bei dem Gebrauch dieses Wortes in einem solchen Zusammenhang. Aber schließlich, dachte sie, ich habe ja die Gesetze nicht gemacht.

«Wo warst du, als ich die Plejaden schuf?» fragte Gott.

«Du hast recht, Herr, ich weiß es nicht», erwiderte Kate still für sich und verließ die Kirche.

Als sie in das Büro zurückkam, war ihre Sekretärin noch beim Mittagessen, und mitten auf ihrem Schreibtisch lag ein Zettel. «Dr. McGrath anrufen.» Darunter stand eine Telefonnummer.

Das Verlangen, nichts mehr mit Deborah und Paul – besonders mit Paul, ganz zu schweigen von diesen mühsamen Kindern, die sie höchst erleichtert am vergangenen Dienstag verlasse hatte – zu tun zu haben, war so überwältigend, daß es sie erschreckte. Automatisch zerknüllte sie bereits den Zettel, als das Telefon läutete.

Jede Ablenkung oder Atempause soll mir recht sein, dachte sie und hob den Hörer. «Hallo.»

«Miss Malory?»

Als sie die Stimme erkannte, hätte sie beinahe den Hörer auf die Gabel geknallt. Statt dessen holte sie tief Atem und sagte: «Ja, was gibt es, Dr. McGrath? Mein Schwager ist doch zurück.»

«Ja, ich weiß. Er kam eher, als ich dachte.»

«Dies ist ihm sicher hoch anzurechnen. Schließlich sind es seine Kinder.»

«Ganz recht.» Auch er schien zu zögern und Atem zu holen. Dann begann er: «Ich werde heute nachmittag in der City sein, Miss Malory, und die Patientin eines Kollegen betreuen, der verreist ist. Ich würde Sie bei dieser Gelegenheit sehr gern sprechen. Wären Sie bereit, in seine Ordination zu kommen?» Er wartete nicht auf ihre Zustimmung, sondern fuhr fort: «Ich gebe Ihnen die Adresse» und nannte eine Nummer in der Park Avenue.

In eine Ordination zu gehen, wo er hinter dem Schreibtisch sitzt, wenn er mit mir redet, dazu habe ich keine Lust, dachte Kate. «Das möchte ich lieber nicht, Dr. McGrath. Wenn wir unbedingt miteinander sprechen müssen, dann können wir uns irgendwo treffen, oder Sie kommen in meine Wohnung.» Kaum hatte sie das gesagt, bereute sie es schon. An einem neutralen Ort – wie in einer Halle oder dem Gesellschaftsraum eines Hotels – wäre es ihr wenigstens möglich gewesen, aufzustehen und fortzugehen. Aber es war zu spät.

«Natürlich», sagte er in seinem üblichen trockenen Ton. «Wo wohnen Sie?»

Sie gab ihm ihre Adresse im Ostteil der City.

«Welche Zeit wäre Ihnen angenehm?»

Sie schaute auf ihren Schreibtisch und das wartende Kramer-Manuskript. Nun, daran konnte sie zu Hause arbeiten, nachdem der Arzt gegangen war. «6 Uhr?»

«Ausgezeichnet», sagte er und legte auf, fast als befürchte er, daß sie es sich, wenn er noch länger mit ihr sprach, anders überlegen könne. Das hätte ich vielleicht auch, dachte sie, als auch sie auflegte, sogar wahrscheinlich.

Sie arbeitete an dem Manuskript, nachdem sie der Sekretärin Anweisungen gegeben hatte, für den Rest des Nachmittags weder Besucher vorzulassen noch Telefonate durchzustellen. Um zehn Minuten vor fünf sammelte sie die Blätter ein, stopfte den dicken Stoß Papier in ihre Tasche und verließ das Büro.

«Was war los?» fragte sie Judy im Vorbeigehen.

«Eine Menge», antwortete diese und reichte ihr einen zusammengeklammerten Stoß Notizzettel.

Kate betrachtete ihn erst mit Widerwillen, dann mit einem Anflug von Hoffnung. «Etwas von Dr. McGrath dabei?»

«Nein. Hast du etwas von ihm erwartet?»

Kate erinnerte sich, daß Judy nicht dagewesen war, als er mittags angerufen hatte. «Erhofft stimmt eher. Ich bin mit ihm für später verabredet, und da hatte ich die schwache Hoffnung, er könnte vielleicht abgesagt haben.»

«Bedaure, leider nein.»

Als Kate zu Hause ankam, goß sie ihre Pflanzen, sah nach dem Vogelhäuschen außerhalb ihrer Fenster, fand es sauber leergepickt und starrte in den Garten hinab. Wie schön es war, wieder daheim zu sein! Die gegenüberliegenden Häuser waren nur einen Stock höher als ihre Wohnung, und wenn sie aus dem Fenster und über die Bäume hinwegschaute, sah sie ein großes Stück Himmel – ebenfalls eine Seltenheit in New York –, besonders für eine Wohnung im dritten Stock. Sie legte das Manuskript auf ihren Schreibtisch und ging in die Küche, um sich eine Kanne Tee aufzubrühen. Sie war eben dabei, ihn zu trinken, die Abendzeitung in der Hand, als es an der Haustür klingelte.

Mühsam unterdrückte sie den Wunsch, sich nicht zu melden. Sie stand auf, ging zur Gegensprechanlage und sagte dem Pförtner, er solle Dr. McGrath heraufschicken. Dann wartete sie mit einer gewissen Neugier, wie sie sich selbst eingestand.

Er war jünger, als sie angenommen hatte. Aus unerfindlichen Gründen hatte sie ihn sich als hoch in den Sechzigern vorgestellt, warum, wußte sie selbst nicht. An ihrer Tür erschien ein korrekt angezogener Mann unter 50, überraschend gutaussehend und mit einem sympathischen Gesicht.

«Kommen Sie herein», sagte sie. «Ich trinke eben Tee. Wollen Sie eine Tasse? Oder lieber was Alkoholisches?»

«Nein, danke. Gern eine Tasse Tee.»

Sie ging in die Küche, füllte frisches Wasser in den Kessel und setzte ihn auf. Währenddessen sah sie ihn im Zimmer herumgehen und die Bücher, Bilder und Pflanzen betrachten. Dann schaute er aus dem Fenster.

«Das ist eine hübsche Wohnung», sagte er, als sie auf einem kleinen Tablett eine zweite Tasse, Milch und Zucker brachte. «Sie sind um den Blick in den Garten zu beneiden.»

«Ja, deshalb war ich auch bereit, mehr Miete zu bezahlen, als ich mir eigentlich leisten kann. Bitte nehmen Sie Platz.» Als er sich setzte, unterdrückte sie das Verlangen, ihm zu sagen: «Sie sehen gar nicht so aus, wie ich mir einen Psychiater vorgestellt habe.» Das mochte stimmen, aber es hätte wie eine platte Schmeichelei geklungen.

«Worüber wollten Sie mit mir sprechen, Dr. McGrath?» fragte sie statt dessen.

Er antwortete nicht sogleich, sondern saß nur da und starrte in seine halbleere Tasse. Dann stellte er sie auf den Tisch zurück und schaute sie an.

«Wir hatten doch schon über die Tatsache gesprochen, daß Ihre Schwester schwer depressiv und drogensüchtig ist.»

«Was Sie um 2 Grad weniger verantwortlich macht.» Es war eine Feststellung.

«Ja.» Kate schlug den gleichen Ton an. «Zweifellos. Und das berücksichtigt noch nicht ...» Plötzlich, als überlagere ein alter Film die Gegenwart, sah sie die sechzehnjährige Deborah graziös in das Wohnzimmer der Légères hereintänzeln. «Hallo, Paul», sagte Deborahs Geist mit strahlenden Augen. Mit Mühe verbannte Kate diese Version. «... die alten Geschichten», schloß sie trocken. «Jedenfalls ist Paul Lamont jetzt wieder zurück ... wie ich schon sagte.»

Schweigen folgte. Die hellen Augen des Arztes schienen sie zu mustern, gerade als würden sie sie abschätzen oder taxieren, dachte Kate. «Können Sie sich überhaupt dazu überwinden, ihr zu helfen?» fragte er. «Oder ist die Abneigung zu stark? Wenn sie irgendwelche näheren Freunde hätte, würde ich Sie nicht bemühen. Aber die hat sie anscheinend nicht.»

«Warum braucht sie Hilfe? Ich meine, nachdem ihr Mann jetzt zurück ist.»

«Sie sehen nicht unintelligent aus.»

Das war eine sonderbare Feststellung. Wörtlich genommen, war es eine Zurechtweisung. Aber das Lächeln, das diese Worte begleitete, machte sie zu einem Kompliment. Sie hatte das unangenehme Gefühl, daß sie die Intelligenz dieses Mannes unterschätzt hatte, vielleicht weil er sie an einen Schauspieler – einen Star – erinnerte, der die Rolle eines Psychiaters gespielt hatte.

«Ich verstehe nicht ganz, was Sie meinen.»

«Ich meine, daß – wie Sie sicher selbst auch wissen – ein Familienmitglied nicht immer diejenige Person ist, die am besten helfen kann.»

Die Antwort war ausgezeichnet und durchaus richtig. Aber wenn ich anders darauf reagiert hätte, dachte Kate, hätte er eine nicht so sehr dem Inhalt nach, aber im Stil andere Antwort bereit gehabt.

Er verzog seine Mundwinkel zu einem leichten Lächeln. «In Ihrer Reaktion auf jede Erwähnung Ihrer Schwester – Verzeihung, Stiefschwester – erinnern Sie mich sehr an unsere Familienkatze Azuzena. Sie zeigte eine ausgesprochene Abneigung gegen einen jungen Hund, den man uns gebracht hatte. Sobald er ihr bis auf 2 Meter nahe kam, vergaß sie alles andere und fauchte. Das kam ganz automatisch und jederzeit, obwohl sie, wenn er den magischen Zweimeterabstand überschritt, ihn zu putzen begann, als wäre er ihr eigenes Junges.»

Eine bezaubernde Erklärung. Lag darin Absicht?

«Nun ja, ich bin nicht gerade das menschliche Äquivalent, soweit es sich um Deborah handelt. Ja, ich mag sie nicht sehr. Allgemein gesprochen, tut sie mir leid, wenn sie Schwierigkeiten hat. Jeder, dem so etwas zustößt, täte mir leid. Aber ich bin nicht die geeignete Person, um zu helfen.»

«Dann also», er stand auf, «will ich Sie nicht länger belästigen. Danke für den Tee.»

Während er zur Tür ging, wußte Kate, daß sie ihn zurückhalten würde. Sie erfaßte, daß das ein meisterhafter Trick gewesen war. Es befreite ihn von der lästigen Rolle des Bittstellers und halste ihr die Verantwortung auf. «Na schön», sagte sie, «ich bin neugierig. Setzen Sie sich wieder und erzählen Sie mir, warum Deborah Hilfe braucht. Wenn das ein Kunstgriff oder ein Trumpf war, hat er Erfolg gehabt.»

«Es war kein Kunstgriff, und ich spiele keine Trümpfe aus. Ich mache vielleicht einem Patienten etwas vor, wenn ich es als gut für ihn erachte. Aber andere Menschen manipuliere ich nicht.»

Doch, dachte sie, war aber bereit, ihm einigen Zweifel zuzugestehen. «Entschuldigen Sie, aber seit mein Vater Diane Légère – Deborahs Mutter – heiratete, war ich immer überzeugt gewesen, daß ich für sie bestenfalls eine Art Hilfe für ihre Interessen sei. Was mir den Rücken gestärkt hat.»

«Und was folgt daraus?»

«Erzählen Sie mir, wie ich nach Ihrer Meinung Deborah helfen könnte.»

«Neugier oder Anteilnahme?»

«Ist das so wichtig?»

«Natürlich.»

«Etwa 95,5 Prozent Neugier.»

«Na schön. Ich bin bereit, mich mit 4,5 Prozent Anteilnahme zu begnügen.»

Dr. McGrath schloß die Tür, kam zurück, nahm wieder Platz und stellte die Aktenmappe neben sich. Einen Augenblick lang schaute er auf seine verschlungenen Hände, dann begann er: «Tatsache ist, daß Deborah – Mrs. Lamont – nicht in der erwarteten Weise auf die Behandlung anspricht. Allerdings ist sie erst sechs Wochen bei mir, und Entzug des Suchtgiftes in Verbindung mit einer Depression kann verheerende Wirkungen auf den Lebenswillen eines Patienten haben – selbst auf den Genesungswillen. Aber ihre immer wiederkehrende Lethargie, die mit heftigen, beinahe manischen Perioden abwechselt, ist mir ein Rätsel. Wir haben jeden möglichen Test versucht. Wir überwachen sie sorgfältig. Ich habe zwei andere Ärzte zur Konsultation beigezogen. Sie sollte bessere Fortschritte machen, als das bis jetzt der Fall war.» Er runzelte die Stirn.

«Verzeihen Sie die direkte Frage, Doktor, aber wenn Sie und zwei andere Ärzte – und ihr Mann – ratlos sind, was kann ich da tun?»

Er schaute auf. «Nichts, natürlich. Verzeihen Sie, wenn es klang, als legte ich Ihnen ein rein medizinisches Problem vor. So war es nicht gemeint. Vielmehr hat sie zeitweise klare Augenblicke – Perioden, in denen sie weder apathisch noch überdreht ist. Und in diesen Augenblicken sorgt sie sich sehr um ihre Kinder, besonders wenn sie hört – wie kürzlich –, daß die eben engagierte Haushälterin wieder gegangen ist und sie allein sind. Auf ihre Weise, und soweit es ihr bei ihrer schrecklichen Beschränkung möglich ist, versucht sie, eine gute Mutter zu sein.» Er zögerte. «Es ist mir klar, daß der Anschein gegen sie spricht, und ich weiß auch, daß ihr die Kinder – besonders das Mädchen – völlig aus der Hand geglitten sind. Aber abgesehen von ihren Befürchtungen, was sie sich antun könnten, hat sie Angst, die Fürsorgebehörde könnte davon Kenntnis bekommen und sie ihr entziehen. Und das wird sie sicher, wenn sich diese neugierige Nachbarin einmischt – jedenfalls glaubt das Deborah.»

«Aber Paul ist doch da.»

«Ich weiß. Und ich habe es ihr auch erklärt. Aber ihr ist natürlich bewußt, daß er immer wieder auf Reisen gehen muß.» Der Arzt schaute sie an und lächelte trocken. «Ja, ich weiß, das ist nicht ganz logisch. Aber sie ist eben nicht imstande, logisch zu denken, und ich als ihr Arzt sehe es als meine vordringlichste Pflicht an, nach besten Kräften für sie zu sorgen.»

«Anscheinend meinen Sie, daß Deborah entspannter wäre, wenn ich die Stellung hielte, selbst wenn Paul hier ist.»

«Genau das meine ich. Ich weiß, es ist für Sie schwierig. Aber es würde dann für Deborah entscheidend anders aussehen.»

Hätte ihr das jemand in einem Brief erklärt, dachte Kate, würde sie jetzt das so verhaßte Gefühl haben, in einer Falle zu sitzen, und daraus die Kraft beziehen, abzulehnen. Aber in Gegenwart dieses schwer durchschaubaren Arztes war sie zur Einwilligung bereit. Und nur deshalb, weil er da ist, erkannte sie nüchtern.

Sie stand auf. «Ich habe das Gefühl, wider mein besseres Wissen überredet zu sein. Sie sind ein höchst geschickter Anwalt, Dr. McGrath, und Sie wissen das wohl auch.»

Er hatte den Anstand zu erröten, was ihm jedoch nichts von seiner Wirkung nahm. «Ich bekenne mich schuldig. Ich verlange wirklich viel von Ihnen. Sie waren von Anfang an ablehnend. Ich habe mich in Ihr Leben eingemischt. Ihre Verpflichtungen gegenüber den Lamonts sind nicht ... sind nicht so, als wären sie blutsverwandt. Das alles weiß ich. Und so beschloß ich, alles an Überredungskunst in die Waagschale zu werfen, was mir zur Verfügung stand. Deborah Lamont tut mir ungeheuer leid, und ich möchte ihre Genesung in jeder Weise fördern.» Sein Verhalten – mehr noch als seine Worte – verriet eine so intensive Anteilnahme, daß Kate ein anderer Verdacht kam.

«Et tu, Brute?» fragte sie, ohne zu erwarten, daß er darauf einging.

Er runzelte die Stirn. «Wie bitte?»

«Nur ein Zitat.»

«Das ist mir durchaus bekannt. Ich bin nicht so ungebildet. Ich habe im College außer Anatomie und dem Nervensystem der Frösche noch anderes studiert.»

«Entschuldigen Sie. Ich wollte Sie nicht kränken.»

«Haben Sie auch nicht. Aber ich weiß immer noch nicht, was Sie damit gemeint haben.»

Kate war im Zimmer herumgegangen, jetzt setzte sie sich wieder. «Als ich Deborah kennenlernte, war sie die aufreizendste Schönheit, die ich je gesehen habe. Männer – aller Altersstufen – fielen um wie Kegel. Einschließlich Paul. Ich frage mich, ob sie trotz ihrer Krankheit noch den alten Zauber besitzt.»

Ein merkwürdiger Ausdruck trat in sein Gesicht, verschwand aber wieder, ehe Kate ihn enträtseln konnte.

Dann sagte er trocken: «Ich verstehe. Aber Süchtigkeit und Depressionen sind keine Schönheitsmittel. Von Zeit zu Zeit ging mir wohl eine Ahnung auf, wie sie einst gewesen sein muß. Doch jetzt sieht sie aus wie eine müde, ältere, übergewichtige Frau, die sich in den vergangenen zehn Jahren gehenließ. Ich weiß nicht, wie groß der Altersunterschied zwischen Ihnen beiden ist, aber sie wirkt mindestens fünfzehn Jahre älter.»

Kates erste Reaktion war eine grimmige Aufwallung von Freude und Genugtuung, doch dann schämte sie sich. Beide Gefühle waren so stark, daß sie rasch den Arzt ansah, ob er ihre Gedanken erraten habe.

Offenbar war das der Fall. «Sie haben, was man ein sprechendes Gesicht zu nennen pflegt, Miss Malory.»

«Anders gesagt, ich habe kein Pokerface.»

Er lachte. «Nein. Ich glaube, Sie wären bei diesem Spiel nicht sehr gut.» Er schaute sie nachdenklich an. «War sie so schön?»

«Ja. Und reich. Und aus guter Familie. Alles, was ich gern gewesen wäre. Sie war ein Schwan und ich eine Krähe. Sooft ich sie ansah, kam ich mir noch mehr wie eine Krähe vor. Neben ihrer Schlankheit wirkte ich plump. Sie und ihre Mutter Diane waren genau der Typ, den mein Vater bewunderte und verehrte – ich nicht.»

Nach einer kleinen Pause murmelte Kate: «Du lieber Himmel, das klingt sehr nach einem Anfall von Selbstmitleid. Entschuldigen Sie.»

«Sie brauchen sich nicht zu entschuldigen. Aber jetzt sind Ihre Rollen vertauscht. Offenbar haben Sie alles – ein gutes Aussehen, einen interessanten Beruf, eine hübsche Wohnung, und Deborah hat nichts – nicht einmal ihre Gesundheit.»

Sie hat immer noch Paul. Diese Feststellung kam Kate in den Sinn, noch ehe sie es verhindern konnte. Sie schaute in ihre Tasse und entdeckte, daß sie leer war.

«Ich glaube, ich brauche jetzt einen Drink. Wollen Sie auch einen?»

«Ja, gern.»

«Scotch?»

«Ausgezeichnet. On the rocks.»

Kate mischte die zwei Drinks, brachte die Gläser herein und reichte eines dem Arzt. «Ich nehme Ihre Tasse fort», sagte sie und brachte sie in die Küche.

Als sie sich wieder gesetzt hatte, begann sie: «Trotzdem ...» Ja was, fragte sie sich. Zweifel gab es mehr als genug. Aber sie wollten sich nicht zu einer zusammenhängenden Aussage vereinen lassen. Meine Schwierigkeit liegt darin, dachte sie, daß meine Vorbehalte nicht ohne Vorbehalte sind.

«Trotzdem was?»

«Nichts.» Sie holte tief Luft. «Na schön. Ich fahre wieder hinaus

– wenigstens für ein paar Tage. Aber ich glaube, Sie sollten wissen, daß ich Diane Légère nicht nur beneidet habe. Ich habe sie gehaßt.»

Für einen Augenblick sah er bestürzt drein.

«Hat Paul Ihnen das nicht gesagt?»

«Nein. Seine Hauptsorge galt den Kindern.»

Und die Ihre? Was, dachte Kate, ist die Hauptsorge des Arztes? Warum war er hier? Wegen Deborah – wie er dauernd behauptete? Sonderbarerweise, überlegte sie, fiel es ihr gar nicht schwer zu glauben, daß er sie gern im Haus der Lamonts sehen würde. Aber seine um Deborah geäußerte Sorge hatte etwas seltsam Unreales. Dennoch war diese Sorge ein überzeugendes Argument. Paul mochte sich um seine Kinder sorgen, aber Kate wußte, daß ihn das nicht hindern würde, fortzubleiben. Und niemand konnte den geringsten Zweifel hegen, daß diese Kinder nicht allein sein sollten. Sie fühlte, daß es da noch etwas gab, das sie Deborahs Arzt klarmachen mußte.

«Zu alldem, was Deborah hatte und ich nicht – obwohl ich ihn zuerst hatte –, gehörte Paul Lamont.»

«Ich verstehe», sagte der Arzt. Er nahm einen Schluck aus seinem Glas und drehte es dann eine Weile in seiner Hand. «Ist das immer noch ein Problem?»

«Sie meinen, ob ich noch immer in ihn verliebt bin? Ich glaube nicht. Genaugenommen habe ich ihm den Laufpaß gegeben. Aber erst, als mir klar wurde, daß ich ein für allemal den kürzeren gezogen hatte. Ich sage das nur, weil Sie als Deborahs Arzt es wissen sollten. Das ist ein Punkt, den Sie in Ihre Erwägungen einbeziehen müssen.»

«Gerade herausgesagt – Sie meinen, Sie könnten vielleicht angesichts der Leere, die durch Deborahs Zustand in den letzten Jahren entstanden ist, wieder dort beginnen, wo Sie seinerzeit aufhörten.»

«Nein, das habe ich wohl nicht gemeint, Doktor. Und ich bin übrigens gar nicht so sicher, daß es eine Leere gegeben hat. Verstehen Sie mich recht. Es war ein Aspekt der langen, komplizierten Beziehungen zwischen den Légères und mir, nicht mehr, und Sie sollten wenigstens davon Kenntnis haben.»

Er trank den Rest aus seinem Glas und stand auf. «Gehen Sie nicht hin, wenn Sie es für falsch und unklug halten.»

«Oh, ich halte, was ich versprochen habe.» Sie erhob sich ebenfalls. «Wie bereits gesagt, Sie verfügen über große Überzeugungskraft.»

Als sie ihm die Tür öffnete, fragte sie: «Wie nennt sich übrigens Ihre Anstalt?»

Er zog eine Karte heraus. «White Falls Klinik. Sie heißt nach dem Gut, das es früher dort gab.»

«Ich habe noch nie etwas davon gehört – allerdings gibt es auch keinen Grund, warum ich das hätte sollen. Sind Sie schon lange an dieser Klinik?»

Er lächelte. «Ein paar Jahre. Obwohl es mir manchmal länger vorkommt.»

«Und Sie haben sich auf Drogen spezialisiert?»

Sie hatte das ganz harmlos in Gedanken an Deborah gefragt und war ziemlich verdutzt, als er jäh stehenblieb und mit scharf zusammengezogenen Brauen fragte: «Wie meinen Sie das?»

«Nun ja ...» Sie zögerte ein wenig verwundert. «Deborahs Problem. Die Süchtigkeit.»

«Oh ... ich verstehe. Nein, nicht wirklich. Jedenfalls nicht ausschließlich. White Falls ist eine Art Sanatorium für Leute, die ... die auf die eine oder andere Weise unter Streß stehen und auf einen falschen Ausweg verfallen sind. Drogen, Alkohol oder ähnliches. Wir versuchen, ihnen in das normale Leben zurückzuhelfen.»

«Hilfreich zu sein», sagte sie und fand, es habe ein wenig nach Werbeschrift geklungen. «Dafür scheint mehr und mehr Bedarf zu herrschen.»

Er ging zum Aufzug und drückte auf den Rufknopf. Dann wandte er sich mit einem Lächeln um. Dieses Lächeln hatte, dachte sie, die Anteilnahme und Wärme, die seinen Worten – wenigstens einem Teil von ihnen – fehlten.

Der Aufzug kam fast sogleich. «Gute Nacht», sagte er und stieg ein.

Als er fort war, bereitete sie ihr Abendessen und verzehrte es, während sie sich die Fernsehnachrichten anschaute. Dann räumte sie den Tisch ab und zwang sich, die nächsten drei Stunden am Kramer-Manuskript zu arbeiten. Nachher nahm sie ein heißes Bad, ging zu Bett und lag die halbe Nacht wach.

Sie hatte erwartet, daß Paul ihre Gedanken beschäftigen würde; auf die eine oder andere Weise hatte sie irgendwie während eines großen Teils ihres Lebens über ihn nachgedacht. Aber unerwarteterweise konzentrierte sich ihr Interesse auf Dr. McGrath. Da gab es Widersprüchliches, das sie zutiefst verwirrte. Bei den zwei Telefongesprächen mit ihm hatte er lebhaft, sachlich und ein wenig überarbeitet geklungen. Sie hatte keine Schwierigkeit gehabt, ihren Standpunkt und die Grenzen ihrer Hilfsbereitschaft klarzumachen. Sein Besuch am Abend in ihrer Wohnung ... Warum hatte sie ihm diesen innerhalb weniger Minuten zugestanden? Es lag nicht an dem, was er gesagt hatte. Das war nicht viel anders als das, was sie bisher von ihm gehört hatte, und ein Großteil davon war unerwähnt geblieben, Deborahs Krankheit, ihre Behandlung und ihr Nicht-Ansprechen darauf. Außerdem hatten seine Äußerungen, im nachhinein betrachtet, irgendwie seltsam einstudiert geklungen. Worin lag also die Macht des Arztes?

Trübselig lag Kate im Dunkeln und starrte zur Decke. Sie anerkannte, daß Dr. McGrath über ein beachtliches Auftreten verfügte, über eine von innen kommende Kraft, die über den Eindruck hinausging, den sein gepflegtes Äußeres und seine geschmackvolle Kleidung machten. Und was er auch sagen mochte, schmälerte diese Wirkung auf andere nicht. Nur vielleicht ganz zum Schluß, bei Kates ganz harmloser Frage, ob er auf Behandlung von Drogenmißbrauch spezialisiert sei, schien er aus der Fassung geraten zu sein.

Vermutlich regt sich jedermann, überlegte sie, heutzutage über Drogen auf ... Aber wie seltsam, daß ein solcher Mann in den Wäldern von Westchester zu finden war! Als sie schon fast eingeschlafen war, erinnerte sie sich an den Ausdruck in seinem Gesicht, als er von Deborahs äußerer Erscheinung sprach. Damals war sie nicht klug daraus geworden, aber jetzt erkannte sie darin Abscheu. Seltsam, dachte sie, daß ein so beredter Anwalt für Deborahs Interessen ihr gegenüber solche Empfindungen hegte.

Als Kate am nächsten Morgen ins Büro kam, rief sie Paul an. «Wie steht's?» fragte sie.

«Lustig, danke. Deine Anwesenheit hier wäre eine große Hilfe. Wenigstens wüßte ich, daß jemand für die Kinder da ist.»

«Du bist doch da, und dich mögen sie lieber als mich.»

«Ich würde gern zu einer Besprechung nach Chicago fahren. Wenn das nicht geht, geht es eben nicht. Aber es erleichtert meine Arbeit keineswegs. Leider bringt es mein Beruf mit sich, daß ich viel reisen muß. Und ich kann nicht im Handumdrehen einen Ersatz bekommen. Natürlich könnte ich in New York bleiben, aber dann komme ich meinen Verpflichtungen nicht nach, für die ich bezahlt werde. Sie – die Gesellschaft – hat mir erlaubt, heimzufahren. Aber man erwartet von mir, daß ich mich von Zeit zu Zeit ums Geschäft kümmere. Wenn ich eine gute Haushälterin auftreiben könnte, würde ich es auch tun. Aber keine von denen, die wir schon hatten und denen ich trauen kann, ist verfügbar. So steht's.»

«Na schön, Paul, ich komme und bleibe für eine Weile. Du und dieser zwielichtige Dr. McGrath habt mich gemeinsam herumgekriegt. Ich werde heute abend aufkreuzen.»

Die Antwort kam nicht sogleich. «Na, es wäre gelogen, wollte ich behaupten, daß ich nicht erleichtert bin. Ich habe im Augenblick keine Möglichkeit, mich zu revanchieren. Und das Haus ist in keinem viel besseren Zustand als früher, eher in einem schlimmeren. Ich muß mit Marie etwas unternehmen und hätte dabei gern deine Unterstützung.» Es klang besorgt, und trotz starker Vorbehalte fühlte sich Kate von diesem Ton angesprochen. «Okay, ich komme heute abend.»

Nachdem Kate aufgelegt hatte, ertappte sie sich bei dem Gedanken an Pauls Freundin. Wie hatte Marie sie genannt? Angela Griffin. Einen Augenblick lang spielte sie mit der Idee, ihm nahezulegen, sich an seine Freundin um Hilfe zu wenden. Das gäbe einen hübschen Krach, dachte sie. Und dann stürzte sie sich auf ihre Arbeit.

Sie blieb auch über Mittag dabei und ließ sich nur ein Sandwich bringen. Um 3 Uhr läutete ihr Telefon zum x-ten Mal. Sie hatte Judy angewiesen, sie nur im äußersten Notfall zu stören, und war deshalb überrascht, als ihre Sprechanlage summte.

«Wer es auch ist, er soll morgen anrufen», sagte sie.

«Es ist Jed Kramer. Und er wartet draußen im Vorraum.»

«Im Vorraum? Er wohnt doch in Kalifornien bei den andern Spinnern.»

«Jetzt aber sitzt er im roten Polstersessel und bestaunt den Schutzumschlag seines neuen Buches auf der Anschlagtafel.»

Kate stöhnte. «Warum gerade heute? Muß das unbedingt sein? Warum konnte er nicht in Kalifornien bleiben?» Sie gedachte mitfühlend eines ihrer früheren Kollegen in der Werbeabteilung eines andern Verlages, der gesagt hatte: «Glücklicherweise sind die meisten unserer Autoren tot oder in England.»

«Laß mich eine Minute überlegen», sagte sie zu Judy.

«Ich weiß nicht, was es da zu überlegen gibt», erwiderte diese. «Du kannst einen unserer Bestseller-Autoren nicht einfach unter den Teppich kehren. Nimm an, er fühlt sich beleidigt und geht zu einem andern Verlag? Sie würden ihn und seine Auflage von 90000 Exemplaren mit Handkuß nehmen.»

«Richtig. Du bist wirklich eine treue Seele! Schick ihn nach einer Minute herein.»

Hastig sammelte sie die verstreuten Blätter des Manuskripts zusammen. Seit sie Kramer von seinem früheren Lektor bei dessen Ausscheiden übernommen hatte, war sie nie mit ihm zusammengetroffen und versuchte sich vorzustellen, wie ein Mensch, der an Wiedergeburt glaubte, wohl aussehen mochte. Alles, was ihr dazu einfiel, waren nebelhafte, schmächtige Gestalten, wie sie sie auf Bildern von Séancen gesehen hatte. Unsinn, schalt sie sich. Als sie Judys Stimme und die Schritte auf dem Korridor hörte, stopfte sie das Manuskript in die unterste Schublade und drehte sich zur Tür um.

Ich sollte nie mehr versuchen, mir Leute vorzustellen, war ihr erster Gedanke. Sie hatte bei Dr. McGrath weit danebengeschossen und jetzt wieder. Jed Kramer war keineswegs nebelhaft, sondern durchaus materiell, ein kleiner, vierschrötiger Mann mit einem Gesicht wie ein fröhlicher Affe und einem dicken braunen Lockenschopf.

«Mr. Kramer?» Sie versuchte, sich die Überraschung nicht anmerken zu lassen, und stand auf.

«Ja. Ganz recht. Ich hoffe, Sie verzeihen mir, daß ich so hereinplatze. Ich hätte vorher anrufen sollen, aber ich dachte nicht, daß ich von der Tagung loskommen würde. Ich bin entzückt, Ihre Bekanntschaft zu machen.» Er sah sie mit seinen kleinen, freundlichen braunen Augen an.

«Nehmen Sie Platz», sagte Kate, immer noch mit der Überraschung über sein Aussehen kämpfend, und fragte sich, wie lange er bleiben würde.

«Keine Sorge, ich werde Sie nicht lange aufhalten. Ich muß in einer Stunde wieder im *Hilton* sein.»

Kate fühlte sich verräterisch rot werden. «Ich habe nicht ...»

«Doch, Sie haben, und ich mache Ihnen keinen Vorwurf. Sie versuchen vermutlich immer noch, mein Buch in eine anständige Form zu bringen. Ich habe nie schreiben können, und bedauerlicherweise war ich als Junge in der Schule, wo ich es vielleicht hätte lernen können, zu sehr damit beschäftigt, ausgefallene Kurse zu besuchen und Zaubertricks zu üben, anstatt zu lernen. Außerdem höre ich schlecht. Und eine gute Sprache ist weitgehend eine Frage des Gehörs, meinen Sie nicht?» Er strahlte sie an.

«Ich habe nie darüber nachgedacht. Aber … jetzt, da Sie mich darauf bringen, leuchtet mir das ein. Sie haben also nichts dagegen, daß Ihre Bücher überarbeitet werden?» fragte Kate in Erinnerung an zahllose Autoren, die ihre Herausgeber zur Verzweiflung brachten, ehe sie sich zur Änderung eines Beistrichs bereitfanden.

«Nicht im geringsten. Warum sollte ich? Was ich beisteuere, ist die Überzeugung und der Beweis. Sie bringen das in eine lesbare Form.»

Angesichts der gähnenden Kluft zwischen ihren Ansichten und den seinen bemühte sich Kate, das Gespräch in andere Bahnen zu lenken. «Sie sind zu einer Tagung hier?» fragte sie hastig.

«Schon gut. Ich weiß, Sie halten meine Ansichten und Theorien für einen Haufen Unsinn. Das tun die meisten Menschen. Sie werden Überraschungen erleben! Das macht nichts. Ja, ich bin zu einer Tagung hier.»

Wieder merkte Kate, daß sie blamabel rot wurde.

«Und es besteht kein Grund, sich dadurch aus der Fassung bringen zu lassen. Menschen gehen in ihren Anschauungen eigene Wege.»

Kate fühlte sich plötzlich ganz nackt. «Lesen Sie immer die Gedanken anderer?»

«Ja. Das ist nur ein Trick. Ich kann das ebenso, wie jemand mit einem absoluten Gehör Ihnen genau einen angeschlagenen Ton bezeichnet. Oder wie Leute mit einem fotografischen Gedächtnis eine ganze Druckseite aufsagen können, sobald sie sie gelesen haben.»

Sie lächelte. «Es muß manchmal recht ungemütlich sein, Sie um sich zu haben.»

«Das hat meine liebe Frau auch immer gesagt. Aber nach einer Weile hat sie entdeckt, daß es nicht so schlimm ist. Die meiste Zeit wollen Leute – normale, gutgesinnte Leute – nicht wissen lassen, was sie denken, entweder aus Taktgefühl oder weil sie versuchen, einem etwas anderes einzureden.» Er bemerkte Kates irgendwie verdutzten Blick. «Nehmen wir an, Sie sagen: ‹Wie gefällt Ihnen mein neuer roter Hut?› und ich antworte: ‹Er ist reizend›, denke aber in Wirklichkeit, Sie sollten bei Ihrer beunruhigten orangefarbenen Aura kein Rot tragen, und Sie lesen meine Gedanken. Dann würden Sie ärgerlich, weil ich etwas anderes sage, als ich denke. Wenn ich aber das wirklich Gedachte ausspreche, und Sie wissen, daß die Bewunderung und Zuneigung echt ist, dann würde Sie das nicht unangenehm berühren.»

Kate hörte fasziniert zu. «Ich nehme an, Sie denken, sie sollte nicht Rot tragen, weil sie niederträchtig wie eine Hexe ist. Übrigens, was hat das mit der Aura für eine Bewandtnis?»

«Wenn ich denke, Sie seien niederträchtig wie eine Hexe, und Sie könnten meine Gedanken lesen, dann würden Sie wissen wollen, warum, und ich würde es Ihnen sagen. Oder Sie würden es erraten, und dann entdecke ich vielleicht, daß Sie nur niederträchtig geschienen haben, weil Sie gekränkt worden sind oder etwas nicht verstanden haben, was geschehen ist. Und jeder Mensch hat eine Aura. Ich mache mir Sorgen wegen dem, was Sie beunruhigt.» Er sah unglücklich drein.

«Das ist schon in Ordnung.» Kate war ziemlich verblüfft.

Kramer stand plötzlich auf. «Ich gehe jetzt. Sie haben eine Menge zu denken und eine Menge zu tun. Versuchen Sie, sich nicht allzu große Sorgen zu machen ...» Er verzog das Gesicht. «Schließlich wird alles gut, wie es so schön heißt.»

Kate lenkte das Gespräch energisch auf Naheliegendes. «Wollen Sie nicht die Änderung am ‹*Rad*› sehen, bevor das Manuskript zum Satz geht, oder sich nach Ihren Tantiemen erkundigen? Ich kann nicht glauben, daß ein Autor aus 5000 Kilometer Entfernung wieder abreist, ohne das überhaupt zu erwähnen!»

«O nein. Ich habe durch meinen Beruf ein gutes Auskommen. Die gesamten Tantiemen gehen an die Stiftung.» Er beugte sich über sie und legte ihr seine plumpe Hand auf den Arm. «Machen Sie sich keine Sorgen. Seien Sie tapfer. Auf Wiedersehen.» Damit verschwand er, fast so wie das Kaninchen aus ‹*Alice im Wunderland*› in seiner Höhle, kam es Kate in den Sinn.

Einen Augenblick später tauchte Judy in der Tür auf. Kate saß noch immer ein wenig fassungslos da.

«Nun?» fragte Judy. «Wie war er?»

Kate starrte sie an. «Ich weiß nicht, was ich denken soll. Er ist ... er ist unglaublich.»

Judy grinste. «Er hat mir erklärt, ich hätte eine hübsche blaue Aura.»

«Die meine gefiel ihm gar nicht. Er sagte, sie sei orange, weil ich Sorgen habe.»

«Man braucht kein Psychiater zu sein, um zu wissen, daß du Sorgen hast. Das hätte dir auch das Mädchen im Empfang sagen können.»

Die beiden Frauen sahen einander eine Weile stumm an. Judy Roth war eine intelligente Frau Anfang zwanzig, die während der Bürostunden als Kates Sekretärin fungierte. In ihrer Freizeit las sie ohne Bezahlung unangefordert eingereichte Manuskripte und schrieb ausgezeichnete Gutachten darüber.

«Herzlichen Dank», sagte Kate trocken. «War es so schlimm?»

«Eigentlich nicht. Du bist nur mit einem Gesicht herumgegangen, als hätte dich jemand gebissen.»

«Verstehst du auch etwas von Psychologie?»

«Nein», antwortete Judy, «aber mein Freund hat damit zu tun.»

«Alles in allem», sagte Kate und holte das Manuskript wieder hervor, «ich bin froh, daß ich nicht wie Kramer Gedanken lesen kann. Ich würde mich vermutlich umbringen, wenn ich wüßte, was die Leute über mich denken.»

«Nein, das würdest du nicht. Warum so pessimistisch?»

«Was ist bloß mit dem Respekt vor Älteren geschehen – mit den weichen Knien vor dem Boss?»

«Das ist seit den sechziger Jahren unmodern geworden», sagte Judy spöttisch und ging hinaus.

Kate machte sich wieder an die Arbeit. Und zu ihrer Überraschung fühlte sie sich bedeutend wohler.

Als Kate an diesem Abend an der Haustür der Lamonts läutete, öffnete ihr Paul.

«Herzlich willkommen», sagte er und hielt ihr die Tür auf.

Sie trat in ein traditionell aufgeräumtes Wohnzimmer.

«Kein beschmutzter Sessel, keine T-Shirts und Socken? Wer hat sich darüber hergemacht?»

«Ich, mit Eimer und Bürste, Staubtuch und Möbelpolitur. Wenn du auch nur ein Wort über Emanzipation sagst, stopfe ich dir die Bürste in den Hals.»

«Das wollte ich gar nicht. Bist du Komplimenten so abgeneigt? Es sieht aus», sie schnupperte, «und riecht wundervoll frisch nach Putzmittel mit Zitrone.»

«Danke, ich weiß deine Worte zu würdigen. Jetzt bin ich gerade soweit, ein Schaumbad zu nehmen und mich hübsch zu machen.»

Kate mußte lachen und stellte ihr Köfferchen ab. «Ich sehe inzwischen nach dem Abendessen. Wo sind die Kinder?»

«Oben, bei den Hausarbeiten. Marie geht wieder in die Schule, in die öffentliche diesmal.»

«Freiwillig?»

«Nein, aber ich habe nicht lange gefragt. Ich habe sie einfach in den Wagen gesetzt, sie hingefahren und ihr mit ernsten Maßnahmen gedroht, wenn sie nicht dortbleibt.»

In seiner Stimme schwang etwas mit, das Kate aufblicken ließ. In diesem Augenblick tat ihr Marie leid.

«Was ist für das Abendessen geplant?»

«Das habe ich mir noch nicht überlegt. Im Kühlschrank ist Huhn und Hackfleisch, dazu verschiedenes Gemüse. Wenn du nicht kochen magst, führe ich dich zum Essen aus. Es besteht keine Notwendigkeit, dich für eine Familie an den Herd zu stellen.»

«Nein, das macht mir nichts aus. Ich fange gleich an. Und du nimmst dein Schaumbad.»

«In Wirklichkeit will ich den Wagen zum Service und Auftanken in den Ort bringen. Ich würde zu dieser Besprechung lieber fahren als fliegen. Hast du was dagegen? Wenn du einen Wagen brauchst, gibt es einen Verleih hier im Ort, oder du kannst ein Taxi rufen und mir verrechnen. Deborah hat das die letzten zwei Jahre immer getan.»

«Es werden wohl Taxis sein müssen. Ich fahre nicht selbst. Ich habe zwar Unterricht genommen und auch die Prüfung bestanden, aber da ich nie fuhr, ließ ich den Führerschein verfallen. Um fahren zu lernen, muß man viel fahren.»

«Richtig. Wenn ich Gelegenheit habe, bringe ich es dir bei. Also, bis dann.»

Kate nahm das Huhn heraus, briet es in wenig Fett leicht an, legte es dann in eine Kasserolle und schnitt Gemüse klein, das sie dazugeben wollte. Während ihre Hände beschäftigt waren, blieb ihr zum erstenmal an diesem Tag Zeit zum Nachdenken, vor allem über die unwillkommene, aber nicht zu leugnende Tatsache, daß sie an diesem Abend, als Paul ihr die Tür öffnete, wieder die gleiche innere Reaktion, einen Stich im Zwerchfell, verspürt hatte wie immer bei einem Zusammentreffen mit ihm.

Was zu beweisen schien, daß sie sich nicht geändert hatte – aber wie war das zu verstehen, dachte sie, als sie mit den Zucchini fertig war und nach den Mohrrüben griff. Bedeutete es – Gott bewahre –, daß sie noch immer in ihn verliebt war? Wer wollte es entscheiden, fragte sie sich bei ihrem Zwiegespräch mit sich selbst. Aber es war verwirrend. Verwirrend genug, um einen leichten Frosthauch in die ansonsten friedliche Atmosphäre zu bringen. Sie war angenehm berührt, daß Paul das Haus in Ordnung gebracht hatte. Aber ... irgend etwas störte sie. Sie legte das Messer fort. Da fehlte etwas. Die Küche war zweifellos antiseptischer als in der vorigen Woche. Der Mülleimer war geleert, sein Deckel schloß dicht über einem neuen Plastikbeutel, die Papiere waren fort ... die Papiere für Bones ... Bones ... Wo war Bones?

Und jetzt endlich drangen die Töne in ihr Bewußtsein, die sie schon eine Weile mit halbem Ohr vernommen hatte. Irgendwo draußen winselte ein Hund. Bones, dachte sie, ging zur Tür und öffnete sie. Nun hörte sie es deutlicher. Hinten unter den Bäumen stand etwas, das wie eine Hundehütte aussah. Kate ging hin und rief leise: «Bones?»

Das Winseln verstärkte sich. «Schon gut, schon gut», sagte sie nähertretend. Er wirkte völlig verstört, und als sie bei ihm war, versuchte er an ihr hochzuspringen, wurde aber von seiner Kette scharf zurückgerissen. Kate streichelte und tröstete ihn, dann fühlte sie an seinem Halsband nach dem Karabiner der Kette. Sie wußte, daß Ranger seinen Liebling zweifellos nicht hier draußen angehängt hätte, und schaute sich um. Offenbar hatte Bones auf seine Verbannung in der gewohnten Weise reagiert. Aber seit dem Tag, an dem sie mit ihm Freundschaft geschlossen hatte, war ihm, wie sie sich erinnerte, nie mehr ein Mißgeschick passiert. Plötzlich kam ihr Pauls Blick in den Sinn, mit dem er am Abend seiner Heimkehr Ranger angesehen hatte, und seine kritischen Bemerkungen über Bones, und es fröstelte sie. Ihr wurde bewußt, daß er kein geduldiger und toleranter Mann war. Aber vielleicht, widersprach sie sich selbst, kam das nur von seinem Zusammenleben mit Deborah. Sie zögerte. Sollte sie hinaufgehen und mit Ranger sprechen, bevor sie etwas unternahm? Vermutlich. Als sie sich umwandte, hörte sie das Geräusch eines Autos. Sie wartete, aber es fuhr vorbei, offenbar war es nicht Paul. Doch die Möglichkeit, daß er jeden Augenblick zurückkommen konnte, brachte sie zu einem Entschluß. Sie machte

Bones von der Kette los, packte ihn am Halsband und führte ihn zurück ins Haus. Bones war außer sich vor Freude, und sie konnte ihn kaum halten. «Ruhig, Bones, ist schon alles gut!» Offenbar brachten ihre Worte einen gewissen Erfolg, er trottete die letzten paar Meter ziemlich ruhig neben ihr her. Glücklicherweise hatte sie ihre Tasche in die Küche mitgebracht und begann nun, die einzelnen Blätter der Morgen- und Abendzeitungen, die sie als Zugslektüre mitgenommen hatte, auf den Boden zu breiten. Als dieser völlig bedeckt war, ging sie zum Fuß der Treppe und rief Ranger.

Erst antwortete er nicht. Also rief sie nochmals: «Ranger, Bones wartet auf dich in der Küche.» Dann machte sie sich wieder an ihr Gemüse. Eine Minute lang blieb alles still. Bones schlich zur untersten Stufe, hob den Kopf und winselte. Schließlich bellte er.

«Ruhig, Bones!» sagte Kate. «Mach keinen Krach.»

Plötzlich kam jemand rasch die Treppe herabgelaufen, von unten ertönte ein freudiges Gebell, und das Tappen von Pfoten mischte sich unter die leisen Tritte von Turnschuhen.

«Bones, wie bist du hereingekommen? Du mußt zurück, hinaus!» Es war ein ängstliches Flüstern. Dann wieder Schritte, und Ranger steckte den Kopf in die Küche.

Er hielt Bones am Halsband, aber als er Kate erblickte, stockte er.

«Du wirst Dad wohl erzählen, daß sich Bones losgerissen hat!» In Rangers Stimme schwang so viel Wut und Kümmernis mit, daß Kate besorgt aufschaute. Rangers Wangen waren nicht feucht, aber an seinen roten, geschwollenen Augenlidern war deutlich zu erkennen, daß er geweint hatte.

«Nein, ich werde ihm erklären, daß ich hinausgegangen bin und ihn geholt habe. Ich hörte ihn winseln und nahm ihn herein. Warum hast du das gesagt?»

«Weil du dein Kommen davon abhängig gemacht hast, daß er nicht im Haus ist, hat Dad erklärt. Er muß also draußen bleiben, und wenn er dort noch mehr Schweinerei macht, schickt ihn Dad ins Tierheim zurück.»

«Ich habe ...» begann Kate und stockte. Ranger sah sie mit kummervollen Augen an. Da stand er, die Hand an Bones' Halsband, und wartete. Konnte sie ihm denn sagen, daß sein Vater ein Lügner war? Ihr war seltsam unbehaglich zumute. Schließlich brachte sie heraus: «Er muß mich mißverstanden haben. Während meines ersten Aufenthaltes hier hat er sich doch gut aufgeführt. Laß ihn nur da.»

Ranger starrte sie eine Minute lang ungläubig an. «Meinst du das wirklich?»

«Ja, in allem Ernst. Bones bleibt. Hat er zu fressen bekommen?»

«Ich habe versucht, ihn zu füttern, aber er war nicht hungrig. Vielleicht frißt er jetzt.»

«Gib ihm nicht eine volle Portion, nur eine halbe. Vermutlich erbricht er sich vor Glück ebenso leicht wie vor Unglück.»

Ranger sah sie ängstlich an. «Was, wenn Dad sagt, er darf nicht bleiben?»

«Mach dir keine Sorgen. Ich rede schon mit ihm.»

«Das ist eine Wucht, ich meine – vielen Dank. Tut mir leid, was ich gesagt habe.»

«Das war alles ein Mißverständnis. Wenn du Bones gefüttert hast, könntest du den Tisch im Eßzimmer decken. Wir haben es die ganze Zeit, als ich da war, nicht benützt. Das wäre auf jeden Fall besser.»

«Okay. Ich gebe nur zuerst Bones sein Abendessen.» Im Handumdrehen hatte er eine Schüssel halb gefüllt und auf den Boden gestellt. Bones hatte aufgeregt den Vorgang verfolgt. Nun erhob er sich, schlich langsam näher und schnüffelte an der Schüssel. Dann begann er hastig zu schlingen, schaute aber nach ein paar Bissen immer wieder auf. Und wenn er sich vergewissert hatte, daß Ranger und Kate noch dastanden, wedelte er mit seinem buschigen Schwanz und senkte wieder den Kopf.

«Okay», sagte Ranger, «ich gehe jetzt den Tisch decken.»

Zwanzig Minuten später nahm Kate gerade die Kasserolle aus dem Backrohr, als sich die Küchentür öffnete und Paul hereinkam. «Nun, der Wagen ist fertig und ... der Teufel soll dich holen, Ranger!» Er ging zum Fuß der Hintertreppe.

«Paul», sagte Kate, «bitte, brüll etwas leiser. Ich habe den Hund hereingeholt, weil ich ihn mag und weil, wenn er bei mir ist – und das war er schon mehrere Tage –, nichts passiert ist. Es war nicht Rangers Idee, sondern die meine. Also bitte, mäßige die Lautstärke, oder du erzielst genau das, was du nicht willst.»

Kate stellte die Salatschüssel ab, ging zum Tisch, unter den sich Bones verkrochen hatte, und streichelte den Kopf des Hundes. «Schon gut, Bones, schon gut.» Aus den Augenwinkeln sah sie nach Paul. «Der böse Mann wird nicht mehr schreien.»

Der messerscharfe Blick, mit dem Paul ihr nachgesehen hatte, verschwand. Langsam ging er zum Spülbecken und füllte ein Glas mit Wasser.

«Wenn Ranger einen Hund haben will, werde ich ihm einen anständigen aus einem Zwinger besorgen, einen, der gehorchen gelernt hat. Nicht diese unerzogene Promenadenmischung.»

«Er ist absolut in Ordnung, wenn man ihn nicht erschreckt. Und er ist noch sehr jung.»

«Ich sehe nicht ein, warum ...»

«Ohne Bones bleibe ich nicht.»

Mit Wonne stellte Kate fest, daß sie über ein schlagendes Argument verfügte. Ausgestoßene aller Welt, vereinigt euch. Wir haben nichts zu verlieren außer unserem Minderwertigkeitskomplex.

Paul zuckte die Schultern. «Okay, wenn es dir nichts ausmacht, die Spuren, die er hinterläßt, zu putzen. Aber ich will verdammt nicht in einem Raum essen, der nach diesen Spuren riecht.»

«Das mußt du auch nicht. Wir gehen ins Eßzimmer. Ranger deckt gerade den Tisch.»

«So, so. Mit welchem Zaubertrick hast du das fertiggebracht ... Nein», sagte er und sah Bones an, der immer noch unter dem Tisch lag, «du mußt mir das nicht erklären. Übrigens, ich vergaß zu fragen. Willst du einen Drink?»

«Jetzt nicht. Ich bin hungrig.»

«Dann können wir den Wein trinken, den ich mitgebracht habe.»

«Das klingt erfreulich. Wir ...»

Ranger stürzte in die Küche. Als er seinen Vater erblickte, blieb er jäh stehen. Sein Gesicht wurde verschlossen. «Hallo, Dad.» Ängstlich schaute er Kate an.

«Ist schon in Ordnung, Ranger. Ich habe das Mißverständnis aufgeklärt, und dein Vater ist durchaus einverstanden, daß Bones hierbleiben kann. Jetzt trag bitte die Salatschüssel ins Eßzimmer.»

«Das ist eine ziemlich freie Interpretation deiner Erpressung, scheint mir», sagte Paul, als Ranger gegangen war.

Kate schaute ihn voll an. «Ranger hat mir gesagt, du hättest mich als Grund für Bones' Verbannung vorgeschoben – ich hätte gesagt, ich würde nicht kommen, wenn er nicht draußen bliebe oder ins Tierheim zurückkäme.» Sie machte eine Pause, um zu hören, was er erwidern würde. Aber er nahm nur einen Schluck aus seinem Glas, ohne seinen Blick von ihr zu wenden. «Da ich dich nicht vor deinem

Sohn einen Lügner nennen wollte, beschloß ich zu sagen, du hättest etwas mißverstanden, und ich würde das aufklären. Das habe ich eben getan, wie du gehört hast.»

«Wie überaus moralisch von dir. Ich habe dich vorgeschoben, wie du es nennst, weil ich dachte, daß das Verhältnis zwischen Ranger und mir auch so schon schlecht genug ist, ohne daß ich ihm rundweg erkläre, er soll den Hund zum Teufel jagen. Ich mag den Köter nicht und will ihn nicht hier sehen. Aber wie du nur zu gut weißt, bin ich auf dich angewiesen. Wenn du dem Hund Manieren beibringst, kann er bleiben.»

«Das Leben ist gerade jetzt für Ranger keineswegs leicht – seine Mutter ist in der Klinik, du bist oft fort, und die Haushälterinnen wechseln häufig.»

«Ich bin der Vater, Kate, du mußt es mir nicht erklären. Ist das Essen fertig?»

«Ja, entschuldige. Sag doch bitte Marie, daß sie herunterkommen soll. Ich zweifle, ob sie auf mich hören würde.»

Den Umständen angemessen, fand Kate, verlief das Essen ziemlich gut. Ranger und Marie waren beide schweigsam, wenn auch vermutlich aus verschiedenen Gründen. Ranger wirkte ängstlich. Marie mürrisch. Beide sahen aus, als hätten sie geweint. Kate und Paul hielten einigermaßen das Gespräch im Gang, doch ließ Kate gelegentlich Pausen eintreten, falls eines der Kinder etwas sagen wollte. Aber das taten sie nicht. Als die Mahlzeit beendet war, sagte Paul: «Okay, Kinder, ihr räumt den Tisch ab. Eure Tante und ich, wir setzen uns ins Wohnzimmer.»

Als sie dort Kaffee tranken, den Kate gekauft und zubereitet hatte, zündete sich Paul eine Zigarette an und meinte träumerisch: «Ich habe das Kaffeetrinken vor etwa einem Jahr aufgegeben, aber ich muß sagen, er schmeckt köstlich.»

«Warum hast du es aufgegeben?»

«Weil Deborah Kaffee nicht mochte, ihn nicht zubereiten konnte und meist darauf vergaß. So habe ich notgedrungen verzichtet. Sie trank Tee, und ich habe mich angepaßt.»

«Das ist sehr entgegenkommend für jemanden, der sich im Haus sonst so energisch durchsetzt wie du.»

«Ich bin ja nicht Attila, der Hunnenkönig! Aber da hier niemand für Ordnung sorgte, mußte ich es tun.»

«Schon gut, du mußt nicht gleich in Harnisch geraten. Es war wohl nicht einfach?»

«Keineswegs.»

Kate schaute ihn an. «Und was ist mit Miss Griffin?»

Paul antwortete eine ganze Weile nicht und zog ein- oder zweimal an seiner Zigarette. Schließlich sagte er: «Du hast Deborah nicht gesehen?»

«Nein, aber Dr. McGrath hat mir bei seinem Besuch in meiner Wohnung erzählt, daß sie sehr schlecht aussieht.» Abermals empfand Kate eine Mischung aus Freude und zugleich Schuldgefühl über ihre eigene Reaktion. Aber diesmal überwog das Schuldgefühl, weil sie es so nüchtern festgestellt hatte. Es war Schadenfreude über das Absacken eines anderen Menschen gewesen, schalt sie sich.

«Ach ja», meinte Paul. «Hochmut kommt vor dem Fall!» Sein Mund zuckte. «Schau nicht so unschuldig drein. Keiner von uns ist frei. Wenn es dir ein Trost ist, du siehst jetzt um 500 Prozent besser aus als sie.»

Zum erstenmal regte sich Mitleid in Kate. «Arme Deborah! Der Gedanke an ihr Mißgeschick ist mir keineswegs ein Trost.»

Paul sah sie an. «Wann war McGrath in deiner Wohnung?»

«Gestern abend. Er wollte mich dazu bewegen, wieder herzukommen.»

Paul grinste. «Nett von ihm. Ich sehe, er hatte Erfolg.»

«Er ist ein richtiger Überredungskünstler, Paul. Und das Sonderbare daran ist, ich weiß immer noch nicht, wie er es zuwege gebracht hat. Es hing nicht damit zusammen, was er sagte – jedenfalls war das nichts Neues –, sondern mit seiner Persönlichkeit.»

«Er hat etwas von einem Swami oder Guru an sich. Doch hat er anscheinend Erfolg damit.»

Ihr vages Unbehagen darüber, daß sie der Überredung des Arztes so leicht nachgegeben hatte, meldete sich wieder. Gab es da noch einen anderen Grund außer Deborahs Befinden, daß er so sehr auf ihrem Verbleib im Hause der Lamonts bestanden hatte? Oder beruhte ihr Argwohn nur auf Einbildung? Sie sagte zu Paul: «Du weißt, daß nach seiner Meinung Deborah auf die Behandlung nicht so anspricht, wie sie es sollte. Sie schwankt immer noch zwischen äußerster Lethargie oder Depressionen und manischen Perioden. Offenbar hat sie auch vernünftige Augenblicke, in denen sie sich um Marie und Ranger sorgt, was er als Grund für den Versuch angab, mich wieder zum Herkommen zu bewegen.»

«Und du hast das Gefühl, daß an seiner Besorgnis etwas nicht stimmt?»

«Ich frage mich nur.»

Paul drückte seine Zigarette aus. «Gestehe ihm doch einen gewissen Zweifel zu. Vielleicht war es Verantwortungsbewußtsein. Was Deborah betrifft – sie war lange süchtig. Man kommt davon nicht im Handumdrehen los.»

«Was weißt du über McGrath?»

«Nicht allzuviel. Er hat einen guten Ruf. Wie ich schon sagte, seine Erfolge sprechen für ihn, und er sorgt gut für Deborah. Es stimmt, daß es Leute gibt, die im Bedarfsfall ihre Ehepartner oder Familienangehörigen in eine der großen psychiatrischen Anstalten der City oder in das Payne Whitney Institut hier in Westchester schicken würden ... Aber das liegt wohl daran, daß McGraths Klinik neu ist. Du weißt, wie die Leute sind, ganz besonders in einer so konservativen Gegend wie hier.»

«Aber ...» Kate zögerte und versuchte, sich an etwas zu erinnern.

Paul schaute sie fragend an. «Aber was?»

«Er sagte – oder deutete wenigstens an –, daß er schon mehrere Jahre hier sei.»

«Du mußt ihn mißverstanden haben. Er hat seine Klinik vor etwa elf Monaten eröffnet.» Er grinste. «Vielleicht warst du von seinem Charme so geblendet, daß du nicht richtig gehört hast.»

«Vielleicht.» Es stimmte, daß sie sich nicht genau erinnern konnte, was McGrath gesagt hatte. «Aber mir fiel noch etwas anderes auf. Ich fragte ihn nach seiner Klinik – wie hieß sie doch? High Falls? Nein, White Falls – und sagte dann ganz harmlos etwas über seine Spezialisierung auf Drogen. Wir gingen schon zur Tür, aber er blieb plötzlich stehen und fuhr auf: ‹Wie meinen Sie das?› Ich war verdutzt. Als ich ihm erklärte, ich meinte Deborah und ähnliche Fälle, schien er sehr erleichtert, sagte etwas über sein Bestreben, Leuten in das normale Leben zurückzuhelfen, und verließ mich ziemlich überstürzt.»

«Was ist daran ungewöhnlich? Wenn Ärzte vor Gericht gezerrt werden, weil irgendein Patient ein Rezept mißbraucht hat, brauchst du dich nicht zu wundern, wenn er auffährt. Gerade jetzt ist Hochsaison in Klagen selbst gegen die hilfsbereiten Hausärzte aus der

Nachbarschaft. Und jedesmal, wenn ein ehemaliger Patient den Mund aufmacht oder einen Artikel schreibt, schnellen die Versicherungen gegen ärztliche Fehlleistungen hoch.»

«Du hast also keine Bedenken gegen ihn.»

«Um Himmels willen, Kate, würde ich ihm sonst Deborah anvertrauen? Sie unternahm ihren Selbstmordversuch, während ich verreist war, und Marie verständigte die Polizei, die sie in die White Falls Klinik brachte, als sie hörte, daß McGrath ihr Arzt sei. Als ich zurückkam, hätte ich sie herausgenommen, wenn ich irgendwelche Bedenken gehabt hätte.»

Kate nahm das zur Kenntnis, obwohl sie nicht ganz überzeugt war. Aber in dem, was Paul gesagt hatte, lag eine gewisse Wahrheit und Vernunft, und sie beschloß, sich nicht länger unnötig übermäßige Sorgen zu machen.

Nach einer Weile sagte sie: «Du hast meine Frage wegen Miss Griffin nicht beantwortet.»

Er zündete sich eine zweite Zigarette an. «Ich dachte, das hätte ich – als wir von Deborahs schlechtem Aussehen sprachen. Wenn sie ihre Depressionen hatte, gab es Tage, manchmal Wochen, in denen sie anscheinend nicht aus dem Nachthemd herauskam. Nicht gerade ein Anblick, den ein Mann sich wünscht, wenn er nach Hause kommt. Daher also Angela, und vor ihr eine andere. Im Augenblick ist Marie nicht auf dem laufenden. Angela und ich haben mehr oder minder Schluß gemacht.»

«Du liebst sie also nicht?»

«Was ist schon Liebe?»

«Das fragst du mich, Paul?»

«Liebe war, was ich für dich empfand. Allerdings bist du nach New York ausgerissen, daher habe ich Deborah geheiratet. Dann ist sie aus dem Leim gegangen. Weder dein noch mein Leben ist allzugut verlaufen – zumindest vom emotionalen Standpunkt aus gesehen. Vielleicht war die alte Idee richtig, daß eine arrangierte, unromantische Heirat die beste Chance auf Erfolg hat. Niemand erwartet zuviel.»

Sie saßen in Polstersesseln vor dem Kamin, in dem Paul Feuer gemacht hatte. Plötzlich warf er seine Zigarette in die Glut und streckte den Arm aus. Unwillkürlich und ohne nachzudenken, streckte Kate auch den ihren aus und ergriff seine Hand.

«Ein wenig davon ist also noch da.»

Ziemlich erschreckt und recht verwirrt befreite Kate ihre Hand.

«Und du zuckst immer noch zurück, wenn dir jemand zu nahe kommt.»

Kate stand auf. «Irgendwie sieht es so aus, als liege die Schuld bei mir, daß jene Beziehung zwischen uns, welcher Art sie auch sein mochte, ein Ende fand. Ich bin nach New York ausgerissen, ich zucke vor jedem zurück – vermutlich meinst du damit dich –, der mir zu nahe kommt. In vieler Hinsicht, mein lieber Paul, hast du dich nicht verändert. Du hast immer noch die Fähigkeit, etwas durcheinanderzubringen, von dem ich glaubte, es klargestellt zu haben. Und nimm endlich zur Kenntnis», schloß sie ziemlich kampflustig, «daß ich nicht immer zurückgezuckt bin. Es gab Menschen, bei denen ich auf das Nahekommen, wie du es fein umschreibst, nicht so reagiert habe. Ich wehre mich dagegen, mich als Eisjungfrau bezeichnen zu lassen, was du und Joel anscheinend bei jeder Gelegenheit tun wollt.»

«Wer ist Joel? Einer der Glücklichen, für die du – eh – keine Eisjungfrau warst?»

«Das hat nichts damit zu tun», sagte Kate und wünschte, sie hätte keinen Namen genannt. Außerdem brachte ihr dieses Gespräch den sonderbaren Dialog mit Gott in Erinnerung, den sie auf der Kirchenbank geführt hatte. Seltsamerweise hatte sie in diesem Augenblick plötzlich das Gefühl, als stehe ihr etwas Neues – etwas ganz anderes als die Öde der letzten fünf Jahre – bevor.

Paul erhob sich gleichfalls. «Na schön. Ich werde dich nicht mehr damit necken. Laß mich nur sagen, daß auch ich, genau wie der gute Doktor, froh bin, daß du hier bist. Nicht nur wegen der Kinder oder vielleicht meinetwegen, sondern auch wegen Deborah.»

6

Kate schreckte aus dem Schlaf hoch. Ringsum war es dunkel. Sie wußte, daß irgend etwas sie geweckt hatte, wußte aber nicht, was. Sie hatte geträumt, und der Traum mußte schrecklich gewesen sein. Aber sie konnte sich nicht daran erinnern. Ihr Herz schlug wie wild, und entgegen aller Logik überwältigte sie das Gefühl, in großer Gefahr zu sein.

Dann fiel ihr allmählich der Traum wieder ein. Sie war auf einer Tragbahre gelegen, unfähig, Arme oder Beine zu bewegen, und ebenso unfähig zu sprechen. Etwas war um ihren Mund gewickelt. Zwei Gestalten trugen die Bahre. Sie versuchte verzweifelt, sich zu befreien, um ihnen zu sagen, daß sie in einem schrecklichen Irrtum befangen waren. Aber sie konnte die Hände nicht bewegen, um die Binde, die sie am Sprechen hinderte, zu lösen. Während sie sich vergeblich bemühte, wurde ihr bewußt, daß diese beiden Gestalten, wer immer sie waren, sie für tot hielten und zu ihrem Grab trugen. Verzweiflung überkam sie. Wenn es ihr nicht gelang, ihre Aufmerksamkeit zu erregen, bevor sie beim Grab anlangten, würden sie sie lebendig begraben. Aber in diesem schrecklich lebhaften Traum war sie weiterhin unfähig, sich zu bewegen oder etwas zu sagen. Dann sah sie die Tür zur Grabkammer. In tödlicher Angst strengte sie all ihre Kräfte an und versuchte sich bemerkbar zu machen, soweit es ihr mit der festen Binde um den Mund möglich war. Aber sie wußte, kein Laut, der aus ihrer Kehle drang, erreichte die Ohren der Träger. Nun waren sie schon in der Grabkammer, einem viereckigen grauen Raum, einer Art Gewölbe, das, abgesehen von einem Sarg, leer war. Als sich die Träger niederbeugten, um sie in den Sarg zu legen, versuchte sie, ihre Gesichter zu erkennen. Aber Nebel hüllte sie von den Schultern aufwärts ein, und es gelang ihr nicht. Die Männer wandten sich zum Gehen. Sie glaubte, die Brust würde ihr zerspringen, so sehr bemühte sie sich zu schreien. Jetzt machte der Träger ein Geräusch, es klang wie ein Scharren in nächster Nähe. Da wachte sie auf. War es dieses Geräusch, das sie geweckt hatte?

Sie setzte sich im Bett auf und tastete nach dem Schalter der Nachttischlampe. Endlich fand sie ihn. Das Licht ging an, und sie schaute sich im Zimmer um. Es war das hinterste von zweien in einem Anbau an der Rückseite des Hauses und lag nach drei Seiten hin frei. Außerhalb der Fenster war es dunkel, undeutlich erkannte man die Umrisse der Bäume, am Himmel funkelten Sterne. Zwei Fenster standen offen, und ein leichter Luftzug blähte die Vorhänge. Es war ein nüchternes, unpersönliches Zimmer mit intensiv blauen Wänden und einfacher Einrichtung, die offenbar aus den Ausstellungsräumen eines Warenhauses kam: ein Schreibtisch, zwei Nachtkästchen, ein kleiner Tisch mit Stühlen und ein Lehnsessel in einem ähnlich intensiven, jedoch dunkleren Blau. An einer Wand hing ein Druck der Notre Dame von Paris und an einer anderen das Bild einer müde aussehenden Stickerin. Was stand darunter? Durchaus passend: Ein Stich zur rechten Zeit erspart neun andere. Hatte wirklich Deborah dieses Zimmer eingerichtet, fragte sich Kate. Sie war doch mit erlesenen Möbeln, Kristall und Porzellan aufgewachsen, das meiste davon Erbstücke mehrerer Generationen von Légères. Einige der Möbel im Erdgeschoß stammten aus dem Haus in der Prytania Street. Aber dieses Zimmer – Kate sah sich um und fand, Deborah hätte bei einem Diskonter eine phantasievollere Einrichtung wählen können.

Wie spät war es? Kate schaute auf das Nachttischchen, auf das sie den von zu Hause mitgebrachten Wecker gestellt hatte. 4 Uhr morgens, der Tiefpunkt der 24 Stunden. Ein alter Satz fiel ihr ein: die Zeit, in der Menschen starben und andere geboren wurden. Plötzlich fröstelte es sie, sie stand auf und ging barfuß durch das Zimmer, um eines der Fenster zu schließen. Aber als sie die Hand ausstreckte, stockte sie. Die schmale Mondsichel hoch am Himmel gab nur wenig Licht, die Sterne jedoch funkelten hell. Unter einem der Bäume war ein schattenhafter Umriß zu erkennen. Es konnte, sagte sich Kate, leicht etwas ganz Alltägliches sein. Was etwa? Zum Beispiel der Rest einer alten Schaukel. Da stand auch eine Stange, die einen Basketballkorb trug, vielleicht war es, dachte sie, die dazugehörende zweite Stange. Aber das Geräusch war mehr aus der Nähe gekommen.

Sie ging zum Nachtkästchen und löschte das Licht. Dann schlich sie wieder zum Fenster. Der schattenhafte Umriß war keine Stange, denn er bewegte sich, huschte im Dämmerlicht über den schmalen Rasenstreifen. Kate beugte sich hinaus. Unter dem Fenster befand sich das Dach des Vorbaus, der an der Hinterseite des Hauses bis zu ihrem Fenster entlanglief. Ärgerlich über sich selbst, daß sie es nicht früher bemerkt hatte, schloß sie das Fenster und verriegelte es sorgfältig. Dann ging sie zu den anderen Fenstern. Nein, unter ihnen war kein Vorbau mehr, und die einzigen Äste in der Nähe waren so dünn, daß sie bestenfalls eine Katze tragen konnten, nichts Schwereres. Kate ließ ein Fenster offen, zog ihren Schlafrock an und machte sich auf den Weg zum nächsten Badezimmer. Offenbar hatte man den Kindern eingeschärft, es nicht zu benutzen, denn im Gegensatz zu seinem Zustand bei ihrem ersten Eintreffen war es tadellos sauber. Sie kehrte zu ihrem Bett zurück, zog den Schlafrock aus, schlüpfte unter die Decke und legte sich nieder. Aber es war schon fast nach 6 Uhr, ehe sie wieder einschlief, und sie erwachte nicht vom hellen Klang ihres Weckers, sondern davon, daß Paul sich über sie gebeugt hatte und sie an den Schultern rüttelte.

«Hast du heute nicht die Absicht, ins Büro zu gehen?»

«Natürlich.» Sie setzte sich auf. «Wie spät ist es?»

«Schon 8.»

«Du lieber Himmel! Was ist mit meinem Wecker los?» Sie griff nach ihm und entdeckte, daß sie vergessen hatte, die Sperre zu lösen. «Verdammt, ich habe ihn nicht eingestellt.» Dann erinnerte sie sich daran, wie sie in der Nacht aufgewacht war und wie sich die Schattengestalt draußen bewegt hatte. «Paul, jemand war gestern nacht unten auf dem Rasen. Und ich habe das scheußliche Gefühl, daß derjenige, wer immer es war – ich weiß, es klingt verrückt –, vielleicht in meinem Zimmer gewesen ist. Ein Geräusch in nächster Nähe hat mich geweckt. Und das Dach vom Vorbau ist vor dem Fenster, und das stand offen.»

«Was? Was sagst du da?»

Während Kate den Schlafrock überwarf, erklärte sie es ihm. «Wer es auch war, er machte ein Geräusch, das mich weckte. Dann sah ich ihn vom Fenster aus.»

«Vermißt du etwas?»

Kate blickte sich im Zimmer um. «Es sieht nicht so aus, ich habe ja nicht viel mitgebracht.»

«Schau vorsichtshalber in Handtasche und Koffer nach. Wenn irgend etwas fehlt, rufe ich die Polizei an.»

«Warum rufst du sie nicht auf jeden Fall an? Es ist nicht gerade beruhigend zu denken, daß jemand mitten in der Nacht ins Haus eindringt.»

«Weil ich es mir zweimal überlegen würde, die Polizei einzuschalten, wenn nichts fehlt. Es stimmt, daß in den letzten zwei Jahren gelegentlich eingebrochen wurde. Man hat den Mann nie erwischt, und es wurde auch nicht viel gestohlen – ein bißchen Bargeld da und dort, etwas Modeschmuck und ein oder zwei Kreditkarten.»

«Und du findest das okay?» Kate erhob sich und band die Schnur um ihren Schlafrock.

«Natürlich nicht. Aber nach den ersten Meldungen fühlte sich jeder bemüßigt, auch etwas gesehen zu haben. Genauso, wie wenn die Polizei in Presse oder Rundfunk die Beschreibung eines gesuchten Verbrechers oder eines Vermißten bekanntgibt. Dann behaupten plötzlich Tausende, etwas von ihm zu wissen. Nach der ersten Meldung über den Einbrecher hat jeder gesagt, er habe ihn gesehen – einschließlich Deborah. Aber er wurde nie gefaßt, und ganz offen gesprochen, Deborahs Einbildungen waren so zahlreich, daß ich nie sicher sein konnte, ob man sie ernst nehmen sollte oder nicht.»

«Vielen Dank, an dieser Art von Problemen leide ich nicht.»

«Das habe ich auch nicht gesagt. Schau doch mal in deiner Handtasche, deinem Koffer und in allen Laden nach, in die du etwas gelegt hast.»

Kate brauchte dazu nicht lange. Nichts fehlte.

«Willst du immer noch, daß ich die Polizei anrufe?»

Mittlerweile begann sie sich albern zu fühlen, wollte aber nicht sofort klein beigeben. «Angesichts der Tatsache, daß du wegen dieser Besprechung verreisen mußt, wüßte ich gern, wie viele andere Zimmer Fenster haben, die auf das Vordach hinausführen.»

«Nur das von Marie, und die teilt dein Verlangen nach frischer Luft nicht. Aber ich werde ihr sagen, sie soll ihr Fenster geschlossen halten.»

«Na schön. Dann lassen wir das mit der Polizei. Jetzt geh bitte, damit ich mich anziehen kann.»

Mit der Hand an der Türklinke, zögerte Paul. «Wäre es eine Stunde später und die Kinder schon in der Schule, würde ich vielleicht diesem Wunsch nicht nachkommen. Mußt du gleich ins Büro?»

«Ja», sagte Kate ein wenig nervös. «Wann habe ich den nächsten Zug?» Paul grinste, dann seufzte er. «Quel dommage!» Er schaute auf seine Uhr. «Wenn du willens bist, ohne Kaffee oder Frühstück loszuziehen, und meinst, du kannst in zehn Minuten fertig sein, fahre ich dich rechtzeitig für den Zug um 8 Uhr 30 zur Station.»

«Ich werde fertig sein», sagte Kate.

Die Haarspitzen noch feucht vom Duschen, kam sie nach neun Minuten ins Erdgeschoß.

«Du ziehst besser das hier an», meinte Paul und gab ihr ein paar kurze Gummistiefel und einen feuerroten Regenmantel. «Es schüttet. Du kannst deine Schuhe in die Tasche tun. Ich rufe dich nächste Woche Dienstag an.»

Im Verlauf des Tages, wenn sie sich nicht gerade mit dem letzten Teil von Kramers Manuskript herumplagte, kehrten Kates Gedanken stets von neuem gequält zu dem Traum zurück. Es war ein Traum, sagte sie sich immer wieder, nichts als ein Traum. Das Unterbewußtsein bediente sich seltsamer Symbole. Während der Mittagspause durchstöberte sie die Bibliothek im Besprechungszimmer nach einem Werk – sei es ein anerkanntes und wissenschaftliches oder ein verrücktes und triviales – über Träume. Sie fand verschiedene psychologische Bücher, mehr Material, als sie erwartet hatte. Aber das half ihr auch nicht weiter, denn keines von ihnen schien auf ihren Traum anwendbar zu sein. Dann war da noch dieser seltsame und aufregende Schatten vor ihrem Fenster. Hatte er sich bewegt oder nicht? «Ich habe gesehen, wie er sich bewegt hat», murmelte sie mehr als einmal vor sich hin.

Zufällig kam Judy gerade herein. «Hast du etwas gesagt?»

«Eigentlich nicht.»

Judy zögerte an der Tür. «Was ist mit dir los?»

Diese Frage schreckte Kate aus ihren Gedanken auf.

«Nichts, warum – sehe ich irgendwie sonderbar aus?»

«Ein wenig abwesend.»

«Wie meinst du das?»

«Als wärst du ganz woanders», Judy grinste, «auf einem anderen Planeten.»

«Herzlichen Dank.»

Aus irgendeinem Grund ließ sie das an Deborah denken, und als Judy gegangen war, lehnte sie sich zurück und starrte auf das fertiggestellte Manuskript. Was hatte Dr. McGrath gesagt? Daß Deborah auf die Behandlung nicht anspreche. Einer augenblicklichen Regung folgend, zog sie das Telefon heran und wählte die Nummer der Klinik.

«Hallo?» sagte er, als man sie verbunden hatte. «Miss Malory?»

«Ich wollte fragen, ob es Deborah besser geht, ob sie besser auf die Behandlung anspricht.»

«Leider nein – bis jetzt jedenfalls. Aber wenn sie normal und vernünftig ist, fühlt sie sich sehr erleichtert bei dem Gedanken, daß Sie bei den Kindern sind.»

«Sie haben ihr wohl gesagt, daß ich wieder zurückgekommen bin?»

«Ja, natürlich. Aber sie hörte es auch von Marie und Ranger.»

«Besuchen die beiden sie oft?»

«Eines der beiden Kinder kommt fast jeden Tag.»

«Das ist schön.» Sie war angenehm überrascht.

«Ja, sie sind sehr nett zu ihr.»

«Dann hatten Sie recht, als Sie sagten, daß Deborah versuche, eine gute Mutter zu sein.»

«Sie scheinen erstaunt.»

«Vermutlich bin ich es auch, obwohl das offenbar ungerecht ist. Ich schulde Deborah Abbitte – und auch den Kindern.»

«Wollen Sie Deborah nicht selbst einmal besuchen?»

Sie hatte das vorgehabt, entschloß sich aber aus einem augenblicklichen Impuls und aus Gründen, die ihr selbst nicht völlig klar waren, diese Absicht nicht anzukündigen.

«Nein, im Augenblick nicht.»

«Wie Sie meinen.» Seine Stimme klang kühl, so wie damals, als er sie das erste Mal im Büro angerufen hatte. Offenbar, dachte sie, hielt er sie für keine sehr liebevolle Schwester. Sie wollte sich schon rechtfertigen, stockte aber. Sie schuldete ihm keine Erklärung. Und selbst wenn, dachte sie mit dem wiederkehrenden Gefühl des Unbehagens ihm gegenüber, hatte sie keine Lust dazu.

In der Nacht nach Pauls Abreise zu der Besprechung in Chicago kam der Traum in allen Einzelheiten wieder. Nur wußte Kate diesmal nicht, was sie geweckt hatte. Doch abermals fuhr sie jäh aus dem Schlaf auf und saß mit wild pochendem Herzen im Bett. Rasch machte sie Licht. Das Fenster über dem Vordach war geschlossen, die anderen beiden standen offen, und die Luft im Zimmer war frisch. Sie schaute auf die Uhr: Viertel vor vier. Sie knipste das Licht aus, stieg aus dem Bett, ging zu dem geschlossenen Fenster und schaute zu dem Baum hinab, unter dem sie einen Schatten gesehen hatte. Es waren ganz ähnliche Lichtverhältnisse wie in der vergangenen Nacht: eine schmale Mondsichel und helle Sterne. Aber diesmal war kein Extra-Schatten zu sehen, keine schattenhafte Gestalt, die sich bewegte. Nach einer Weile kehrte sie zum Bett zurück und wollte gerade hineinsteigen, als sie sich aus einem Impuls heraus entschloß, nach Maries Verbleib zu forschen. Sie war nach dem Abendessen in ihrem Zimmer verschwunden und nicht wieder erschienen. Kate nahm an, daß sie zu Bett gegangen war. Ich hätte mich davon überzeugen sollen, dachte sie jetzt. Marie konnte sich davongeschlichen haben, während sie selbst in ihrem eigenen Schlafzimmer gewesen war, und eben erst zurückgekommen sein. Oder vielleicht ging sie gerade fort. Das war nicht unmöglich – nur ärgerlich, dachte Kate. Sie zog ihren Schlafrock an und machte sich auf den Weg zum Haupthaus. Inzwischen wußte sie, welche Zimmer Paul, Marie und Ranger bewohnten. Aber das Licht in der Diele brannte nicht, und sie wartete ein paar Augenblicke, um sich an das düstere Halbdunkel zu gewöhnen. Schließlich glaubte sie, die Türen unterscheiden zu können. Die von Paul stand offen. Ohne zu zögern, trat sie ein und knipste das Licht an. Dann ging sie zu den Fenstern und ließ die Jalousien herunter.

Es war ein riesiger Raum, in dem selbst das breite, massive Bett klein aussah. Alles war in bester Ordnung: das gemachte Bett mit einem gelb und grau gestreiften Überwurf, der Schreibtisch mit ein oder zwei Fotos darauf, eine seltsam leer wirkende Frisierkommode, ein Tischchen mit Papieren unter einem Briefbeschwerer und einem Ständer mit Schreibpapier und Umschlägen, eine Tür, die anscheinend in eine Kammer führte, eine zweite, vermutlich ins Bad, dunkelgrüne Wände mit belanglosen, gleichmäßig verteilten Aquarellen, ein beiger Bodenbelag. Kate dachte an Maries Zimmer. Man konnte kaum glauben, daß es zwei so verschiedene Räume im selben Haushalt gab. Es war, als kämen die Benutzer aus verschiedenen Kulturkreisen oder von verschiedenen Planeten.

Als Schlafzimmer eines Ehepaares wirkte es seltsam männlich, fand Kate, so als hätte Deborahs Anwesenheit keinerlei Einfluß gehabt. Wie konnte eine Frau, die nach Kates Erinnerung so betont weiblich war, in dieser fast männlichen Klubatmosphäre gelebt haben? Einen Augenblick lang fühlte Kate so etwas wie einen Anflug von Sympathie für ihre Stiefschwester und beschloß, sie noch am selben Tag zu besuchen. Hatte Abneigung sie bisher davon abgehalten? Sie hatte sich eingeredet, daß sie Deborahs Therapie nicht störend beeinflussen, noch durch Erwecken alter Erinnerungen Unruhe schaffen wolle ... Oder war das alles nur ein moralisches Mäntelchen? Lag es selbst nach diesen vielen Jahren, und obwohl man sie zu Hilfe gerufen hatte, daran, daß sie noch immer die Frau nicht sehen wollte, von der sie glaubte, sie habe ihr weggenommen, was sie am meisten begehrte? Du bist ein nachtragendes Scheusal, Kate, tadelte sie sich selbst, als sie da mitten in Deborahs Schlafzimmer stand. Sie war bereits im Begriff hinauszugehen, als ihr plötzlich Deborahs lange Pillensüchtigkeit einfiel und sie sich verpflichtet fühlte, einen Blick auf das Arzneischränkchen im Badezimmer zu werfen ... um festzustellen, was darin verblieben war, und ob sie, Kate, Paul fragen sollte, was man davon belassen konnte oder besser entfernen, wenn Deborah heimkam.

Kate schloß die Korridortür, ging zu jener, die nach ihrer Meinung ins Bad führte, und öffnete sie. Dahinter war der größte begehbare Schrank, den sie je gesehen hatte.

Kleiderstangen liefen zu beiden Seiten entlang, die eine trug Pauls Anzüge, die andere Deborahs Garderobe. Ihre und seine Schuhe waren auf Gestellen unterhalb aufgereiht. Oberhalb der Kleiderstangen reichten Regale mit eingebauten Laden fast bis zur Decke. In dieser befand sich eine rechteckige Holzklappe mit einer Öse an einer Schmalseite. Ganz hinten in der Kammer stand unter weiteren Regalen und Laden eine Stange mit einem Haken am Ende. Ohne lange zu überlegen, nahm Kate diese Stange, hob sie zur Decke, hängte den Haken in die Öse und zog. Eine Dachbodentreppe aus Aluminium kam herab, die sich bis zum Boden ausziehen ließ. Von oben gähnte ihr ein dunkles, rechteckiges Loch entgegen. Sie starrte hinauf und spürte einen kalten Lufthauch. Zu dieser frühen Stunde war das alles eher als einladend. Bis zu diesem Augenblick hatte Kate, die als Erwachsene immer nur in Appartements gelebt hatte, sich nicht klargemacht, wie sehr ihr noch die kindliche Abneigung gegen dunkle Räume nachhing. In einem Appartement inmitten eines großen Gebäudes, von den Nachbarn nur durch dünne Wände getrennt, durch die man jeden Laut hörte, empfand man Dunkelheit irgendwie anders, als wenn sie einem aus dem ungeheizten Dachboden eines Vororthauses entgegengähnte.

Kate schalt sich einen Hasenfuß, raffte ihren Schlafrock zusammen und begann hinaufzusteigen.

Hinterher konnte sie sich nie richtig klar werden, was sie veranlaßt hatte, auf der drittletzten Sprosse zu zögern. Da war sie nämlich stehengeblieben, unfähig weiterzusteigen, gerade als sie ein Geräusch von irgendwoher im Erdgeschoß hörte, gefolgt von Bones' unverkennbarem Winseln. Sie stieg die Leiter wieder hinab, blieb mit einem Fuß in einer Schlafrockfalte hängen und wäre beinahe gestürzt. Dabei schlug sie mit ihrem nackten Fuß irgendwo an und schürfte sich die Haut ab. Eine Weile blieb sie auf der zweiten Sprosse sitzen, hielt ihren verletzten Fuß mit der Hand und wartete auf ein Abklingen des Schmerzes. Schließlich stand sie auf, schob die Leiter zurück und schloß mit Hilfe der Stange die Klappe in der Decke. Dann verließ sie humpelnd die Kammer, löschte das Licht und zog die Tür zu, ging zur Korridortür, knipste auch hier die Lampen aus und trat in die Diele hinaus. Erst auf dem oberen Treppenabsatz stellte sie fest, wieviel wohler sie sich hier heraußen fühlte als im Schlafzimmer und in der Kammer. Wie habe ich mich dort gefühlt, fragte sie sich. Das war schwer zu sagen. Bedrückt? Beunruhigt? Beides traf nicht zu. Sie riß sich zusammen. Tatsachen und keine Spintisierereien ... Das war eine der zahlreichen Maximen ihrer Mutter gewesen. Tatsache war, daß sie ein Geräusch gehört hatte und hinunterging, um nachzusehen. Das hatte weder etwas Gespenstisches noch Übersinnliches an sich.

Aber im Erdgeschoß war nichts Ungewöhnliches festzustellen. Sie schaltete alle Lampen ein, untersuchte alle Ecken und Winkel und sowohl die vordere wie die hintere Haustür. Es gab nicht das geringste Anzeichen, daß jemand im Haus gewesen wäre. Als sie in die Küche kam, saß Bones nicht in seinem Korb, sondern hatte sich in sein Versteck unter dem Küchentisch verkrochen und winselte immer noch, wie sie es von oben gehört hatte.

«Schon gut, Bones», sagte sie. «Da ist nirgendwo was zum Fürchten.»

Sie sagte das ebensosehr zu sich selbst wie zu dem Hund. Zögernd kroch er näher, und Kate kauerte sich nieder und kraulte ihm den Kopf. «Da ist nirgendwo was zum Fürchten», wiederholte sie, diesmal lauter. Aber es half nichts. Trotz allem, was sie sich und Bones einzureden versuchte, wurde sie die Überzeugung nicht los, daß in der letzten Stunde jemand in der Küche gewesen war.

Das war kein sehr angenehmes Gefühl, im Gegenteil, sie fühlte sich in höchstem Maß beunruhigt. Schließlich erhob sie sich und starrte zum Hinterfenster hinaus. Da in der Küche Licht brannte, war die Dunkelheit draußen nicht zu durchdringen.

«Komm, Bones, ich nehme dich mit hinauf.»

Nüchtern betrachtet war das ein übereilter Entschluß. Als Zugeständnis zur Maxime ihrer Mutter raffte sie ein paar Seiten der Zeitung vom Vortag zusammen. Dann ging sie zur Hintertreppe. Bones sprang um sie herum, aber am Fuß der Treppe begann er wieder zu winseln und ließ die Ohren hängen, womit er noch mehr verriet als durch seine Schwanzhaltung.

«Ich habe dir doch gesagt, komm!» flüsterte sie.

Er konnte es kaum glauben. Mit einer Pfote auf der nächsten Stufe, zögerte er wieder. Sie beugte sich herab, tätschelte ihm den Kopf und sagte ruhig: «Da ist nichts, wovor du Angst haben mußt.» Tief innerlich fühlte sie, daß sie nicht die Wahrheit sprach, hoffte aber, daß Bones es nicht merken würde.

Als sie am oberen Ende der Hintertreppe anlangte, zögerte Kate, da sie plötzlich nicht mehr sicher war, ob sie die Lampen in Pauls und Deborahs Schlafzimmer ausgeschaltet hatte. Sie beschloß, sich zu vergewissern. Mit Bones an ihrer Seite ging sie in die Diele vor und machte dort Licht. Aber als sie auf die Schlafzimmertür zusteuerte und sie gerade so weit öffnete, daß sie sehen konnte, ob das Licht noch brannte, hörte sie Bones jämmerlich winseln. Dabei war ihm anzusehen, daß er am liebsten über die Treppe hinauf ausgerissen wäre.

«Bones!» Kate schloß eiligst die Schlafzimmertür, lief auf den Hund zu und packte ihn am Halsband, gerade als er sich davonmachen wollte.

«Du kommst mit mir in mein Zimmer», sagte sie, selbst ein wenig überrascht, wie energisch sie das herausbrachte. Aber sie wollte es nicht erzwingen, ließ das Halsband los und wandte sich dem Anbau zu, ohne nochmals in die Diele zu gehen. Durch den schmalen Korridor, der an den Zimmern entlanglief, gelangte sie zu ihrem eigenen. Als sie die Tür öffnete, hörte sie Bones Pfoten auf dem Parkettboden und sah ihn eilig nachkommen. «Braver Hund!» sagte sie, lächerlich erleichtert, daß er bei ihr blieb. Zunächst breitete sie Zeitungsblätter auf dem Boden aus, so daß der Bereich unter dem Bett und ein Großteil des Teppichs davon bedeckt war. Dann zog sie den Schlafrock aus, löschte das Licht und schlüpfte mit dem Gedanken ins Bett, ob Bones wohl den kleinen Lehnsessel oder den Großvaterstuhl wählen würde, auf den sie für ihn ein zweites Kissen gelegt hatte. Er wählte keinen der beiden. Sie hatte kaum die Decke bis zum Hals gezogen, als es neben ihr einen schweren Plumps gab. Bones hatte seinen Schlafplatz gewählt.

«Guter Bones!» sagte sie, fuhr mit der Hand unter der Decke hervor und streichelte ihn. Er leckte ihr Gesicht. Sie nahm auch den zweiten Arm heraus und umarmte ihn zärtlich. Sein Schwanz schlug wie wild gegen ihren verletzten Fuß. Aber sie ertrug den Schmerz ohne Klagen. Der Spruch: «Geteilter Kummer ist halber Kummer» kam ihr in den Sinn.

Bones an ihrem Rücken spürend, lag Kate wach und sah die Dunkelheit vor dem Fenster allmählich einem grauen Dämmerlicht weichen. Schließlich färbte sich der Himmel zartrosa. Mit der warmen, lebendigen Gegenwart von Bones, der nun leise schnarchte, und dem Hundegeruch in ihrer Nase fand Kate den Gedanken an das Undenkbare erträglich: an den wiedergekehrten Traum, daß man sie lebend begrub, mit all seiner beklemmenden Realität und dem Gefühl abgrundtiefer Verzweiflung, und an die Tatsache, daß Bones vor der Schlafzimmertür anscheinend in Panik geriet. Vielleicht hatte man ihn dort einmal verprügelt, als ihm ein Mißgeschick passiert war. Unwillkürlich strich sie mit der Hand über sein glattes Fell, steckte sie aber rasch wieder unter die Decke, bevor er aufwachte. Ein Blick auf die Uhr sagte ihr, daß es Viertel vor fünf war. Wenn sie jetzt gleich einschlief, blieben ihr drei Stunden, bis sie aufstehen und ein Taxi bestellen mußte, das sie zum 8 Uhr 30-Zug brachte. Sie schloß fest die Augen und entspannte sich, als das Licht, die Geräusche und Gerüche der Morgenstunde die Schrecken der Nacht verdrängten. Das vorletzte, woran sie sich vor dem Einschlafen erinnerte, war jedoch das gähnende schwarze Loch in der Decke zum Dachboden, und als letztes wurde ihr noch bewußt, daß sie auf dem Weg zu Maries Zimmer gewesen war, als sie die Tür zum Elternschlafzimmer geöffnet hatte. Warum war sie da hineingegangen? Sie schlief ein, bevor sie eine Antwort darauf finden konnte.

Sie dachte erst wieder daran, als sie am nächsten Morgen im Zug saß. Vom Augenblick an, da ihr Wecker klingelte, bis sie nach einem hastigen Frühstück eben noch den Zug erreichte, hatte sie keine Zeit gehabt, an etwas anderes zu denken, als so schnell wie möglich zum Bahnhof zu kommen. Sie war auf dem Weg gewesen, in Maries Zimmer nachzusehen, als sie ins Schlafzimmer von Paul und Deborah ging. Aber dieses Zimmer und die Kammer mit der Dachbodenklappe hatten sie abgelenkt und vergessen lassen, was sie vorgehabt hatte. Jetzt dachte sie wieder daran. Da sie verschlafen hatte, wußte sie immer noch nicht mit Sicherheit, ob Marie die Nacht in ihrem Bett verbracht hatte (besser, auf ihrer Schlafmatte).

Weitere Fragen drängten sich ihr auf. Warum hatte sie diesen sonderbaren Traum gehabt? Woher kam das beunruhigende, aber eindringliche Gefühl, daß jemand in der Küche gewesen war? Sie wußte keine Antwort darauf. Überdies wußte sie auch nicht, warum sie gleich nach der Ankunft des Zuges im Grand Central Terminal in eine Telefonzelle stürzte und die Nummer des Hotel *Hilton* heraussuchte.

Als sie die Verbindung bekam, fiel ihr ein, daß sie keine Ahnung hatte, an was für einer Tagung Kramer teilnahm, da er ihr kein Wort über seine berufliche Tätigkeit gesagt hatte. Stand es in seinem Lebenslauf? Sie hatte ihn gelesen, als sie Kramer von ihrem scheidenden Vorgänger geerbt hatte, aber sie konnte sich an keinerlei Andeutungen über das erinnern, was er in der Zeit tat, die er nicht seinen Schriften über Wiedergeburt und ähnlichem widmete.

«Mr. Jed Kramer», verlangte sie, als sich die Hotelzentrale endlich meldete.

«Der Herr wohnt nicht bei uns», kam gleich die Antwort.

Verdammt, dachte Kate. Die Tagung ist vorbei, und er ist heimgefahren. «Die Tagung ist wohl zu Ende?» fragte sie die Telefonistin.

«Welche Tagung? Wir hatten drei in den letzten Wochen.»

«Und zwar?»

«Einen Augenblick.» Die Telefonistin war höflich und hilfsbereit. Papier raschelte. Dann kam die Antwort: «Ärzte, Installateure und Leichenbestatter.»

Sicher kein Leichenbestatter, dachte Kate. Sie verwarf auch die Idee, Kramer könnte Arzt sein, und entschloß sich widerstrebend für Installateur. «Können Sie bitte nachsehen, ob ein Mr. Kramer seit ...» sie rechnete hastig zurück, «letzten Dienstag bei Ihnen gewohnt hat?»

Nach einer weiteren kurzen Pause, in der vor Kates geistigem Auge Kramer in einem Overall mit einer Rohrzange in der Hand und Schraubenschlüsseln in der Tasche auftauchte, sagte die Telefonistin: «Wir haben eine Mrs. William Kramer. Suchen Sie die?»

«Nein, danke.»

Und wenn ich Verbindung bekommen hätte, was hätte ich ihm gesagt, fragte sich Kate, als sie durch die riesige Bahnhofshalle zur Fifth Avenue hastete. Sie wußte immer noch nicht, warum sie ihn angerufen hatte.

Zehn Minuten später, als sie an Judys Schreibtisch vorbeiging, sagte diese: «Dein Hauptautor hat angerufen. Er wartet dringend auf deinen Rückruf.»

Kate fuhr herum. «Kramer?»

«Kein anderer. Er persönlich.»

Kate stürzte zu ihrem Schreibtisch. Sie erkannte die Nummer, die Judy für sie notiert hatte, sofort. Es war die, die sie vom Bahnhof aus angerufen hatte. Dabei stand eine Nebenstelle, die sie jetzt der Telefonistin angab.

«Hören Sie», begann sie, bevor er mehr als «Hallo» sagen konnte, «ich hatte Sie vom Bahnhof aus angerufen, und man sagte mir, es wohne kein Jed Kramer im Hotel, auch in den letzten beiden Wochen wäre niemand dieses Namens dort abgestiegen.»

«Das kommt davon, daß Kramer mein Pseudonym ist», sagte Mr. Kramer so liebenswürdig wie immer. «Kann ich Sie besuchen?»

«Gern. Aber ich sollte wohl alle Ihre Decknamen kennen.»

«Sicher. Ich bin gleich bei Ihnen.»

Er kam in erstaunlich kurzer Zeit. «Sehen Sie», erklärte er gleich beim Eintreten, «ich heiße nicht Kramer, sondern Marker. Kramer ist ein Anagramm von Marker. Ich hätte Angst, daß all meine Patienten ausreißen, wenn sie wüßten, was für Bücher ich schreibe. Oder wenigstens die meisten von ihnen.»

Kate starrte ihn an. «Ich hatte beschlossen, Sie müßten Installateur sein. Die Telefonistin sagte, es hätte drei Tagungen gegeben – von Leichenbestattern, Ärzten und Installateuren. Ich war sicher, daß Sie weder ein Arzt noch ein Leichenbestatter sein könnten.»

«Niemand hält mich für einen Arzt.» Er schien nicht im geringsten gekränkt zu sein. «Darf ich mich setzen?»

Kate deutete auf einen Stuhl. «Verzeihung, natürlich. Welche Art von Arzt?»

«Für den Hausgebrauch. Früher sagte man praktischer Arzt.»

Sein Gesicht hat etwas von einem Menschenaffen, dachte Kate, und so wie sie in dem von Paul Ungeduld und Intoleranz gesehen hatte, sah sie jetzt in dem seinen die Herzensgüte. Sie lag nicht nur in seinen Gesichtszügen.

«Nein, ich weiß, ich sehe nicht aus wie ein Filmstar.»

Wieder fühlte sie ihre Wangen brennen. «Ich hatte diese Ihre Gabe vergessen. Sie hilft Ihnen wohl bei Ihren Diagnosen?»

«In gewissem Sinn – ja. Aber eigentlich nicht mehr als jedem erfahrenen Arzt. Die meisten Menschen lügen, wenn sie von sich sprechen – nicht absichtlich, verstehen Sie. Sondern weil sie Angst haben, daß es schlimmer ist, als man es ihnen sagt, oder weil sie möchten, daß es schlimmer sei, als sie denken, oder weil sie meinen, ich könnte ärgerlich werden, wenn es nicht sehr ernsthaft ist, oder einfach, weil sie einsam sind und Zuwendung brauchen.»

«Wer, um Himmels willen, möchte, daß es schlimmer wäre?»

«Menschen sind sowohl Hypochonder wie Feiglinge. Sie haben es verzweifelt nötig, sicher zu sein, daß der leicht entzündete Schnitt in ihrem Finger nicht zu einer Blutvergiftung und zum Tod in den nächsten paar Stunden führt. Andererseits haben sie ständig – aufgrund ihrer Hypochondrie – die Ungeduld und Abweisung von Ärzten erlebt, die finden, daß sie ihnen die Zeit stehlen, und sie es auch wissen lassen.»

Kate dachte darüber nach. «Sie mögen recht haben. Warum sind Sie zu mir gekommen?»

«Weil ich zwei starke Empfindungen in bezug auf Sie hatte. Die eine war, daß Sie mich zu erreichen versuchen. Und ich wußte, daß Sie das nicht konnten, weil Sie keine Möglichkeiten hatten, meinen richtigen Namen herauszufinden. Warum wollten Sie mich übrigens erreichen?»

Trotz aller Bemühungen fiel es ihr nicht ein – das kannte sie sonst nicht an sich. «Ich weiß nicht genau. Ich stieg aus dem Zug und ging in eine Telefonzelle. Es klingt wirklich verrückt.» Sie dachte nach. «Vermutlich, weil allem Anschein nach seltsame Dinge geschehen. Und Sie scheinen sich damit auszukennen.» Sie zögerte wieder. «Sie sagten, Sie hätten mich wegen zweier starker Empfindungen angerufen. Was war die andere?»

«Die andere war ...» Er stockte und sah sie an. «Ich kann es am besten in die Bitte kleiden, vorsichtig zu sein.»

Sie zuckte zusammen. «Warum sagen Sie das?» Es klang schärfer als beabsichtigt, und sie fügte hinzu: «Ich wollte das nicht so schroff sagen, aber es war ... nun ja, ein Schock.»

Seine Erklärung war einfach: «Ich habe das Gefühl, daß Sie einer gefährlichen Zeit entgegengehen.» Und nach einer Minute: «Stimmt das?»

«Ich weiß nicht. Ich hatte – zweimal – einen wirklich schrecklichen Traum.» Sie erzählte ihm davon. Und dann fuhr sie fort: «Jedesmal hat mich etwas geweckt. Das erste Mal, als ich aus dem Fenster schaute, glaubte ich jemanden zu sehen. Und das Fenster ging auf das Dach des Vorbaus hinaus. Ich wohne zur Zeit nicht in meinem Appartement in der Stadt, sondern bei meinem Schwager im Vorort Westchester. Jedenfalls wachte ich auch das zweite Mal plötzlich auf, obwohl ich keine Ahnung habe, warum. Ich bin in die große Diele des Haupthauses gegangen, um nachzusehen, und plötzlich war ich im Schlafzimmer meines Schwagers ...» Sie warf Kramer einen Blick zu. «Er ist in Chicago, und meine Schwester ist in der Klinik, deshalb bin ich dort ...»

Sie verstummte für eine Weile. «Ich wollte gerade erzählen, daß ich in eine Art begehbaren Schrank hineinging, der an das Zimmer anschloß, und darin eine Klappe entdeckte, die zum Dachboden führte. Ich habe sie mit einer Stange aufgemacht. Eine Aluminiumleiter kam herunter, und ich begann hinaufzusteigen ...» Sie stockte. «Es ist schwer zu begreifen, was dann geschah – besser gesagt, nicht was geschah, sondern in welcher Reihenfolge. Ich weiß, daß ich plötzlich haltmachte, als ich auf der drittletzten Sprosse war, gerade als wäre vor mir eine Mauer. Aber ich hatte einfach keine Zeit, das zu verarbeiten, weil ich erneut ein Geräusch von unten hörte. Ich bin beinahe von der Leiter gefallen und habe dabei einen solchen Krach gemacht, daß, falls jemand da war, er mich unbedingt gehört haben mußte. Als ich ins Erdgeschoß kam, war Bones – Rangers Hund – wie üblich in Todesängsten. Das ist bei ihm nichts Ungewöhnliches, er ist neurotisch und noch sehr jung. Mein Neffe Ranger hat ihn ins Herz geschlossen und behauptet, er sei nur schlecht behandelt worden. Jedenfalls war zu diesem Zeitpunkt niemand mehr da. Aber ich konnte das Gefühl nicht loswerden, daß eben noch jemand dagewesen war. Ich habe Bones zu mir ins Bett genommen.»

Sie warf dem Autor einen Blick zu, der verriet, daß sie sich über sich selbst wunderte. «Ich kann nicht verstehen, wieso ich Ihnen das alles erzähle, obwohl ich Sie kaum kenne und Ihnen die näheren Umstände unmöglich bekannt sein können, und noch weniger, warum ich es tue.» Sie lächelte. «Und es fällt mir schwer, von Kramer, dem Autor der Bücher über die Wiedergeburt, Träume und Seelenkräfte, auf den praktischen Arzt Dr. Marker umzuschalten.»

«Warum nennen Sie mich nicht einfach Jed? Das würde das Problem aus der Welt schaffen. So heiße ich allerdings auch nicht. Aber es sind die Anfangsbuchstaben meiner Vornamen Jonathan, Edwards, David.» Er erwiderte ihr Lächeln. «Ja, meine Eltern waren sehr religiös.»

«Wie werden Sie von Ihren Freunden in Kalifornien genannt? Nicht von den Anhängern der Wiedergeburts-Lehre, meine ich, sondern von den anderen.»

«Sie nennen mich alle Jed, wegen der Anfangsbuchstaben. Ich habe mich manchmal gefragt, ob meine Kollegen in der medizinischen Welt – wenn sie meinen Spitznamen Jed kennen – darauf kommen würden, daß ich der Autor Jed Kramer bin, der über Wiedergeburt und verwandte Themen schreibt. Ich hätte mir keine Sorgen zu machen brauchen – Sorgen ist eigentlich zuviel gesagt, ich habe mich nie meiner Ansichten geschämt. Aber ich hatte die Lesegewohnheiten der Ärzte überschätzt. Sie können nichts dafür. Wenn sie mit ihrer Ordination fertig sind, ihre Hausbesuche erledigt und die verschiedenen Fachblätter durchgesehen haben, die sie lesen müssen, haben sie kaum noch Zeit, mit ihren Angehörigen zu sprechen.»

«Sie schaffen das, nicht nur das Lesen – offenbar haben Sie eine Menge über Ihre Themen gelesen –, sondern auch noch Bücher darüber zu schreiben.»

«Richtig. Aber es hat mich sehr dazu gedrängt.»

«Wie bringen Sie das fertig? Schließlich haben auch Sie Ihre Ordination, Ihre Hausbesuche und Fachzeitschriften.»

«Ich stelle mir den Wecker jeden Morgen um eine Stunde früher, als ich normalerweise aufstehen würde.»

«Nur das? Und daraus wurden vier Bücher?»

«Es ist erstaunlich, wieviel man in einer Stunde fertigbringt. Und jetzt als Witwer habe ich sogar noch mehr Zeit. Darin unterscheide ich mich von den meisten anderen Ärzten.»

Kate lächelte. «Sie nehmen das Leben entschieden von der rosigen Seite.»

«Ja, obwohl ich nicht wirklichkeitsfremd bin. Es macht mich glücklicher, mich an die rosige Seite, wie Sie es nennen, zu halten, und wenn ich glücklich bin, diene ich der Menschheit besser. Außerdem neigen die meisten Menschen dazu, so zu sein, wie man sie behandelt. Was Ihren Traum betrifft, so bedeutet er, daß ich recht hatte, Ihnen zu Vorsicht zu raten.» Nach einer kurzen Pause fragte er: «Warum sind Sie im Haus Ihrer Schwester und Ihres Schwagers?»

Kate seufzte. «Ich fange besser ganz von vorne an.» Sie erzählte ihm alles, einschließlich des neuerlichen Anrufes von Dr. McGrath und seines Besuches in ihrer Wohnung.

«Und Sie haben nicht nachgesehen, ob Ihre Nichte zu Hause war?»

«Nein. Als ich schließlich wieder in den ersten Stock ging, hatte ich es vergessen und dachte erst heute morgen wieder daran, als ich schon im Zug saß.»

«Ich verstehe. Und dieser Psychiater scheint zu glauben, daß Ihre Schwester Deborah nicht auf die Behandlung anspricht?»

«Ja.»

«Haben Sie sie besucht?»

«Nein. Ich – ich schäme mich, es einzugestehen. Ich habe ihr immer geneidet, daß sie von allem das Beste bekam, einschließlich ... einschließlich des Mannes, den ich haben wollte. Es ist seltsam», fuhr sie nachdenklich fort, «ich schließe das aus Äußerungen ihrer Tochter Marie und meines Schwagers Paul: sie scheinen zu glauben, daß es andersherum war – daß Deborah ihn nur bekam, weil ich mich von ihm zurückgezogen hatte.» Und wie erstaunlich, daß ich diesem ziemlich komischen Fremden Dinge erzähle, über die ich sonst mit niemandem gesprochen habe, wunderte sie sich.

«Wir sehen die Dinge manchmal so, wie wir sie brauchen, statt so, wie sie wirklich sind oder sich uns zeigen. Und nicht nur Dinge, sondern auch andere Menschen.»

«Sie meinen, ich habe es gebraucht, mich als sitzengelassenes Mädchen zu fühlen?»

Er lächelte. «Nicht so sehr gebraucht. Vielleicht ist es nur eine tief eingewurzelte Denkgewohnheit. Sie haben sich immer als die Benachteiligte gesehen.»

Kate verzog das Gesicht. «Vermutlich.»

«Erzählen Sie mir von Ihren Eltern.»

Und zu ihrer eigenen Überraschung kam Kate diesem Wunsch nach und erinnerte sich dabei an Dinge, die sie vergessen zu haben glaubte.

«Hm», machte Jed.

Er hat die Gabe völlig unsentimentaler Anteilnahme, dachte Kate und schloß: «Das bringt mich auf die Gegenwart. Um Ihre frühere Frage zu beantworten: ich habe Deborah achtzehn Jahre nicht gesehen. Ich war mehr oder weniger entschlossen, sie heute nachmittag zu besuchen.»

«Haben Sie nicht zufällig etwas von Ihrer Schwester da? Irgendeinen Gegenstand?»

«Nein – doch.» Kate stand auf, öffnete eine Schranktür und nahm die Gummistiefel und den roten Regenmantel heraus, die Paul ihr gegeben hatte. «Mein Schwager hat gestern früh darauf bestanden, daß ich sie anziehe.» Sie gab ihm beides. «Werden Sie jetzt in Trance fallen?»

«O nein, nichts dergleichen. Aber manchmal gewinne ich einen klaren Eindruck von einem Menschen, wenn ich etwas in der Hand halte, das ihm gehört.»

Halb belustigt, halb interessiert sah Kate zu, wie er die Stiefel in seinen breiten Händen drehte. Seine runden Augen schienen aus dem Fenster zu starren. Kate spürte eine seltsame Zuneigung, etwas ganz anderes, als sie je für einen Mann empfunden hatte. Er mochte verschroben sein, aber er versuchte, auf seine Weise zu helfen, und das tat er auch, ohne sie mit Psychologie oder einem anderen Wortschwall zu überfallen, gestand sie sich mit einem kleinen Anflug von Dankbarkeit.

«Ihre Schwester ist, glaube ich, in Gefahr.»

«Wie meinen Sie das?»

«Ich bin nicht sicher. Aber ich glaube auch, Sie sollten sie so rasch wie möglich aufsuchen.»

«Na schön. Ich sagte schon, ich habe es für heute nachmittag vor. Was steht noch in Ihrer Kristallkugel?» Warum bin ich plötzlich so kratzbürstig, fragte sie sich. «Entschuldigen Sie. Ich weiß nicht, warum ich das gesagt habe. Ich meine, es ist alles so schwierig und unangenehm. Aber das ist noch lange kein Grund, Leuten den Kopf abzubeißen – besonders wenn sie so hilfsbereit sind wie Sie.»

Er stand auf. «Lassen Sie mich Ihnen etwas über Vorwissen oder die Kristallkugel, wie Sie es genannt haben, erklären. Nein – ich weiß, Sie wollten mich nicht kränken und haben es auch nicht getan. Sie machen jetzt mehr durch, als Sie selbst wissen. Aber wenn jemand Ihnen sagt, daß etwas geschehen wird, sollte er so ehrlich sein hinzuzufügen, daß es fast unmöglich ist zu sagen, ob etwas stattfinden wird oder bereits stattgefunden hat. Und das deshalb, weil es in diesem Bereich, wie wir wissen, die Zeit als chronologisch ablaufendes Band nicht gibt. Vergangenheit und Gegenwart sind dasselbe. Und jetzt leben Sie wohl. Lassen Sie mich hören, was geschieht und wie Sie zurechtkommen. Ich werde noch ein paar Tage im Hotel bleiben. Hier ist meine Klappe, ich habe sie für Sie aufgeschrieben.» Er legte ihr den Zettel auf den Schreibtisch und war fort. Wieder erinnerte er sie an das weiße Kaninchen in ‹*Alice im Wunderland*›.

«Hast du ihm gesagt, daß du mit seinem Buch fertig bist?» fragte Judy von der Tür her. Kate hatte ihr die letzten elf Seiten mit allen Korrekturen zum Schreiben gegeben.

«Nein, das habe ich vergessen.»

«*Vergessen?*»

«Ich wollte, du würdest das nicht in diesem Ton sagen.»

«Worüber habt ihr denn gesprochen?»

«Über Präkognition.»

«Ich verstehe.» Mit einem verdutzten Gesicht verließ Judy das Zimmer.

Kate trat aus dem Bahnhof und stieg in eines der wartenden Taxis. «White Falls Klinik», sagte sie.

Das Krankenhaus war ein frisch verputztes Gebäude hinter hohen Mauern. Es lag einige Kilometer außerhalb des Vororts und war, wie Dr. McGrath gesagt hatte, nicht groß. Aber der Garten sah gepflegt aus, und es gab zahlreiche Bänke und Spazierwege. Das Ganze wirkte sehr friedlich. Kate ging die Freitreppe hinauf, durch eine Glastür und kam zu einer Art Rezeptionspult.

«Ich möchte Mrs. Paul Lamont besuchen», sagte sie.

«Sind Sie verabredet? Ich meine ...» die eher streng aussehende Dame hinter dem Pult lächelte ein wenig, «werden Sie erwartet?»

«Nein.»

«Darf ich Ihren Namen wissen?»

«Kate Malory. Ich bin ihre Schwester.»

«Aha. Bitte einen Augenblick Geduld. Nehmen Sie einstweilen dort Platz, ich sage es Ihnen dann, wenn Sie hinaufgehen können.»

Mit der festen Überzeugung, daß man sie fortschicken werde, setzte sich Kate auf eines der Sofas, die offenbar für Wartende bereitstanden. Da sie nicht nervös scheinen wollte, griff sie nach einer Zeitschrift.

«Sie können jetzt hinauffahren», sagte die Dame am Pult, nachdem sie telefoniert hatte. «Hier, mit dem Aufzug. Fünfter Stock.»

Im fünften Stock empfing sie eine Schwester. «Mrs. Lamont ist in ihrem Zimmer», sagte sie strahlend, «den Korridor entlang, das dritte Zimmer rechts.»

Die Tür war geschlossen. Kate blieb stehen und starrte auf die Visitenkarte, die in dem Rähmchen neben der Tür steckte: «Mrs. Paul Lamont», in feinster Kursivschrift. Unwillkürlich fuhr Kate mit dem Finger darüber. Wie vermutet, war die Schrift eingeprägt. Was für eine Karte wäre wohl sonst für Deborah in Frage gekommen, dachte Kate. Sie war sich bewußt, daß sie dastand und den Entschluß hinausschob, die Hand zu heben und zu klopfen. Einen Augenblick lang dachte sie ganz widersinnig an Deborahs Ankleidekammer und an das schwarze, rechteckige Loch in der Decke, das auf den Dachboden führte. Dann entschloß sie sich endlich zu klopfen.

«Komm herein, Kate.»

Man hatte Deborah also gesagt, wer zu Besuch kam. Das war natürlich und angemessen, machte sie sich klar, als sie nach der Klinke griff. Außer es gab ein Guckloch. Mit der Hand an der Klinke musterte Kate die glatte, weißgestrichene Türfläche. Kein Guckloch. Wurden die Patienten durch Fernsehkameras oder etwas derartiges überwacht? Warum soll ich mich mit diesen Krimifilm-Gedanken herumschlagen, dachte sie und stieß die Tür auf. Sie erstarrte vor Schreck auf der Schwelle.

Nur die großen blauen Augen waren gleichgeblieben. Die massige Frau, die in einem Kleid voller Flecken dasaß, schien nichts mit der Deborah Légère gemein zu haben, an die sich Kate erinnerte. Das Haar, von der Wurzel an 5 Zentimeter graubraun und dann unterschiedlich blond, hing ihr über den Kragen. Sie ist doch jünger als ich, dachte Kate aufgebracht.

«Du brauchst mich nicht so anzuschauen», sagte Deborah. «Ich weiß, ich habe mich verändert. Ich bin krank gewesen.» Das kam etwas schleppend heraus. «Mama war mit 40 schon grau», fuhr sie fort. «Nur ließ sie sich ihr Haar färben, so daß niemand es wußte. Lulu hat es mir gesagt.»

Und damit sind wir wieder dort, wo es begonnen hat, dachte Kate. Zwei Backfische, die einander anfauchen. «Lulu?» fragte sie. Das war Dianes Zofe, eine kräftige, freundlich blickende Negerin und der einzige Mensch im Haus der Légères, für den Kate Liebe und Vertrauen empfunden hatte. Komisch, dachte sie, daß Deborah gerade sie erwähnt. Sie warf ihrer Stiefschwester einen raschen Blick zu und ertappte sie bei einem Ausdruck im Gesicht, den sie längst vergessen hatte, bei einer seltsamen, listigen, geheimen Genugtuung, daß sie mit einer Lüge durchgekommen war.

«Das würde Lulu nie getan haben», erwiderte Kate und schloß die Tür hinter sich.

«Vielleicht war es Lianne.» Das war eine junge Französin, die Diane einmal von einer Reise nach Frankreich mitgebracht hatte, um Lulu durch sie zu ersetzen.

«Ja», bestätigte Kate und trat näher. «Das ist wahrscheinlicher. Solche Sachen hat Lianne mit Wonne erzählt, besonders wenn du sie dazu aufgestachelt hast.»

Deborahs Lachen war gleich geblieben. Sooft Kate die abgedroschene Phrase «ein melodisches Lachen» untergekommen war, hatte sie sich daran erinnert. Sie war gewillt, diese Phrase für eine sinnlose Metapher zu halten – außer bei Deborah: ihr Lachen hatte eine natürliche Melodik.

«Dein Lachen, Deborah, klingt immer noch wie eine Spieldose.»

«Es war das einzige, was du an mir gemocht hast. Warum setzt du dich nicht?»

Kate nahm auf dem einzigen Sessel, der noch im Zimmer stand, Platz. Es war ein hübscher Raum mit hellblauen Wänden, Aquarellen und blau-gelb bedruckten Vorhängen. Das Bett sah eher wie eine Chaiselongue aus denn ein Spitalbett, es gab Bücherregale, einen Schreibtisch, und den Boden bedeckte ein blau-beiger Teppich. Eine halboffene Tür gab den Blick ins Bad frei: ein Waschbecken, ein Arzneischränkchen, etwas, das einem an der Wand befestigten Drahtkorb glich, und ein Bord, auf dem ein Parfumflakon, Talkumpuder und anderes stand, das Kate nicht deutlich erkennen konnte.

«Nicht schlecht für eine Klapsmühle, was?» sagte Deborah.

«Gewiß nicht.» Kate begann zu begreifen, was Judy mit dem Ausdruck «abwesend» gemeint hatte. In gewissem Sinn wirkte Deborah völlig klar. Ihre Gespräche hatten immer etwas Hinterhältiges gehabt, das Aufeinanderloshacken zweier Stiefgeschwister, das manchmal ärger war als das unter richtigen Schwestern, in gegenseitigem Mißtrauen, in Feindseligkeit und Rivalität. Zusammengebracht hatte sie die Marotte verwitweter Elternteile, die aus persönlichen Gründen beschlossen, die Haushalte zusammenzulegen. Aber eine andere Eigenschaft Deborahs fand Kate beunruhigend. Es war, als lebe sie größtenteils in einer anderen Welt. Kate bemühte sich, das Gespräch zurück auf das Hier und Jetzt zu bringen. «Wie geht es dir, Deborah? Wie fühlst du dich? Wann, glaubst du, kannst du nach Hause kommen?»

«Nach Hause», wiederholte Deborah. Ihr Ausdruck wandelte sich. Ohne genau zu wissen warum, war es Kate klar, daß Deborah in diesem Augenblick ganz da und vernünftig war.

«Marie und Ranger lassen grüßen», sagte Kate, in dem Gefühl, daß diese Worte angemessen und vermutlich auch richtig waren. «Es geht ihnen gut.»

«Kate ... ich habe mich wirklich bemüht, eine gute Mutter zu sein. Aber ...» Deborahs große blaue Augen füllten sich mit Tränen.

«Ich weiß», sagte Kate in tiefem Mitgefühl.

«Als ich krank wurde ... da habe ich es versucht, aber ...»

«Wann bist du krank geworden?»

Deborah rieb sich die Stirn. «Vor einem ... vor zwei Jahren.»

Und meinst du geistig oder körperlich krank, wollte Kate fragen, unterließ es aber.

Deborah versank in Schweigen und ruckte schwerfällig auf ihrem Sessel hin und her. Sie wirkt unruhig, dachte Kate. Dann stand Deborah auf. «Entschuldige», sagte sie, ging ins Bad und schloß die Tür.

Kate schaute sich im Zimmer um. Dafür, daß ein Mensch es schon zwei Monate bewohnt, dachte sie, ist es seltsam unpersönlich geblieben. Es gab keine Fotos, Papiere, Bücher oder Zeitschriften.

Man hörte die Spülung, dann wurde ein Wasserhahn geöffnet und wieder geschlossen. Deborah kam aus dem Bad, Mund und Kinn noch naß, als hätte sie Wasser getrunken. Kate erhaschte einen Blick auf das Becken und den Drahtkorb, bevor Deborah die Tür schloß.

«Hm, durstig», sagte sie und wischte sich das Gesicht mit der Hand ab. Dann setzte sie sich. Eine Minute lang schwiegen beide. Immer noch wie betäubt vor Mitleid und Schreck über den Zustand Deborahs, zerbrach sich Kate den Kopf, worüber sie in den nächsten Minuten sprechen könnten. Alles erschien unklug – Paul, der wirkliche Zustand der Kinder, die Situation im Haus, sogar Bones. Verstohlen schielte Kate auf ihre Uhr und sah, daß erst achtzehn Minuten vergangen waren. Noch fünf, dachte sie, und ich kann gehen. Sie blickte Deborah an, die zum Fenster hinaus in den dämmrigen Himmel starrte.

Warum wird mir, seit ich hereingekommen bin, immer unbehaglicher zumute? fragte sich Kate. Sie hatte die durch nichts zu begründende Empfindung, als sei irgend etwas anderes ins Zimmer gekommen. Dann stellte sie beinahe erschreckt fest, daß sie an Jed dachte. Für einen kurzen Augenblick schien er fast ebenso greifbar zu sein wie Deborah. Habe ich mich von seinen verrückten Theorien anstecken lassen? schalt sie sich. Nun ja, ich habe ihn angerufen …

Plötzlich fragte Deborah: «Hat Paul dich geschickt, mich auszuhorchen?»

Kate fuhr zusammen. «Nein, natürlich nicht. Was meinst du mit aushorchen?»

«Er will nicht, daß ich wieder nach Hause komme. Er will mich hier sterben lassen.»

«Deborah, das glaubst du doch nicht im Ernst? Wie kannst du so etwas Schreckliches sagen?»

«Du bist noch immer in ihn verliebt!»

«Nein, ganz und gar nicht. Und außerdem, er hat doch … Ach Unsinn!»

«Oh, ich weiß von seiner Geliebten, dieser Angela. Das hat nichts zu sagen. An keiner von ihnen lag ihm sehr viel – außer an dir.»

Tief innerlich gab es Kate einen bittersüßen Stich. Aber sie wußte, es war mehr die Erinnerung an den Einfluß, den Paul einst auf sie ausgeübt hatte, als der derzeitige Zustand. Es war das gekränkte Kind, das darauf reagierte. Mit einem seltsamen Gefühl der Überraschung stellte sie fest, daß das Kind nun erwachsen und geheilt war. Ziemlich nüchtern sagte sie: «Du meinst, da waren noch mehr? Andere Geliebte neben Angela?»

«Natürlich. Paul hat sich nicht geändert. Er hatte immer gern zwei oder drei nebeneinander. Aber der einzige Mensch, den er wirklich begehrte, warst du.»

Diesmal hatten die Worte keinerlei Wirkung auf sie. Sie wußte, das traf in keiner Weise zu. «Deborah – das stimmt einfach nicht.»

«Doch! Du willst mir was vormachen. Ich weiß, was los ist. Ihr beide steckt unter einer Decke. Ihr wollt mich umbringen. Paul will mein Geld haben. Dann werdet ihr beide heiraten. Und ihr werdet meine Kinder umbringen, damit sie das Geld nicht bekommen. Ich kenne dich. Du glaubst, ich weiß das nicht. Aber ich weiß es schon lange. Du und Paul, ihr habt das klammheimlich ausgemacht. Alle diese Geliebten waren nur Tarnung für dich, damit, wenn ich tot bin, niemand dich verdächtigt. Aber ich weiß ...»

«Deborah!» Es war unglaublich, unfaßbar. Kate schrie fast, schlug mit der Hand auf die Armlehne ihres Sessels. «Was ist mit dir los? Du warst nicht so, als ich hereinkam!»

Tödliche Angst verzerrte Deborahs Gesicht. «Ich glaube, ich verliere den Verstand», flüsterte sie, «Kate, hilf mir!»

Jäher Schrecken durchzuckte Kate. Für einen Augenblick hatte sie den Eindruck, als erspähe sie zwischen den Falten verhüllender Vorhänge hindurch die Wirklichkeit, und reagierte darauf mit fast körperlichem Grauen und Mitleid.

«Deborah ...» stammelte sie.

Dann glättete sich Deborahs Gesicht so rasch, daß Kate an dem zu zweifeln begann, was sie gesehen oder zu sehen geglaubt hatte. Deborah fuhr mit der Hand unter das Kissen ihres Bettes, das neben ihrem Sessel stand. Erst hinterher wurde Kate klar, daß Deborah auf eine Klingel gedrückt hatte, die an ihrem Bett befestigt war.

Als die Pflegerin hereinkam, schrie Deborah: «Befreien Sie mich von dieser Frau! Sie bedroht mich. Ich habe Angst. Ich will sie nie wieder sehen. Befreien Sie mich ...» Ihre Stimme begann sich zu überschlagen.

«Kommen Sie, Miss.» Kate fühlte eine Hand an ihrem Ellbogen. Wohl oder übel mußte sie aufstehen, dann riß sie sich los. «Ich brauche nicht hinausgeführt zu werden», sagte sie. «Ich bin durchaus fähig, aus eigener Kraft zu gehen.» Sie wandte sich an Deborah. «Ich wollte nur sagen ...»

Der Schrei, der sie unterbrach, war entsetzlich. Er kam, ein Mittelding zwischen einem Gebrüll und einem Heulen, aus Deborahs Kehle, ihr Mund wölbte sich dabei wie ein Trichter. Dann ging er in ein anhaltendes Kreischen über. Kate wurde zur Tür gezerrt. Sobald sie und die Pflegerin im Korridor waren, hörte das Schreien auf.

«Sie hätten sie nicht so aus der Fassung bringen dürfen, Miss Malory», sagte die Pflegerin vorwurfsvoll. «Sie sind ihre Schwester, und da dachten wir, die Patientin würde sich nicht so aufregen.»

«Ich habe nichts gesagt, worüber sie sich hätte aufregen können. Ich ...»

Das Schreien begann von neuem.

«Kommen Sie», sagte die Pflegerin und griff abermals nach Kates Ellbogen.

«Nehmen Sie Ihre Finger von mir! Ich gehe ja schon!»

Kate spürte förmlich den Blick der Pflegerin im Rücken, als sie zum Aufzug zurückging und den Rufknopf drückte. Die Schwester hinter dem Pult schaute sie vorwurfsvoll an. Kate drückte nochmals auf den Knopf, und als sie den Aufzug immer noch nicht kommen hörte, ein drittes und ein viertes Mal. Endlich kam er, und die Tür öffnete sich. Kate stieg erleichtert ein.

Unten angekommen, ging sie zur Empfangsdame an der Rezeption. «Wo finde ich Dr. McGrath?»

«Möglicherweise in seinem Arbeitszimmer. Aber – er besucht auch oft seine Patienten hier im Haus. Soll ich ihn rufen?»

Kate überlegte. «Ja. Ich möchte ihn gern sprechen.»

«Sie können sich dort hinsetzen, während ich ihn zu erreichen versuche», sagte die Empfangsdame, während sie eine Nummer auf ihrem Tischapparat wählte.

«Danke vielmals, ich stehe gern. Ich sitze sonst fast den ganzen Tag.»

«Wie Sie wollen», erwiderte die junge Frau mit einem Ausdruck äußersten Mißfallens.

Kate blieb stehen und gab vor, in dem Nachmittagsblatt zu lesen, das sie aus New York mitgebracht hatte. Die Empfangsdame murmelte etwas in die Muschel. Dann senkte sie den Hörer und fragte: «Ihren Namen, bitte?»

«Kate Malory.»

«Miss oder Mistress oder was sonst?»

«Miss.»

«Miss Malory», sagte die junge Frau sanft in die Muschel. Aber ihre Augen blickten höchst vorwurfsvoll. «Dr. McGrath kommt gleich», sagte sie mißbilligend. «Bitte nehmen Sie im Warteraum Platz.»

Aber in diesem Augenblick öffnete sich die Tür des Aufzugs, und Dr. McGrath erschien. «Miss Malory», begann er steif, «bitte kommen Sie in mein Arbeitszimmer.»

Die Ausstattung und Größe dieses Raums überraschte Kate. Bücherregale bedeckten die eine Längswand, Aktenschränke die andere. Auf dem Schreibtisch sah sie einen Fotorahmen und fragte sich, ob darin das Bild seiner Frau steckte. Hatte er je von ihr gesprochen? Oder von einem Kind? Nein, nur von Azuzena, der Familienkatze.

«Ich war gerade bei Deborah», erklärte Kate.

«Ich weiß.»

«Da Sie offenbar gehört haben, daß ich oben war, lege ich auf die Feststellung Wert, daß ich nichts, aber auch gar nichts getan habe, um Deborah aufzuregen. Es ging allein von ihr aus.» Kate barg ihr Gesicht in den Händen. «Ich verstehe einfach nicht, was mit ihr los war, was da oben gerade geschehen ist.»

«Sie brauchen mir nichts zu erklären. Ich habe dasselbe mit ihr erlebt.»

«Ich würde gern wissen, was dahintersteckt. Zuerst schien sie geistesabwesend, dann normal – schwermütig, aber durchaus vernünftig. Und auf einmal drehte sie durch. Einen wirklich erschrekkenden Augenblick lang schien sie zu merken, was mit ihr vorging, und sie flehte mich um Hilfe an, aber dann geriet sie völlig außer sich. Sie fing von Paul und mir an und behauptete, Paul wolle sie umbringen, damit er mich heiraten könne. Sie tat seine Geliebte – und eine Reihe früherer Freundinnen – als belanglos ab. Dann kam sie zurück auf Paul und mich und behauptete, ich sei die einzige Frau, die er je geliebt habe. Doktor, es war gespenstisch! Selbst unter der Annahme, daß mich meine eigene Erinnerung trügt – die ihre hatte keinerlei Beziehung zu dem, was einigermaßen als Tatsache bezeichnet werden könnte. Und dabei habe ich das höchst eigenartige Gefühl, daß sie bei all diesem unsinnigen Geschwätz genau wußte, was sie tat.»

«Ja. Nehmen Sie Platz.» Er ging zu einem anderen Stuhl und setzte sich. Plötzlich sah er müde und erschöpft aus. Die Vitalität und Energie, die sie an ihm erlebt hatte, schien weitgehend geschwunden zu sein. «Ich hatte das gleiche Gefühl.» Er nahm einen Bleistift vom Schreibtisch und drehte ihn in den Fingern. «Über einen gewissen Punkt hinaus können wir nicht wissen, was echt ist und was nicht – was immer dahinterstecken mag. Es gibt Zeiten, in denen sie völlig verwirrt erscheint, andere, in denen sie wie ein spielendes Kind wirkt, wieder andere, in denen man sie für vernünftig hält. Ich weiß nicht, was ich dazu sagen soll. Wenn man einmal die Art der Störung bei einem Patienten kennt, lassen sich die meisten in bestimmte Kategorien einordnen. Das klingt wie schlechtester Bürokratismus. Aber in einem gewissen Umfang ist das Verhalten von

Menschen – selbst geistig gestörter Menschen – vorhersagbar. Nicht jedoch bei Deborah. Deshalb habe ich gesagt, daß sie auf die Behandlung nicht anspricht. Und deshalb wollte ich, daß Sie sie besuchen.» Er blickte auf. «Ist sie sehr anders, als Sie sie in Erinnerung haben?»

«Hätte ich nicht gewußt, daß sie es ist, glaube ich kaum, daß ich sie erkannt hätte. Sie muß sehr krank sein.»

Er seufzte und stand auf. «Ja. Ich fahre jetzt nach Hause. Kann ich Sie irgendwohin mitnehmen?»

Kate gab sich einen Ruck. Der niederschmetternde Eindruck war schwer abzuschütteln. «Ja, danke. Ich hätte ein Taxi rufen müssen.»

«Ich bin in einer Minute bereit.»

Der Arzt ging zu einer Tür hinter dem Schreibtisch, öffnete sie und schloß sie wieder hinter sich. Unfähig, sich zu beherrschen, stand Kate auf, nahm den Fotorahmen vom Schreibtisch und drehte ihn um. Das Bild zeigte eine attraktive, intelligent aussehende Frau in den Dreißigern mit einem etwa zwölfjährigen Jungen, der Dr. McGrath sehr ähnlich sah. Kate hielt das Foto noch in der Hand und starrte darauf, als der Arzt zurückkam. Mit einem Schuldgefühl wie ein beim Naschen ertapptes Kind, oder schlimmer noch, wie ein seinen neuesten Schwarm anhimmelnder Teenager stellte Kate das Foto zurück. «Sie ist reizend», sagte sie und kam sich dabei albern vor.

«Ja.» Er schaute nicht auf. «Wir sind geschieden. Ich behalte das Bild, weil es David zeigt. Es ist das beste, das ich von ihm habe. Kommen Sie.» Er hatte seinen weißen Mantel gegen ein Tweedjakkett vertauscht. Kate ging vor ihm aus dem Zimmer. Als sie an der Rezeption vorbeikamen, sagte er zu der Empfangsdame: «Ich gehe jetzt nach Hause und bin dort zu erreichen, wenn ich gebraucht werde.»

«Ja, Dr. McGrath», erwiderte sie. Ihr Blick glitt zu Kate hinüber, bevor er sich wieder auf die Schreibmaschine senkte.

Ein eleganter Wagen parkte auf der rechten Seite der Zufahrt. Höflich hielt Dr. McGrath Kate die Tür auf, bevor er einstieg. Sie schwiegen während der Fahrt, als der Wagen aber in die Hauptstraße einbog, sagte Kate: «Ich weiß nicht warum, aber es hat mich überrascht, sowohl von Paul wie von Deborah zu hören, daß Marie und Ranger sie oft besuchen. Ich finde das nett von ihnen.»

«Ja, Marie besucht sie jeden Tag, und Ranger etwa zweimal in der Woche. Wie kommen Sie im Haus zurecht?»

«Es geht. Die Kinder sind eine Spur weniger feindselig als zu Beginn. Zu meiner Überraschung habe ich festgestellt, daß ich sie recht gern mag. Aber ich muß sagen, dort zu schlafen ist bedeutend weniger erfreulich.»

«Was meinen Sie damit?» Seine Stimme war plötzlich scharf und erinnerte sie an den Augenblick, als er vor der Tür ihrer Wohnung gestanden hatte. Der Wagen machte einen Satz nach vorn.

«Daß ich von Geräuschen geweckt werde – woher haben nur das Land und die Vororte ihren Ruf, Oasen der Stille zu sein? Ich verschlafe Sirenen und die sanften Geräusche von Leuten, die einander in der Nachbarwohnung belehrende Vorträge halten, aber etwas, das in der Nacht herumpoltert, läßt mich auffahren und mir die Haare vor Angst zu Berg stehen.»

Er lachte. Der Wagen verlangsamte sein Tempo. «Was hat Sie auffahren lassen?»

«Ich weiß nicht. Ich dachte einmal in der Nacht, ich hätte ein Geräusch gehört, und stand auf. Da stellte ich fest, daß das Dach des Vorbaus unter einem meiner Fenster ist – nicht gerade ein sehr beruhigender Gedanke. Außerdem habe ich eine Schattengestalt sich bewegen sehen. Als dann Paul mich deswegen verspottete, kam ich mir ein wenig albern vor. Das schlimmste waren meine Träume – einer zumindest war ein richtiger Alptraum.»

«Oh, und warum?»

Kate erzählte.

«Im Gegensatz zu manchen Psychiatern messe ich den Träumen keine allzu große Bedeutung bei. Der Ihrige scheint mir nur der Ausdruck einer Angst zu sein, vermutlich in besonderer Beziehung zu Ihrem Aufenthalt im Haus der Lamonts, wo Sie lieber nicht wären. Wir sind da.»

Kate schaute hinaus. McGrath hielt am Gehsteigrand. «Ich habe Ihnen übrigens noch nicht gedankt, daß Sie gekommen sind», sagte er eher förmlich. «In Anbetracht Ihrer diesbezüglichen Gefühle übersteigt Ihre Anwesenheit im Haus jede Form freundschaftlicher Verpflichtung. Soll ich Ihnen nicht lieber etwas verschreiben, damit Sie besser schlafen?»

«Nein, danke. Das Stärkste, was ich nehme, ist ein Aspirin.»

«Wie vernünftig!»

«Es ist schon spät», sagte Kate und fühlte sich durch den Schock der vergangenen Stunde noch immer etwas verwirrt. Sie öffnete die Tür. «Gute Nacht, und danke für das Nachhausebringen.» Sie schlug die Tür zu und ging rasch zum Haus, seltsam erleichtert, daß der Arzt im Wagen blieb.

7

Als sie in die Küche kam, war Marie gerade dabei, das schmutzige Geschirr in die frisch reparierte Spülmaschine zu ordnen, mit der gleichen trotzigen Miene wie immer, stellte Kate fest.

«Tut mir leid, daß ich so spät komme», sagte Kate, und nach einer kurzen Pause: «Ich habe heute deine Mutter besucht.»

Marie murmelte etwas, stellte einen grob gesäuberten Teller in die Maschine und griff nach einer Pfanne.

«Was hast du gesagt?» fragte Kate.

«Ich habe gesagt: eine Wucht.»

«Was meinst du damit?»

«Ich meine, großmächtigen Dank der Gnädigen.»

Marie erwartete so offensichtlich eine scharfe Zurechtweisung, daß es fast lachhaft war oder gewesen wäre, hätte sich Kate nicht bestürzt daran erinnert, daß sie das schon einmal irgendwo von irgendwem gehört hatte. Aber von wem? Im nächsten Augenblick durchzuckte sie ein neuer Schock, denn sie selbst war es gewesen, die einst aufsässig zu Diane gesagt hatte: «Ich habe es satt, für dich den Affen der Gnädigen zu machen.» Und sie sah die Szene so lebhaft vor sich, als laufe vor ihr ein alter Film ab. Das war 1955 gewesen, und sie war in Pullover, Rock und flachen Sportschuhe vor Diane Légère gestanden, die ihr anbot ... was anbot? Die Ironie dabei war, daß sich Kate nicht mehr daran erinnern konnte. Das war auch belanglos. Unvergessen blieb die wütende Auflehnung dagegen, das Objekt für Dianes Mildtätigkeit, für ihren unverschämten (wie Kate es sah) Fimmel, die Großzügige zu spielen, unvergessen auch, wie übel sie es Diane genommen hatte, daß sie ihr so teure Kleider kaufte, Kaschmirpullover ... lauter Dinge, die einem das Gefühl gaben, nicht geliebt, sondern von oben herab angesehen zu werden.

Seltsam, dachte Kate. Es war wirklich seltsam, daß sich nun in der Person Maries diese Situation wiederholte. Zum erstenmal konnte sie erkennen, daß Diane vielleicht wirklich bestrebt gewesen war, die Freundschaft, wenn schon nicht Liebe des schwierigen, widerborstigen Mädchens zu gewinnen, das ihre Stieftochter geworden war.

«Es ist komisch, Marie», sagte sie, «aber irgendwie hast du mich, wohl unabsichtlich, dazu gebracht, deine Großmutter – und auch mich selbst – mit anderen Augen zu sehen. Vor etlichen Jahren habe ich ihr mehr oder weniger dasselbe gesagt wie du eben, wenn sie mir etwas schenken oder etwas für mich tun wollte. Ich war immer der Meinung, daß irgendeine verheerende Sucht, groß anzugeben, sie dazu veranlaßt hatte. Sie ist nun schon lange tot, aber wo immer sie sein mag, ich entschuldige mich dafür.»

«Keine Ahnung, wovon du sprichst», erwiderte Marie, immer noch bockig.

«Ich hatte ihr vorgeworfen, die Großmütige zu spielen, geradeso wie du mich eben abfällig die Gnädige genannt hast, weil ich deine Mutter besucht habe.» Kate nahm Marie die Pfanne aus der Hand und begann sie mit einem Küchentuch abzutrocken. «Es war keineswegs eine Gnade von mir. Wenn ich sie bisher nicht besucht habe … nun ja, sehr rühmlich ist es nicht für mich, wenn ich es gestehe, aber vermutlich war ich immer eifersüchtig auf sie.»

Marie, die auf dem Sprung gewesen war, das Weite zu suchen, griff nach einer weiteren schmutzigen Pfanne auf der anderen Seite der Spüle und tauchte sie in das Wasser im Becken.

«Pfannen gibst du anscheinend nicht in den Geschirrspüler», sagte Kate.

«Das geht nur bei den neueren. Das hier ist eine alte.» Marie machte sich mit einem Scheuerlappen an die Arbeit. Dann fragte sie: «Wegen Daddy?»

«Ja. Deine Mutter war sehr schön, und ich kam mir vor … so etwa wie ein Wechselbalg im Vergleich zu ihr.»

Marie blickte zu ihr hinüber. «Etwa wie das Aschenbrödel?»

«Mehr oder weniger. Bar jeden Reizes. Und wenn dann deine Mutter hereinkam, warf sie deinem Vater einen schmachtenden Blick zu und sagte: ‹Guten Abend, Mr. Lamont› in einem Ton, der den ärgsten Hagestolz verführt hätte.»

Der mürrische Ausdruck in Maries Gesicht wich für einen Augenblick einem Lächeln.

Kate wollte sich schon beglückwünschen, daß sie anscheinend einen gewissen Kontakt zu ihrer Nichte gewonnen hatte, als erneut Abwehr das Gesicht des Mädchens verdüsterte.

Plötzlich zog Marie den Stöpsel aus dem Becken, spülte ihre Hände ab, trocknete sie und murmelte dabei: «Entschuldige, daß wir mit dem Essen nicht gewartet haben.»

«Das macht doch nichts.» Ein wenig verwundert versuchte Kate Maries Gesicht zu sehen, aber das Mädchen hatte ihr den Rücken zugewandt. «Habe ich etwas Falsches gesagt?» fragte sie.

«Aber nein», erwiderte Marie brummelig und ging zur Küchentür. Sie war schon halb draußen, als Kate sagte: «Ist Ranger oben?»

«Wo sonst?»

«Und Bones?»

«Auch bei ihm oben.» Marie zögerte. «Jedenfalls danke für deine Fürsprache bei Daddy, daß Ranger Bones behalten darf.»

«Gern geschehen. Ich mag Bones. Er wird noch ein hübscher Hund. Übrigens, ich habe nicht nach der Herzogin und ihrer Familie geschaut. Geht es ihr gut? Man hat mir gesagt, daß man bei einer Katzenmutter mit Jungen nicht zuviel herumtun soll, sonst würde die Mutter sie anderswohin tragen. Deshalb habe ich nicht in der Schachtel neben dem Kühlschrank nachgesehen.»

Marie wandte sich halb um. «Sie hat ...»

«Ja?»

«Sie hat sie schon anderswohin getragen.»

«Oh? Hoffentlich sind sie dort sicher.»

Für einen Augenblick ging ein strahlendes Lächeln über Maries Gesicht. «Du wirst davon überzeugt sein, wenn du sie entdeckst. Tschüss.» Und damit war sie fort.

Mit dem Gefühl, ihrer Nichte ein wenig nähergekommen zu sein, durchstöberte Kate den Kühlschrank nach etwas Eßbarem. Offenbar war Paul ein guter Familienvater geworden. Kate fand frische Würstchen und Salat. Nach kaum zehn Minuten setzte sie sich zu Würstchen mit Erbsen, Pilzen und Salat plus Kaffee. Eine halbe Stunde später wusch sie die benutzte Pfanne, gab Teller und Besteck in die Spülmaschine und schaltete sie ein. Dann ging sie hinauf in ihr Zimmer.

Unterwegs klopfte sie an Rangers Tür.

«Was ist los?» rief er.

«Ich bin's. Kate Malory.»

«Oh.» Geräusche von einem zurückgeschobenen Stuhl, von Füßen und Pfoten, dann öffnete sich die Tür einen Spalt. Oben erschien Rangers Gesicht, unten Bones' Schnauze.

«Alles in Ordnung?» fragte Kate.

«Klar, prima. Und danke, daß du mit Bones geholfen hast.

Willst du hereinkommen? Ich halte die Tür nur so, damit er nicht hinausläuft.»

Eigentlich hatte Kate als erstes ein heißes Bad nehmen wollen. Aber da Ranger zum erstenmal zugänglich zu sein schien, sagte sie: «Gern, für einen Augenblick. Ich wollte gerade ins Bad.»

Maries Zimmer war ein Abbild der sechziger Jahre gewesen, das von Ranger machte mit den an die Wand geklebten Fotos und Drukken fast den Eindruck eines Zoos. Kaum ein Stück der Wand war frei von Bildern, die offenbar aus Büchern, Zeitungen, Illustrierten und Kalendern stammten. Alle Tiere waren vertreten, zahme und wilde. Da gab es Hunde, Katzen, Pferde, Tiger und Elefanten, eine halbe Wand war den Vögeln gewidmet, eine andere halbe den Reptilien und eine dritte halbe den Insekten. Mit einem raschen Blick ringsum stellte Kate fest, daß Hunde verschiedener Farbe, Größe und Abstammung einschließlich der ihnen nah verwandten Wölfe dominierten, dicht gefolgt von Pferden und Katzen.

«Ich finde deine Tiere hübsch», sagte Kate, irgendwie überrascht, daß sie es wirklich so empfand. Komisch, dachte sie, ich habe mir doch nie viel aus ihnen gemacht – jedenfalls bewußt.

«Hast du einen Hund?» fragte Ranger.

«Nein.»

«Oder eine Katze?»

«Nein.»

«Wundert mich – wenn du doch Tiere magst.»

Kate dachte über diese Feststellung nach. Beth Malory hatte nichts für Natur, die sich bewegte, übrig gehabt. Sie fand, daß Tiere schmutzig, Bazillenträger und ganz allgemein unerträglich waren. Und Diane Légère wollte sie auch nicht in ihrem Haus dulden. Sie hatte einmal gesagt: «Ich lasse meine Sessel nicht in Frankreich tapezieren, damit sie mir dann ein flohgeplagtes Mistvieh zerkratzt.»

Warum erinnerte sich Kate daran? Diane hatte das nicht zu ihr gesagt. Plötzlich tauchte vor ihren Augen das Bild einer ungewöhnlich zerzausten, tränenüberströmten Deborah mit einem verdreckten rötlichgelben Kätzchen in den Händen auf. Was war mit ihm geschehen? Sie hatte es nie wiedergesehen.

«Ich denke gerade daran, wie deine Mutter mit einem Kätzchen heimkam, das sie irgendwo gefunden hatte und behalten wollte. Aber ihre Mutter hat es ihr nicht erlaubt.»

«Na, dann sollte man wohl meinen, daß sie mit Bones einverstanden wäre und ihn und die Herzogin im Haus duldet», fuhr Ranger auf.

Kate ging zu dem Bild eines Löwenjungen und betrachtete es. «Eine Erfahrung dieser Art in der Jugend kann einen Menschen zu einer von zwei konträren Einstellungen bringen. Entweder er rebelliert und umgibt sich mit Tieren, sobald er eine eigene Bleibe hat. Oder er paßt sich an und übernimmt das Vorurteil. Das hat vermutlich deine Mutter getan. Sie macht gerade eine schwere Zeit durch, Ranger. Versuch wenigstens, sie nicht zu hart zu beurteilen.»

Wieder fuhr er auf: «Du weißt nicht, wie gemein sie zu Bones war! Sie ... sie hat ihn verprügelt. Und nicht nur einmal.»

Bones selbst war hinter Kate hergekommen und schaute mit einem seelenvollen Blick zu ihr auf. Dann stellte er sich auf die Hinterbeine und versuchte, ihr das Gesicht zu lecken. Während Kate ihn streichelte und bestrebt war, seinen allzu leidenschaftlichen Liebesbezeigungen zu entgehen, sah sie wieder jenen runden Mund vor sich, aus dem ein langgezogener, schreckeneinflößender Schrei gekommen war. Es war schwer, etwas zur Verteidigung dieser sich so seltsam gebärdenden Deborah zu sagen. Aber irgendwo gab es auch die Deborah mit dem Kätzchen und die Deborah, die sich selbst nicht als die alles für sich beanspruchende Prinzessin fühlte, die Kate in ihr gesehen hatte. «Sag mir», begann sie plötzlich, «erinnerst du dich an eine Zeit, in der deine Mutter lieb und warm und lustig war?»

Ranger starrte sie eine Minute lang an. «Ja-a», gestand er schließlich, «als ich noch klein war. Manchmal ist sie mit Marie und mir zu einem Picknick an einen See in der Nähe gefahren. Dort haben wir gesessen oder gespielt. Mal habe ich jemanden dazu einladen dürfen, mal Marie. Von Mami habe ich auch die Liebe zu den Tieren gelernt. Das war bei einem Picknick. Ein Freund, den ich mitgebracht hatte, und ich quälten ein Backenhörnchen, das wir gefangen hatten. Mami sagte, wir sollten es laufen lassen, und als wir heimkamen, hat sie mir aus einem Buch über Backenhörnchen vorgelesen. Komisch. Das hatte ich ganz vergessen.»

«Siehst du, das meine ich. Sie kann auch anders sein, und in der letzten Zeit war sie einfach nicht sie selbst. Sehr oft tun wir alle nicht besonders nette Dinge, wenn wir wütend oder verängstigt sind.»

«Wovor sollte Mami Angst haben?»

«Keine Ahnung. Leute können sich wegen allem möglichen ängstigen – Erwachsene ebenso wie Kinder. Manchmal ist der Grund dafür nur eingebildet und manchmal real. Aber die Angst ist dieselbe.»

Ranger hatte wortlos zugehört. Dann zog er eine Lade auf und nahm eine Bürste heraus. «Komm her, Bones, laß dich bürsten.»

Kate wußte, daß sie jetzt eigentlich gehen und ihn dabei allein lassen sollte, doch sie blieb stehen, an den Schreibtisch gelehnt, und sah zu, wie der Junge die Bürste in festen Strichen über Bones' gelbbraunes Fell führte.

Und dann fragte Ranger zu Kates Überraschung: «Glaubst du, daß jemand Mami etwas gibt? Ich mein so etwas wie eine Droge, wie in den Filmen, um ihre Persönlichkeit zu verändern?»

Es war eine völlig absurde Idee. Aber ... «Wie kommst du darauf, Ranger?»

«Sie ist so seltsam. Jedesmal, wenn man sie besucht, ist sie anders.»

«Und deshalb meinst du, daß ihr jemand irgend etwas gibt.»

Er schaute nicht auf. «Eigentlich habe ich davon geträumt.»

«Was hast du geträumt?»

Er schob Bones herum und begann mit dem Bürsten der anderen Seite. Offenbar war der Hund darüber begeistert. Er hielt mit hocherhobener Schnauze und fast geschlossenen Augen still. «Also, das war so», begann Ranger. «Ich hatte einen schauerlichen Traum. Mir träumte, daß Mami in ihrem Zimmer neben einem Tischchen voller kleiner Fläschchen und Schachteln saß – solche, in denen die Apotheker Pillen verkaufen. Irgendwie hat sie aus jedem Fläschchen einen Schluck genommen und aus jeder Schachtel eine Pille in den Mund gesteckt und geschluckt. Dann ist jemand in ihr Zimmer gekommen, und als ich mich umschaute, konnte ich ihn nicht erkennen. Wer es auch war, er ist inmitten einer großen Rauchsäule gestanden. Und ich habe geschrien: Paß auf, Mami, er will dich verbrennen! Und als ich wieder zurückschaute, lag sie im Sterben, das heißt, sie lag auf dem Boden und stöhnte: Ich habe nicht gewußt, daß es Gift war! Und dann ist dieser in Flammen und Rauch gehüllte Mann auf sie zugegangen und auch auf mich, und da habe ich im Traum geschrien. Nur habe ich da wirklich geschrien, und Marie hat mich wachgerüttelt.»

«Anscheinend ist das hier ein Haus voll seltsamer Träume», sagte Kate.

«Wieso? Hast du auch einen gehabt?»

«Ja, mir hat geträumt, man würde mich lebendig begraben.»

«Ach du meine Güte!»

«Deine Mutter ist in Behandlung, Ranger. Das ist nicht dasselbe, wie wenn man ihr etwas geben würde, um ihre Persönlichkeit zu ändern.» Oder war es vielleicht doch so? Es wurde ihr immer klarer, wie wenig sie über die Maßnahmen zur Wiederherstellung von Deborahs Gesundheit wußte. Sie lehnte noch am Schreibtisch, als Ranger plötzlich ihre Gedanken mit einer Frage unterbrach.

«Hast du was mit dem Doktor?»

Kate war zuerst starr, dann entspannte sie sich und erwiderte erheitert: «Nein. Warum fragst du?»

«Weil ich gesehen habe, wie ihr ankamt. Dann saßet ihr noch eine Weile im Wagen und saht sehr vertraut aus. Die Auffahrt ist gerade vor dem Fenster, und auch eine Straßenlaterne. Ich habe nicht spioniert. Wenn man zufällig hinausschaut, sieht man alles, ob man will oder nicht.»

«Von Spionieren war keine Rede. Nein, ich habe nichts mit dem Doktor. Wäre dir das nicht recht?»

«Jetzt ist es genug, Bones. Ich bürste dich morgen wieder, wenn ich daran denke.» Ranger befreite die Bürste von den Haaren und legte sie zurück in die Schublade. «Ich mag ihn nicht.»

«Warum magst du ihn nicht?»

«Weiß nicht. Er tut so komisch.» Pause. «Einmal ist er hergekommen, als Mami krank wurde. Bones hat ihn ebenfalls nicht gemocht.»

«Na, gegen mich war Bones zuerst auch ziemlich abweisend. Ich meine, das ist kein so unfehlbarer Test wie mit Lackmuspapier.»

«Was ist Lackmuspapier?»

«Um die Wahrheit zu sagen, das weiß ich auch nicht genau. Es ist irgendein chemischer Test, der einem genau sagt, ob etwas so oder anders ist. Jedenfalls ist das zu einer ständigen Redensart geworden – für unfehlbare Tests.»

Rangers graublaue Augen, die denen seines Vaters so sehr glichen, hingen an Kates Gesicht. «Bones hat nur Angst vor dir gehabt, weil er dich nicht kannte. Dr. McGrath hat er nicht gemocht. Das ist ein Unterschied.»

«Vielleicht liegt der Unterschied darin, daß ich Zeit hatte und dablieb und ihm schöntun konnte, bis er mich mochte», sagte Kate.

«Du magst offenbar den Doktor», erwiderte Ranger. «Das habe ich befürchtet.»

Kate ärgerte sich und hatte Mühe, es nicht zu zeigen. Dann wedelte Bones mit seinem buschigen Schwanz, kam zu ihr und setzte sich plötzlich.

«Siehst du», sagte Ranger stolz, «das tut er nur bei Leuten, die er mag.»

Kate lachte, beugte sich vor und streichelte Bones. «Seine Rippen stehen nicht mehr so heraus», sagte sie und richtete sich auf. «Nein, Bones, du brauchst nicht hysterisch zu werden. Jedenfalls, Ranger, du machst es schon richtig. Gute Nacht.»

Sie war bereits an der Tür, als Ranger sagte: «Du bist doch nicht böse?»

Als sie daraufhin den Kopf wandte, entdeckte sie, daß er ihr ängstlich nachsah. Da wurde ihr bewußt, daß er erst zwölf war und die konsequente ausgewogene Betreuung durch eine Mutter entbehren mußte und daß er, ob er es wußte oder nicht, sehr darunter litt.

«Nein, ich bin nicht böse», sagte sie, ging zu ihm hinüber und schloß ihn in die Arme.

Zu ihrer beträchtlichen Überraschung erwiderte er diese Zärtlichkeit und hauchte ihr einen scheuen Kuß auf die Wange. «Ich hab dich lieb», sagte er.

«Ich dich auch! Gute Nacht!» Lächelnd verließ sie das Zimmer.

Was Marie gemeint hatte, entdeckte sie, als sie sich auszuziehen begann und in den Schrank griff, um ihren Rock aufzuhängen. Ein leises Miau drang an ihre Ohren. Sie forschte nach. Zuerst konnte sie nichts entdecken, denn Deborah hatte offenbar diesen Schrank benutzt, um darin alte Kleider, Bettdecken und Vorhänge verschiedener Art aufzubewahren. Aber dann kauerte sie sich nieder und spähte unter die Kleider. Da, an der Rückseite des Schrankes, hatte die Herzogin ihre Familie untergebracht, nachdem es ihr gelungen war, als Unterlage einen Pullover herabzuzerren. Die Herzogin miaute wieder und sah sie, wie Kate meinte, ängstlich an. «Ist schon gut, Herzogin», flüsterte sie und erhob sich. Dann schloß sie die Schranktür bis auf ein paar Zentimeter. Nach einigem Nachdenken nahm sie eine Porzellanschale, die offenbar als Aschenbecher gedacht war, wusch sie aus, füllte sie mit frischem Wasser und plazierte sie vor der Schranktür. Dann nahm sie ein Bad, stellte den

Wecker auf 2 Uhr 30 und kletterte mit einem dicken Manuskript ins Bett, fest entschlossen, darin zu lesen, bis der Wecker klingelte.

Als er das schließlich tat, wachte sie auf und entdeckte, daß sie bei vollem Licht und mit dem auf Seite 103 aufgeschlagenen Manuskript im Schoß eingeschlafen war. Immerhin habe ich 100 Seiten geschafft, dachte sie.

Barfuß stieg sie aus dem Bett, warf ihren Schlafrock über und ging in die Diele hinaus. Diesmal hatte sie keine Mühe, das Herrenschlafzimmer zu finden. Dort machte sie Licht, ließ die Rolladen herunter und ging in die Ankleidekammer. Sie nahm die Stange, fuhr mit dem Haken in die Öse an der Klappe zum Dachboden und zog. Und zog noch einmal. Die Klappe rührte sich nicht. Kate starrte erschreckt hinauf, als ihr das Naheliegende dämmerte: Jemand hatte sie versperrt.

«Wo ist das Kramer-Buch?» fragte Dick, als er am folgenden Montag hereinkam. «Ich habe sagen hören, du seist fertig damit, aber in der Setzerei ist noch keine einzige Seite, und die Zeit wird knapp.»

«Es ist beim Schreiben», sagte Kate. Mit den Füßen auf einer herausgezogenen Lade ihres Schreibtisches, war sie eifrig dabei, eine langatmige Saga der Napoleonischen Feldzüge durchzusehen.

«Kramer hat also alle Änderungen und Korrekturen gutgeheißen?»

«Er wollte sie nicht einmal sehen. Er hat gleich zugegeben, daß er nicht schreiben kann, und mir – und dem Verlag – gedankt, daß wir es für ihn tun. Er hätte nicht netter sein können.»

«Na, das ist gut. Wir haben keine Zeit, uns lange mit den Sonderwünschen eines Autors herumzuschlagen. Es mag ein lausiges Buch sein ...»

«Es ist kein lausiges Buch.»

«Nicht, nachdem du es überarbeitet hast. Ich meinte vorher.»

«Es war auch da kein lausiges Buch. Er ist nur kein Schriftsteller und behauptet auch nicht, einer zu sein.»

«Wie nett er auch sein mag, jeder, der auf ein so verschrobenes Zeug hereinfällt, muß beklopft sein. Er glaubt es wahrscheinlich selbst nicht, weiß nur, was gerade zieht. Wie Barnum sagt ...»

«Das ist eine empörende Beschuldigung, Dick. Er glaubt es wirklich. Er hat mir gesagt, daß sämtliche Tantiemen an eine Stiftung gehen. Er verdient auch so genug mit ...» Gerade rechtzeitig erinnerte sich Kate an Jeds Pseudonym und daran, wie sehr es seiner ärztlichen Praxis schaden konnte, wenn bekannt wurde, daß er über seine esoterischen Theorien Bücher schrieb.

«Warum sprichst du nicht weiter? Was ist er von Beruf – nein, sag es mir nicht. Laß mich raten. Ist er ein Astrologe? Ein Wünschelrutengänger?»

«Ich werde es dir nicht sagen, Dick. Es muß ein Geheimnis bleiben.»

«Nanu – du redest ja plötzlich ganz anders. Du hast dich doch mehr als alle anderen über diesen komischen Vogel lustig gemacht. Judy sagt, er war da. Wie sieht er aus? Der verkörperte Sex-Appeal?»

Kate sah wieder den dicklichen Doktor vor sich. «Ich halte dicht. Du bekommst das Manuskript, sobald es fertig getippt ist. Verschwinde jetzt. Ich arbeite an einem anderen überfälligen Buch.»

«Ich werde Judy fragen», meinte Dick. «Sie wird es mir nicht vorenthalten.» Und damit ging er.

Eine Stunde später schlenderte Joel herein. Er hatte sich seit dem letzten Gespräch ein wenig rar gemacht, was Kate bis zu diesem Augenblick kaum zu Bewußtsein gekommen war.

«Hallo, du seltener Gast», sagte sie. «Warst du verreist? Hinter Autoren her, mit Vertrag und Füllfeder in der Hand?» Sie lächelte ihn an. Irgendwie sah er verändert aus.

«Das war ich und habe mit ein paar abgeschlossen, an denen du vielleicht interessiert sein wirst.»

«Sind sie für so dumme Menschen wie mich lesbar geschrieben?»

«Wenn du Schund meinst ...»

«Nein, mein Lieber. Ich meinte nur lesbar. Du siehst anders aus. Ich frage mich, warum.» Sie neigte den Kopf zur Seite.

«Ich habe mir die Haare schneiden lassen. Jemand hat mir gesagt, je mehr ich einem Bankbeamten ähnlich sähe, um so besser würde ich dir gefallen.»

«Das war geflunkert wie üblich. Ja, es macht einen großen Unterschied. Und wenn das ist, was man einen Bankbeamten-Haarschnitt nennt, dann habe ich bisher einen ganzen Schwung von Männern vernachlässigt, die ich schon längst kennen sollte.»

Es war erstaunlich, wie anders er aussah. Der wilde Schopf war gebändigt oder glattgestriegelt oder sonst was. Von Natur aus war sein Haar eher gewellt als wirr und kraus. Jetzt, da es (ziemlich) kurz geschnitten war – über den Ohren und hinten nicht allzu lang –, sah Joel älter aus, etwas weniger hager im Gesicht und seltsamerweise weniger reif. Vielleicht lag es auch an dem weißen Hemd und der gestreiften Krawatte unter dem Tweedjackett in Verbindung mit dem gesitteten Haarschnitt. Aber eine so konservative Aufmachung unterstrich nur die seltsame Jungenhaftigkeit, die ihm noch immer anhaftete. Er erinnerte Kate an all die Schüler in den sechziger Jahren, die zu den verschiedenen Protestmärschen zusammengeströmt waren. So viele trugen die gängige Uniform – schmutzige Jeans, zerrissene Leibchen, ungewaschenes Haar –, und wenn sie den Mund auftaten, sprachen sie allesamt das gepflegte Englisch der Oberschicht.

«Wie wär's mit einem gemeinsamen Abendessen?»

Kate wollte schon ablehnen, doch dann zögerte sie. Warum sollte sie nicht mit ihm essen gehen? Es wäre eine nette Alternative zu der Möglichkeit, für drei zu kochen oder einen hastigen Imbiß neben dem Fernsehen einzunehmen. «Ja, gern.»

Sein Gesicht verzog sich zu einem breiten Grinsen. «Wir können um halb sechs zu einem Aperitif losziehen und dann weitersehen.»

«Solange du nicht vergißt, daß ich spätestens um 8 Uhr den Vorortezug erwischen muß.»

«Was geschieht dann? Verwandelst du dich dann in eine piekfeine Dame oder zu einem lockeren Mädchen?»

«Ich werde wieder zu einer müden, unausgeschlafenen und daher wahrscheinlich schlecht gelaunten Lektorin. Ein Pendlerdasein ist wesentlich ermüdender, als alle diese alten Zeitschriften zugeben wollten.»

«Welche Zeitschriften?»

«Die mit Lügenmärchen über Jungverheiratete in den Vororten voll waren. Du hast sie nicht mehr gekannt, du warst damals gerade erst auf die Welt gekommen.»

«Wieso weißt du dann von ihnen? Ich nehme es dir nicht ab, daß du mit acht oder zehn Jahren schon Grüne-Witwen-Postillen gelesen hast.»

«Ich war frühreif.»

«Rückständig ist wahrscheinlicher.»

Kate seufzte. «Joel – im Interesse unseres Abends meine ich, du solltest jetzt lieber verschwinden. Die Auspizien sind sonst nicht günstig.»

«Das alles kommt nur daher, daß dein Verlangen nach mir deinen Sinn für Schicklichkeit zu überwältigen droht. Eigentlich möchtest du mir schmachtend in die Arme eilen. Nachdem du vorher natürlich die Tür zugesperrt hast.» Er lächelte strahlend.

«Joel Green, mir scheint, du hast dich von deinen ernsthaften und wichtigen Romanen, die die Krebsschäden der heutigen Gesellschaft bloßlegen, beurlaubt und dich auf Romanzen gestürzt.»

«Oh, ich kann, wenn ich will, durchaus glühende Reden schwingen. Ich hole dich gegen halb sechs ab.»

Während sich Kate wieder an ihre Arbeit machte, fand sie die Idee eines Abendessens mit Joel erfreulich und mehr noch die Aussicht, erst so spät wie möglich nach Meadowbrook zurückzukehren, auch wenn sie dann am nächsten Morgen unausgeschlafen war.

«Ich habe dieses Lokal immer besonders entspannend gefunden, wenn mir die Arbeit über den Kopf wuchs», sagte Joel, als er sie in ein bekanntes Restaurant mitten in Manhattan führte. Es hatte eine eher männliche Atmosphäre mit seiner langen Mahagonibar und den weißgedeckten Tischen im Hintergrund. «In meinen Träumen beginnt die Verführung immer hier.»

Kate wollte gerade sagen, daß die Sache, was sie betraf, auch hier enden würde, beschloß aber dann, zunächst keinen lauten und bissigen Protest zu erheben, bevor die Andeutungen nicht unmißverständlicher wurden.

«Stimmt, es hat etwas Verführerisches», bestätigte sie friedlich.

Joel war beim zweiten Glas, Kate noch beim ersten, als er sagte: «Was für ein Typ ist Kramer? Von der Empfangsdame und auch von deiner Judy habe ich erfahren, daß er da war. Ich dachte, er wäre in Kalifornien bei all den anderen ...»

«Verrückten?»

Joel grinste: «Ja, sozusagen auf der Suche nach Gleichgesinnten.»

«Mit dieser Einstellung würdest du es in Kalifornien nicht weit bringen.»

«Mag sein. Ich habe kein Verlangen danach. Würdest du wollen?»

«Was wollen?»

«Einen Abstecher nach Kalifornien machen.»

«Nein.»

Joel stützte den Ellbogen auf die Theke und musterte Kate. «Warum wirst du dann rot?»

«Werde ich doch nicht.»

«Dann solltest du schleunigst einen Termin mit deinem Arzt vereinbaren. Anscheinend bist du von einer seltenen Krankheit befallen, deren erste Symptome gerötete Wangen sind. Hast du Fieber?» Er befühlte mit dem Handrücken ihre Wange. «Hast du nicht gewußt, daß ich im letzten Semester Medizin war, als ich darauf kam, daß meine Berufung eher darin bestand, die Kultur Amerikas zu retten, als das Leben seiner Bürger?»

Sie unterdrückte die fast automatische Reaktion, seine Hand fortzustoßen. Wenn es wirklich ihre Hauptsünde war – wie sie es Gott beim Heruntergehen auf der Kirchentreppe gebeichtet hatte –, daß sie nach niemandem Verlangen hatte, so bescherte Er ihr in Seiner Weisheit eine Reihe von Erfahrungen, die es ihr ermöglichten, die Probe aufs Exempel zu machen. Sachte griff sie nach seinem Handgelenk und befreite sich.

«Nicht, Joel. Ich mag keine Annäherungsversuche, während wir in einem Lokal sitzen. Das schickt sich nicht.»

«Warum gehen wir dann nicht zu dir nach Hause?»

«Weil ich derzeit nicht zu Hause wohne, sondern in einem unserer berühmten Vororte, wo ich die Kinder meiner Schwester hüte.»

«Ich würde es mir viel lieber mit dir vor deinem Kamin gemütlich machen.»

«Du verwechselst mich mit jemand anderem. Ich habe keinen Kamin. Der steht wohl bei einer deiner Geliebten. Und gerade das überzeugt mich, daß ich – trotz deiner Versicherungen – dir nicht das Herz gebrochen, sondern nur deine Eitelkeit gekränkt habe.»

«Und dabei habe ich mir nur für dich die Haare schneiden lassen.»

«Vermutlich eher deshalb, weil deine Frisur nicht mehr modern war. Der Bankbeamtenschnitt – wie du es nennst – ist wieder ‹in›.»

Joel winkte dem Barmixer. «Noch einmal dasselbe.»

«Okay, Joel», sagte Kate, «aber gehen wir damit zu einem Tisch. Das Wissen, daß ich einen Zug erreichen muß, wirkt hemmend auf mich.»

Eine halbe Stunde später, als sie noch immer an ihrem zweiten Glas nippte und Joel schon sein viertes geleert hatte, wurde endlich ein Zweiertisch an der Wand für sie frei.

«Ich bin halb verhungert», sagte Kate. «Der Gedanke an ein Essen, das jemand anderer gekocht hat, macht mir schrecklich Appetit.»

Sie bestellten. Joel zündete sich eine Zigarette an. «Du hast meine Frage nicht beantwortet. Was für ein Mensch ist dieser Spinner?»

«Welcher Spinner?» fragte Kate scharf, obwohl sie die Antwort wußte.

«Dein großer Bestsellerautor Kramer.»

«Er ist kein Spinner. Er ist ein netter Mann, und ich mag ihn.»

«Du magst ihn, weil er es auf eine Auflage von 90000 bringt. Jeder, der so verschrobenes Zeug schreibt ...»

«Das ist es nicht, sonst würde ich mich nicht damit abgeben.»

«Na hör mal, Kate, was ist in dich gefahren? Ich habe doch selbst gehört, wie du es so genannt hast.»

Das stimmte. Kate stocherte in ihrem Essen. «Er hat ein Recht auf seine Theorien. Und wenn er einen Verleger hat, der ihn herausbringt ...»

«Verleger sind unweigerlich an Büchern interessiert, die sich gut verkaufen. Du weißt –»

«Joel, unser Abend hat so nett begonnen, willst du ihn uns verderben? Ich mag Kramer. Vielleicht ist er gar nicht ein solcher Spinner, wie wir alle dachten. Ende der Debatte.»

«Dick behauptet, du hättest ein backfischhaftes Interesse für ihn an den Tag gelegt», brummte Joel düster. «Ich weigere mich, es zu glauben.»

«Dick hat eine ausschweifende Phantasie», widersprach Kate, «und zeigt es oft. Das hast du selbst gesagt und fast jede Woche bei den Lektoratsbesprechungen wiederholt.»

«Und dabei ist diese Bezeichnung mit dem Cul de Paris aus der Mode gekommen.»

«Woher willst du das wissen, außer natürlich, wenn du die Wiedergeburt eines Wüstlings bist, der an seinen Ausschweifungen gestorben ist?»

Joel blähte sich entzückt auf. «Du bist eifersüchtig!»

«Dein Steak wird kalt.»

Einige Minuten lang widmeten sie sich schweigend dem Essen. Kates Gedanken kreisten, wie schon mehrfach während des Tages, um die versperrte Bodenklappe. Konnte sie sich geirrt haben, und die Tür hatte nur geklemmt? Irgendwie wußte sie, daß das nicht wahr sein konnte – sie hatte sich das erste Mal so leicht öffnen lassen. Wer hatte sie dann versperrt? Ranger schied aus, dachte sie – er konnte sicher nichts damit zu tun haben. Also blieben Paul und Marie. Paul war in Chicago. Dann kam nur Marie in Frage, Marie mit ihrer trotzigen Ablehnung. Für eine kurze Weile hatte Kate am vergangenen Abend den Eindruck gehabt, als schwinde die Mauer, hinter der sie sich verschanzte. Freundschaft war aufgekeimt. Dort, bei der Spülmaschine, hatte sie fast wie jede andere attraktive Halbwüchsige gewirkt, so aggressiv, wie Kate es in diesem Alter lange gewesen war. Wenn sie die Falltür versperrt hatte, was war dann der Grund dafür? Joels laute und eindringliche Stimme riß sie plötzlich aus ihren Gedanken.

«... nicht daß ich dich in deinen Meditationen stören will», sagte er eher ärgerlich, «aber wenn du immer noch die Absicht hast, den Achtuhrzug zu deinem gloriosen Vorort zu erreichen, wirst du den ganzen Weg rennen müssen.»

Kate schaute auf die große Wanduhr. Mit dem späteren Zug, das wußte sie, würde sie erst um 10 Uhr 30 das Haus der Lamonts erreichen. «Wiedersehen», sagte sie, «und danke für die Einladung.» Sie hatte ihren Mantel erst halb angezogen, als sie schon draußen auf dem Gehsteig war und zu laufen begann.

Sie erreichte den Zug, der losfuhr, noch bevor sie einen Platz gefunden hatte. Dann setzte sie sich, ein wenig außer Atem und befriedigt darüber, daß sie noch zu einem so sportlichen Galopp fähig war. Um fünf nach neun öffnete sie die Haustür.

Bones, nunmehr ihr Freund, begrüßte sie mit heftigem Wedeln seines buschigen Schwanzes. Kate ging in die Küche. Dort schien alles genau wie am Morgen zu sein, als sie das Haus verlassen hatte. Natürlich konnten Marie und Ranger gegessen und nachher alles so sauber fortgeräumt haben, daß keine Spur mehr davon zu sehen war. Aber das kam ihr unwahrscheinlich vor. Außerdem war Bones' Napf blitzsauber, und seinem Herumschnüffeln und Winseln zufolge, das nach Hunger klang, erschien es ihr höchst zweifelhaft, daß er etwas zu fressen bekommen hatte.

Das gab Kate einen ersten Anflug von Sorge. Daß Ranger seinen so heißgeliebten Hund nicht gefüttert haben sollte, sah ihm nach allem, was sie von ihm wußte, so gar nicht ähnlich.

«Wo ist dein Herrchen, Bones?»

Bones, der in der kurzen Zeit, seit sie ihn kannte, schon etwas rundlicher geworden war, sprang herum und wedelte heftig. Kate ging zurück in die Halle, hängte ihren Mantel in die Garderobe und stieg die Treppe hinauf. Weder Ranger noch Marie waren da. Minutenlang kämpfte Kate mit einem wachsenden Schuldgefühl. Ich hätte nicht auswärts essen sollen, dachte sie. Paul hatte es ihr überlassen, sich um die Kinder zu kümmern, und obwohl sie der Ansicht war, daß er sich um die Verantwortung drückte, hatte sie sich dazu bereit erklärt. Das schloß aus, daß sie zu einem fröhlichen Abendessen mit einem Freund in der Stadt blieb, ohne Ranger und Marie anzurufen und sie nach ihren Plänen zu fragen. Warum hatte sie nicht angerufen?

Weil, wie sie sich auf dem Weg zu ihrem Zimmer vor sich selbst entschuldigte, die beiden durchaus zufrieden schienen, sich selbst um ihr Essen zu kümmern, wenn sie erst später kam – und es vielleicht sogar lieber hatten. Trotzdem hätte sie anrufen sollen.

In ihrem Zimmer machte Kate Licht und zog die Schranktür gerade weit genug auf, um nach der Herzogin und ihren Jungen sehen zu können. Alles schien in Ordnung zu sein, die vier Kleinen nuckelten eifrig an den Zitzen ihrer Mutter. Die Herzogin begann zu schnurren, allmählich immer lauter, wegen des erfreulichen Appetits ihrer Sprößlinge oder wegen Kates Anteilnahme, das war nicht zu unterscheiden. «Laßt es euch gut schmecken, Kätzchen», sagte Kate.

Als sie das Zimmer verließ, um hinunterzugehen, bemerkte sie amüsiert, daß die Herzogin ihr auf leisen Pfoten folgte. Es war mehr als wahrscheinlich, daß auch sie etwas zu fressen wollte.

Kate ging in die Küche und fütterte beide, Bones und die Herzogin. Dann kratzte Bones an der Tür. Kate zog ihren Mantel an, befestigte die Leine am Halsband des Hundes und führte ihn zu einem kurzen Spaziergang hinaus. Vorher hatte sie sich gefragt, ob die Herzogin wohl Zugang zu ihrem Katzenklo hatte, wo immer es sein mochte, doch dann entdeckte sie einen Durchschlupf in der äußeren Küchentür. Und in diesem Augenblick stieß die Herzogin auch schon die Klappe mit dem Kopf auf und verschwand nach draußen.

Der Weg um einen Häuserblock in einem Vorort stellte sich als umständlicher heraus, als Kate gedacht hatte. Eigentlich wollte Bones in seiner neugewonnenen Gesundheit und Zuversicht frei laufen. Da Kate sich nicht darauf verlassen konnte, daß er ihr gehorchte, und auch keine Ahnung hatte, auf welche Worte – wenn überhaupt – er dressiert war, wagte sie es nicht, ihn von der Leine zu lassen. Außerdem, dachte sie mürrisch, während sie fast im Laufschritt weitergezerrt wurde, bevorzugten Vorstädter offenbar entweder schmale Seitenpfade oder gar keine. Jemandem, der Manhattans rechtwinkelige Anlage gewohnt war, erschienen die unregelmäßig gesetzten Häuserblocks der Peripherie schwer überblickbar. Zweimal fand sich Kate mit Bones an Kreuzungen, die sie vorher noch nie gesehen hatte. An einer Ecke wollte sie gerade jemanden in einem geparkten Auto um Auskunft bitten, als der Mann den Motor aufheulen ließ und davonpreschte. «Herzlichen Dank», murmelte Kate. Das nächste Mal, wenn sich jemand über die Unhöflichkeit der New Yorker beklagte, würde sie aus eigener Erfahrung einiges dagegen zu sagen haben. Anscheinend wußte aber Bones, wohin er wollte, und so ließ sie sich von ihm führen, ohne sich allzu viele Gedanken zu machen. Etwa zwanzig Minuten später standen sie plötzlich wieder vor dem Haus der Lamonts.

«Guter Hund», sagte sie anerkennend. So sehr sie auch wünschte, wieder in ihrer eigenen Wohnung zu sein, wirkte doch in dieser völlig unbekannten Gegend die vertraute Fassade auf sie wie ein Zuhause.

Als Kate die hintere Eingangstür öffnete, erklang der Ruf: «He, Bones!»

Begeistert stürzte sich Bones auf Ranger, der vor ihm niederkniete und die Arme um ihn schlang, als habe er befürchtet, dachte Kate belustigt, daß sein Liebling in einer schrecklichen Gefahr gewesen sei.

«Wir sind nur um den Block gegangen», sagte sie, während sie die Leine losmachte. «Übrigens, wo hast du gesteckt? Ich war in Sorge, als ich merkte, daß dein Freund nichts zu fressen bekommen hatte.»

«Ich war bei Don.»

Kate empfand eine neue Anwandlung von Schuldgefühl, wie es ihr nun schon niederschmetternd vertraut war. Wenn sie früher aufgestanden ... früher schlafen gegangen wäre ... wenn sie nach ihrer nächtlichen Eskapade rascher hätte einschlafen können und dann eher aufgewacht wäre ...

«Ich wollte, du hättest eine Nachricht hinterlassen.»

Ranger rappelte sich hoch, erwiderte aber nichts. Kate fand, daß er ein wenig blaß aussehe. Sie wollte ihn nicht schelten, so fragte sie nur: «Ob wohl Marie inzwischen zu Hause ist? Vielleicht ist sie heimgekommen, während ich mit Bones fort war. Weißt du es, Ranger?»

«Sie ist nicht da. Komm, Bones, ich geb dir was zu fressen.»

«Ich habe ihn schon versorgt und ausgeführt, wie du eigentlich wissen könntest, nachdem ich gerade erst zurückgekommen bin. Weißt du, wo Marie ist?»

«Nein, woher soll ich das wissen?»

Das kam so sehr in seiner früheren Art heraus, daß Kate fast bestürzt war. «Bist du wegen irgendwas böse?»

«Nein, aber wieso soll ich wissen, was mit Marie los ist? Ich meine – schließlich ist sie älter als ich. Und dazu ein Mädchen.»

Kate warf einen kurzen Blick auf ihn. Bildete sie es sich nur ein, oder war er wirklich noch bleicher geworden?

«Du bist vielleicht nicht böse, aber sicherlich widerspenstig. Ich habe doch nur ganz sachlich gefragt. Es wäre durchaus im Bereich der Möglichkeit, daß du weißt, wo deine Schwester ist.»

«Komm, Bones, wir gehen hinauf.»

«Einen Augenblick.» Kate stand vor ihm und legte ihm die Hand auf die Schulter. «Ich dachte, wir wären Freunde.»

«Sicher. Na und? Ich muß hinaufgehen.» Er schob ihre Hand fort und verließ fast überstürzt die Küche, gefolgt von Bones.

Kate starrte ihm nach. Sie hatte noch gar nicht richtig erfaßt, wie sehr sich sein Verhalten geändert hatte, als er schon wieder in seine alte Art zurückgefallen war. Aber da sie beide Kinder erst seit so kurzer Zeit kannte, war es ihr zu ihrem Leidwesen unmöglich zu unterscheiden, ob dieses Auf und Nieder von Feindschaft zu Umgänglichkeit und wieder zurück zu Feindschaft für Ranger charakteristisch war oder ob sich etwas ereignet hatte, das ihn bewog, wieder seine frühere Haltung einzunehmen. Sie befürchtete, daß es das letztere war. Und wenn ja, was war geschehen? Hatte Paul angerufen? War er heimgekommen? Wann sollte er zurück sein? Sie konnte sich nicht genau daran erinnern. Und das war seltsam. Sollte sie nicht wie ehemals die Tage und Stunden bis zum Wiedersehen zählen? Was bedeutete ...?

Es bedeutete, daß irgendwann zwischen dem Augenblick, da sie ihn zum erstenmal nach so vielen Jahren wiedergesehen hatte – mit dem vertrauten Herzklopfen –, und jetzt etwas Unglaubliches geschehen war. Die Vernarrtheit in Paul, die sie seit ihrem zwölften Lebensjahr wie ein Spuk verfolgt und jede Beziehung zu einem anderen Mann beeinträchtigt hatte, war von ihr gewichen. Sollte sie sich demnach nicht frei und entspannt fühlen statt leer und elend?

Als erstes, entschied sie, war es nötig, herauszufinden, wann Paul heimkommen sollte. Sie ging hinauf und klopfte bei Ranger.

Als er zur Tür kam und sie nur einen Spalt öffnete, war Kate sicher, daß er geweint hatte. Statt nach Pauls Rückkehr zu fragen, sagte sie: «Was ist los, Ranger? Ich weiß, etwas ist dir über die Leber gelaufen.» Sie versuchte, die Tür weiter zu öffnen, aber Ranger hatte den Fuß fest dahintergestellt.

«Ich hab's dir schon gesagt. Mir fehlt nichts.»

«Ich sehe doch, daß du geweint hast.»

«Ach nur so, mir ist was ins Auge geflogen.»

«Laß mich nachschauen.»

«Nein. Ich muß arbeiten. Du mischst dich dauernd in alles ein. Laß mich in Ruhe!»

Ehe sie merkte, was geschah, hatte sich die Tür mit einem Ruck geschlossen. Das war nicht sehr geschickt von mir, dachte sie. Und immer noch wußte sie nicht, wann Paul zurückkommen sollte. Es rasch herauszufinden, war wichtig – und nicht nur wegen der Dauer ihrer Anwesenheit im Haus. «Schon gut, Ranger», rief sie durch die Tür, «entschuldige, wenn du meinst, ich stecke meine Nase in deine Angelegenheiten. Ich werde es nicht wieder tun. Eigentlich wollte ich von dir nur hören, ob du weißt, wann dein Vater zurückkommt. Ich vergaß, ihn zu fragen.»

Zögernd kam die Antwort: «Vielleicht Ende der Woche.»

«Weißt du den genauen Tag nicht?»

«Er wußte es selbst nicht.»

«Ja, aber ...»

«Ich habe zu arbeiten.»

Sie seufzte. «Schon gut.»

Nun fühlte sie sich noch wesentlich verlassener und unglücklicher. Langsam ging sie in ihr Zimmer zurück, beunruhigt durch eine Beklemmung, die sie nicht loswerden konnte. Trotz Rangers Anwesenheit fühlte sie sich im Haus seltsam allein, allein und ungeschützt. Ungeschützt wovor? fragte sie sich, während sie duschte.

Die Beklemmung wich auch nicht, als sie im Bett saß und an der Napoleonischen Saga weiterarbeitete. Lag das nur daran, daß sie Marie nicht heimkommen gehört hatte? Vielleicht hatte sie es nur während des Duschens überhört.

Kate schwang die Beine aus dem Bett, tastete nach ihren Pantoffeln, band den Gürtel des Schlafrocks fester und ging zurück in die Halle. Sie klopfte an Maries Tür, aber es kam keine Antwort. Als auch ein zweites Klopfen erfolglos blieb, stieß sie die Tür auf und mußte sich erst wieder an den schockierenden Anblick gewöhnen, wie beim erstenmal. Da war der Mönch inmitten der Flammen. Sie zuckte unwillkürlich zusammen und dachte, daß er sicher unbeschreibliche Schmerzen empfinden müsse – oder war es ihm gelungen, sich so von der Welt zu lösen, daß er allem Schmerz und Gefühl entrückt war? Als sie Licht machte, leuchtete die Stehlampe wieder rhythmisch grell auf. Diesmal ging Kate hin und fand nach einigem Suchen einen Schalter. Es war eine Erholung für die Augen, als sie ihn betätigte. Nun brannte nur noch das Deckenlicht, und der Raum wirkte nicht mehr exotisch und bizarr, sondern bloß ungemütlich. Das Bettzeug war zusammengerollt und aufgeräumt. Die Bambusjalousien hingen herab. Räucherstäbchen steckten in kleinen Schalen mit Sand und verbreiteten einen süßlichen Duft. Für einen Augenblick abgelenkt, fragte sich Kate, warum sie so anders rochen als der Weihrauch, der bei so vielen Hochämtern, denen sie beigewohnt hatte, benutzt wurde. Gelegentlich mußte sie einen Priester fragen – wenn sie je noch einmal mit einem sprach.

Das Zimmer war nicht in der üblichen Weise möbliert. Den Schreibtisch ersetzte eine Anordnung roher Bretter auf Unterlagen, die wie hochkant gestellte Orangenkisten aussahen, von denen eine als Bücherstellage diente, eine zweite offenbar einen großen Stapel T-Shirts enthielt und eine dritte ein wildes Durcheinander von Schachteln, Flaschen und Taschenbüchern. Besaß Marie – dieses Wohlstandskind in einem eleganten Vorort – nichts anderes? Und wie überholt das alles aussah. Der ganze Stil stammte unübersehbar aus den späten sechziger Jahren, bestenfalls aus dem Anfang der siebziger. Neugierig öffnete Kate die Schranktür. Daß Marie jedesmal, wenn Kate sie gesehen hatte, Jeans und ein T-Shirt getragen hatte, lag nicht am Mangel an Kleidung. Der Schrank war voll mit Blusen, Pullovern und Röcken, die zu zweit und zu dritt auf Bügeln hingen. Sicher, da gab es nur ein Kleid – ein langes, aus einem altmodisch wirkenden, bedruckten Baumwollstoff. Aber hatte Kate selbst mit siebzehn ... also 1954 etwas anderes besessen als Röcke, Blusen und Pullover? Das Rad drehte sich und kam wieder an den gleichen Punkt zurück. Fast, nicht ganz. Es war mehr eine Spirale.

Wieso fiel ihr dabei Jed Kramer und seine Zeittheorie ein? Was würde er zu all dem sagen? Kate schaute auf die Uhr – Viertel vor elf. Marie sollte längst zu Hause sein – obwohl sie schon oft viel länger ausgeblieben war. Aber das war zu der Zeit gewesen, ehe ihr Vater zurückgekommen war und alles in Ordnung gebracht hatte. Um jemanden anzurufen, war es zu spät.

Kate machte das Licht aus und schloß die Tür. Um sich zu vergewissern, daß Marie tatsächlich nicht heimgekommen war, während sie selbst in der Duschkabine keine Geräusche von außen hören konnte, ging Kate ins Erdgeschoß hinunter und schaute dort in alle Räume. Dann stieg sie wieder hinauf, ließ aber die Lampen brennen.

In ihrem Zimmer sah sie im Schrank nach der Herzogin. Ja, sie war da, und ihre vier Kleinen schliefen satt und friedlich in einem pelzigen Knäuel. Lächelnd ging Kate wieder ins Bett und versuchte, sich auf ihr Manuskript zu konzentrieren. Aber das frühere Unbehagen kehrte nun verstärkt zurück. So lächerlich sie es auch fand, sie konnte das Gefühl nicht abschütteln, allein in einem leeren Haus an der Ecke einer verlassenen Vorortstraße zu sitzen.

«Das bildest du dir nur ein», sagte sie laut und zwang ihren Blick zurück auf Seite 129. Dann blieb ihr vor Schreck fast das Herz stehen. Neben ihr rührte sich plötzlich etwas und rieb sich sanft an ihrem Arm. Als sie hinunterschaute, erkannte sie die Schnauze und den schwarzen Fleck über dem einen Auge. «Herzogin, deinetwegen wäre ich fast aus dem Bett gefallen!» Die Katze begann sich unter lautem Schnurren um sich zu drehen, immer wieder, als wolle sie eine runde Höhlung in die Bettdecke graben. Dann legte sie sich, mit dem Rücken an Kates Seite gelehnt, nieder.

«Du bist ein gutes Mädchen», sagte Kate und streichelte sie. Das Schnurren wurde noch lauter.

Kate zwang sich zum Lesen, bis das Buch nach einem schwerfälligen Anfang allmählich interessanter wurde. Nach 103 Seiten schaute Kate wieder auf die Uhr: Viertel nach eins.

Sie merkte, daß sie fror. Wahrscheinlich senkte hier, wie in den meisten Einfamilienhäusern im Gegensatz zu Wohnungen, ein Thermostat nachts automatisch die Temperatur. Kate war sicher, daß Marie nicht hätte heimkommen können, ohne von ihr gehört zu werden. Sie hatte ihre Schlafzimmertür sperrangelweit offen gelassen. Aber sie hatte sich auf das Lesen konzentriert. Abermals band sie den Schlafrockgürtel fester, schlüpfte in ihre Pantoffeln und ging durch den Korridor in die Halle. Die Lampen brannten noch. Maries Zimmer war leer. Ohne besondere Absicht öffnete Kate vorsichtig Rangers Tür, mit dem prompten Erfolg, daß Bones bellte.

«Ruhig, Bones», erklang es schläfrig, «du weckst Kate.»

So leise wie möglich schloß Kate die Tür wieder und kehrte auf Zehenspitzen in ihr Zimmer zurück.

Also war Marie nicht zu Hause. Und wenn schon! Viertel nach eins war keine Sache im Vergleich dazu, daß sie, nach der Behauptung der Nachbarin, die ihre Nase in alles steckte, erst um 4 Uhr früh heimgekommen war. Und Marie war – gerade ihretwegen – lange Zeit vorsichtig gewesen.

Doch als Kate in ihrem Zimmer das Licht ausschaltete und die Fenster öffnete, konnte sie sich nicht des Gefühls erwehren, daß ein neues, ihr gänzlich unbekanntes Element aufgetaucht war.

Eine Stunde später lag sie immer noch wach, und Marie war immer noch nicht zu Hause. Irgendwann nach halb vier Uhr morgens schlummerte Kate endlich ein, ohne daß sie Marie heimkommen gehört hatte. Die Herzogin war schon lange zu ihren Jungen zurückgekehrt, und Kate hatte sich in der letzten schlaflosen Stunde dringend gewünscht, ihr Heizkissen aus ihrer Wohnung mitgebracht zu haben.

Völlig zerschlagen wachte sie um halb neun Uhr auf und starrte auf den Wecker. Als sie sich klar wurde, daß sie unter keinen Umständen noch den Zug um 8 Uhr 44 erreichen konnte, zog sie den Schlafrock an, ging in die Halle hinunter und klopfte an Maries Tür, stieß sie aber nach kaum einer Sekunde auf. Wie sie erwartet hatte, war das Zimmer leer.

«Ranger?» rief Kate. Er war meist um diese Stunde schon fort, daher überraschte es sie nicht, daß als einzige Antwort nur ein Bellen zu hören war.

Zehn Minuten später setzte sie in der Küche einen Kessel mit Wasser auf. Während sie darauf wartete, daß es kochte, wählte sie fast unbewußt die Nummer des *Hilton* Hotels in New York. Das geschah so automatisch, daß sie das seltsame Gefühl hatte, sich selbst dabei zuzusehen.

«Jed?» fragte sie, als er sich meldete.

«Ich habe auf Ihren Anruf gewartet.»

Sie zögerte einen Augenblick, dann sagte sie: «Ich hätte gern, daß Sie zu mir herausfahren. Ich komme mir selbst furchtbar scheinheilig vor, denn mir ist nur allzusehr bewußt, daß ich mich die ganze Zeit, während ich Ihre Bücher zum Druck fertig machte, über Ihre Theorien lustig gemacht habe, und nun bitte ich Sie um Hilfe. Ich weiß wirklich nicht, wie ich dazu komme. Wenn Sie also ablehnen oder heimfahren müssen oder beides, habe ich durchaus Verständnis.»

«Machen Sie sich nichts daraus.» Das klang so herzlich wie immer. «Die meisten Leute halten Menschen, die an so was glauben, für Spinner. Freut mich, wenn ich Ihnen helfen kann.»

«Tut mir leid, aber ich verstehe immer noch nichts von allem, was mit Spuk oder Übersinnlichem oder Okkultem oder derartigen Dingen zu tun hat, und ich habe auch keine Ahnung, woher Sie Ihr Wissen beziehen. Aber in meiner derzeitigen ungemütlichen Lage sind Sie der einzige, der mir vernünftig zu sein scheint.» Sie holte tief Luft. «Und so dachte ich, ob Sie nicht vielleicht heute morgen herauskommen könnten. Sie haben vermutlich etwas anderes, Dringenderes vor ...»

«Nein, durchaus nicht. Ich bin in New York geblieben, um helfen zu können. Als ich Sie sah, wußte ich, daß Sie es brauchen werden. Und abgesehen von der Tatsache, daß es das Wesentliche im Leben ist, anderen zu helfen, bin ich Ihnen so sehr dankbar, daß Sie mein entsetzlich schlecht geschriebenes Buch in eine anständige Form gebracht haben. Ich mache mich auf den Weg, sobald man mir den Wagen aus der Garage bringt.»

«Sie haben hier einen Wagen?»

«Ja, ich dachte, ich würde einen brauchen, so habe ich für die Zeit meines Aufenthaltes hier einen gemietet.»

«Ich fahre selbst nicht und weiß nicht, wie ich Ihnen den Weg heraus beschreiben soll.»

«Machen Sie sich keine Sorgen. Ich finde die Adresse schon – sobald Sie sie mir gesagt haben.»

«Es überrascht mich, daß Sie danach fragen müssen –» sagte Kate mit leichtem Spott, «daß Sie sie nicht durch irgendeine übersinnliche Methode bereits wissen.»

«Ich könnte sie vielleicht herausbringen, wenn ich mich konzentriere. Aber es ginge schneller, wenn Sie sie mir sagten.»

Kaum hatte Kate aufgelegt, wählte sie eine neue Nummer. Judy kam immer sehr früh ins Büro und war vielleicht schon da, obwohl noch einige Minuten auf neun fehlten.

«Judy», begann Kate, als ihre Sekretärin sich meldete, «ich komme heute nicht. Ich muß diesen dicken Wälzer lesen und habe vor, es hier zu tun. Wenn jemand wirklich etwas von mir will, bin ich unter folgender Nummer zu erreichen.» Sie gab ihr die Nummer.

«Ist dir bewußt, daß du mit Mr. Maitland zum Mittagessen verabredet bist?»

«Nein», sagte Kate, «das habe ich vergessen.»

«Du lieber Himmel», meinte Judy, «wenn er das wüßte, würde er sich sehr kränken.»

«Dann sag's ihm lieber nicht.» Verdammt, dachte sie. Graham war zwar ihr ehemaliger Geliebter und hielt eine Menge von ihren beruflichen Fähigkeiten, so daß sie sich manche Freiheiten erlauben konnte, aber er war immerhin ihr Chef, und keine noch so geschätzte Angestellte würde leichthin einen Lunch mit ihm sausenlassen. «Hallo, Judy», sagte Kate.

«Ich bin noch dran. Ich habe dich nachdenken hören: Klick, klick, klick.»

«Ich werde Graham selbst in einer halben Stunde anrufen. Wenn er mich aus irgendeinem Grund früher anruft oder in mein Büro kommt, bevor ich Gelegenheit habe, mit ihm zu sprechen, sag ihm, daß ich ihn zu erreichen versuche und in einer schwierigen Lage stecke.»

«Okay. Und was ist das für eine schwierige Lage?»

«Ich glaube, das werde ich ihm selber erklären.»

«Natürlich. Deutest du damit höflich an, daß es mich einen feuchten Dreck angeht?»

Kate lachte. Judy, fand sie, war ein ausgezeichnetes Gegenmittel gegen all die seltsamen und beunruhigenden Gedanken, die ihr im Kopf herumgingen. «Das meinte ich wirklich, aber nach näherer Überlegung will ich es dir sagen. Meine Nichte Marie ist die ganze Nacht nicht nach Hause gekommen. Sie war nicht da, als ich um 9 Uhr hierherkam – ich war zum Essen in der Stadt geblieben.»

«Ja, ich weiß, mit Joel.»

«Wie schnell sich das herumspricht.»

«Die Urwaldtrommeln ruhen nie.»

«Nun weiß ich nicht, ob ich dafür bestraft werden soll, daß ich meinen Job als Babysitter nicht schon vor dem Abendessen angetreten habe, oder wegen irgend etwas anderem. Jedenfalls ist sie nicht heimgekommen. Und ich muß sagen, das macht mir Sorge.»

«Wo ist ihr Vater?»

«In Chicago. Ich weiß nicht – und Ranger, der Junge, auch nicht –, wann er zurückerwartet wird.»

«Ruf ihn doch an.»

Das war ein so einleuchtender Gedanke, daß Kate sich wunderte, warum er ihr nicht selbst eingefallen war. Und dann kam ihr zu Bewußtsein, daß sie wohl anfangs daran gedacht hatte, aber nicht wußte, wo sich Paul aufhielt. Was ebenso verwunderlich war. «Ich werde es versuchen», sagte sie dann. «Du hörst von mir.»

Sie dachte nach. Wann hatte Paul mit ihr gesprochen, daß sie weiter die Kinder betreuen solle, weil er nach Chicago müsse? Am Tag, bevor sie zurückgekehrt war. Wie waren sie verblieben? Da ließ sie ihr Gedächtnis völlig im Stich. Er war am Telefon voller Dank und Anerkennung gewesen. Hatte er gesagt, er werde eine Woche fort sein? Heute war – sie zählte es an den Fingern ab – der sechste Tag seit seiner Abreise. Und sie konnte sich nicht erinnern, was er bezüglich seines Hotels gesagt hatte. War das nicht seltsam?

Dr. McGrath hatte gewußt, wo Paul in Tokio zu erreichen war, und als sie anrief, hatte sie ohne Schwierigkeit Verbindung bekommen. Offenbar hatten sie beide nicht daran gedacht: Paul, es ihr zu sagen, und sie, ihn zu fragen. Sie würde einfach sein Büro anrufen, um es zu erfahren. Aber zuerst wollte sie sich lieber fertigmachen.

Sie zog gerade den Reißverschluß an ihrem Rock zu, als das Telefon klingelte.

«Soso», sagte Graham mit seiner wohlklingenden Stimme, «du versetzt mich.»

«Graham, es tut mir wahnsinnig leid. Hat Judy dir nicht von meinem Familienproblem berichtet?»

«Sie hat gesagt, es hätte etwas mit deiner Nichte zu tun. Ist sie krank?»

«Nein. Jedenfalls glaube ich das nicht. Sie ist nur nicht da. Sie ist letzte Nacht nicht nach Hause gekommen.»

«Hat sie das schon öfter getan?»

«Einer herumschnüffelnden Nachbarin zufolge, auf die sie bitterböse ist, scheint sie schon zu jeder Stunde der Nacht heimgekommen zu sein. Aber ich habe nie sagen hören, daß sie gar nicht heimgekommen wäre. Andererseits war ich nicht allzuviel mit ihr zusammen.»

«Sie ist wohl so etwas wie ein ungebärdiges Füllen oder ein Widerspruchsgeist?»

«Ganz recht. Ihr Zimmer sieht aus wie eine Rauschgifthöhle aus den späten sechziger oder frühen siebziger Jahren – mit einem Mönch auf einem Scheiterhaufen und so. Ein paarmal hatte ich gedacht, wir kämen einander näher – wenigstens gesprächsweise. Aber beide, sie wie der Junge, sind in den letzten Tagen wieder rückfällig geworden. Jedenfalls, ob Widerspruchsgeist oder nicht, ich mache mir wegen ihres Ausbleibens Sorge. Vielleicht ist sie einfach bei einem Freund oder einer Freundin geblieben. Aber es wäre doch anzunehmen, daß diese, so gleichgesinnt sie auch sein mögen, Mütter haben, die anrufen ... Entschuldige, Graham, ich wollte dich nicht mit alldem behelligen. Ich weiß nur nicht, was ich tun soll, außer schlicht warten.»

«Wo ist Paul?»

Aus irgendeinem Grund erschreckte sie die Frage. Woher hatte Graham Kenntnis von ihrem Schwager? Dann erinnerte sie sich, daß sie während der Zeit ihrer engeren Beziehung endlos über die maßgeblichen Akteure in ihrem Leben gesprochen hatten.

«Hallo, bist du noch da?» Grahams Stimme klang ein wenig schärfer.

«Entschuldige, Graham, ich dachte, jemand hätte an der Tür geläutet.» Die Lüge ging ihr so glatt von den Lippen, daß sie selbst bestürzt war.

«Und war das der Fall?»

«Nein ...» Vom Telefon aus konnte sie durch das vordere Wohnzimmerfenster auf die Straße sehen. «Es war vermutlich eine Radklingel.» Draußen fuhr tatsächlich gerade jemand auf einem Fahrrad vorbei und brachte sie auf diese passende Ausrede.

«Oh. Also, am besten setzt du dich gleich mit ihm in Verbindung.»

«Ja, das hatte ich gerade vor, als du anriefst.»

«Wo ist er zur Zeit?»

«Das wollte ich eben herausfinden.»

«Ich verstehe. Schau, ob du ihn dazu bringst, heimzukommen und sich selbst um seinen Kram zu kümmern. Wir brauchen dich hier, meine Liebe. Der Korrektor wartet darauf, ein paar kleine Wortfehler im Kramer-Manuskript mit dir zu besprechen, und ich möchte deine Meinung über den Roman von Talbot hören.»

«Graham, ich komme, sobald ich kann. Ich will wirklich nicht unnötig lange hierbleiben, wenn du mich brauchst.»

«Außerdem», sagte Graham in leicht geändertem Ton, «fehlst du mir.»

Sie sah ihn plötzlich vor sich, wie er zurückgelehnt in seinem Sessel in dem großen Eckbüro saß, durch dessen Fenster die Sonnenstrahlen auf sein blondes Haar fielen. Von diesem Ton, mit dem er so unerwartete Dinge sagte, hatte sie so lange gelebt, dieser Ton hatte die lange Woche ohne privaten Kontakt, nur mit einem gelegentlichen Lächeln im Vorübergehen auf dem Korridor, erträglich gemacht, die Wochentage, an denen er natürlich nach Hause zu seiner Frau fuhr. So war es mit Graham gewesen – Intimität mit all ihrer köstlichen Süße, zusammengedrängt in ein paar Stunden, oder gar nichts. Wir hatten nie Zeit, richtige Freunde zu werden, dachte Kate. Wir waren ein Liebespaar, entweder auf dem Weg ins Bett, kaum mehr als eine Stunde lang, mit einem raschen Abschied hinterher, oder Chef und Angestellte – nichts sonst. Nicht, daß das nicht eine große Sache sein konnte. Graham war ein einfallsreicher, erfahrener Liebhaber, zärtlich und einfühlsam. Das war seine Stärke ...

«Du könntest wenigstens sagen: du mir auch», neckte Graham sie heiter.

«Danke, Graham. Mit diesem Gedanken werde ich mich trösten, während ich mich mit der jungen Generation herumplage. Und ich komme, so rasch ich kann. Danke für den Anruf.»

Sie ging ins Erdgeschoß hinunter, machte Kaffee und Toast und frühstückte, als jemand an der Haustür klingelte.

«Sie haben rasch hergefunden», sagte sie zu Jed Kramer, als sie ihn hereinließ.

«Es war gar nicht schwer. Ich habe gefragt und erhielt genaue Auskunft.» Seine graubraunen, gekräuselten Haare waren zerzaust. Er wirkte nicht ganz so dicklich, wie sie ihn in Erinnerung hatte, ein wenig größer und gedrungener. Obwohl es draußen recht frostig war, hatte er nur einen langen Schal doppelt um den Hals geschlungen.

«Hmmm», sagte er, als er eintrat, «das ist wirklich kein glückliches Haus.»

«Das hätte ich Ihnen sagen können, auch ohne für die Wünschelrute begabt zu sein.»

«Ja, Sie sind sehr sensitiv.» Er grinste. «Eine erstaunliche Menge von dem, was die Leute für Aberglauben halten, ist einfach höhere metaphysische Entwicklung, verbunden mit Sensitivität, gesundem

Menschenverstand und auch einer Kenntnis des kosmischen Gesetzes.»

«Welches kosmische Gesetz?»

«Kurz gesagt», erklärte er bereitwillig, während er im Wohnzimmer umherging und die Bilder ansah, «das folgende: Liebe Gott, liebe deinen Nächsten, diene beiden, lege Rechenschaft ab und trage die Verantwortung für alles, was du tust.»

«Das kommt mir wie unverfälschtes altes Christentum vor, oder schon Judentum.»

«Stimmt. Ebenso ursprünglicher Buddhismus. Ich habe den Eindruck, dieses Zimmer ist schon eine Weile unbenutzt und unbewohnt. Es wirkt leer – leer von Gedanken oder Gefühlen oder von längerer Anwesenheit denkender und fühlender Menschen.»

«Ich weiß nicht, ob ich Sie richtig verstehe», sagte Kate vorsichtig, «aber sicherlich ist es irgendwie ein toter Raum. Kommen Sie mit in die Küche. Dort ist es besser.»

«Übrigens», fuhr sie fort, während sie ihn durch den schmalen Gang nach hinten führte, «da gibt es einen Hund, einen noch sehr jungen, namens Bones, der in der Küche haust. Seinem Herrchen, meinem Neffen Ranger, zufolge ist er in seiner frühen Jugend schlecht behandelt worden, was angeblich schuld an seinen ganz ungewöhnlichen Ängsten beim Auftauchen eines Fremden ist. Wenn er also unter den Tisch kriecht und winselt, so nehmen Sie es nicht persönlich. Manchmal reagiert er auch anders, was ich hoffentlich nicht eigens erwähnen muß.»

«Gerät über alles aus dem Häuschen, was?» fragte Jed heiter.

Kate schaute über die Schulter zurück. «Sie scheinen derartiges zu kennen.»

«Meine Frau hatte die Gewohnheit, streunende Hunde aufzulesen und heimzubringen. Seit sie gestorben ist, setze ich das fort. Es macht das Leben aufregender. Ach ja, die Küche!» Er trat hinter Kate ein. «Da ist es viel hübscher», sagte er. «Hallo, was ist mit dir?» Das galt Bones, der sich unter dem Tisch verkrochen hatte, nun aber hervorkam, sich vor Jed hinsetzte und ihn neugierig ansah. Beim Klang seiner Stimme erhob er sich, zögerte ein wenig, tappte auf demselben Fleck hin und her und kam langsam näher. Jed hielt ihm die Hand hin. Bones schnüffelte vorsichtig, dann leckte er sie und erhob sich auf die Hinterbeine, um die Begrüßung persönlicher und eindrucksvoller zu gestalten.

«Sie müssen wirklich eine Art von Voodoozauber beherrschen», sagte Kate, als sie das sah.

«Nein, ich glaube, er riecht meine Hunde. Außerdem ist er nicht mehr so verschüchtert wie früher.»

Kate dachte nach. «Da dürften Sie recht haben. Aber es ist noch nicht lange her, seit ich zum erstenmal herkam – weniger als einen Monat. Das ist eine große Veränderung in einer so kurzen Zeit.»

«Nun ja», sagte Jed, während er Bones zwischen den Ohren kraulte und zu dessen offensichtlichem Entzücken ein Ohr langsam durch die Finger gleiten ließ, «es kann auch sein, daß die, vor denen er sich fürchtete, nicht hier sind. Er fühlt sich bei den derzeit Anwesenden sicher.» Er lächelte Kate zu. «Etwa bei Ihnen.»

«Danke, wie nett Sie das sagen! Ich trank gerade Kaffee. Wollen Sie auch eine Tasse?»

«Ja, gern. Haben Sie was dagegen, wenn ich mich ein wenig im Haus umsehe?»

«Keineswegs. Gehen Sie nur. Ich brühe inzwischen frischen Kaffee auf.»

Es war ein unsinniges Gefühl, daß alles allein durch seine Anwesenheit besser war, wenn sich doch im Grund nichts geändert hatte. Während das Wasser zu sieden begann, versuchte Kate, sich ihre gehobene Stimmung auszureden, aber es gelang ihr nicht. Einige Minuten später kam Jed zurück, da standen Kaffee und Toast bereits auf dem Tisch.

«Nun erzählen Sie mir», sagte Jed. «Worüber machen Sie sich Sorgen?»

«Meine erst fünfzehnjährige Nichte Marie war nicht da, als ich gestern nach dem Abendessen hierherkam, und ist auch seither nicht aufgetaucht. Ich weiß nicht, wo sie ist. Außerdem benehmen sich plötzlich wieder beide Kinder, sie und ihr Bruder, mir gegenüber höchst widerspenstig. Wir hatten gerade angefangen – vielleicht nicht gerade Freunde zu werden, aber die Ablehnung zu begraben. Ich habe das Gefühl, sie sehen in mir einen Störenfried. Das ist das eine, was mich beunruhigt. Und das zweite ist, als ich meinen Schwager in Chicago anrufen wollte, um ihn wegen Marie zu informieren, wußte ich nicht, wo ich ihn erreichen kann. Er hat mir nicht gesagt, wo er absteigen wird, und ich habe nicht gefragt. Das ist eine fast unglaubliche Unterlassungssünde von beiden Seiten. Seinerzeit wußte Mark McGrath – der Arzt, der meine Stiefschwester behandelt –, wo Paul in Tokio zu erreichen war, und hat mir die Nummer gegeben.» Sie stellte ihre Tasse nieder. «Ich weiß wirklich nicht, warum ich nicht gefragt habe.»

Jed Kramer knabberte an einem Toast. «Gibt es Ihnen ebenso zu denken, warum er es Ihnen nicht von sich aus sagte?»

Sie starrte ihn an. «Wenn ich Ihre Frage ehrlich beantworten will, nicht so sehr. Ich kann mir nicht denken, warum.»

«Vielleicht weil Sie nicht restlos von seiner Anteilnahme überzeugt sind – entweder an seinen Kindern oder an Ihnen?»

«Es besteht kein Grund, warum er sich besonders um mich kümmern sollte ... Ich war einmal in ihn verliebt, und obwohl ich lange ... aber ...»

«Aber nun haben Sie entdeckt, daß Sie es nicht mehr sind.» Er hatte seine Brille mit den halbmondförmigen Gläsern herausgenommen und setzte sie auf, um den kleinen Druck auf dem Honigtopf, den Kate auf den Tisch gestellt hatte, besser lesen zu können. Nun schaute er sie über die Brille hinweg an. Kate ertappte sich bei dem Gedanken, daß diese braunen Augen die klare Farbe der Teiche und Bäche in den schottischen Hochmooren hatten, wo sie einmal einen Sommerurlaub verbracht hatte.

«Sie haben recht», erwiderte sie. «Ich weiß nicht, warum, aber mir ist es eben bewußt geworden ... so etwa, als wäre eine alte Wunde geheilt.» Und während sie das sagte, erinnerte sie sich an einen Traum in ihrer Kindheit: sie hatte ihre Seele wie einen grünen Kristall vor sich gesehen, doch war ein großer Sprung quer durch ihn hindurchgegangen, und der Finger Gottes hatte diesen Fehler an seinem Ursprung berührt und ihn geheilt. «Als ich ein Kind war, hatte ich einen eigenartigen Traum», fuhr sie fort und erzählte Jed davon.

«Hmmm», meinte er, «Sie haben interessante Träume.»

Sie lächelte. «Werden Sie mir erklären, was sie bedeuten?»

«Nein. Zum Teil auch aus dem Grund, weil ich es nicht sicher weiß – außer der Tatsache, daß sie Ihnen bestimmt eine Botschaft übermitteln wollen. Aber das gilt für die Träume aller Menschen. Die meisten Psychologen wissen das.»

«Ich habe sie McGrath erzählt, der doch Psychologe ist. Er schien sie nicht für sehr wichtig zu halten.»

Jed starrte sie eine Minute lang an. «Wie die meisten Ärzte schrecke ich davor zurück, einen Kollegen zu kritisieren, aber ich muß sagen, das halte ich für seltsam.»

«Ja», sagte Kate. Sie stand auf, um den Kaffeetopf vom Herd zu holen. «Ihr Ärzte seid schlimmer als eine Gewerkschaft.»

«Sie müssen bedenken, daß das auf eine Zeit zurückgeht, in der Ärzte vor Gericht gezerrt und strafrechtlich für jede einzelne Fehldiagnose verfolgt wurden – ein Zustand, der zu einem gewissen Grad wiedergekehrt zu sein scheint», schloß er düster.

Kate schenkte ihm und sich selbst frischen Kaffee ein. «Ich weigere mich, Tränen wegen eines Berufes zu vergießen, der vermutlich viel besser bezahlt wird als jeder andere. Obwohl», fügte sie hastig hinzu, «ich nicht glaube, daß das auf Sie zutrifft.»

«Das stimmt leider. Meine Frau war der Ansicht, daß ich zuwenig praktischen Sinn für Barzahler entwickle.»

«Das klingt nicht nach jemandem, der streunende Hunde aufliest.»

«Ja, aber sie meinte, sie würde noch mehr auflesen und vielleicht ein Heim für sie gründen können, wenn ich mehr Geld scheffle.»

Kate mußte lachen, und Jed stimmte ein.

«Übrigens, was McGrath betrifft», sagte Kate, «Sie erinnern sich, daß ich Ihnen erzählt habe, wie er in meiner Wohnung in New York erschienen ist, um mich zu überreden, wieder hierherzukommen. Ich komme immer mehr zu der Ansicht, daß das ein etwas seltsames Verhalten war. Würden Sie das tun?»

«Vielleicht. Aber ich müßte ganz sicher sein, daß es notwendig ist. Es erscheint mir als beträchtlicher Übergriff und Einmischung in die Privatverhältnisse eines Patienten.»

«Auch wenn es zu dessen Nutzen geschieht?»

«Wer will diesen Nutzen beurteilen? Das ist es, was ich meine. Er spielt den lieben Gott, und das ist gefährlich. Manchmal ist es auf lange Sicht gesehen besser, Dingen ihren Lauf zu lassen, als Himmel und Hölle in Bewegung zu setzen, um sie zu ändern. Die Leute glauben das oft nicht, aber es ist sicher so. Deshalb habe ich gesagt, er müsse einen wichtigen Grund dafür gehabt haben. Warum also?»

«Das frage ich mich auch», erwiderte sie zögernd. «Vielleicht, weil mich beharrlich das Gefühl verfolgt ... daß noch etwas anderes dahintersteckt als Sorge um Deborah.»

«Das könnte stimmen.» Als sie es dabei bewenden ließ, fragte er: «Wo ist diese Klappe, von der Sie mir erzählt haben?»

Kate führte ihn hinauf. «Bevor wir uns die Klappe ansehen, die in der Ankleidekammer des Herrenschlafzimmers ist, möchte ich

Ihnen Maries Zimmer zeigen. Ich will nicht behaupten, daß ich Ihren Theorien vorbehaltlos folgen kann, bringe aber ein gewisses Verständnis dafür auf. Ich bin gespannt, welche Schwingungen Sie dort aufnehmen.»

Als sie die Tür öffnete, blieb Jed eine ganze Weile mit einer solchen Konzentration auf der Schwelle stehen, daß Kate den Eindruck hatte, er habe sie völlig vergessen. Sie versuchte zu sprechen, stockte und nahm einen energischeren Anlauf.

«Als ich Schwingungen sagte, meinte ich es auch wörtlich. Passen Sie auf.» Sie ging zur Stehlampe und betätigte den Schalter für das Blinklicht.

«Ja, ich sehe.» Er trat ein und schlenderte langsam durch das Zimmer, legte die Hand auf Gegenstände – die Orangenkisten, die blinkende Lampe, das aufgerollte Bettzeug, das Großmutterkleid im Schrank –, musterte das Bild des Mönches, dann ging er zum Fenster und zog das Bambusrollo auf. Sonnenlicht strömte herein. Zum erstenmal sah das Zimmer eher wie ein bewohnter Raum aus als wie eine Kulisse.

«Meine Liebe, würden Sie mich hier für kurze Zeit allein lassen? Konzentration fällt mir leichter, wenn ich ungestört bin.»

«Gern. Rufen Sie mich, wenn Sie mich wieder brauchen.»

Sie ging hinaus und schloß nach kurzem Zögern die Tür. Seine völlige Versunkenheit beeindruckte sie stärker denn je. Vergeblich bemühte sie sich, in ihm weiterhin den leicht komischen kleinen Mann zu sehen. Dieses Bild wich vor etwas anderem zurück. Nicht Furcht, dachte sie, als sie die Halle durchquerte, aber etwas, das damit zusammenhing.

Vor dem Elternschlafzimmer zögerte sie, dann griff sie doch nach der Türklinke. Sie konnte ebensogut die Zeit nützen. Als erstes würde sie in Pauls Büro zu erfahren versuchen, wo er sich aufhielt. Vielleicht war im Schreibtisch seines Schlafzimmers irgendein Briefkopf mit der Telefonnummer zu finden. Erst als sie das Zimmer schon halb durchquert hatte, wurde ihr klar, wozu sie einen Briefkopf seiner Firma brauchte. Eines der Dinge, die Paul vergessen hatte, ihr zu sagen, war der Name seiner Firma.

8

Zwanzig Minuten später war sie dem Ziel ihrer Suche noch nicht näher gekommen. Sie hatte in jeder Schublade und unter der aufklappbaren Schreibtischplatte nachgesehen. Da gab es relativ wenig, und das war noch dazu so unpersönlich, daß Kate den Eindruck hatte, sie könne dasselbe in jedem beliebigen Schreibtisch finden. Da war ein volles und ein leeres Scheckheft mit Kontrollabschnitten, auf denen Vermerke in Deborahs wohlbekannter Handschrift standen. In Anbetracht dessen, daß sie nur versuchte, den Namen von Pauls Firma zu finden, fühlte sie sich nicht berechtigt, die Vermerke genauer anzusehen. Es gab Briefpapier mit Deborahs Namen, ein Döschen mit Marken, einen Stapel weißer, leerer Blätter, Umschläge, Postanweisungen, Schachteln mit unbenutzten Weihnachtskarten und mit Bleistiften, einen mit einem Gummiband zusammengehaltenen Bund Filzschreiber, einen kleinen Taschenrechner, Aufklebeadressen, ein Fotoalbum, etliche Garantiescheine und Gebrauchsanweisungen für Haushaltsgeräte und eine Rolle Klebestreifen. Alles zusammen, dachte Kate, sah aus, als hätte man einen Schreibtisch in einem Ausstellungsraum mit einer passenden Ansammlung unpersönlicher Dinge gefüllt, wie man sie in jedem Schreibwarenladen kaufen konnte.

«Haben Sie gefunden, was Sie suchen?» fragte Jed von der Tür her.

«Nein, ich ...» Als sie sich umwandte, fiel ihr auf, daß Jed besorgt dreinsah. «Was haben Sie?»

«Nichts. Wieso?»

«Sie sind so anders.»

Er kam langsam herein und setzte sich auf einen Stuhl. «Ich mache mir ein wenig Sorgen um Ihre Nichte.»

Er starrte sie an, und sein rundliches, sonst stets heiteres Gesicht war seltsam verkniffen. «Ich bin mir nicht sicher. Sie wissen, ich entziffere nicht irgendwelche unsichtbaren Schriften, die niemand anders sehen kann. Ich sammle nur lebhafte Empfindungen und Eindrücke. Bei Ihrer Nichte – wie hieß sie nur? Marie? – habe ich das Gefühl, daß sie vor etwas davonläuft, das ihr über alle Maßen Angst einflößt.»

Er und Kate sahen einander schweigend eine Weile an. Mit Schrecken stellte Kate fest, daß sie ihm aufs Wort glaubte. Sie beschloß, sich dagegen zu wehren. «Aber was könnte ihr solche Angst einflößen?»

«Keine Ahnung.»

Sie klappte die Platte des Schreibtisches wieder herab. «Das nützt uns recht wenig.»

«Ich weiß. Tut mir leid.»

Kate schämte sich über sich selbst. «Es braucht Ihnen nicht leid zu tun, Jed. Entschuldigen Sie, daß ich ... so häßlich war.»

«Sie waren weder häßlich noch sonst was. Sie spielen nur des Teufels Advokaten, weil Sie fürchten, daß wahr ist, was ich sage, aber es nicht glauben wollen.»

«Noch mehr Voodoo?»

«Nein, ganz normale Schlußfolgerung.»

Kate stand auf und wanderte unruhig im Zimmer auf und ab. «Wenn ich nur wüßte, wovor sie Angst hat!»

«Ich habe den Eindruck, wenn Sie das wüßten, hätten Sie auch die Antwort auf eine Reihe anderer Fragen. Haben Sie übrigens den Namen der Firma Ihres Schwagers gefunden?»

«Nein.» Sie wandte sich um und deutete auf den Schreibtisch. «Ich habe alle Schubladen und Fächer durchgesehen, und es war alles wie im Ausstellungsraum eines Schreibwarenladens. Nichts, nicht der geringste Hinweis auf irgend etwas.»

«Nun, ist das nicht gerade auch ein Hinweis?»

«Wie meinen Sie das?»

«Ich meine, was haben Sie in Ihrem Schreibtisch zu Hause? Nehmen Sie an, jemand würde in ihm nachforschen. Was wüßte er dann über Sie?»

Sie starrte aus dem Fenster auf ein gelbbraunes Auto, das auf der anderen Straßenseite geparkt war. «Nun, vermutlich den Stand meiner Finanzen, also mein Bankguthaben. Ich bewahre die Kontoauszüge, Scheckbücher und Gutschriften in einer der Schubladen auf.» Sie zögerte. «Auch wer meine Freunde sind. Ich habe ein Adressenbuch. Auch Briefe von einigen. Dazu allerhand Kram und Kleinigkeiten, Durchschläge von Briefen, die ich geschrieben habe, eine Lade mit Ordnern.» Sie zögerte. «Sogar etliche alte Liebesbriefe.»

«Aber hier, in diesem Schreibtisch, haben Sie nichts dergleichen gefunden?»

«Ein Scheckbuch ist da, mit Deborahs Handschrift auf den Kontrollabschnitten. Da ich hauptsächlich nach dem Namen oder einem Briefkopf von Pauls Firma suchte, habe ich mich nicht berechtigt gefühlt, im Scheckbuch allzusehr herumzuschnüffeln. Aber alles sonst war nur das Übliche. Außer dem Fotoalbum.»

«Haben Sie es durchgesehen?»

«Nein.» Sie warf ihm einen fragenden Blick zu. «Ich glaube kaum, daß darin der Name seiner Firma zu finden wäre. Und Sie?»

«Ich auch nicht. Das bringt mich zu der Ansicht, daß absichtlich alles aus dem Schreibtisch geräumt wurde, was irgend etwas über die Eigentümer verraten könnte.»

«Soll ich Ihnen Scheckbuch und Fotoalbum herausgeben?»

«Nein, jetzt nicht. Ich kann mich irren, aber ich glaube nicht, daß wir darin etwas finden. Wenn, so wäre es ein Zufall. Wir können später nachsehen. Nun aber, um auf die Firma Ihres Schwagers zurückzukommen. Wer wüßte etwas darüber?»

Kate dachte nach. «Ranger, Deborah, vielleicht ein Nachbar.»

«Was ist mit dem Psychiater? Wie hieß er doch gleich? McGrath? Würde er es wissen, nachdem ihm Pauls Telefonnummer in Tokio bekannt war?»

«Natürlich! Was war ich doch für ein Dummkopf! Ich werde Mark gleich anrufen. Hier müßte auch ein Apparat stehen. Ja, dort auf dem Nachttisch.»

«Wissen Sie die Nummer auswendig?»

«Ja», sagte Kate selbstbewußt.

Aber als sie die Verbindung mit der Klinik bekam, wurde ihr gesagt, daß Dr. McGrath nicht im Haus sei.

«Dann ...» begann sie. Sicher würde jemand Pauls Telefonnummer wissen, unter der er im Notfall zu erreichen war. «... kann ich vielleicht den diensthabenden Arzt sprechen?»

Nach einigem Klicken und Gemurmel kam eine weibliche Stimme: «Hier spricht Mrs. Andrew. Was kann ich für Sie tun?»

«Kate Malory am Apparat. Ich bin bei den Lamont-Kindern, solange meine Schwester, Mrs. Lamont, bei Ihnen im Krankenhaus ist. Mein Schwager Paul Lamont – ich weiß, daß Dr. McGrath meinen Schwager über die Nummer seiner Firma erreichen kann –, nur kann ich sie im Augenblick nicht finden. Können Sie sie mir geben?»

«Wissen Sie den Namen seiner Firma oder seines Büros nicht?»

Kate verfluchte sich selbst, daß sie sich so sehr bloßgestellt hatte.

«So seltsam es klingen mag, leider nein. Ich habe ihn nie im Büro angerufen, außer einmal in Tokio auf einer mir von Dr. McGrath gegebenen Nummer, als man mich brauchte, um hier auszuhelfen.»

«Tut mir leid, Mrs. Malory, aber wenn Dr. McGrath die Nummer hat, so ist sie in seinem Arbeitszimmer, und da kann ich nicht hinein, auch wenn ich wollte – es ist zugesperrt.»

Kate fühlte jene Dickköpfigkeit in sich wachsen, die oft eine Folge vergeblichen Bemühens ist. «Angenommen, Sie müßten aus irgendeinem dringenden Anlaß Mr. Lamont erreichen?»

«Dann würden wir uns sofort mit Dr. McGrath in Verbindung setzen.»

«Geben Sie mir die Nummer, unter der Dr. McGrath zur Zeit zu erreichen ist, dann rufe ich selbst an.»

«Die weiß ich auch nicht, Miss Malory», gab die Pflegerin zurück, «wir können ihn nur über Funk erreichen.»

«Na, dann tun Sie das bitte und sagen Sie ihm, er möge bei Lamont anrufen. Besten Dank.» Damit knallte Kate den Hörer auf die Gabel. Als sie sich umwandte, sah sie Jed lachen.

«Das ist gar nicht komisch», schäumte sie.

«Ich weiß, aber ich mußte einfach lachen. Den meisten Ärzten gehen von Zeit zu Zeit ihre Patienten auf die Nerven. Es tut uns gut, einmal die Ansicht der Patienten darüber kennenzulernen.»

«Die meisten Ärzte sind Sadisten. Es braucht wohl einen kurzen, aber gründlichen Kurs über sadistische Praktiken, bevor man medizinisch graduiert wird.»

«Na, na!»

Kate grinste. «Nun wissen Sie, wie ich darüber denke. Inzwischen frage ich mich, wo ich sonst Pauls Nummer herbekommen könnte.»

Jed begann an seinen plumpen Fingern abzuzählen: «Erstens in der Schule, in der die Kinder sind. Sicher hat man dort eine Telefonnummer, unter der der Vater tagsüber zu erreichen ist. Zweitens können Sie notfalls die Nummer in Tokio anrufen – das wird teuer –, aber rufen Sie von hier aus an, Sie tun es ja für seine Angehörigen. Und drittens haben Sie die naheliegende Möglichkeit nicht erwähnt – Ihre Schwester. Ist sie ansprechbar? Sie sagten, Sie hätten sie seit achtzehn Jahren nicht gesehen.»

«Ich habe sie besucht.» Sie schaute ihn an und erinnerte sich plötzlich, daß er ihr gesagt hatte, es sei wichtig, daß sie es täte. «Wie Sie mir dringend empfohlen haben», schloß sie trocken.

«Ja, es war wichtig. Hat sie nun einen Apparat, auf dem Sie sie anrufen können?»

«Das schon, aber sagen Sie mir erst, warum Sie es für so wichtig hielten, daß ich sie sehe?»

«Das zu beantworten, ist nicht leicht. Ich hatte nur das sehr intensive Gefühl, es sei notwendig. Aber da gibt es auch einen ganz anderen Grund: Wie wollten Sie andernfalls wissen, womit Sie es zu tun haben?»

«Na schön, vermutlich muß ich mich mit dieser Erklärung begnügen. Ich habe das Gefühl, daß Sie mir eines schönen Tages sagen werden, Sie wüßten genau, was geschehen wird.»

«Ich habe Sie schon darauf hingewiesen, daß Vorwissen nicht auf diese Weise funktioniert – es ist schwer zu sagen, ob etwas der unmittelbaren Vergangenheit oder der unmittelbaren Zukunft zuzurechnen ist. Das meiste davon ist Intuition, die zur Gewißheit wird. Darin bin ich nicht einzigartig, meine Liebe. Die meisten Menschen würden, wenn sie sich nur die Mühe machten, sich zu konzentrieren und darauf einzustellen, ebensoviel wissen wie ich. Das ist keine Hexerei.»

Kate lächelte. Sein Gebrauch des Wortes Hexerei erinnerte sie daran, wie er erzählt hatte, daß er sich vom Lernen in der Schule gern gedrückt hatte, weil er von Magie und Hexerei besessen war. Plötzlich sah sie ihn als kleinen, stämmigen Jungen vor sich, wie er mit großem Eifer übte, Kaninchen aus Hüten oder Karten hinter den Ohren anderer Leute hervorzuzaubern.

«Warum lächeln Sie?»

«Ich habe Sie als kleinen Jungen vor mir gesehen, wie Sie versuchten, Kaninchen aus Hüten zu zaubern, während Sie Sätze analysieren oder ‹*Silas Marner*› lesen sollten.»

Er seufzte. «Ja, leider war ich der Kummer meiner Eltern, die wollten, daß ich reich, berühmt und ein bedeutender Mann werde. Arme Mathilde!»

«Ihre Frau?»

Er grinste. «Nein, mein weißes Lieblingskaninchen. Mit Mathilde übte ich meist die Zaubertricks – mit Mathilde und dem Zylinder meines Vaters. Sie war sehr geduldig. Ich hatte sie lange Zeit, und sie hoppelte mir entgegen, wenn ich aus der Schule heimkam. Zuerst hatte ich Sorge, sie würde sich nicht gern in und aus dem Hut zaubern lassen, aber es machte ihr anscheinend nichts aus.»

«Was ist mit ihr geschehen?» fragte Kate fasziniert.

«Zu meiner Freude kann ich sagen, daß sie sehr alt wurde und friedlich im Schlaf starb.»

«Wie schön! Was für eine hübsche Erinnerung.»

«Ja, ich hatte eine sehr glückliche Kindheit.»

«Wie ungewöhnlich! Und wie altmodisch! Selbst wenn es stimmt, will es heutzutage niemand zugeben!»

«Ich weiß. Es ist eine Schande. Die Kindheit ist die Zeit des Lernens, und das geht nicht ohne Schmerzen ab. Aber das ist wie Masern oder Mandelentzündung – es ist viel besser, wenn man sie als Kind hat. Für einen Erwachsenen sind sie wesentlich gefährlicher.»

«Vermutlich, aber ...»

Das Telefon klingelte. Kate ging hin und hob den Hörer ab.

«Hallo?»

«Sie wollten mich sprechen?»

«Oh, Mark – danke, daß Sie anrufen. Ja, ich komme mir blöd vor, aber ich weiß den Namen von Pauls Firma nicht – der Laden, für den er arbeitet. So kann ich nicht dort anrufen, um herauszubringen, in welchem Hotel er in Chicago abgestiegen ist. Ich muß ihn irgendwie erreichen.»

«Ist etwas passiert?» Die Anteilnahme in seiner Stimme klang sowohl echt wie hilfsbereit.

«Ja, leider. Marie ist verschwunden.»

Es entstand eine Pause.

«Sind Sie noch am Apparat?» fragte Kate.

«Ja, ich habe nur nachgedacht. Das ist keine gute Nachricht. Wie lange ist sie schon fort?»

«Eigentlich weiß ich das nicht genau. Sie war gestern abend, als ich von einem Essen in New York kam, nicht da und hat sich seitdem weder gezeigt noch angerufen.»

Nach einer neuen Pause: «Haben Sie die Polizei verständigt?»

«Nein, noch nicht. Ich werde es wohl tun müssen. Aber ich wollte zuerst Paul anrufen und es ihm sagen, und anschließend die Polizei. Ich weiß, daß er zu irgendeiner Besprechung in Chicago ist, und hier im Haus ist nichts, aus dem ich ersehen könnte, für welche Firma er arbeitet.»

«Ich weiß es auch nicht genau. Ich habe zwar eine Nummer, unter der ich ihn tagsüber erreichen kann, aber die ist in meinem Arbeitszimmer im Krankenhaus. Und da bin ich jetzt nicht.»

«Sie haben sie nicht bei sich?»

«Nein, leider.»

«Verdammt!» sagte Kate. «Na, dann muß ich es anderweitig versuchen. Jedenfalls besten Dank.»

«Warten Sie!»

Kate hatte schon den Hörer auflegen wollen. Nun sagte sie: «Ja?»

«Lassen Sie mich herumfragen. Ich kenne die Lamonts, wenn nicht besser, so doch im Gegensatz zu Ihnen aus letzter Zeit. Vielleicht fallen mir Leute aus ihrem Bekanntenkreis ein, die zweifellos wissen, wo Paul arbeitet. Überlassen Sie es also mir, bis Sie von mir hören. Ich melde mich bald wieder.» Plötzlich sah sie ihn leibhaftig vor sich, wie er in die Muschel sprach.

«Na, ich dachte, ich könnte es selbst da oder dort versuchen.»

«Lassen Sie mich die Nummer herausfinden. Es wäre viel besser so. Einverstanden?»

«Also ... wenn Sie meinen, es wäre besser.»

Seine Stimme wurde merklich wärmer: «Gewiß.»

«Na schön.» Kate legte auf. «Er wollte, daß ich es ihm überlasse, Pauls Telefonnummer herauszufinden.»

«Aha», sagte Jed mit einem etwas gequälten Lächeln.

«Vermutlich denken Sie, ich hätte nicht zustimmen sollen.»

«Ich habe kein Wort gesagt.»

«Allerdings. Aber auch Sie haben ein sprechendes Äußeres, und das verrät einiges.»

Da er darauf nichts erwiderte, seufzte Kate: «Sie haben sicher recht. Ich weiß nicht, wieso ich so rückgratlos bin. Das ist schon das zweite Mal, daß er diese Wirkung auf mich ausübt. Was ist bloß los mit mir?»

«Eine Empfänglichkeit für männlichen Zuspruch.»

«Wenn ich diesen Zuspruch so sehr brauchen würde, wie Sie meinen, wäre ich ihm schon öfter dankbar erlegen. Ich wäre kaum aus der horizontalen Lage herausgekommen.»

Für einen Augenblick sah er leicht schockiert aus. Sie begann zu lachen. «Sie werden es nicht schaffen, den Psychiater zu spielen, wenn Sie sich so leicht schockiert fühlen. Das ist nicht sachlich.»

Er lächelte müde. «Nein, sicher nicht.»

Kate wanderte ruhelos im Zimmer hin und her. Nach einer Minute sagte sie: «Trotzdem haben Sie recht. Sogar bei Paul und selbst jetzt. Ich kann mich gegen ihn bis zu einem gewissen Punkt wehren. Und dann tue ich doch, was er will. So ist es mir immer mit Graham gegangen. Nicht mit Joel, weil ich ihn nicht ernst nehmen kann. Er ist für mich wie ein kleiner Junge.»

«Sind das Ihre Verehrer?»

Jed Kramer hat etwas ausgesprochen Altmodisches an sich, dachte Kate, unfähig, ihn sich als Dr. Marker vorzustellen. «Ich weiß nicht, ob ich sie meine Verehrer nennen soll. Jedenfalls sind es – oder waren es – die Männer in meinem Leben.»

«Sie werden immer Verehrer haben. Sie sind eine gutaussehende Frau, und obwohl Sie es anscheinend selbst nicht wissen oder vielleicht auch gar nicht wissen wollen, gehen von Ihnen höchst verführerische Signale an alle Männer in Ihrer Nähe aus.»

«Wenn das der Fall ist, warum war ich dann nicht schon mindestens zweimal verheiratet?»

«Weil Sie sich an niemanden binden wollten außer an den Mann, den Sie begehrten – oder glaubten zu begehren –, Paul.» Jed nahm seine Brille heraus und begann sie zu putzen. Dann steckte er das Taschentuch ein, setzte die Brille auf und schaute sie über die Gläser hinweg an. «Sie wollen also nicht herausfinden, bei welcher Firma Ihr Schwager ist, sondern warten, bis Dr. McGrath anruft.»

«Nein», sagte Kate. «Ich will nicht warten. Und ich glaube, ich sollte es auch nicht. Ich werde die Schule anrufen. Wenn wir nicht feststellen können, wo Paul ist, dann ... dann ...»

«Vielleicht sollten wir die Polizei verständigen», meinte Jed. «Ihre Nichte kann schon seit gestern morgen fort sein, das wären die erforderlichen 24 Stunden.»

«Ja, aber erst rufe ich die Schule an.»

Fünfzehn Minuten später hatte Kate mit dem Verwalter, der Sekretärin und dem Leiter der örtlichen Mittelschule gesprochen. Die ersten beiden wollten nicht einmal in Maries Karteiblatt nachsehen, ohne daß eine dritte Person Kates Identität bestätigte. «Tut mir leid», sagte der Verwalter. «Sicher sind Sie die, als die Sie sich ausgeben. Und ich weiß auch, daß Maries Mutter im Krankenhaus ist. Aber wir haben schon einmal schreckliche Schwierigkeiten gehabt, weil wir Telefonnummer oder Adresse eines Elternteils jemandem genannt haben, der behauptete, ein Verwandter zu sein – es klang sehr berechtigt –, und kurz darauf mußten wir uns vor Gericht in einer Vormundschaftssache verteidigen, weil wir wichtige Informationen preisgegeben hatten, ohne die Berechtigung zu prüfen. Sie werden mit dem Leiter sprechen müssen.»

Also erklärte Kate diesem ihr Problem. «Vor allem», sagte er, «würde ich gern wissen, warum Sie sich nicht mit uns wegen Maries Fehlen in der Schule in Verbindung setzten. Wir haben telefoniert, wir haben Briefe geschickt. Es kam keine Antwort.»

Kate verdaute diese nicht ganz unerwartete Information. «Vermutlich deshalb, weil weder Maries Vater noch ich wußten, daß sie nicht in die Schule kam. Wenn Sie versuchten, mich tagsüber anzurufen, hätten Sie keinen Erfolg, denn da bin ich im Verlag. Ihr Vater ist in Chicago. Wenn Sie seine Büronummer haben, kann ich Sie nur bitten, geben Sie sie mir – oder wenigstens den Namen seiner Firma. Das versuche ich herauszubringen, damit ich ihn finde und ihm sagen kann, daß Marie verschwunden ist.»

Lange keine Antwort, dann sagte der Schulleiter: «Warten Sie einen Augenblick.»

Kate hörte durch das Telefon verschiedene Geräusche am anderen Ende der Leitung. «Man könnte meinen, ich wolle den Geheimcode des CIA herausbringen», sagte sie zu Jed.

«Die Leute müssen vorsichtig sein», erwiderte er. «Noch vorsichtiger als bisher, mit dieser großen Zahl geschiedener Eltern und Vormundschaftsstreitigkeiten. Sie wissen ja nicht, wer Sie wirklich sind.»

«Offenbar ist unsere teure Marie nicht nur verschwunden, sondern hat auch schon eine Weile die Schule geschwänzt. Und sie haben telefonisch und durch Briefe versucht, Paul zu erreichen. Ich schaue unten nicht in den Briefkasten. Wenn ich herkomme, ist die Post immer schon herausgenommen und sauber gestapelt. Vermutlich ...»

«... durch Marie, ohne Zweifel», sagte Jed, «nachdem sie alle Nachrichten der Schule herausgenommen hat.»

«Und ich dachte, ihr Vater hätte ihr ein wenig Gottesfurcht beigebracht.»

«Hat er sicher auch. Jedenfalls soviel, daß sie ihre Spuren nach Möglichkeit verwischen wird.»

«Das verstehe ich nicht. Ich war auch widerspenstig, aber so habe ich mich nie aufgeführt», sagte Kate. Dann erinnerte sie sich an ihre Wut und das Gefühl der Unterlegenheit und wie sie die Légères und alles, was mit ihnen zusammenhing, gehaßt hatte. «Vermutlich», fuhr sie langsamer fort, «habe ich mich deshalb nicht wie Marie benommen, weil ich zu verschüchtert und überzeugt war, ich würde damit nicht durchkommen.»

«Stimmt. Unsere ganze Generation hat sich wahrscheinlich besser verhalten als die derzeitige, wenigstens was den Gehorsam gegenüber den Eltern betrifft. Doch zweifle ich sehr, ob viel davon angeborene Tugend war.»

«Miss ... Miss Malory?» meldete sich der Schulleiter am Telefon.

«Ja, hier Kate Malory.»

«Es ist höchst seltsam», sagte er, «wir haben keine Nummer von Mr. Lamonts Büro. Nur die Privatnummer. Ich verstehe nicht, warum derjenige, der die Daten aufnahm, nicht darauf bestanden hat, sie zu bekommen.»

«Aha», meinte Kate, «haben Sie wenigstens den Namen der Firma?»

«Nein, auch nicht. Bedaure. Das ist eine große Nachlässigkeit gewesen.»

«Na schön. Besten Dank», sagte Kate.

«Nur einen Augenblick, Miss Malory.» Die Stimme des Schulleiters klang streng, fast als tadle sie einen seiner Schüler. «Wenn ich so sagen darf, finde ich es außerordentlich seltsam, daß Sie, Mr. Lamonts Schwägerin, die im Augenblick in seinem Haus wohnt, nicht den Namen seiner Firma wissen oder wo er arbeitet.»

«Das bleibt Ihnen unbenommen, Mr. eh ...»

«Grayson.»

«Mr. Grayson. Und obwohl es wirklich seltsam ist, halte ich es nicht für seltsamer als die Tatsache, daß auch Sie weder die Büronummer noch die Anschrift der Firma haben. Besten Dank. Adieu.» Damit legte sie auf.

Sie starrte auf das Telefon. «Paul war vermutlich in rasender Eile und schrecklicher Laune, als er Marie zur örtlichen Schule brachte. Ich sollte wohl eher Maries frühere Schule anrufen. Ob die auch wegen Vormundschaften nervös sind?»

Sie waren es. Sie mußte sich bis zur Direktorin durchkämpfen, die schließlich Kates Geschichte in Ruhe anhörte. Kate selbst klangen die eigenen Worte immer weniger glaubhaft. «Tut mir leid, wenn das vielleicht verrückt klingt», schloß sie endlich. Mein Gott, dachte sie, ich tue schon, als erwarte ich Ablehnung. Sie war daher ziemlich überrascht, als die Direktorin mit kühler Stimme sagte:

«Ja, ich glaube, wir haben Mr. Lamonts Büroanschrift. Einen Augenblick, bitte.» Nach kurzer Pause fuhr sie fort: «Importing Services Limited, Rockefeller Plaza. Natürlich ist diese Information fünf Jahre alt. Ich weiß nicht, ob sie noch stimmt.»

«Danke», sagte Kate, «vielen Dank.»

«Miss Malory ...»

Kate hatte schon auflegen wollen. «Ja?»

«Trotz der Tatsache, daß wir Marie ausschließen mußten – zu ihrem und unserm Besten, es konnte mit ihr so nicht weitergehen –, mochte ich sie sehr gern. Haben Sie keine Ahnung, wo sie steckt?»

«Nicht die geringste, Miss ... Miss MacNair.» Gerade rechtzeitig erinnerte sich Kate an den Namen der Direktorin. «Haben Sie irgendwelche Vermutungen?»

«Nein. Die meisten Eltern ihrer Freunde hätten Sie verständigt, wenn sie bei ihnen über Nacht bleibt. Aber eines möchte ich sagen, obwohl es mich nichts mehr angeht und ich damit in gewissem Grad die Schweigepflicht unseres Studienberaters breche. Marie war allzu lange in einer unmöglichen Lage zwischen beiden Elternteilen. Wenige Mädchen ihres Alters sind imstande, in einer solchen Situation im Gleichgewicht zu bleiben. Je eher sich das löst – so oder so –, um so besser für sie. Bitte grüßen Sie sie herzlich von mir.» Und damit legte die Direktorin auf.

«Es gehört vielleicht nicht zu ihren Aufgaben», sagte Kate, «aber sie hat mir ohne Zögern ihre Ansicht kundgetan.» Und sie berichtete Jed, was sie gehört hatte.

«Ich glaube, sie hat recht», erwiderte Jed. «Das könnte einiges erklären ... einige der Empfindungen, die ich in Maries Zimmer verspürte.»

«Paul sagt, er will sich nicht scheiden lassen, um den Kindern ihr Heim zu erhalten, aber ist halb entschlossen, sie lieber unter Vormundschaft zu stellen und in ein Heim zu stecken. Vermutlich hat er recht.»

Jed hatte die Tür zur Ankleidekammer geöffnet und starrte zur Decke hinauf. «Ist das die Bodenklappe, von der Sie mir erzählt haben?»

«Ja. Ich rufe inzwischen die Auskunft an und lasse mir die Telefonnummer der Firma geben, die Miss MacNair genannt hat.»

Fünf Minuten später teilte ihr die Auskunft mit, daß es eine solche Firma im Telefonbuch von Manhattan nicht gebe. Nach längerem

Nachdenken rief Kate nochmals die Auskunft an. Kurz darauf bestätigte ihr die Hausverwaltung des Rockefeller Plaza, daß in dem weitläufigen Komplex von Bürogebäuden keine Firma dieses Namens existiere. «Jed», fragte sie schließlich, «was hat das Ihrer Meinung nach zu bedeuten?»

«Es kann bedeuten, daß derjenige, der in der alten Schule die Information in die Kartei eintrug, sich geirrt hat. Oder die Firma ist aus New York fortgezogen – viele haben das getan ...»

«Aber Paul hat unmißverständlich von seinem Hauptbüro in New York gesprochen.» Sie schaute Jed an. «Ich halte es für möglich, daß sich die Person in der Schule geirrt haben kann. Aber aus welch unerfindlichen Gründen sollte Paul einen Phantasienamen für die Firma angeben, bei der er arbeitet?»

«Außer er arbeitet nicht für sie. Sagten sie nicht, die Angabe wäre fünf Jahre alt? Er kann dort ausgeschieden sein, oder die Firma ist übersiedelt oder in Konkurs gegangen, und er arbeitet für eine andere.»

«Das wäre möglich.»

«Oder vielleicht hat er früher für einen dieser multinationalen Riesenkonzerne gearbeitet und jetzt nicht mehr und will es nicht bekanntwerden lassen. Vielleicht hat man ihn gefeuert, was die Tatsache erklären würde, daß in seinem Schreibtisch nichts zu finden war, aus dem man den Namen der Firma hätte ersehen können. Hätte jemand angerufen und ihn verlangt, wäre ihm mitgeteilt worden, daß Paul nicht mehr bei der Firma ist. Übrigens, als Sie in Tokio anriefen, wer hat sich da gemeldet?»

«Er selbst. Jetzt nachträglich fällt mir auf, daß jeder Angestellte in einer so hohen Position, der von seiner Firma um die halbe Welt geschickt wird, vermutlich jemanden hat, der Anrufe entgegennimmt. Aber ich war zu froh, ihn erreicht zu haben.»

«Was für ein Mensch ist Paul?» fragte Jed schließlich.

Kate wußte nicht, wie sie die Frage beantworten sollte. Sie starrte Jed verwirrt an. Alle die Stunden, Wochen und Jahre des Denkens an Paul, das erkannte sie plötzlich, hatten um seine Beziehung zu Frauen gekreist – insbesondere zu ihr, aber auch zu Deborah und, in absteigender Rangordnung, zu seinen verschiedenen anderen Geliebten ...

«Ich meine», fuhr Jed geduldig fort, «ist er ein Mann von Prinzipien? Besitzt er Integrität? Wäre er ein geschätzter Angestellter in irgendeiner Position? Kann man sich auf sein Wort verlassen? Und welche Art von Arbeit tut er? Verwaltung? Management? Werbung? War er Ingenieur? Chemiker? Anwalt?»

Kate fühlte sich wie vor den Kopf geschlagen. Sie hatte nicht die leiseste Ahnung, nicht einmal, wo sie mit der Beantwortung der Fragen beginnen sollte. Paul war ein schöner Mann, ein guter Footballspieler, für Frauen attraktiv ... Was hatte ihr Vater einst gesagt? Es war eine flüchtige Bemerkung gewesen, beim Abendessen, kurz nachdem er Diane geheiratet hatte. Sie waren in dem großen, schönen Speisezimmer mit den hohen Glastüren gesessen, durch die man auf die mächtige Lebenseiche hinaussah. Kate erinnerte sich nicht, wie es dazu kam, aber sie konnte so klar, als wäre es erst letzte Woche gewesen, sehen und hören, wie ihr Vater, während er sorgsam seine Forelle zerlegte, die beiläufige Bemerkung fallenließ: «Paul Lamont erinnert mich an mich selbst, als ich noch ein Junge war ...»

«Er glich sehr meinem Vater, meinem Adoptivvater», sagte sie langsam.

«Gutaussehend, begabt, anziehend für Frauen. Er war in allen Sportarten gut, besonders im Football. Er ist gleich nach der Heirat mit Deborah in die Légère-Schiffahrtsgesellschaft eingetreten, vermutlich als Juniorpartner. Ich bin nahezu sicher, daß er keinerlei Ausbildung als Anwalt oder Ingenieur oder Chemiker oder als sonst etwas hatte ... Ist es nicht seltsam, daß ...»

In diesem Augenblick läutete das Telefon. Kate hob den Hörer ab. «Hallo?»

«Kate, hier spricht Mark. Ich bin in meinem Arbeitszimmer. Irgendwer scheint das Register mit den Büro- und Privatnummern meiner Patienten verlegt zu haben. Sicher wird es bald wieder auftauchen ...»

«... und dann wird die entsprechende Seite herausgerissen sein», seufzte Kate.

«Was?»

«Nichts. Trotz Ihrem Drängen habe ich ein wenig herumtelefoniert und nicht das Geringste über Pauls Geschäfte herausgebracht – welcher Art immer sie sein mögen. Die Mittelschule hat seine Büroadresse nicht notiert. Die Firma, die in Maries alter Schule angegeben war, besteht nicht mehr, oder er arbeitet nicht mehr für sie. So haben wir keinen Namen, keine Adresse, keine Telefonnummer.

Ich kann es einfach nicht glauben. Es ist wie in einem Agentenroman. Man möchte fast meinen, er gehört einer supergeheimen Dienststelle an.»

«Vielleicht trifft das zu», sagte Mark. «Und wenn, dann können wir weiter nichts tun. Wichtiger ist im Augenblick Marie.»

«Das ist mir klar», sagte Kate zunehmend gereizt. «Aber mir wird es mehr und mehr zuwider, die Verantwortung zu haben ohne entsprechende Autorität. Als ich versuchte, die Telefonnummer von Pauls Firma in der Mittelschule zu erfahren, habe ich festgestellt, daß sie dort, ohne daß ich mit einem ganzen Stapel Ausweise und Briefen von der Familie persönlich erscheine, nicht bereit sind, mir zu glauben, warum ich hier im Haus bin. Offenbar hat man sie schon einmal beschwindelt. Sie haben Informationen gegeben und sind dadurch in eine Vormundschaftsstreitigkeit hineingezogen worden. Aber mittlerweile muß ich mein möglichstes tun, auf der Suche nach Marie alle Hebel in Bewegung zu setzen. Vermutlich haben Sie auch die Telefonnummer in Tokio nicht mehr, die Sie mir damals nannten.»

«Nein – einen Augenblick.» Nach kurzer Zeit meldete er sich wieder. «Nein, tut mir leid. Ich habe sie in den Papierkorb geworfen, als ich hörte, daß er zurück ist.»

«Na, dann – dann rufe ich die Polizei an.»

«Das nützt nichts, solange Marie nicht 24 Stunden vermißt wird.»

«Nach dem, was ich weiß, kann es schon so lange her sein. Ich habe sie seit gestern früh nicht gesehen, und bestimmt war sie die ganze letzte Nacht nicht zu Hause.»

«Warten Sie nur noch ein paar Stunden, Kate. Wenn Sie wegen einer solchen Sache die Polizei rufen, werden Sie sie nicht mehr los. Und früher oder später bekommt die Presse Wind davon.»

«Ich spiele in der Öffentlichkeit keine Rolle», sagte Kate. «Das wäre egal.»

«Sie vielleicht nicht, aber die Lamonts sind hier ziemlich prominent. Wenn Sie Ihre Gründe bekanntgeben, warum Sie Paul finden wollen – daß seine Frau wegen Drogenmißbrauch interniert wurde und daß seine Tochter ausgerissen ist –, könnte das für Sie alle unangenehme und peinliche Folgen haben, sobald die Sache ausgestanden ist.»

In seinen Worten lag so viel Wahres, daß Kate nichts dagegen zu sagen wußte. Sie hatte beruflich sowohl mit Journalisten als auch mit der Polizei zu tun gehabt und die Erfahrung gemacht, daß auch die geringste Hoffnung auf Geheimhaltung schwand, sobald die einen oder die anderen Wind von einer Sache bekamen. «Da mögen Sie recht haben», sagte sie zögernd.

«Warten Sie noch ein wenig.»

«Und Marie? Eine vermißte Fünfzehnjährige?»

«Vielleicht ist sie bei einem Freund. Das ist sogar wahrscheinlich, wenn sie Ihnen Ihre Anwesenheit im Haus verübelt.»

«Ich nehme doch an, daß dann die Eltern dieses Freundes hier anrufen und uns informieren würden.»

«Sie wären überrascht, wie viele Eltern das nicht täten, weil sie wissen, daß ihre Kinder es als Eingriff in ihr Privatleben betrachten würden. Die heutige Jugend ist viel selbständiger.»

«Ja, ich weiß.» Sie zögerte. «Na schön. Das leuchtet mir ein. Ich werde also noch ein paar Stunden zuwarten.» Sie legte auf und starrte erst das Telefon an, dann Jed. «Bin ich wieder einer Gehirnwäsche erlegen?»

«Welchen Grund hat er angegeben, daß Sie nicht die Polizei anrufen sollen?»

«Daß dann die Katze aus dem Sack wäre. Wenn es die Polizei weiß, erfährt über kurz oder lang alle Welt, daß Deborah in der Nervenheilanstalt und Marie ausgerissen ist.»

Jed stand, die Hände in den Taschen, am Fenster und schaute hinaus. «In gewissem Sinn hat er recht. Wenn die Polizei auf der Suche nach jemandem ist, muß sie Ermittlungen anstellen, und das geht nicht, ohne den Leuten zu sagen, wen man sucht.»

«Anscheinend glaubt Mark, Paul könnte in irgendeiner Geheimsache tätig sein – eine Art Nachrichtendienst.»

«Daran habe ich auch gedacht.»

«Ich sehe mich direkt auf der Suche nach ihm. Ist dort der CIA? Das FBI? Verzeihen Sie, wenn ich anrufe, aber ich muß einen Ihrer Geheimagenten, Paul Lamont, erreichen. Haben Sie vielleicht seine Telefonnummer?»

Jed lächelte. Er hatte weiße, gesund aussehende, leicht schiefe Zähne. Kate erinnerte sich plötzlich, daß die Zähne der meisten ihrer Freunde zu strahlender Gleichmäßigkeit zurechtgefeilt und überkront waren. Die meisten europäischen Gebisse, wenn sie nicht falsch oder verunstaltet waren, hatten eine ähnliche persönliche Note. «Waren Ihre Eltern Ausländer?» fragte sie.

«Ja. Ich hatte einen englischen Vater und eine holländische Mutter. Warum fragen Sie?»

«Wegen Ihrer Zähne. Da gab es einmal eine englische Schauspielerin, die hatte etwas übereinanderstehende Schneidezähne, was reizend aussah. Als sie nach Hollywood kam, hat man als erstes ihre Zähne begradigt. Seitdem sah sie nicht mehr so nett aus.»

«Ich weiß. Verschiedene Dentisten wollten mir in meiner Jugend die Zähne regulieren, aber meine Mutter ließ das nicht zu.»

«Eine kluge Frau», sagte Kate zerstreut, und dann: «Ich habe wohl noch immer nicht Ihre Frage nach Paul beantwortet?»

«Das ist nicht so wichtig.»

«Ich finde doch. Aber um noch einmal auf McGrath zurückzukommen: Glauben Sie, daß hinter seiner Abneigung, die Polizei zu verständigen, mehr steckt als der Wunsch, die Privatsphäre der Lamonts zu schützen?»

«Ich weiß nicht.»

Kates alter Verdacht gegen McGrath, der in letzter Zeit etwas nachgelassen hatte, regte sich wieder. «Da stimmt doch etwas nicht», sagte sie. «Er hat ein gewinnendes Wesen, aber ...»

Jed schaute sie fragend an. «Was aber?»

«Ich bin mir nicht sicher. Deborah, die in seiner Obhut ist, benimmt sich sehr sonderbar. Ich meine, selbst unter den gegebenen Umständen führt sie sich unberechenbar auf. McGrath gibt das selbst zu. Paul scheint ihm nur halb zu trauen, und McGrath läßt nie wirklich verlauten, welche Art von Behandlung Deborah dort erhält. Er sagt nur, sie spräche nicht darauf an. Aber jedesmal, wenn ich mit ihm zusammenkomme, tue ich offenbar, was er will.»

«Das ist eine bemerkenswerte Gabe», stellte Jed trocken fest, «solange sie nicht mißbraucht wird.»

«Glauben Sie, daß er das tut?» fragte sie rasch. «Diese Gabe mißbrauchen?»

«Mir fehlt jede Möglichkeit, es festzustellen. Aber ...»

«Was aber?»

«Seien Sie vorsichtig. Jetzt ... wollen wir sehen, was auf dem Dachboden ist.»

«Ich vergaß, Ihnen etwas zu erzählen. In der Nacht nach unserem ersten Gespräch – also vergangene Nacht – kam ich nochmals hier herein und zog – das heißt, ich versuchte, die Bodenklappe herabzuziehen. Sie rührte sich nicht. Jemand muß sie verriegelt haben.»

Jed schaute sie prüfend an. «Ich habe keinerlei Schloß oder Riegel daran gesehen. Sie vielleicht?»

Kate schüttelte den Kopf. «Nein, aber so blöd kann ich doch gar nicht sein. Ich habe einfach den Haken der Stange in die Öse gesteckt und gezogen. Ich habe nicht einmal daran gedacht, nach einem Schloß Ausschau zu halten. Kommen Sie.»

Eine Minute später starrten beide zur Klappe hinauf. Jed suchte und fand die Stange und zog damit kräftig an der Öse. Die Tür öffnete sich geräuschvoll, und die Aluminiumleiter wurde sichtbar.

«Na also!» sagte Jed.

«Ich schwöre Ihnen», versicherte Kate.

«Schon gut», Jed hatte sich ihr zugewandt und lächelte.

«Sie war verriegelt. Ich habe sehr fest gezogen.» Sie zögerte. «Vielleicht hat sie bloß geklemmt», fügte sie unsicher hinzu, «Türen tun das manchmal.»

«Ja, gewiß. Aber ich wäre überrascht, wenn diese hier es täte. Vorhin schon habe ich bemerkt, daß sie nicht sehr dicht schließt. Da kam nämlich ein schwacher, ziemlich kalter Luftzug von oben durch die Spalten herab. Der Dachboden ist vermutlich wie in den meisten Häusern nicht geheizt.»

«Kalt mögen Sie es bei sich empfinden, im sonnigen Kalifornien. Aber nach New Yorker Standard haben wir Frühlingswetter – also keineswegs kalt. Jedenfalls ist der Thermostat hier im Haus zurückgedreht, und zu dieser Jahreszeit braucht man zu Mittag kaum eine Heizung.»

«Wenn das so ist, wollen wir doch sehen, warum der Luftzug so kalt ist.»

Jed zog die Leiter herab. Das gleiche Rechteck, dem sich Kate gegenübergesehen hatte, schien jetzt auf ihn herabzustarren, obwohl es natürlich am hellichten Tag nicht mehr ganz so schwarz war. «Ich spüre es», sagte sie. «Sie haben recht, es ist kalt.»

Jed stieg die Leiter zum Dachboden hinauf, und Kate folgte ihm.

«Ich sehe, warum», sagte Jed. «Das Fenster dort ist offen.» Er deutete auf einen gegenüberliegenden Dachaufsatz, einen von mehreren, die in dem sich anscheinend fast über das ganze Haus erstreckenden Dachboden gleichmäßig verteilt waren. Trotz des offenen Fensters war die Luft in dem niedrigen Raum ziemlich dumpf und stauberfüllt. Und da die Rollos an den anderen fünf Fenstern herabgezogen waren, herrschte trübes Zwielicht.

«Hier ist ein Schalter.» Jed griff nach einer von den Dachsparren herabhängenden Kette. «Machen wir Licht.» Dann ging er zum Fenster, besah sich den Rahmen und spähte schließlich hinaus.

Kate blickte sich fasziniert um. Von dem ganzen großen Dachboden schien nur eine Ecke zu einer kleinen Kammer ausgebaut zu sein, die halb hinter einem großen Wandschirm verborgen war. Sie ging hinter den Schirm. Ja, es war eine kleine Kammer mit Bretterwänden und einer Tür. Sie griff nach der Klinke, aber die Tür ließ sich nicht öffnen. Offenbar war sie versperrt.

«Ich frage mich, was hier drin ist», sagte sie.

«Wo?» Jeds Stimme kam vom anderen Ende des Raumes.

«Hier, in der Kammer hinter dem Wandschirm. Aber die Tür ist versperrt.»

«Vermutlich Akten und derartiges. Ich finde dieses Fenster viel interessanter.»

Kate kehrte zur Mitte des Raumes zurück und schaute sich um. Kostbarkeiten der Légères aus früheren Zeiten standen kunterbunt überall herum. Stühle mit gestickten Sitzen, an die sich Kate kaum noch erinnerte, waren jeweils einer über dem anderen in einer Ecke gestapelt. Das Holz mit Staub bedeckt, die Stickerei, soweit sichtbar, verblaßt und schmutzig. Davor gab es einfache Holzstühle, wie man sie in Küchen verwendet. Ein altmodischer Rasierspiegel, den ihr Vater benutzt hatte, lag auf dem Boden. Bei dem vom berühmten Kunsttischler Sheraton gefertigten Nähtisch war die eingelegte Platte verworfen. Ein Tisch mit herabklappbaren Seitenteilen und überreichen Verzierungen wirkte schwer und seltsam, aber in gewisser Weise immer noch elegant. Ferner waren da Truhen, Schreibtische, Schränke, Wandschirme, einer davon mit französischen Sinnsprüchen. Wo war er im Haus der Légères nur gestanden? In ihrem eigenen Schlafzimmer, erinnerte sich Kate erschreckt. Und dann Kartons über Kartons, mit Spagat verschnürt, ferner Packpapier und zerknüllte Zeitungen, am Boden verstreut, so als hätte man sie als Verpackungsmaterial benutzt. Kate ging zu einer halboffenen Truhe und griff nach etwas, das wie ein Vorhang aussah. Staub wirbelte auf. Sie hustete und wich zurück.

«Du lieber Himmel! Warum hat Deborah die nicht ordentlich weggepackt? Die hingen im Eßzimmer in der Prytania Street. Ich erinnere mich, wie prächtig sie dort aussahen!» Sie befühlte den Stoff und verzog das Gesicht. «Seinerzeit!» Bei näherem Hinsehen entdeckte sie weitere Truhen, entweder offen oder, wenn verschlossen, dann so nachlässig vollgestopft, daß manches noch unter den Deckeln herausquoll.

«Wenn Ihre Schwester emotionale Probleme hatte, vermehrt durch Drogenabhängigkeit, ließ sie das vermutlich nachlässig werden. Abgesehen von ihrem unberechenbaren Verhalten, war sie auch sonst noch verändert?»

«Ja, schrecklich. Vor allem ist sie maßlos dick. Zuerst – als ich hinkam – schien sie traumverloren, fast weggetreten, wie die Jungen sagen. Dann schien sie für kurze Zeit normal – genügend normal, um zu merken, daß etwas mit ihrem Verstand nicht in Ordnung war. Es war erschreckend! Aber sie fing davon an, daß ich ihr Paul gestohlen hätte – was lächerlich ist –, und dann schnappte sie anscheinend über. Es war zum Fürchten. Eine Pflegerin kam hereingestürzt und beschuldigte mich, ich hätte die Kranke aufgeregt.»

«Ja, das passiert manchmal bei Menschen, die drogensüchtig waren. Erhält sie manchmal Besuche?»

«Von Paul, Marie und Ranger.»

«Keine Freunde?»

«Er sagt nein, was ich für seltsam halte.»

«Das ist es eigentlich nicht. Wenn sie schon einige Jahre süchtig war, hat sie zunächst aufgehört auszugehen, dann die Bekanntschaften nicht mehr gepflegt. Und nach einer Weile haben ihre Freunde es aufgegeben.»

«Vermutlich.» Kate schaute sich auf dem Dachboden um. «Jetzt, wo ich hier heroben bin, muß ich sagen, er wirkt keineswegs so, als gäbe es hier Geheimnisse. Ich weiß nicht, was ich zu sehen erwartet habe.»

«Vielleicht gibt es nichts Geheimnisvolles, aber ein oder zwei interessante Dinge sind mir doch aufgefallen. So etwa», Jed wandte sich dem Fenster zu, «daß dieses da vom Dach aus nicht allzuschwer zu erreichen ist, jedenfalls nicht für jemanden, der einigermaßen in Form ist. Außerdem war es offen. Angesichts der Tatsache, daß die Falltür verriegelt war, als Sie sie zu öffnen versuchten, in der vorhergegangenen Nacht jedoch nicht und diesmal auch nicht, scheint alles dafür zu sprechen, daß sie von hier aus verriegelt wurde. Außerdem brauchen Sie sich ja nur die Bolzen dort neben der Falltür anzusehen.»

Kate schaute hin. Richtig, da waren an der einen Seite der rechtwinkeligen Öffnung zurückgezogene Bolzen. Zweifellos befanden sich auf der Tür, die jetzt hinter der Leiter herabhing, die entsprechenden Gegenstücke. «Dann war», sagte Kate, «jemand hier heroben! Was für ein reizender Gedanke! So beruhigend! Soweit ich mich erinnern kann, läßt sich die Falltür von unten nicht versperren, also kann Mr. X, wann immer es ihm paßt, ins Haus herunterkommen, und wir haben keine Möglichkeit, ihn daran zu hindern.» Sie seufzte. «Sind Sie sicher, Jed?»

«So ziemlich. Schauen Sie sich den Boden an. Bei richtigem Lichteinfall können Sie rechteckige Formen im Staub erkennen. Dort müssen Kartons gestanden sein. Ebenso erkennt man, wenn auch undeutlich, einen Fußabdruck. Natürlich kann das – und vermutlich trifft es zu – auch nur bedeuten, daß Deborah oder ein dienstbarer Geist den Dachboden aufgeräumt hat. Aber nach dem, was Sie mir von Ihrer Schwester erzählen, war sie in der letzten Zeit nicht in der Verfassung, daß ein Putzfimmel sie hätte packen können.»

Kate ging zu der Stelle, von der aus sie die Spuren im Staub gut erkennen konnte. «Ja, ich sehe, was Sie meinen. Wer ... Was, glauben Sie, bedeutet das alles?»

«Das kann alles mögliche – oder auch gar nichts bedeuten.»

Zögernd erklärte Kate: «Wenn da nicht die Geräusche in der Nacht gewesen wären, ließe ich mich leicht überzeugen, daß all das bloß Unordnung ist.»

«Aber ...?»

«Aber daß mitten in der Nacht aufgeräumt wird, das wäre doch höchst ungewöhnlich.»

Von unten herauf hörten sie Bones bellen und dann ganz schwach das Läuten der Türglocke.

«Ich nehme an, das wird der Arzt sein», sagte Jed.

«McGrath?»

Die Glocke läutete ein zweites Mal, und Bones begann wieder zu bellen.

«Sie sollten lieber an die Tür gehen», mahnte Jed.

«Was macht Sie so sicher, daß es McGrath ist?»

«Bloß eine Vermutung.»

Kate ging zum vorderen Dachbodenfenster und schaute hinaus. «Sie haben recht», sagte sie. «Es ist sein Wagen. Was er wohl will?»

«Der beste Weg, es zu ergründen, ist, daß Sie hinuntergehen und ihn fragen.»

Kate hatte das seltsame Gefühl, daß Jed enttäuscht und vielleicht sogar gekränkt war. «Ärgern Sie sich über irgend etwas?» fragte sie, während sie sich bemühte, das Fenster zu öffnen.

«Nein.» Jed sah sie an. «Vermutlich ...»

Die Glocke läutete zum drittenmal. Kate war es endlich gelungen, das Fenster zu öffnen. «Mark?» rief sie hinunter. Das vorspringende Dach unter ihr hinderte sie zu sehen, ob es wirklich, wie sie dachte, der Arzt war. Dann trat er von der Tür so weit zurück, daß er für sie sichtbar wurde, und schaute zu ihr hinauf. «Hallo», sagte Kate. «Ich bin auf dem Dachboden. Ich komme gleich hinunter.» Sie schloß das Fenster und schaute zu Jed hinüber, der immer noch den Fußboden musterte. «Sie hatten wieder einmal recht», bemerkte sie.

«Mhm», war seine Reaktion. Und als sie die Treppe hinunterstieg, folgte er ihr.

Im Erdgeschoß angelangt, öffnete sie die Eingangstür. «Kommen Sie herein.»

An diesem Morgen, dachte Kate, sah McGrath mehr wie der Mann aus, der in ihre Wohnung gekommen war, selbstbewußt und anziehend, fast arrogant, und keineswegs wie der müde Psychiater, der sie nach Hause gebracht hatte. Als sie ins Wohnzimmer kamen, sah er dort Kramer stehen. «Verzeihung», sagte er leichthin, «ich wußte nicht, daß Sie Besuch haben.»

«Dr. Marker, Dr. McGrath», stellte Kate die beiden Männer einander vor und merkte hinterher, daß sie gedankenlos Jeds richtigen Namen genannt hatte.

Die Ärzte schüttelten einander die Hand. Dann wandte sich McGrath an Kate. «Ich kann nicht lange bleiben. Ich bin nur vorbeigekommen, um zu fragen, ob Sie etwas von Marie gehört haben.»

«Nichts. Haben Sie einige Namen von Freunden der Familie oder Maries in Erfahrung gebracht, die ich anrufen könnte?»

McGrath zögerte. «Leider ist mir überhaupt niemand eingefallen. Ich dachte sogar daran, Deborah zu fragen, aber als ich zu ihr kam, war sie in einer so schlechten Verfassung, daß ich es nicht noch schlimmer machen wollte. Vermutlich könnte ich den oder jenen fragen, aber das würde natürlich ebenso rasch zu unerquicklichem Bekanntwerden führen wie das Beiziehen der Polizei.» Er wandte sich zur Tür. «Wenn Sie nur noch ein paar Stunden warten könnten ... Was ist übrigens mit Ranger?»

«Er hat rundweg erklärt, daß er keine Ahnung hat, wo Marie ist.»

«Das nicht, aber er müßte doch die Namen ihrer Freunde kennen.» Er zögerte abermals. «Verständigen Sie jedenfalls, wenn Sie es für zweckmäßig halten, die Polizei. Vermutlich denke ich hauptsächlich an Deborah und was sie durchmachen wird, wenn sie aus der Sache herauskommt. Je mehr Leute von der Sache erfahren, um so härter dürfte es für sie werden.» Er ging auf die Tür zu. «Hat mich gefreut, Sie kennenzulernen, Doktor. Praktizieren Sie in New York?»

«Nein, in Kalifornien», sagte Jed.

Kate fuhr herum und sah Kramers fast lohfarbene Augen unverwandt auf McGrath gerichtet. Dabei glich er in keiner Weise mehr einem gutgelaunten Affen, viel eher einem ... einem ... Aber die Analogie fiel ihr nicht ein. Sie schaute zu Mark hinüber und fühlte sich wieder an jenen Augenblick in ihrer Wohnung erinnert. Sein Gesicht hatte den gleichen starren Ausdruck ... War es Schrecken? Angst? Alle Selbstsicherheit und Überzeugungskraft, mit der er das Haus betreten hatte, war verschwunden – wenigstens in diesem Augenblick. «Lassen Sie es mich wissen, wenn Sie etwas hören», sagte er hastig, nickte ihnen beiden zu und war auch schon durch die Haustür verschwunden.

«Haben Sie bemerkt», fragte Kate, zu Jed gewandt, «wie seltsam er gerade aussah?»

«Ja.»

«Ich habe noch nie einen Mann, der so viel psychische Energie ausstrahlen konnte –» sie schaute Jed an und verzog das Gesicht, «entschuldigen Sie den Ausdruck –, von einer Minute auf die andere so absolut leergebrannt wirken sehen.»

«Ich denke, es ist ihm in die Glieder gefahren, als er hörte, daß ich aus Kalifornien stamme», erwiderte Jed.

«Warum, in aller Welt?»

«Weiß ich nicht. Aber ich bin ziemlich sicher, daß ich ihn oder ein Bild von ihm schon gesehen habe, und die Empfindung, die sich dabei regt, ist keineswegs erfreulich.»

«Aber Sie wissen nicht warum?»

«Nein, die ganze Zeit, während er hier war, habe ich mir den Kopf zerbrochen, wann und wo ich ihn gesehen habe. Leider vergeblich.»

Kates alter Verdacht gegen den Psychiater erhielt dadurch neue Nahrung. «Können Sie sich wirklich nicht erinnern? Mir erschiene das schrecklich wichtig.»

Jed schüttelte den Kopf. «Bedauerlicherweise nein.»

«Was nützt es, Gedanken und Gefühle anderer Leute lesen zu können und aus der Berührung ihrer Sachen zu wissen, was sie erlebt haben, wenn Sie, geradeso wie jedermann, nicht imstande sind, sich an etwas entscheidend Wichtiges zu erinnern?»

«Nicht das Geringste», bestätigte Jed. «Ich pflichte Ihnen bei, es ist ein Jammer. Aber ich habe nie den Anspruch erhoben, mehr zu sein als ein ganz gewöhnlicher Mensch.»

«Doch!» protestierte Kate. Die vielerlei Belastungen – ihr Verdacht gegen McGrath, ihre Sorge um Marie, ihr verzweifeltes Bemühen, Paul zu finden – und die über sie hereinstürzenden wirren und beängstigenden Gedanken ließen sie immer gereizter werden. «Jeder, der Bücher über andere Bewußtseinsebenen schreibt und behauptet, daß Zeit nichts gleichmäßig Ablaufendes, sondern etwas anderes und ewige Wiederkehr ist, nimmt für sich in Anspruch, gewissermaßen etwas Besseres zu sein. Aber wenn Sie dann wirklich einmal in ganz normaler Weise helfen könnten, dann sind Sie plötzlich nicht fähig, sich an etwas zu erinnern.» Sie hatte das halb im Scherz sagen wollen und war selbst erstaunt, wie aggressiv es herauskam.

Das darauffolgende Schweigen schien kein Ende zu nehmen. Schließlich sagte Jed: «Ist nicht gerade das der Kern des Problems? Jemand taucht auf, und aus rein persönlichen Gründen statten Sie ihn mit einem ganzen Haufen von Charakterzügen und Fähigkeiten aus, die er nicht hat. Und wenn Sie das dann merken, werden Sie ärgerlich.» Er zögerte, und sie sahen einander erneut eine Weile schweigend an, bis er fortfuhr: «Leider kann ich Ihren famosen Psychiater nicht als über jeden Verdacht erhaben ansehen. Aber Sie haben ja selbst gemeint, mit ihm wäre etwas faul.» Jed holte seinen langen Schal und schlang ihn sich zweimal um den Hals. «Ich gehe jetzt», sagte er und wandte sich zur Tür.

In ihrer Wut auf ihn und auf sich selbst sah ihm Kate in eisigem Schweigen nach. Aber als er schon auf der Schwelle stand, fragte sie: «Noch irgendwelche weisen Ratschläge?»

«Ja.» Er blieb stehen und schaute zurück. «Rufen Sie die Polizei an.» Dann schloß er die Tür.

Kate stand mitten im Wohnzimmer, hörte rasche Schritte, die sich auf den Betonplatten entfernten, und kam sich seltsam verlassen vor. Ein Blick auf die Uhr zeigte ihr, daß es Viertel vor drei war. Um welche Zeit kam Ranger nach Hause?

Langsam stieg sie hinauf zum Elternschlafzimmer. Jed hatte säuberlich die Dachbodentreppe zurückgeschoben und die Klappe geschlossen. Eine Weile stand sie dort und starrte hinauf, mit den Gedanken nicht so sehr bei der Klappe als bei ihrem Ausbruch vor wenigen Minuten. Was um alle Welt war in sie gefahren? Jed war sehr hilfsbereit gewesen. Er hatte getan, was in seinen Kräften stand. Und sie hatte sich wie ein verzogenes Kind aufgeführt und die Gekränkte gespielt, weil sie zur Puppe nicht auch noch das Puppenhaus bekommen hatte. Außer ... außer das war nicht der wirkliche Grund. Irgendwo hatte sie gelesen – war es in einem seiner Bücher? –, daß Ärger meist der Angst vor einem Verlust entsprang. Was fürchtete sie zu verlieren? Die Antwort lag ihr auf der Zunge, wollte aber nicht kommen ...

Nach ein paar Minuten fiel ihr die völlige Stille im Haus auf. Wie anders war es doch in der Stadtwohnung! Dort gab es in Wirklichkeit so etwas wie Stille oder Abgeschiedenheit nicht – Einsamkeit ja, aber kein Alleinsein. Zu jeder Tages- und Nachtzeit, selbst wenn keine Stimmen zu hören waren, vernahm man Geräusche, Aufzüge, die fuhren, Sirenen von Polizei, Feuerwehr oder Krankenwagen ertönten, unter der Erde rumpelte die U-Bahn, auf der Straße fuhren und hupten die Autos, und von den Gehsteigen und Korridoren hörte man Schritte. Hier hingegen herrschte Stille ... Es überlief sie kalt.

Allein, nur mit Ranger als Schutz, im Haus zu sein und zu wissen, daß jemand über das Dach einsteigen und nach Belieben in das Haus herunterkommen konnte, war ein Gedanke, der ihr keine Ruhe ließ. Sie holte aus dem Zimmer einen Stuhl, trug ihn in die Kammer und stellte sich darauf. Mit erhobenen Händen betastete sie die Falltür. Obwohl sie in der gleichen Farbe gestrichen war wie die Wände – einem ausgefallenen, stumpfen Rötlichbraun –, war die Tür aus Holz. Da ließ sich also ohne weiteres ein Riegel anschrauben. Aber wie konnte sie das Gegenstück an der Decke befestigen? Mit Dübeln, natürlich. Kate hatte nicht vergebens sechzehn Jahre allein in New York gelebt – nun besaß sie ein gewisses Geschick in kleinen handwerklichen Arbeiten, die in früheren Zeiten auf eine hilfreiche männliche Hand hatten warten müssen. Es war nur die Frage zu klären, ob Paul eine elektrische Handbohrmaschine besaß. Wenn nicht – na, dann mußte sie sich eben etwas anderes ausdenken. Aber keinesfalls würde sie die Bodenklappe für jedermanns

Gebrauch offenlassen. Wo bewahrten Leute normalerweise ihre Werkzeuge auf? Im Keller, natürlich. Sie war schon bei der Kellertreppe, als sie hörte, daß die Haustür geöffnet wurde. Sie ging zurück in die Diele. Ranger war auf dem Weg zur Küche.

«Hallo!» rief sie.

Er blieb stehen. Für einen Augenblick – sie hätte es beschwören können – zeigte sein Gesicht unsinnige Angst.

«Was ist mit dir los?» fragte sie rasch. «Warum erschreckt es dich so, daß ich hier bin?»

«Mich doch nicht, bei Gott nicht», erwiderte Ranger und wandte sich wieder der Tür zu.

«Ranger, wie du sicher weißt, ist Marie letzte Nacht nicht nach Hause gekommen. Hast du eine Ahnung, wo sie steckt?»

«Woher sollte ich?»

«Ich habe nicht gesagt, daß du es wissen solltest. Und sei bitte nicht so störrisch. Warum regst du dich eigentlich so auf? Soviel ich weiß, habe ich dir keinen Anlaß dazu gegeben. Ich bin immer noch dieselbe, die Bones vor der Hundehütte bewahrt hat. Wenn du auf mich böse bist, dann sag mir wenigstens, warum.» Sie machte eine Pause, in der Hoffnung, daß Ranger etwas antworten würde. Aber er stand weiter stumm da. «Marie ist auch heute nicht heimgekommen. Ich war die ganze Zeit hier. Ich versuche nicht, mich in euer Leben einzumischen – jedenfalls nicht mehr, als unter den gegebenen Umständen nötig, aber du bist alt genug, um zu wissen, daß es nichts Gutes bedeutet, wenn ein fünfzehnjähriges Mädchen verschwindet. Sie kann in alles mögliche hineingeraten. Hast du gar keine Ahnung, wo sie sein könnte?»

Ranger starrte auf seine Turnschuhe. «Weiß ich doch nicht», sagte er bockig. «Warum fragst du mich?»

«Wen sonst soll ich fragen? Ich kann euren Vater nicht finden. Weißt du wenigstens den Namen seiner Firma oder seine Telefonnummer?»

Er schüttelte nur den Kopf. Daß ein mit sich selbst beschäftigter Junge von zwölf Jahren den Namen der Firma seines Vaters nicht wußte, hatte wenig zu bedeuten. Aber es wäre eine natürlichere Reaktion, dachte sie, wenn er herumgeraten hätte. Hinter seinem Kopfschütteln schien etwas anderes zu stecken.

«Hast du eine Ahnung, in welcher Art von Geschäften er tätig ist?»

Diesmal zuckte er die Achseln. «Import-Export, glaube ich.»

Das klang ziemlich überzeugend. Hinter der Küchentür ließ sich ein lautes Winseln vernehmen. «Schon gut», sagte Kate, die Rangers Blick richtig deutete, «geh mit ihm spazieren.»

Ranger stürzte zur Tür, als Kate plötzlich etwas einfiel.

«Ranger, nur einen Augenblick noch», sagte sie. «Soviel ich weiß, ist Marie früher, als ihr die Haushälterin hattet, oft lange ausgeblieben. Stimmt das?»

«Mhm.»

«Kennst du die Namen einiger ihrer Freunde? Sie ist vielleicht bei einem von ihnen, und ich hätte gern nachgefragt.»

Er blieb mit dem Hund an der Tür stehen und schien nachzudenken. Dann sagte er: «Da ist Tippy Lawrence, die war in St. Hilary in derselben Klasse.»

«Ist sie mit einem Jungen befreundet? Und wie heißt er?»

«Andy. Andy Brigham. Er ist in St. Matthew.» Ranger war dabei, die Tür aufzustoßen.

«Sorgst du dich gar nicht um sie, Ranger?»

«Worüber soll ich mir Sorgen machen?» Damit war er durch die Tür und begrüßte lauthals Bones, der sein Entzücken noch überschwenglicher kundtat als sonst.

Kate seufzte. Jeds energische Mahnung, die Polizei anzurufen, bohrte in ihr. Worauf warte ich noch? fragte sie sich. Warum entschließe ich mich nicht endlich und tue, was er sagt? Weil Mark gemeint hatte, daß die ganze Sache öffentlich bekannt würde, sobald sie die Polizei einschaltete? Was lag daran? Weil es die Dinge für Deborah schwerer machen würde? War es nicht wichtiger, Marie zu finden und nach Hause zu holen? Natürlich! Aber während ihr Blick zum Telefon in der Halle wanderte, hörte sie mit halbem Ohr die Hintertür zuschlagen. Durch das Fenster konnte sie Ranger sehen, wie er mit der Leine in der Hand durch den Vorgarten stürmte, hinter Bones her, der mit fliegenden Ohren im Galopp der Straße zustrebte. Es gab ihr einen Stich. Beide, Ranger und Bones, waren ihr lieb geworden. Sie schienen eine der großen Zweisamkeiten der Natur zu bilden: ein Junge mit seinem Hund. Woran lag es, daß sie fürchtete, ihre idyllische Eintracht könnte ein Ende finden? Wenn nicht etwas getan wurde ... Aber was? Die Bedrohung war gestaltlos, doch darum nicht weniger real. Plötzlich, als stehe er neben ihr, erinnerte sie sich an Jeds Gefühl, es sei dringend.

Entschlossen wandte sie sich um, ging zum Telefon und griff nach dem Hörer.

Sie wollte ihn gerade abheben und sich mit der Polizei verbinden lassen, als ein Gekritzel an der weißen Wand sie magisch anzuziehen schien. Es war von oben nach unten geschrieben. Was stand da? Kate neigte den Kopf zur Seite. «Andy 682-5097.» Was hatte Ranger eben gesagt? Maries Freund hieß Andy – Andy Brigham.

Einer augenblicklichen Regung folgend, wählte Kate die Nummer. Das Telefon läutete dreimal, dann sagte eine Frauenstimme: «Hallo?»

«Wohnt dort bitte Andy Brigham?»

«Ja.»

«Ist Andy zu Hause?»

«Wer spricht?»

«Kate Malory. Ich bin Mrs. Lamonts Schwester und betreue die Familie, während meine Schwester ... während Paul und Deborah abwesend sind. Ich wollte fragen, ob ...»

So weit war sie gekommen, als der Sturm über sie hereinbrach.

9

Die wütende Frau am andern Ende der Leitung war offenbar Mrs. Brigham, Andys Mutter, eine sehr zungenfertige Frau, die in Marie eine Mischung aus Carmen und Delila mit einem guten Schuß Gottlosigkeit sah. «Da kann einer sagen, was er will, aber ich weiß ganz sicher, daß Andy weder Marihuana geraucht noch halbe Nächte verbummelt hat, bevor er es mit Ihrer liederlichen Nichte zu tun bekam ...»

«Hören Sie doch einen Augenblick ...»

«Und wenn er zu Hause ein Glas Wein oder Bier getrunken hat, so war das alles. Erst seit er sich mit diesem zügellosen Weibstück herumtreibt, das Sie einen Teenager nennen ...»

«Ich nehme doch an, Ihr Sohn ist weder schwachsinnig noch zurückgeblieben», schnappte Kate zurück. «Wenn er also etwas getan hat, dann jedenfalls aus eigenem Willen. Und mir ist eine Nichte wie Marie, die zumindest für ihr Tun einsteht, bedeutend lieber als ein überbehütetes Muttersöhnchen, das allen anderen die Schuld gibt ...»

Am anderen Ende wurde aufgelegt.

Kate, noch den Hörer in der Hand, dachte bitter, sie hätte sich eher daran erinnern sollen, daß sie jede erdenkliche Hilfe brauchte, einschließlich jener Andys und seiner Gift und Galle speienden Mutter. Aber sie war erfreut und neu belebt durch die Entdeckung, aus welch tiefem Impuls heraus sie Maries Verteidigung übernommen hatte. Nach dieser Verzögerung war es jedoch nun keine Frage mehr: sie mußte die Polizei anrufen.

Sie versuchte sich an alles zu erinnern, was sie je über die Suche nach vermißten Personen gehört oder gelesen hatte. Was ihr einfiel, war in keiner Weise ermutigend: ein deprimierend wirkendes Polizeirevier, endlose Formulare, die auszufüllen waren, und die Forderung nach einem Foto. Wo war eines? Sie hatte nirgendwo eines gesehen, nicht einmal im Elternschlafzimmer, wo die meisten Paare wenigstens einen Teil der Wände mit Bildern ihres Nachwuchses pflasterten. Marie hatte nur ihren brennenden Mönch. Die Bilder in Rangers Zimmer zeigten nahe Verwandte der Menschheit – aber keinen Menschen. Und auch im Gästezimmer war keines. Wo könnte sie nach einem suchen ... Natürlich, dachte sie, im Fotoalbum, das sie im Schreibtisch gefunden hatte.

Im Bewußtsein, daß sie es wieder hinausschob, die Polizei anzurufen, ging Kate in den ersten Stock hinauf. Das Album war genau dort, wo sie sich erinnerte, es gesehen zu haben, in einer der beiden langen Schubladen des Schreibtisches. Sie nahm es heraus, setzte sich auf einen Stuhl und blätterte darin, um ein Bild von Marie zu suchen, das zur Identifikation dienen konnte. Die meisten Fotos waren Schnappschüsse der Familie, zu zweit oder zu dritt, offenbar von dem fehlenden Mitglied aufgenommen. Einige zeigten Marie und Ranger, zusammen oder allein, aber als sie noch viel jünger waren. Paul, der außerordentlich fotogen war, schien sich kaum zu ändern. Er alterte wenig, und dieses Wenige wirkte sich eher zum Vorteil aus. Wie so viele gutaussehende Männer war er in mittleren Jahren sogar noch attraktiver als in der Jugend. Sein kräftiger Körperbau und das charaktervolle Gesicht kamen mit zunehmendem Alter besser zur Geltung. Die Kinder waren selbst als Babies sogleich erkennbar. Aber Deborahs Fotos versetzten Kate einen Schock. Die noch frische Erinnerung an die schwerfällige, halb geistesgestörte Frau in der Nervenklinik hatte Kate die Deborah vergessen lassen, die sie in ihrer Jugend gepeinigt hatte, die strahlend schlanke Dryade, die mit einem Lächeln mühelos gewann, was Kate sich am heißesten wünschte. Aber manche der frühen Aufnahmen zeigten diese junge Deborah, ihre ganze magische Anziehungskraft, den träumerischen Blick ihrer himmelblauen Augen unter schweren Lidern. Ein Foto von Deborah gab es aus Rom, auf dem Rand eines der berühmten Brunnen der uralten Stadt sitzend – des Neptunbrunnen mit den Delphinen auf der Piazza de la Repubblica. Es war eine Farbaufnahme, und Deborahs goldene Locken leuchteten in der Sonne.

Kate suchte weiter und blätterte im Album. Es erwies sich als kurze Chronologie der seither verflossenen Jahre, in der die fortschreitende Zeit sich durch das sprunghafte Größerwerden der beiden Kinder und die zunehmende Entstellung ihrer Mutter verriet. Erst war es nicht so auffällig. Dann verlor die Taille ihre Schlankheit, das Haar wirkte ungepflegt und stumpf. Auf dem letzten Foto trug Deborah ein Sackkleid. Einige frühe Seiten des Albums waren datiert, die letzten dann nicht mehr. Doch man konnte den Zeitpunkt der Aufnahmen einigermaßen schätzen, vor allem nach der

Größe der Kinder. Demnach war es seit etwa drei bis vier Jahren mit Deborah abwärtsgegangen.

Mit dem Album auf den Knien, starrte Kate eine Weile vor sich hin. Ihr war seltsam weh zumute, doch wußte sie nicht, warum. Es war fast wie Trauer über einen Verlust. Aber was hatte sie verloren? Erst allmählich dämmerte ihr, daß ihre Eifersucht geschwunden war. Und bis zu diesem Augenblick hatte sie sich nie klargemacht, wie sehr dieses Gefühl ihr Wünschen und Handeln bestimmt hatte. Würde sie heute, wenn sie die Zeit zurückdrehen könnte, mit Deborah den Platz tauschen? Das Nein kam so spontan, daß es sie erschreckte. Woher stammte diese plötzliche Abkehr von ihrem lebenslangen Wahn?

Ich habe jetzt keine Zeit, das zu ergründen, dachte Kate. Sie war heraufgekommen, um ein Foto von Marie zu finden. Keines war wirklich gut. Es gab keine einzige Porträtaufnahme, die zu einer unmißverständlichen Identifikation hätte dienen können. Sie blätterte zurück und schaute sich nochmals alle Fotos der letzten Jahre an, auf denen Marie zu sehen war. Sonderbar, dachte sie, ich habe es nicht bemerkt, weil es nicht so auffällig war wie das Aus-dem-Leim-Gehen ihrer Mutter. Doch fast unmerklich – unmerklich deshalb, weil man offenbar geneigt ist, jede Veränderung an einem Kind der natürlichen Entwicklung beim Älterwerden zuzuschreiben – hatte sich auch Marie verändert. Sie war nicht nur sichtbar größer und reifer geworden. Ihr Gesamteindruck hatte sich gewandelt. Und das hatte etwa zur gleichen Zeit begonnen wie der Verfall ihrer Mutter. Kate blätterte in dem Album hin und her und wählte zwei Aufnahmen, um sie miteinander zu vergleichen. Die eine zeigte Deborah, Marie und Ranger nebeneinanderstehend hinter dem Haus. Deborah war noch nicht bei Sackkleidern gelandet. Ihr Haar fiel nicht mehr, als Ergebnis sorgfältigster Pflege, locker und seidig herab, sah aber einigermaßen sauber und gekämmt aus. Die strahlende Jugendschönheit war jedoch verschwunden, an ihre Stelle war eine Frau mittleren Alters getreten, die drauf und dran war, den Kampf gegen die Zeit und die Kalorien zu verlieren. Aber der wesentliche Unterschied lag im Aussehen Maries. Ihr Blick hing an der Mutter, der Gesichtsausdruck war offen und erwartungsvoll und schwer mit der Marie in Einklang zu bringen, der Kate begegnet war. Was hatte die Veränderung bewirkt? Nur das Heranreifen? Wann war dieses Foto aufgenommen worden? Daß Ranger etwa neun Jahre alt war, ließ sich leichter abschätzen als Maries Alter. Demnach lag die Aufnahme drei Jahre zurück, und sie war zwölf. Sie hatte noch ihre Storchenbeine, in voller Länge unter ihren Shorts sichtbar. Ihre Brüste zeichneten sich kaum unter ihrem T-Shirt ab. Das Haar war zu zwei Pferdeschwänzen über den Ohren gebunden. Sie sah gesund, normal und mit sich zufrieden aus. Wirklich? Kate beugte sich vor. Dann fiel ihr ein, daß sie in einem der oberen Fächer des Schreibtisches ein Vergrößerungsglas gesehen hatte. Sie lehnte sich zurück und hob die Platte. Ja, da war es. Sie nahm es und betrachtete damit das Foto. Vergrößert verriet Maries Gesicht neben dem normalen Aussehen eine gewisse Angst. Vielleicht weil sie ihre Mutter ansah? Kate musterte durch das Glas Deborahs Gesicht. Der Mund lächelte, aber die Augen starrten ins Leere. Wie war doch das Modewort hierfür? Weggetreten.

Kate legte das Vergrößerungsglas fort, blätterte weiter und fand ein Foto, das zwei Jahre später aufgenommen war. Maries Metamorphose war nahezu vollendet. Das lag nicht nur an den Dauerwellen und der aus Boutiquen stammenden Kleidung. Das junge Gesicht war hart, der Mund trotzig zusammengepreßt. Es war eine Aufnahme, die Marie allein zeigte. Kate fragte sich, wer das Foto wohl gemacht hatte und ob es für eine Identifizierung brauchbar war. Die zweite Frage mußte mit einem entschiedenen Nein beantwortet werden. Das Bild war zu klein, in der Farbe nicht gut, und außerdem war Marie darauf erst vierzehn. Ohne tiefere Absicht betrachtete Kate es durch das Vergrößerungsglas. Was hielt sie da in der Hand? Tatsächlich, dachte Kate, so wahr ich lebe und atme! Ihre eigene Erfahrung mit Rauschgift hatte sich auf einen einmaligen Versuch beschränkt, und da ihr dabei übel geworden war, hatte sie ihn nicht wiederholt. Aber das kleine zerdrückte Ding in Maries Hand sah sehr nach einem Joint aus. Kate richtete das Vergrößerungsglas wieder auf Maries Gesicht. Ja, ihr Mund war zu einem herausfordernden Grinsen verzogen. Kein Wunder. Offensichtlich hatte Marie ihren verspäteten, aber heiligen Krieg gegen das Establishment begonnen.

Kate blätterte das Album nochmals durch. Es gab keine Porträtaufnahme von Marie, weder eingeklebt noch lose. Die Polizei würde sich also in einer der beiden Schulen, die Marie besucht hatte, ein Foto aus dem Jahresbuch beschaffen müssen. Sie schloß die Schreibtischplatte, zog die Lade unterhalb heraus und legte das Album hinein. Das wäre erledigt, sagte sie sich und ging zum Telefon in die Halle hinunter.

Gerade als sie nach dem Hörer greifen wollte, um die Polizei anzurufen, läutete das Telefon. «Hallo?» meldete sie sich.

«Gibt's dort jemanden namens Malory?» fragte eine Jungenstimme.

«Kate Malory am Apparat. Wer spricht dort?»

«Andy. Andy Brigham. Ich habe gehört, Sie haben mich angerufen.»

«Ja, hat Ihre Mutter es Ihnen gesagt?»

«So ungefähr. Meine Schwester hat zugehört und es mir gesteckt. Dann habe ich Mama gefragt, aber sie hat gesagt, sie wäre so wütend gewesen, daß sie auflegte, bevor sie wußte, was Sie eigentlich wollten. Sie mag Marie nicht.»

«Das habe ich gemerkt. Andy, Marie hat sich schon seit wenigstens 24 Stunden – wenn nicht länger – hier nicht blicken lassen. Gestern früh, als ich aufstand, war sie schon fort und ist abends nicht heimgekommen. Ich mache mir Sorgen um sie und wollte gerade die Polizei anrufen, als Sie sich meldeten.»

«Ja, also ...» begann er gedehnt.

«Wissen Sie, wo sie ist?»

«Nein. Sie wollte mir nicht sagen, wohin sie geht. Nur, daß jemand mich nach ihr fragen würde.»

«Sie ist also ausgerissen.»

«Stimmt.»

Andys lakonisches, alles andere als mitteilsames Verhalten begann ihr auf die Nerven zu gehen, doch kam ihr der Gedanke, daß er sie wohl nicht angerufen hätte, wenn er wirklich mit Maries Durchbrennen so wenig zu tun haben sollte, wie er vorgab.

«Andy, warum rufen Sie mich an?»

Stille, dann: «Ist sie okay? Ich meine, ist ihr nichts passiert?»

«Woher soll ich das wissen? Ich weiß nur, daß sie fort ist. Darüber wollte ich von Ihnen was hören. Warum ist sie fortgelaufen? Ich werde die Polizei einschalten müssen, aber vielleicht würde es helfen, wenn ich den Grund kenne.»

Wieder Stille. «Hören Sie», sagte Andy. «Rufen Sie nicht die Bullen. Wenn die sie finden, könnte sie ernsthafte Schwierigkeiten kriegen.»

«Sie werden mir mehr als das sagen müssen, Andy, wenn Sie mich davon abhalten wollen, nachzufragen, wo sie ist und in welcher Verfassung und warum sie fortgelaufen ist. Ich bin nämlich verantwortlich für sie. Dafür bin ich da.»

Plötzlich sagte Andy hastig: «Mama kommt herein. Ich rufe wieder an.» Er legte auf.

Kate stand da, schaute auf das Telefon herab und verstand zum erstenmal in ihrem Leben, wie sich Leute fühlen, die gegen eine Wand anrennen. Frustriert. Andy zufolge würde Marie, wenn sie die Polizei einschaltete, ernsthafte Schwierigkeiten kriegen ... welcher Art immer. Wenn Kate sich aber nicht an die Polizei wandte, dann war Marie vielleicht schon in Schwierigkeiten, ohne daß Kate sich bemühte, ihr herauszuhelfen. Und Paul war nicht erreichbar. McGrath ... Kate starrte die Wand hinter dem Telefon an. Trotz aller ihrer – und Jeds – Zweifel erinnerte sie sich, daß der Psychiater gesagt hatte, er würde versuchen, eine Nummer herauszufinden, unter der Paul erreichbar wäre. Kate wählte die Nummer der Klinik und verlangte Dr. McGrath.

«Tut mir leid, Dr. McGrath ist nicht im Haus.»

«Können Sie ihn irgendwo erreichen?»

«Nein, bedaure, er ist nicht in der Stadt.»

«Wenn das stimmt, muß er gerade erst weggefahren sein. Vor zwei Stunden habe ich ihn noch gesehen.»

«Er wurde plötzlich abberufen», sagte die Stimme herablassend.

«Können Sie sich mit ihm in Verbindung setzen, auch wenn er auswärts ist?»

«Nein, bedaure, das können wir nicht.»

Warum, fragte sich Kate, klingen Ordinationshilfen so triumphierend, wenn sie einem besorgten Anrufer mitteilen, daß ihr Medizinmann unwiderruflich und unabänderlich nicht zu erreichen ist? Es sollte ein höchstes kosmisches Gericht geben, dachte sie, das alle Ärzte dazu verurteilt, während einer kürzeren oder längeren Zeit Telefonnummern anzurufen, ausschließlich um zu hören, daß der Gewünschte nicht da oder gerade fortgegangen sei, nicht erreicht werden könne und es auch für mehrere Umdrehungen des Rades der Ewigkeit bleiben werde. Und erst wenn ein Ex-Arzt schließlich Verbindung bekäme, sollte ihm (das würden alles Männer sein, entschied Kate) der Zutritt zum Himmelreich gestattet werden, wo er dann für ewig Blinddärme herausnehmen dürfte, die ewig nachwuchsen ...

«Danke», sagte sie und legte auf.

Sie stand noch in der kleinen Eingangshalle vor dem Telefon, als die Türglocke läutete. Am Wohnzimmer vorbei ging sie zur Haustür und griff gerade nach der Klinke, als sie die im Stadtbereich von New York gewohnte Vorsicht überkam. «Wer ist da?» rief sie.

«Andy. Andy Brigham.»

Sie öffnete. Vor ihr stand ein großer, schlaksiger Junge mit braunem Haar und braunen Augen. «Schön, Andy, kommen Sie herein.» Als sie die Tür wieder geschlossen hatte, sagte sie: «Also jetzt erklären Sie mir bitte, warum Sie meinten, daß Marie große Schwierigkeiten bekäme, wenn ich die Polizei verständige. Ich muß mich an die Polizei wenden, wenn sie in der nächsten Stunde nicht auftaucht, das wissen Sie doch selbst.»

«Marie hatte furchtbare Angst. Deshalb ist sie fortgelaufen. Sie ... sie hat mir nicht viel gesagt, nur daß sie etwas herausgefunden hat, das ... etwas wie ...» Er suchte nach Worten und stockte.

«Ja?» fragte Kate freundlich. Sie verstand, daß es für ihn schwer war.

«Schauen Sie, Sie werden denken, ich bin verrückt. Aber sie hat gedacht ... Mama kam herein, während sie mit mir sprach, und ich mußte auflegen. Sie wissen ja, wie Mama zu ihr steht. Jedenfalls ... Marie hat etwas darüber entdeckt, daß ihre Mutter in der Klinik Drogen bekommt. Deshalb ist sie fortgelaufen. Sie sagt, sie hat einen Beweis dafür gefunden.» Er starrte Kate an. «Ehrlich, das hat sie gesagt.»

Seltsam, dachte Kate, daß sie weder erschreckt noch überrascht war, wie sie es hätte sein sollen. Irgendwie mußte sie das unbewußt vermutet haben. Wenn Deborah Drogen bekam, war die logischste Erklärung, daß die Klinik sie lieferte. Das würde eine Menge erklären: Deborahs unvernünftiges Verhalten, McGraths übertriebene Reaktion auf Kates milde (und ironische) Erwähnung, daß er ja Spezialist für Drogen sei, womit sie natürlich Behandlung nach Drogenmißbrauch gemeint hatte, und schließlich sein Drängen, die Polizei nicht zu verständigen. Aber wenn das alles der Fall war, wozu dann die scheinheilige Sorge um Deborah, das Gerede über ihre Unberechenbarkeit und ihr Nichtansprechen auf die Behandlung und schließlich sein Beharren darauf, daß Kate im Haus bei den Kindern bleiben solle? ...

«Das stimmt irgendwie nicht zusammen», sagte sie laut.

«Ich wiederhole nur, was sie mir erklärt hat.»

«Nein, Andy, daran zweifle ich nicht. Ich meinte nur ... Warum ist Marie dann fortgelaufen? Warum hat sie es nicht der Polizei erzählt oder mir oder ihrem Vater, wenn sie wußte, wo sie ihn erreichen konnte?»

«Keine Ahnung ... Da kam doch Mama herein. Marie hat nur gesagt, da seien Leute – und damit hat sie, glaube ich, nicht die Bullen gemeint –, wenn sie wüßten, was sie über die Pillen herausgefunden hat, würden sie hinter ihr her sein. Und deshalb ist sie untergetaucht.»

«Aber wo? Haben Sie keine Ahnung?»

«Nein. Wenn sie nur ein bißchen länger hätte sprechen können, hätte sie es mir gesagt. Aber Mama ...»

«Ja, schon gut.» Für Andy war seine Mutter eine Kombination aus Lady Macbeth und Medea. Aber da Kate mit dieser Dame selbst zusammengestoßen war, erschien ihr seine Angst verständlich.

«Wer sind diese Leute», fragte Kate, «die dann hinter ihr her wären?»

«Weiß ich nicht. Irgendwer. Vielleicht Rauschgifthändler.»

Allmählich kam Kate die ganze Geschichte wie ein Krimi im Fernsehen vor. Sie wollte das gerade sagen, als ihr aufging, daß es unter den gegebenen Umständen durchaus möglich war. Natürlich würde sich McGrath als Arzt alle Drogen, die er benötigte, durchaus legal beschaffen können. Kate erinnerte sich an Jeds Zweifel an McGrath, und es überlief sie plötzlich kalt.

«Wenn Marie getürmt ist, weil sie etwas Verbrecherisches in der Klinik entdeckt hat, dann ist es um so wichtiger, die Polizei zu informieren. Wenn sie also, wie Sie sagen, vor irgendwelchen Unbekannten Angst hat, wird sie die Polizei brauchen.» Kate war sich klar darüber, daß ihre Kenntnis über Drogenszene und Rauschgifthändler aus Zeitungen, Zeitschriften und Fernsehsendungen stammte. Doch selbst, wenn nur ein Bruchteil davon stimmte, war die Möglichkeit durchaus gegeben und unerfreulich. Nach allem, was man hörte, schützten die Leute, die mit Drogen handelten, sich und ihre Kunden. Marie war für sie ein schwacher Gegner. «Weiß jemand außer Ihnen von Ihrer Entdeckung?»

«Keine Ahnung. Vielleicht Ranger?»

Ranger, dachte Kate. Wenn das stimmte, würde das eine Menge von dem erklären, was ihr an ihm aufgefallen war.

«Würde sie es einem zwölfjährigen Jungen erzählen?»

«Sie sind ziemlich dick miteinander, müssen es auch sein, bei dem Zustand ihrer Mutter und der häufigen Abwesenheit ihres Vaters.»

«Vermutlich ...»

Kate starrte aus dem Fenster und zergrübelte sich den Kopf, wo Marie und Paul sein mochten und was sie als nächstes tun sollte. Nach einer Weile kam ihr zu Bewußtsein, daß da draußen der gleiche braune Wagen stand, den sie dort seit ... seit wann zum erstenmal? ... gesehen hatte. Sie konnte sich nicht erinnern.

«Einen Augenblick, bitte», sagte Kate, ging zum Wohnzimmerfenster, zog die Tüllvorhänge zur Seite und schaute hinaus. «Andy, kommen Sie her.»

Als er neben ihr stand, fragte sie: «Haben Sie eine Ahnung, wem dieser Wagen gehört? Vielleicht dem Nachbarn auf der anderen Straßenseite?»

«Nein», sagte er, zum erstenmal seiner Sache sicher. «Dort wohnen die Montgomerys. Sie haben zwei Autos, einen Jaguar und einen Volkswagen. Und das ist ein 78er Ford.»

«Gehört er vielleicht jemand anderem in der Nähe, den Sie kennen?»

«Nein, ich habe ihn noch nie gesehen.»

«Können Sie erkennen, ob jemand darin sitzt?»

Er bewegte den Kopf hin und her. «Das wäre möglich. Ich könnte hinausgehen und nachschauen, wenn Sie wollen.»

«Nein, nicht gerade jetzt.»

Kate sah flüchtig etwas Gelbes, Haariges über den Rasen zur Hintertür flitzen, gefolgt von Ranger. «Da kommt Ranger, vielleicht weiß er es. Ranger!» rief sie laut, sobald sie die Hintertür gehen hörte: «Kannst du einen Augenblick herkommen?»

Aus der Küche kam das Geräusch von Schritten, aber keine Antwort. Kate ging rasch zur Pendeltür, und als sie sie aufstieß, sah sie gerade noch Ranger wieder fortgehen. «Ranger, komm her! Ich muß mit dir sprechen!»

Aber schon war er draußen, und die Tür schlug hinter ihm zu. Bones setzte sich, bellte kurz und stürzte dann auf Kate. «Jetzt nicht, Bones», sagte Kate und ging ins Wohnzimmer zurück. «Ich bin zu spät gekommen, er war schon wieder fort. Ich wüßte wirklich gern, warum er mir ausweicht. Ich glaube, er weiß etwas.»

«Ich hole ihn», sagte Andy und war durch die Hintertür verschwunden, noch ehe er zu Ende gesprochen hatte. Kate stürzte zu Bones hin, aber auch dieser war hinter Andy hergelaufen. Sie starrte den beiden nach. Sie rasten in wildem Galopp die Straße entlang, und obwohl Andy mit seinen langen Beinen rannte, so schnell er konnte, war Bones weit voraus und vergrößerte den Vorsprung zusehends. Kate fühlte sich seltsam verlassen, als sie die Tür schloß. Ein Kaffee täte gut, dachte sie, ging in die Küche und setzte Wasser auf. Sie gab einen Löffel Löskaffee in die Tasse, und während sie wartete, daß das Wasser koche und Andy mit Ranger und Bones zurückkäme, versuchte sie ihre Gedanken zu ordnen.

Jed hatte ihr gesagt, sie solle die Polizei verständigen. Mark und Andy hatten sie davon abgehalten. Andys Bedenken gewannen Gewicht durch die Behauptung, daß Marie gesagt habe, es würde sie in Schwierigkeiten bringen. Was keinen Sinn ergab, ebensowenig wie es einen Sinn ergab, daß sie fortgelaufen sein sollte, weil sie entdeckt hatte, daß ihre Mutter in der sogenannten Klinik mit Drogen gefüttert würde ... Da fehlte irgendwo ein Bindeglied, dachte Kate, als der Kessel zu pfeifen begann. Außerdem war sie geneigt, nicht für bare Münze zu nehmen, daß Marie vor Rauschgifthändlern Angst haben sollte. Warum erschien ihr das unglaubhaft, fragte sich Kate, während sie kochendes Wasser in die Tasse goß und Milch aus dem Kühlschrank holte. Dafür bestand wirklich kein Grund, abgesehen davon, klang es zu sehr nach Schurke vom Dienst. Gleichgültig, was Andy am Telefon zu hören glaubte, bevor seine Mutter hereinkam und ihn fortscheuchte ... In diesem Augenblick läutete das Telefon. Sie hob den Hörer ab. «Hallo?»

«Miss Malory?» Andys Stimme klang ziemlich außer Atem. «Ich konnte sie nicht mehr einholen. Als ich zur Kreuzung kam, waren sie fort.»

«Haben Sie eine Ahnung, wo sie sein könnten? Hat Ranger irgendwelche Freunde hier in der Nähe?»

«Keine Ahnung. Ich kenne seine Freunde nicht.»

«Sie wissen auch nicht, wen ich anrufen könnte?»

«Nein ... Wir besuchen verschiedene Schulen. Mit wem er befreundet ist, weiß ich nicht.»

«Okay. Jedenfalls danke, Andy. Ich hoffe nur, daß die beiden nicht ebenfalls durchgebrannt sind.»

«Ich muß jetzt gehen. Tschüs.» Und fort war er.

Als sie am Küchentisch stand und ihren Kaffee trank, fiel Kate auf, daß sie zum erstenmal ganz allein im Haus war. Bisher war wenigstens Bones dagewesen. Und selbst wenn Ranger mit ihm unterwegs war, gab es die Herzogin und ihre Jungen. Kate stellte die Tasse nieder. Wo war die Herzogin? Vermutlich in ihrem Schrank. Aus irgendwelchen Gründen und ohne es erklären zu können, war sie plötzlich überzeugt, daß auch die Herzogin mit ihrer Familie das Haus verlassen hatte. «Das ist verrückt», sagte sie laut. Eine Weile stand sie mit der Tasse in der Hand da. Dann stieg sie, wie von einem seltsamen Impuls getrieben, in ihr Zimmer hinauf, öffnete den Schrank und schaute hinein. Keine Herzogin und keine Jungen! Offenbar waren sie wieder einmal umgezogen. Kate ging die Treppe hinunter, zurück in die Küche und schaute in die Schachtel neben dem Kühlschrank. Ebenfalls leer. Und während sie noch dastand und hineinstarrte, läutete abermals das Telefon.

Sie hob den Hörer ab. «Hallo?»

«Hallo», meldete sich Mark. «Meine Telefonmaid sagt, Sie hätten versucht, mich zu erreichen.»

Kate zuckte zusammen und war nahe daran, mit dem herauszuplatzen, was Andy ihr über Maries Entdeckung erzählt hatte. Ihr Instinkt warnte sie gerade noch rechtzeitig, daß es klüger wäre, ihr Wissen Mark gegenüber zu verschweigen, falls es tatsächlich der Wahrheit entsprach. Wer konnte wissen, welche Maßnahmen er ergreifen würde, um weitere Enthüllungen zu verhindern? Solange Deborah unter seiner Obhut stand, war es wohl besser, kein Risiko einzugehen. Es war natürlich möglich, daß sie ihm unrecht tat, daß irgendein Wichtigtuer im Klinikpersonal Deborah ohne Marks Wissen Pillen verabreichte, was sein Rätselraten über den Mißerfolg seiner Therapie erklären würde. Aber als Arzt müßte er doch sicherlich erkennen, woher ihr seltsames Verhalten rührte, und sehr genau nachforschen, wer daran schuld war.

«Hallo?» sagte Mark. «Sind Sie noch da?»

«Marie ist immer noch nicht aufgetaucht», begann Kate schließlich und wählte ihre Worte mit Bedacht. «Ich glaube, ich werde jetzt die Polizei anrufen müssen.»

«Na schön, wenn Sie meinen, daß das am besten ist.»

«Mark, sie ist erst fünfzehn, und obwohl sie gern als erwachsen gelten möchte, ist sie noch ein Kind. Ich weiß nicht, wo sie ist. Sie kann hier bei einem Freund sein, aber auch mit dem Zug nach New York gefahren sein – ein Gedanke, der mich nicht gerade mit Seelenruhe erfüllt. Und wenn wirklich das letztere zutrifft, kann sie in Dinge verwickelt werden, die sie zugrunde richten.»

«Marie ist ziemlich selbstsicher. Wenn sie aus einer kleinen Stadt im mittleren Westen stammen würde, wäre ich sofort dafür, daß Sie die Polizei anrufen. Aber selbst wenn sie nach New York gefahren ist – obwohl nichts dafür spricht –, na, sie hat doch schon immer Theater, Museen, Konzerte und Warenhäuser besucht und ist wieder zurückgekommen. Sie findet sich durchaus zurecht. Sie kann auch bei einem Freund hier draußen sein. Ich weiß, Sie meinen, dann hätten die Eltern oder sie selbst – oder er – anrufen sollen. Aber das würden viele nicht tun.»

«Aber ...»

«Hören Sie, ich rufe in etwa einer Stunde wieder an. Wenn Sie bis dahin weder von Marie noch von Paul etwas gehört haben, gehen wir gemeinsam zur Polizei. Seien Sie vorsichtig.»

«Mark ...»

Aber er hatte aufgelegt.

Kate stand in der Küche und schaute verdutzt auf den Hörer, aus dem das Freizeichen ertönte. Dann legte auch sie auf, ging in die Küchenmitte und starrte zum Fenster hinaus. Plötzlich fiel ihr ein, daß sie nicht zu Mittag gegessen hatte. Vielleicht war das wenigstens teilweise der Grund, daß sie sich so leer und verlassen fühlte.

Sie holte Brot und Käse aus dem Kühlschrank, schnitt den Käse und machte sich ein belegtes Brot. Als das frisch aufgesetzte Wasser kochte, bereitete sie sich eine zweite Tasse Kaffee und setzte sich mit der Morgenzeitung, die zu lesen sie noch keine Gelegenheit gehabt hatte, an den Tisch.

Während sie sich auf die Meldungen zu konzentrieren versuchte, merkte sie, daß ihre Gedanken wie ein Karussell unablässig im Kreis liefen. Sie las etwas über den Nahen Osten, aber bevor sie es aufgefaßt hatte, schweiften ihre Gedanken schon wieder zu Überlegungen ab, wo Marie wohl sein könne; war sie bei einem Freund in Meadowbrook oder in New York? Wenn in New York, dann wo? Sollte sie, Kate, die Polizei verständigen? Oder würde das für die Familie alles noch schlimmer machen? Würde es, wie Andy dachte, Marie in Gefahr bringen? Was würde sie, Kate, für Deborah tun, wenn Mark ihr Drogen verabreichte? Wenn nur Paul endlich anriefe ... das gäbe dann noch mehr Ärger mit Paul – Paul, der vor diese Entscheidung gestellt werden sollte, wenn man ihn nur finden könnte ... Paul, der nach der Aussage von Mark – einem selbst mit ziemlicher Sicherheit nicht vertrauenswürdigen Mann – möglicherweise in irgendeine Geheimdiensttätigkeit verwickelt war ... Paul, der ebensogut bei seiner Freundin in New York sein konnte, wie hieß sie doch gleich ...? Angela Griffin ...

Kate setzte sich mit einem Ruck auf, die Zeitung glitt von ihren Knien zu Boden. Wie, um alles in der Welt, hatte sie einen so wahrscheinlichen Ort übersehen können? Angela Griffin würde zweifellos wissen, wo Paul war. «Dumm, dumm, dumm», schalt sie sich selbst und sprang auf. Aber wo war Angela Griffin tagsüber zu erreichen? Sie konnte zunächst einmal im Telefonbuch von Manhattan nachsehen, wenn es irgendwo eines gab.

Kate ging in die Diele hinaus, wo der Hauptapparat auf einem kleinen Tischchen mit Fächern stand. Darin lagen Telefonbücher verschiedener Stärke. Kate zog das dickste heraus, und es war tatsächlich das von Manhattan. Angela Griffin war darin mit einer Adresse in der 57. Straße angeführt. Ohne große Hoffnung wählte Kate die Nummer und schaute auf die Uhr. Es war Viertel nach vier. Wie vorauszusehen, wurde nicht abgehoben. Kate legte den Hörer auf und dachte angestrengt nach. Marie hatte doch gesagt, daß Angela Griffin etwas mit Fernsehen zu tun habe. Natürlich war es möglich, alle Studios anzurufen und einfach Angela Griffin zu verlangen. Immer noch ärgerlich über sich selbst, daß sie so lange nicht auf etwas derart Naheliegendes gekommen war, versuchte Kate sich zu erinnern, ob sie nicht jemanden kannte, der Kontakt mit der Welt des Fernsehens hatte. Wie hatte sie nur so vernagelt sein können, dachte Kate. Natürlich kannte sie jemanden: Judy Roths Freund arbeitete bei irgendeinem Sender. Sie würde Judy anrufen.

«Hallo», sagte sie, als Judy ans Telefon kam, «hast du mir nicht gesagt, daß dein Freund – wie heißt er bloß –»

«Simon», ergänzte Judy liebevoll.

«Arbeitet Simon beim Fernsehen?»

«Ja, er ist einer der Macher im Nachrichtenstudio von Central Broadcasting.»

«Würde er jemanden namens Angela Griffin kennen?»

«Na klar. Sie arbeitet auch dort. Du lieber Himmel, Kate, siehst du nie fern? Sie ist sogar zu hören, wenn die Hauptharpyie Melissa Grant bei einer Aufnahme ist.»

«Ich schalte das Central Broadcasting nicht allzuoft ein», erwiderte Kate mit unerklärlichen Schuldgefühlen, «vermutlich sollte ich –»

«Du wirst sehen», erklärte Judy freundschaftlich, «eines Tages wird Simon eine große Nummer bei einer der Hauptstationen sein.»

«Das wünsche ich ihm, ehrlich. Aber wie dem auch sei, wo könnte Angela Griffin in diesem Augenblick sein?»

«Vermutlich mit einem Mikrophon unterwegs, um harmlose Bürger in die Enge zu treiben, die sich dann zur Hauptsendezeit Dinge sagen hören, von denen sie nie geglaubt haben, daß sie sie glauben. Aber vielleicht auch an ihrem Schreibtisch. Ich kann dir Simons Nummer geben, und er kann dich weiterverbinden. Er hat 598-6423.»

«Okay, Judy, besten Dank.»

Kate legte auf, dann schlug sie nach, wählte die Nummer des Fernsehstudios und verlangte Angela Griffin. Nach einigem Krachen kam ein leises Summen, dann sagte eine männliche Stimme: «Nachrichtenstudio.»

«Angela Griffin, bitte.»

«Wer spricht?»

Kate hatte sich das bereits zurechtgelegt. Ihr Name würde nichts besagen. Sie übertrieb ein wenig: «Ich bin Paul Lamonts Schwester. Seine Tochter wird vermißt, und ich muß ihn erreichen.»

Nach einer Weile: «Einen Augenblick. Bleiben Sie dran.»

Aus dem Hörer ertönten die vielfältigen Geräusche des Nachrichtenstudios: Andere Telefongespräche, Schreibmaschinengeklapper, Wortfetzen. Dann meldete sich eine Frau mit kühler Stimme: «Angela Griffin. Was kann ich für Sie tun?»

«Ich heiße Kate Malory und bin Paul Lamonts Schwägerin. Ich bin in seinem Haus, um auf die Kinder aufzupassen, während er in Chicago und seine Frau in der Klinik ist. Eines seiner Kinder, die Tochter, ist durchgebrannt. Ich bin im Begriff, die Polizei zu verständigen, da Marie jetzt schon mehr als 24 Stunden fort ist. Aber ich würde gern Paul vorher erreichen, und soviel ich gehört habe, sind Sie mit ihm gut bekannt.» Sie hatte diese durchaus harmlose Form der Feststellung mit Absicht gewählt. Schließlich stand es ihr, ganz abgesehen von allem andern, sicherlich nicht zu, Angela oder irgendwen sonst zu verurteilen.

«Wer hat Sie an mich verwiesen?»

Eine Stimme kann eine Menge verraten, dachte Kate. Angela

Griffins Sprache war klar artikuliert und das Ergebnis guter Kinderstube und guter Schulen – ob die Veranlagung dabei eine Rolle spielte oder sorgfältige Ausbildung, konnte Kate nicht sagen. Aber da schwang etwas mit, das Angela Griffin als zähe Reporterin auswies.

«Marie Lamont erwähnte Ihren Namen ein paar Tage, bevor sie davonlief. Und da ich von Paul weder eine Büronummer finden kann noch weiß, wo er in Chicago abgestiegen ist, und auch sonst niemand eine Ahnung zu haben scheint, habe ich schließlich Sie angerufen. Eine vermißte Tochter erschien mir ein triftiger Grund.»

Pause. «Ich bin bloß verwundert», sagte Miss Griffin, diesmal mit einem leicht belustigten Unterton, «denn ich habe Paul schon geraume Zeit nicht gesehen.»

Also hatte Paul die Wahrheit gesagt, dachte Kate, als er behauptete, er und Angela Griffin hätten Schluß gemacht. «Ach so. Haben Sie vielleicht ein Ahnung, wo ich ihn finden kann? Wie schon gesagt, es ist gewissermaßen ein Notfall.»

«Er war immer ziemlich verschwiegen, was seine Tätigkeit betraf, irgendwelche industriellen Planungen – mehr weiß ich nicht. Ich habe zwei Nummern, wo ich ihn erreichen konnte. Ich will es gern versuchen, habe aber nicht viel Hoffnung. Wie, sagten Sie, war Ihr Name?»

Diesmal war Kate belustigt. Vielleicht hatte Miss Griffin ihren Namen wirklich nicht behalten, obgleich er ziemlich gebräuchlich war. Aber es war auch ein klassischer Trick, dem Gesprächspartner eins auszuwischen. «Kate Malory – mit einem l», sagte Kate besonders deutlich, «und besten Dank für alles, was Sie tun können.» Sie legte zuerst auf und verspürte dabei eine kleine, zugegebenermaßen unwesentliche Genugtuung.

Eine halbe Stunde später läutete das Telefon. Kate hob ab: «Hallo?»

«Bist du es, Kate?» Paul klang so strahlend wie die aufgehende Sonne. «Wie steht's bei euch?»

Kate holte tief Atem und erzählte. «... und ich habe Marie seit – seit vorgestern abend nicht gesehen. Da ist sie zu Bett gegangen. Ich habe am nächsten Morgen verschlafen und keines der beiden Kinder gesehen. Dann bin ich ins Büro gefahren. Bei meiner Rückkehr war sie nicht da, das Bett war unbenutzt, und sie ist auch seither nicht aufgetaucht.»

«Verdammter Mist!» sagte Paul. Er schien so aufgebracht, wie ein Vater es sein sollte. «Das habe ich befürchtet, seit ihre Mutter in die Klinik kam, besonders da ich soviel geschäftlich unterwegs sein mußte. Deshalb dachte ich ja auch, du könntest dich für ein paar Tage freimachen und uns aushelfen. Aber da du nicht ...»

Kate erkannte sofort, worauf Paul hinauswollte. Zum erstenmal in ihrem Leben, wenigstens soweit es Paul betraf, beschloß sie, es gar nicht erst soweit kommen zu lassen.

«Nun mach einen Punkt, Paul. Ich habe deiner Bitte entsprochen, soweit ich konnte angesichts des Umstandes, daß ich wie du – sofern es auf dich überhaupt zutrifft – einen einträglichen Beruf habe und meinem Brötchengeber einiges schulde. Und weil wir gerade dabei sind, Paul, ich habe nicht nur nirgendwo eine Büronummer von dir finden können, sondern nicht einmal den Namen einer Firma. Maries alte Schule nannte mir eine Firma, die es nach Auskunft der verschiedenen zuständigen Stellen, die ich anrief, gar nicht gibt, jedenfalls nicht zur Zeit. Was ist los mit dir?»

«Nichts ist los. Meine Arbeit ist vertraulich, und ich ziehe es vor, nicht jeden Schritt öffentlich bekanntzugeben.»

«Und das ganze Gerede von deinem Hauptbüro in New York ...»

«Willst du mit mir über Marie sprechen oder was?»

Kate schluckte. Paul hatte recht. So viel anderes auch der Aufklärung bedurfte, im Augenblick hatte zweifellos Maries Verschwinden den Vorrang. Dennoch konnte sie sich nicht enthalten weiterzubohren: «McGrath deutete an, du hättest was mit dem Geheimdienst zu tun. Dazu kann ich nur sagen, daß alle mir bekannten Geheimdienstleute – und ich hatte bei der Herausgabe von Büchern mit einigen zu tun – irgendwelche ausgefallenen Berufsbezeichnungen zu führen pflegten. Und sie hatten immer Telefonnummern, unter denen sie zu erreichen waren.»

«Ich auch. Du hast mich nicht danach gefragt, so habe ich sie dir nicht genannt.»

«Ich hätte gemeint, daß du mir für den Notfall – und eine vermißte Tochter ist ja wohl einer – unaufgefordert eine Nummer hättest geben sollen, unter der du zu erreichen bist.»

«Und ich meinte, du würdest mich fragen. Tut mir leid – es war ein Versehen meinerseits. Hast du einen Bleistift zur Hand?»

«Ja», sagte Kate widerwillig. Bleistift und Papier lagen neben dem Apparat. «Schieß los.»

«Die Nummer ist 783-2111. Der Apparat wird 24 Stunden im Tag bedient. Wenn ich nicht selbst abhebe, dann jemand, der weiß, wo ich zur Zeit bin. – Okay, jetzt?» fuhr Paul nach einer kurzen Pause fort, in der sie die Nummer notierte. «Warum ist Marie abgehauen? Sie bildet sich alles mögliche ein, ist unausgeglichen und keineswegs sehr charakterfest. Aber das hat sie bisher noch nie getan und hätte dazu schon mehr Anlaß gehabt nach dem, was in den letzten Wochen passiert ist. Du hast sie wohl angefahren und dabei vergessen …»

«Hör gefälligst auf damit, Paul! Du schiebst mir den Schwarzen Peter zu, statt mir einen Rat zu geben, wo ich anfangen soll, nach ihr zu suchen. Lassen wir die Schuldfrage einmal beiseite. Du und Deborah – ihr habt in den letzten Jahren, praktisch während des ganzen Lebens Maries, eine Situation geschaffen, der sie nicht mehr gewachsen war, so daß sie ihr Heil in der Flucht suchte. Gib also nicht mir die Schuld. Wo, glaubst du, könnte sie stecken?»

«Weiß *ich* doch nicht!» Der wütende Klang dieser Worte verriet seinen Ärger. «Wenn ich das wüßte, würde ich sie holen und mir nicht deine Belehrungen anhören.»

Komisch, dachte Kate, gerade wegen Pauls offener Feindseligkeit hatte sie das starke Gefühl, daß er in gewisser Weise ehrlich war wie nie zuvor – jedenfalls zu ihr. Und seine Betroffenheit war echt.

«Was war der unmittelbare Anlaß?» fragte er jetzt. «Irgendwas muß vorgefallen sein.»

«Ja, Andy, ihr Freund, den sie kurz vor ihrem Verschwinden angerufen hat, scheint zu glauben, daß sie etwas entdeckt hat … etwas, das sie zu der Ansicht brachte, Deborah bekäme in der Klinik Drogen. Paul, ich weiß, daß du gesagt hast, du ließest Deborah nicht dort, wenn du McGrath nicht trauen würdest, aber das Belastungsmaterial gegen ihn häuft sich. Nach Andys Meinung ist Marie deshalb fortgelaufen. Offenbar fürchtet sie, jemand könnte erfahren, daß sie davon weiß. Und Jed … Jed Kramer, der in Wirklichkeit ein Dr. Marker aus Kalifornien ist – einer meiner Autoren, das erkläre ich dir ein anderes Mal – jedenfalls war Jed hier, als McGrath herkam, und er – Jed – erinnerte sich dunkel, daß McGrath in eine unsaubere Geschichte verwickelt war, konnte sich aber nicht darauf besinnen.»

«Hat Andy eine Ahnung, wohin sie gegangen ist?»

«Nein, offenbar kam seine Mutter im falschen Augenblick herein … Ich hatte übrigens ein bemerkenswertes Gespräch mit ihr. Sie ist eine streitbare und unangenehme Frau! Und sie hält nicht viel von Marie.»

«Sie sollte lieber geschmeichelt sein, daß sich ein Mädchen wie Marie mit ihrem Tölpel von Sohn abgibt. Dieser Jed sowieso konnte sich also nicht erinnern, woher er McGrath kannte?»

«Nein. Aber das im Verein mit der Tatsache, daß Deborah nach Maries Meinung in McGraths Klinik Drogen erhält und daß Marie Angst gekriegt hat und davongelaufen ist, setzt McGrath in ein ziemlich schlechtes Licht.»

Paul seufzte. «Du hast recht. Ich sollte lieber so rasch wie möglich heimkommen. Vielleicht kann ich jemanden finden, der weiß, wo sie ist. Ich werde morgen früh zu Hause sein.»

«Kannst du nicht heute abend kommen?»

«Unmöglich, Kate. Ich habe hier eine Verpflichtung.»

«Ja, mit der habe ich gerade gesprochen.»

«Wie bitte?»

«Mit Angela Griffin, die dich gerade angerufen hat.»

«Ich habe seit Wochen nichts von Angela gehört.»

«Paul – ich habe sie angerufen und gebeten, dir zu sagen, du sollst zurückrufen. Eine halbe Stunde, nachdem ich aufgelegt hatte, hast du angerufen. Das kann ich beim besten Willen nicht als Zufall ansehen.»

«Nicht meine Schuld. Wenn du in Ruhe überlegst, wirst du dich erinnern, daß ich dir gesagt habe, ich würde Dienstag anrufen. Heute ist Dienstag.»

«Daran erinnere ich mich nicht», erwiderte Kate und zuckte zusammen, als ihr einfiel, daß Paul tatsächlich angekündigt hatte, er werde Dienstag anrufen. «Trotzdem bleibt es ein verdammt komisches Zusammentreffen.»

«Die gibt es.»

«Kannst du nicht heute abend kommen, damit wir mit dem Herumfragen nach Maries Verbleib beginnen können?»

«Du liebe Zeit, Kate, was meinst du, was ich den größten Teil des Abends tun werde! Ich kann ebensogut von hier aus telefonieren wie von daheim.»

«Wo bist du übrigens?»

«In Chicago. Ich muß jetzt Schluß machen. Reg dich nicht unnötig auf. Wir werden Marie schon finden. Und sag niemandem etwas darüber, was Marie entdeckt zu haben meint.»

«Warum nicht?»

«Weil sie möglicherweise recht hat. Das könnte für sie gefährlich sein.»

«Und was ist mit der Polizei?»

«Warte damit, bis ich komme. Wenn du die Polizei einschaltest, mußt du sie von Maries Entdeckung unterrichten. Das würde alles mögliche in Bewegung bringen und zu großer Unruhe in der Klinik führen. Man würde versuchen, Deborah zu verhören, was der letzte Anstoß dazu sein könnte, daß sie völlig überschnappt.»

«Du scheinst nicht sehr viel Zutrauen zu den Fähigkeiten der Polizei zu haben.»

«Du hast recht, nicht allzuviel. Wenn ich es für nötig erachte, so werden wir sie rufen, sobald ich zu Hause bin. Aber warte, bis ich klarer sehe und selbst ein wenig nachgeforscht habe.»

«Na schön. Sie ist deine Tochter.»

«Allerdings. Und was ist mit Ranger?»

«Er ist auch fort. Mit Bones, seinem Hund. Ich habe keine Ahnung, wo er steckt.»

«Ich muß schon sagen, du übst eine bemerkenswerte Wirkung auf meine beiden Kinder aus. Ich lasse sie in deiner Obhut, und sie hauen ab.»

«Unter diesen Umständen wirst du nichts dagegen haben, daß auch ich jetzt gleich abhaue und heimfahre. Vielleicht kommt Ranger dann zurück. Aber wenn ich du wäre und er mein Sohn, würde ich auch nach ihm Erkundigungen einziehen!» Und damit legte Kate auf.

Die Versuchung, in ihre Wohnung zurückzukehren, war überwältigend. Draußen begann es bereits zu dunkeln. Das Haus wirkte so leer – furchtbar leer und ungeschützt. Wer durch das Dachbodenfenster ins Haus kam, hatte immer noch freien Zugang zu allen Räumen. Sie hatte Paul das auch erzählen wollen, es jedoch vergessen. Und sie war schon auf dem Weg in den Keller gewesen, um zu sehen, ob es dort Werkzeuge gab, mit denen sich ein Riegel an der Unterseite der Bodenklappe anbringen ließ. Statt dessen könnte sie jetzt ihren Koffer packen, ein Taxi rufen und in zwei Stunden in ihren eigenen vier Wänden sein. Aber Kate unternahm nichts zur Verwirklichung dieses Planes. Irgendwo war ihr der Gedanke, daß

Marie oder Ranger in ein leeres Haus zurückkämen, unerträglich. Mit andern Worten, dachte sie mit einer gewissen Bitterkeit, sie war restlos gebunden als Gefangene ihrer eigenen Zuneigung zu den Kindern.

Was nun, dachte Kate verdrossen. Sie schloß die Augen und stellte fest, daß sie schon seit einer halben Stunde mit immer heftigeren Kopfschmerzen kämpfte. Der Druck war einseitig und wurde stärker. In ihrer Jugend hatte sie solche Anfälle gehabt, und manche hatten die ganze Skala von heftigstem Schmerz und Übelkeit durchlaufen. Sie ließen sich nur durch 24 Stunden Bettruhe vertreiben. Später, als sie schon berufstätig war, hatte sie herausgefunden, daß gewisse aspirinhaltige Medikamente, früh genug eingenommen, den Kopfschmerz stoppen konnten. Aber sie hatte schon lange nicht mehr darunter gelitten und natürlich nicht daran gedacht, irgendein Mittel dagegen mitzunehmen. Sie würde also die nächste Apotheke anrufen und fragen müssen, ob man es ihr schicken könnte – soviel sie wußte, war es zu Fuß zu weit. Oder vielleicht, dachte sie und öffnete die Augen, konnte sie etwas in den Badezimmern im ersten Stock finden.

Am ehesten im Bad neben dem Elternschlafzimmer. Es war groß und luxuriös mit zwei Arzneischränken und mehreren Schubladen unter dem Doppelwaschbecken. Im ersten Schränkchen war wirklich ein Fläschchen mit Aspirin, dazu der übliche antiseptische Spray, Tabletten gegen Sodbrennen, Multivitaminkapseln und einige andere Pillen in einer Schachtel mit Gebrauchsanweisung. In der vagen Hoffnung, ihr gewohntes Medikament zu finden, öffnete Kate die übrigen Türen. Aber alle anderen Fächer enthielten ausschließlich Rasierapparate und Klingen, Seifenpackungen, Zahnpaste, Deodorant und ähnliches. In den Laden unter den Becken waren nur Toilettenpapierrollen und Schachteln mit Papiertüchern. Also blieb nur das Aspirin. Schließlich, sagte sich Kate, stellten die objektivsten Berichte übereinstimmend fest, daß ein Kopfschmerzmittel so gut wie ein anderes war.

Sie nahm zwei Tabletten aus dem Fläschchen und gab eine wieder zurück, einfach weil sie sich ihrer Sache nicht sicher war. Nachdem sie die andere geschluckt hatte, beschloß sie, daß es vernünftiger wäre, in ihr Zimmer zurückzukehren, sich zu entspannen und ihre Ängste bei der Arbeit an dem mitgebrachten Manuskript zu vergessen. Wenn sie sich eine Stunde in die Geschichte Napoleons vertiefte, würde das sehr beruhigend sein. Sie ging hinauf, schaute nochmals in ihren Kleiderschrank und stellte beunruhigt fest, daß die Herzogin und ihre Jungen nicht zurückgekommen waren, obwohl man auf dem alten Pullover, auf dem sie gelegen waren, noch die Eindrücke ihrer Körper erkennen konnte.

Das Manuskript steckte in ihrer Tasche. Kate nahm es heraus und legte sich damit auf das Bett. Zehn Minuten später war sie darin vertieft. Zwanzig Minuten später war sie fest eingeschlafen. Das letzte, woran sie sich erinnerte, bevor sie in Schlummer sank, war die Absicht, aus dem Keller eine elektrische Bohrmaschine zu holen und damit an der Bodenklappe einen Riegel zu montieren. Der Gedanke, daß die Klappe noch immer unversperrt war, irritierte sie weiterhin, aber nicht genug, um sie am Einschlafen zu hindern.

Es war dunkel, als Kate erwachte. Einen Augenblick lang glaubte sie, mitten in der Nacht wie sonst auch im Bett zu liegen. Dann merkte sie, daß die Kälte sie geweckt hatte. Sie lag auf der Decke, ihre Hände und Füße waren eisig. Sie setzte sich auf und schaute auf das Leuchtzifferblatt ihres elektrischen Weckers. Es war Viertel nach zwölf. Mein Gott, dachte sie, was ist mit mir los? So tief hatte sie tagsüber seit ihrem letzten Anfall von Grippe vor vier Jahren nie mehr geschlafen, aber damals war ihre Schlafsucht durch das hohe Fieber erklärlich. Auch war sie nie gewohnt gewesen, an Wochenenden ein Mittagsschläfchen zu halten, nicht etwa aus eingefleischtem Puritanismus, sondern einfach, weil ihr der Gedanke an Schlaf während des Tages buchstäblich nie gekommen war. Wie die meisten Menschen, die nachts gut schliefen, hatte sie nie das geringste Bedürfnis nach mehr Schlaf verspürt.

Ich muß wohl viel müder gewesen sein, als ich annahm, dachte sie. Der Grund dafür war nicht schwer zu erraten. Ängste, Anspannung, Streit und ein ungewohntes Bett konnten weitgehend dazu geführt haben. Jedoch ... irgendwie stimmte da etwas nicht.

Sie tastete nach dem Schalter der Nachttischlampe, setzte die Füße auf den Boden, schlüpfte in ihre Schuhe, stand auf und sank wieder zurück aufs Bett. Die Kopfschmerzen waren verschwunden, statt dessen hatte sie eine seltsame Schwäche befallen, so als hätte sie Watte im Kopf. Außerdem war ihr schwindlig. Sie zog den Kopf ein. Nach einer Minute hörte der Boden auf, sich zu drehen. Mehr als alles in der Welt wünschte sie sich, unter die Decke zu schlüpfen, sich auszustrecken und weiterzuschlafen. Das Verlangen danach war fast überwältigend. Aber gleichzeitig dachte sie auch an Ranger. Sicher war er heimgekommen, obwohl sie nicht recht begreifen konnte, wie er und Bones das geschafft hatten, ohne sie zu wecken. Außerdem war sie nicht unten gewesen, um ihm ein Abendessen zu machen. Schuldgefühle halfen ihr, die Lethargie zu überwinden.

Langsam und mit viel mehr Behutsamkeit erhob sie sich und blieb eine kurze Weile ruhig stehen, um sich zu vergewissern, daß sich das Zimmer nicht mehr um sie drehte. Dann machte sie sich auf den Weg und schaltete im Vorbeigehen alle Lampen ein. Rangers Tür war geschlossen. Sie schlich, so leise sie konnte, hin und öffnete sie gerade so weit, daß ein wenig Licht auf das Bett fiel.

Ranger lag auf dem Bauch, einen Arm um Bones geschlungen, der sich an ihn schmiegte. Der Junge rührte sich nicht, aber der Hund spitzte die Ohren, und sein Schwanz begann zu zucken. Dann schlüpfte er unter Rangers Arm hervor, sprang zu Boden und kam schweifwedelnd auf sie zu.

«Scht!» machte Kate, in der Hoffnung, er würde den Laut und die Absicht verstehen. Dann beugte sie sich herab und tätschelte seinen seidenweichen Kopf. Er richtete sich auf und leckte ihr das Gesicht. «Nein, nein, ruhig, Bones», flüsterte sie. Leise näherte sie sich dem Bett. Licht fiel aus dem Korridor auf Rangers Gesicht und ließ Tränenspuren erkennen. Kate legte die Hand auf das Kissen neben seinem Kopf. Es war feucht. Armes Kind, dachte sie, armer Junge. Seine Mutter war in der Klinik, verstört und entstellt, sein Vater nicht da, seine Schwester fortgelaufen, nachdem sie ihn, Andy zufolge, zum Mitwisser ihres schrecklichen Verdachts gemacht hatte ... Und im Haus war eine fremde Tante, die er nie zuvor gesehen hatte ...

Kate stand da und schaute auf den Jungen hinab. Immer schon hatte sie in Kindern ihre Eltern gesehen: Marie erschien ihr als junge Deborah, Ranger als junger Paul. Aber das war er nicht, wie sie jetzt erkannte. Er war ganz er selbst. Vielleicht war das Auge beim Betrachten viel kritischer, als sie gedacht hatte, aber gerade jetzt sah sie kaum eine Ähnlichkeit. Sie hörte wieder Pauls zynische Bemerkung zu Marie: «Tut mir leid, daß du ein so elendes Leben hast.» Damals hatte sie gedacht, es wäre Spaß, eine treffende sarkastische Feststellung zu einem allzu wohlhabenden, verzogenen Kind. Nun sah sie, daß es durchaus zutraf. Zur Zeit führte Ranger wirklich ein elendes

Leben. Mitleid erfüllte sie und gleichzeitig Bewunderung für den Gleichmut, mit dem er es hinnahm. Sie setzte sich ganz vorsichtig neben ihn aufs Bett und strich ihm die blonden Haare aus der Stirn. Er regte sich. «Mami?» fragte er. Sie antwortete nicht und hoffte, er würde wieder einschlafen. Aber er öffnete die Augen. «Mami?» wiederholte er.

«Nein, ich bin's, Kate», flüsterte sie.

«Ich dachte, vielleicht wäre es Mami, ich dachte, vielleicht wäre sie heimgekommen.»

Kate fühlte Tränen über ihre Wangen laufen. «Tut mir so leid, Ranger, so leid. Aber vielleicht kommt sie bald.» Aus einem Impuls heraus schlang sie die Arme um ihn. Er setzte sich auf, klammerte sich an sie und barg sein Gesicht an ihrer Schulter. Sie hielt ihn an sich gedrückt, und zum erstenmal in ihrem Leben empfand sie heftige Reue, daß sie – den Umständen oder ihrer Veranlagung folgend – sich entschlossen hatte, keine eigenen Kinder zu haben. «Es kommt alles wieder in Ordnung, Ranger, das verspreche ich dir.» Sie küßte ihn aufs Haar. «Du wirst sehen.»

Nach ein paar Minuten fühlte sie, wie er sich entspannte und tief atmete. Er war schon wieder fast eingeschlafen, und alles quälende Wissen, das er sicher in sich trug, konnte bis zum nächsten Tag warten. Und sie wollte, daß er schlief, denn erst mußte der Rest der Nacht überstanden werden. Der Morgen lag noch in weiter Ferne. Nach einer weiteren Minute legte sie ihn auf das Bett zurück. Er war eingeschlafen, bevor er noch richtig auf dem Kissen lag. Dann schlich sie hinaus und sah noch, bevor sie die Tür schloß, daß Bones wieder auf das Bett sprang.

Was auch in der Tablette gewesen sein mochte, die sie geschluckt hatte, es bewirkte immer noch ein lähmendes Gefühl. Sie wußte jetzt, daß es nicht Aspirin oder nicht nur das gewesen war. Zum Glück hatte sie nur eine genommen. Aber der Gedanke, noch einmal in einen narkotischen Schlafzustand zu versinken, war ihr genauso schrecklich, wie in dem dunklen Haus zu mitternächtlicher Stunde auf und wach zu sein.

«Ich muß nachdenken», murmelte sie. Aber dazu würde sie einen klaren Kopf brauchen. Langsam und ans Treppengeländer geklammert, stieg sie mit weichen Knien ins Erdgeschoß, und als sie unten angelangt war, machte sie im Wohnzimmer Licht. War es gut, daß das jetzt strahlend erleuchtete Haus ringsum den Vorgarten erhellte? Sie ging zu den Wohnzimmerfenstern, zog die schweren Vorhänge zu und stellte sich für einen Augenblick zwischen sie und die Fenster, um zu sehen, ob in irgendeinem anderen Haus der Straße Licht brannte. Aber alle zeichneten sich nur als kaum sichtbare dunkle Schatten gegen den Nachthimmel ab. Das erleuchtete Haus der Lamonts wirkte dadurch noch einsamer. Aber Licht war an sich ein Bollwerk gegen die Dunkelheit, die sie immer so sehr gehaßt hatte.

Sie trat zurück, schloß die Vorhänge und ging in die Küche. Dort hingen kurze, blau- und grüngestreifte Vorhänge. Kate zog sie zu, füllte den Kessel am Wasserhahn und stellte ihn auf einen Brenner des Gasherdes, den sie angezündet hatte. Kaffee würde zweifellos bedeuten, daß sie den Rest der Nacht nicht mehr schlafen konnte, was keine angenehme Aussicht war. Aber es war jedenfalls besser als ein neuerlicher Betäubungsschlaf mit der unversperrten Klappe zum Dachboden ... und dort dem Fenster, das vom Dach aus zu erreichen war. Außerdem hatte sie eine schauerliche Angst vor Drogen, und nach allem, was sie von Deborahs jahrelanger Süchtigkeit gehört hatte, war ihr bei dem Gedanken an die Tablette, die sie ganz arglos dem Arzneischränkchen entnommen hatte, gar nicht wohl. Sie schaute auf die Uhr: zehn vor zwei. Ungefähr fünf Stunden lang würde es noch dunkel sein, bevor der Morgen anbrach. Nun, da gab es immer noch das Manuskript, mit dessen Bearbeitung sie jedenfalls im Rückstand war.

Da erinnerte sie sich, daß sie auf dem Weg in den Keller gewesen war, um eine elektrische Bohrmaschine zu suchen, mit der sie einen Riegel an der Bodenklappe montieren konnte. Wenn sie genügend Kaffee getrunken hatte, würde sie die Sache wieder aufnehmen und, falls sie die nötigen Werkzeuge fand, den Riegel selbst montieren. Während sie beim Kaffee saß, wollte sie etwas lesen. Da sie während ihres ganzen Lebens zum Lesen gezwungen gewesen war, konnte sie nicht einfach dasitzen und Kaffee trinken, ohne ein Buch in der Hand. Sie ging ins Wohnzimmer, um etwas Geeignetes zu holen. An den Wänden zu beiden Seiten des Kamins gab es Bücherregale bis zur Decke hinauf, die, wie sie mit einem raschen Blick erkannte, links mit Romanen und rechts mit Sachbüchern gefüllt waren. Kate entschied sich für ein Sachbuch, am liebsten ein geschichtliches, biographisches oder autobiographisches. Aber alles, was im Regal der Lamonts stand, hatte sie entweder schon gelesen oder kein Interesse daran. Sie sah die unteren Reihen durch, in denen Nachschlagewerke standen. Das Zitatenlexikon von Oxford und Bartlett. Ein dickes Buch über Krankenpflege, ein anderes über Ernährung. Wer interessierte sich dafür? fragte sich Kate. Deborah in besseren Zeiten? Oder Paul? Eher wohl Deborah, dachte sie. Sie zog wahllos einige Bücher heraus. Ja, sie hatte offenbar recht, sie waren vor sechs bis sieben Jahren erschienen, also bevor Deborah süchtig wurde. Kate stellte die Bücher zurück und eilte in die Küche, da der Kessel zu pfeifen anfing.

Sie braute sich einen starken Kaffee, gab sowohl Milch wie Zukker hinein und ging damit ins Wohnzimmer zurück. Nach dem Buch über Ernährung kam die Anatomie von Gray. Was für eine sonderbare Zusammenstellung von Büchern im Wohnzimmer von Paul und Deborah, dachte Kate. Aber warum eigentlich? Es waren Standardnachschlagewerke, die Zeit ihres Lebens auch in ihrem Büro und ihrer Wohnung gestanden waren: Atlanten, Weltalmanache, ein medizinisches Lexikon. Wofür, um alles in der Welt, brauchten Paul und Deborah das? Daneben stand ein noch dickeres Buch: ein pharmazeutischer Leitfaden. Sie stellte die Tasse auf ein höheres Brett und zog das Buch heraus. Kein Wunder, daß es so dick war, dachte sie. Der Band enthielt mehrere hundert Seiten mit Farbfotos von offenbar allen je hergestellten Pillen, Tabletten und Kapseln in natürlicher Größe. Kate versuchte, das Buch mit einer Hand zu halten, um mit der anderen die Tasse zu nehmen und beides in die Küche zu tragen. Dabei entglitt es ihr und fiel mit einem Krach zu Boden, der in der völligen Stille des Hauses übermäßig laut klang. Kate nahm die halbleere Tasse, ging in die Küche, stellte sie auf den Tisch und entzündete die Gasflamme unter dem Kessel. Dann holte sie das Buch, zu dessen Transport sie beide Hände benötigte.

Bei einer frischen Tasse Kaffee öffnete sie es und begann es durchzublättern. Sie hatte etwa ein Drittel hinter sich gebracht, als sie zusammenzuckte. Hinter ihr hatte etwas geknackt. Sie fuhr herum, da saß die Herzogin auf dem Boden und schaute sie an. Die Durchschlupfklappe in der Hintertür schwankte noch leicht hin und her.

«Hast du mich aber erschreckt, Herzogin», sagte Kate laut und empfand ihre eigene Stimme als übermäßig laut. «Wo bist du gewesen?»

Die Herzogin machte einen Buckel, streckte sich mit gespreizten Krallen und kam dann mit den geschmeidigen Bewegungen eines getigerten Panthers näher. Sie rieb sich an Kates Bein, erst mit der einen Seite, dann mit der anderen. Kate, in das Buch vor ihr vertieft, strich ihr leicht über den Rücken. Die Herzogin kratzte an Kates Schenkel, und als sie damit die Aufmerksamkeit auf sich gelenkt hatte, miaute sie kläglich. Kate schaute zu ihr hinunter. «Ja, du frißt wohl für sieben oder acht, nicht wahr?»

Sie stand auf, durchsuchte die verschiedenen Schränke nach Katzenfutter, fand eine Dose, öffnete sie und wärmte etwas Milch. Als die Herzogin hungrig zu fressen begann, wollte sich Kate gerade wieder setzen, als ein Gedanke, der sie schon seit der Entdeckung dieses Buches verfolgt hatte, ihre Schritte hinauf in das Elternschlafzimmer und weiter in das Bad lenkte. Sie nahm das Fläschchen mit dem Aspirin, machte kehrt und ging zurück ins Schlafzimmer. Sie war im Begriff, es zu verlassen, da zögerte sie und warf einen Blick auf die Tür zur Ankleidekammer. Sie war geschlossen.

War es nur Einbildung, oder strich wirklich ein kalter Luftzug über ihre Füße? Da stand Kate mit dem Fläschchen in der Hand und kämpfte mit sich einen schrecklichen Kampf. Nicht um alles in der Welt wollte sie diese Tür öffnen. Was bin ich doch für ein kompletter Feigling, dachte sie. Und außerdem war es mitten in der Nacht, und bei dem frostigen Frühlingswetter war ein kalter Luftzug zu erwarten. Hatte sie ihn nicht auch damals verspürt, als sie zum erstenmal hineingegangen war und die Bodenklappe im Plafond der Kammer entdeckt hatte? Ehrlich gesagt, sie konnte sich nicht daran erinnern, nur an die Kälte, die aus dem schwarzen Rechteck herabkam, als sie auf der Aluminiumleiter stand. Und wenn sie nun entdeckte, daß der eisige Luftzug tatsächlich aus der geöffneten Klappe kam, was dann? Kate schloß die Augen und sagte sich die alte und meist hilfreiche Maxime vor: Wenn etwas getan werden muß, dann tu es sofort.

Sie öffnete die Augen, ging entschlossen auf die Tür zu und riß sie auf. Die Bodenklappe sah genauso aus wie damals, als sie sie entdeckt hatte. Und tatsächlich kam ein eisiger Luftzug herab, aber das konnte bedeuten ... das konnte bedeuten, daß der Dachboden ungeheizt war, wie auch das andere, daß das Bodenfenster, das auf das Dach hinausführte, wieder geöffnet worden war.

Ein unerträglicher Gedanke! Ich sollte hinaufsteigen und nachsehen, dachte Kate und wußte zugleich, daß sie es nicht tun würde. Als sie und Jed sich den Dachboden angesehen hatten, war es wenigstens hellichter Tag gewesen. Und außerdem war Jed dabei und als erster hinaufgestiegen. Lieber Jed, dachte Kate, warum, ach warum habe ich ihn fortgehen lassen?

Sie schloß die Tür, ebenso die vom Schlafzimmer zum Korridor, ließ aber aus Gründen, über die sie sich nicht weiter den Kopf zerbrach, das Licht brennen. Vor Rangers Tür zögerte sie. Wenn ein Einbrecher kam, und Ranger hörte ihn und stand auf, um nachzusehen, was dann? Das mußte sie zu verhindern trachten. Sie steckte das Aspirinfläschchen in ihre Jackentasche, stieg in die Küche hinunter, holte das pharmazeutische Buch und die Kaffeetasse und kam wieder herauf. Dann blieb sie stehen und überlegte.

Wenn sie in ihr eigenes Zimmer zurückkehrte, würde sie ein Geräusch im Elternschlafzimmer nicht eher hören als Ranger. Wenn wirklich ein Einbrecher kam und ihre Ängste begründet und nicht nur Ausgeburt einer überhitzten Phantasie waren, dann drohte Ranger möglicherweise Gefahr. Warum, dachte sie, habe ich nicht getan, was Jed mir riet, und die Polizei angerufen? Abgesehen von ihrer Sorge um Marie, hätte sie auch ihre Furcht vor einem Einbruch als Anlaß nehmen können, und vielleicht hätte dann die Polizei ein Schloß in der Bodenklappe angebracht und sogar einen Mann zur Bewachung geschickt ... aber sie hatte nicht angerufen. Und ihre gegenwärtige Angst war typisch für einen Stadtbewohner, der mit einem erträglichen Maß von Furcht durch die höchst unsicheren New Yorker Straßen ging, weil man an diese Gefahr gewöhnt war, jedoch beim Gedanken an die Stille und Einsamkeit auf dem Land in Panik geriet.

Nun, wenn sie schon nicht schlief und das pharmazeutische Nachschlagewerk durchsehen wollte, war das Sofa in der Diele so gut wie jeder andere Platz. Sie konnte eine Decke und ein Kissen aus ihrem Zimmer holen. Fünf Minuten später hatte sie es sich auf dem Sofa bequem gemacht, ein Kissen im Rücken, ein zweites unter den Knien, die Decke über sich und das Buch im Schoß. So übel war das gar nicht, und im ersten Morgengrauen würde sie die Polizei anrufen und das Nötige sagen. Und auch Jed anrufen. Aber ein Kummer trübte die aufwallende Freude bei diesem Gedanken. Es war mehr als wahrscheinlich, daß er inzwischen nach Kalifornien zurückgekehrt war. Schließlich hatte sie sich bei ihrem letzten Gespräch keineswegs nett und freundlich benommen. Sie konnte ihm immer noch schreiben ... ihn sogar anrufen ... Sie schneuzte sich, dann konzentrierte sie ihre Aufmerksamkeit auf den pharmazeutischen Leitfaden und begann alle Abbildungen weißer Tabletten genau anzusehen. Nach eineinhalb Stunden war sie selbst ein wenig überrascht, daß sie keinerlei Neigung fühlte zu schlafen, ob vor Angst oder weil sie ausgeschlafen war oder wegen des starken Kaffees, den sie getrunken hatte, wußte sie nicht. Aber immer noch hatte sie keine weiße Tablette gefunden, die denen in dem Fläschchen entsprach, das neben ihr auf dem Sofa lag. Etwas hatte ihr langer und tiefer Schlaf zweifellos gezeigt: die unschuldig aussehenden weißen Tabletten in dem Fläschchen mit der vertrauten Aufschrift hatten nicht das Geringste mit seinem normalen Inhalt zu tun. Sie waren keine freiverkäuflichen schmerzstillenden Mittel.

Kate hatte das Buch bis zur Mitte durchgeblättert, als sie glaubte, ein Geräusch aus dem Elternschlafzimmer gehört zu haben. Sie erstarrte. Sekunden, Minuten vergingen, während sie kaum zu atmen wagte. Aber es rührte sich nichts mehr. Leise legte sie das schwere Buch beiseite, setzte die Füße auf den Boden und richtete sich auf. Das Geräusch konnte natürlich von irgend etwas herrühren – etwas ganz Harmlosem. Aber der Gedanke, es könnte jemand im Zimmer sein, bohrte weiter. Wenn sie dagegen hineinging und feststellte, was das Geräusch verursacht hatte, und sich so überzeugte, daß nichts Schlimmes dahintersteckte, konnte sie sich beruhigt wieder hinlegen.

Sie stand auf und ging auf Strümpfen zum Elternschlafzimmer. Alles wäre viel einfacher, wenn die Tür ein normales Schloß hätte. Aber wie in den meisten modernen Häusern ließ sie sich nur von innen versperren, nicht aber von außen. Kate holte tief Atem und stieß die Tür auf. Das Zimmer sah genauso aus wie zuvor, als sie das angebliche Aspirin geholt hatte. Ihr Blick fiel ins Bad. Da war etwas verändert. Sie hatte das Licht brennen und das Arzneikästchen offenstehen lassen. Außer dem Aspirinfläschchen und den Vitaminen war da eine Schachtel mit Kapseln gewesen – eine blau und braun gefärbte, wie sie sich erinnerte. Sie war neben dem Aspirin gestanden, aber sie war nicht mehr da. Bemüht, ihre Angstgefühle zu überwinden, raffte sich Kate schließlich auf, um quer durch das Zimmer ins Bad zu gehen. Und dann atmete sie hörbar auf. Das Geräusch, das sie vernommen hatte, war vom Herabfallen der Plastikschachtel mit den Kapseln in das Waschbecken verursacht worden. Vermutlich hatte sie, als sie das Aspirinfläschchen holte, die Schachtel halb herausgezogen, und durch irgendeinen Luftzug war sie schließlich heruntergekippt. Nervös stellte Kate die Schachtel wieder ins Fach zurück. Dabei fiel ihr Blick auf die Kapseln und auf das auf die Schachtel geklebte Schildchen mit der Gebrauchsanweisung: «Eine Kapsel vor dem Schlafengehen.» Verschrieben hatte sie Dr. McGrath.

Kate nahm die Schachtel und ging zurück in die Diele. Dort begann sie von neuem im pharmazeutischen Leitfaden zu blättern. Diesmal hatte sie Erfolg. Sie fand unter den Fotos eine Abbildung der Kapseln. Größe, Form und Farbe stimmten. Aber sie befand sich im internationalen Teil mit Angaben über die in andern Ländern hergestellten Präparate. Die Kapseln in der Schachtel stammten aus Deutschland und enthielten ein sehr starkes Beruhigungsmittel. Eine Reihe von Kontraindikationen war angegeben und auch der Hinweis, daß die amerikanische Arzneimittelbehörde es zum Gebrauch nicht zugelassen hatte, weil es eine Substanz enthielt, die als zu gefährlich erachtet wurde.

Kate legte das Buch wieder auf den Boden, starrte auf die Schachtel in ihrer Hand und wußte, daß es keiner weiteren Beweise bedurfte: Dr. McGrath betrieb Medikamentenmißbrauch. Er muße Deborah diese Kapseln verschrieben haben, als sie ihn in seiner Ordination aufsuchte, bevor sie den Selbstmordversuch unternahm und in die Klinik gebracht wurde. Sie – Kate – hätte auf Jed hören sollen ... sie hätte die Polizei rufen sollen. Sie schaute auf die Uhr. Halb vier. Polizeistationen haben die ganze Nacht Dienst. Konnte ein Einbrecher etwas mit der kleinen Schachtel voll Dynamit in ihrer Hand zu tun haben?

Nein. Klarerweise hatte McGrath Deborah auch die Drogen gegeben. Marie hatte das entdeckt und war aus Schreck und Angst um ihre eigene Sicherheit geflohen.

Aber zu welchem Zweck? Was hatte McGrath davon, dachte Kate, wenn er einer Patientin wie Deborah illegale Drogen verschrieb? Und außerdem (die alte Frage), warum bestand er darauf, daß sie, Kate, ins Haus kommen solle? Vor allem, wieso hatte Paul es nicht gemerkt und seine Frau aus McGraths Klinik herausgeholt?

Für jemanden, der Paul gekannt hatte, lag die Antwort auf der Hand – weil er immer den Weg des geringsten Widerstandes ging. Das hatte er seit jeher getan ... der strahlende, attraktive Paul, dem alle Erfolge, besonders die bei Frauen, so leichtfielen ... Kate wurde sich klar, daß sie nicht einen Augenblick daran geglaubt hatte, er könnte in irgendeiner Art von privatem oder amtlichem Geheimauftrag tätig sein. Er war ein guter Verhandlungspartner, geeignet für Öffentlichkeitsarbeit, und solange er nur das zu tun hatte, entsprach er den Anforderungen. Aber neben seinem großartigen Auftreten und seinem Ehrgeiz machte sich immer als gleichstark seine Trägheit geltend. Vielleicht war er entlassen worden und wollte es weder seiner Familie noch jemand anderem eingestehen, bevor er nicht eine neue Anstellung gefunden hatte. Und was Deborah betraf, die krank war und eine bessere Behandlung brauchte ... sie kam in die nächstliegende Klinik. Wenn sie nicht gesund wurde ... nun, dann würde sie es eben nicht. Und Paul erbte einen hübschen Batzen Geld.

Kate ertappte sich dabei, daß sie die Schachtel noch immer krampfhaft umklammerte. Auch fühlte sie sich nach alldem doch müde. Wenn sie noch länger auf dem Sofa in der Diele saß, würde sie einschlafen. Und das wollte sie nicht.

Plötzlich entschlossen, schaute Kate auf die Uhr. Viertel vor vier. Dann stieg sie die Treppe hinunter. Wenn es auch noch mitten in der Nacht war, sie würde die Polizei anrufen und bitten, daß ein Beamter kam und dablieb, damit sie und Ranger den Rest der Nacht in Frieden und Sicherheit schlafen konnten. Vielleicht hielt man sie für hysterisch und wies sie ab, vielleicht aber auch nicht. Auf die Gefahr hin, so hysterisch wie die ärgste viktorianische Romanheldin zu wirken, wollte sie es immerhin versuchen.

Sie hob den Hörer des Apparats in der Diele ab und wartete auf das Freizeichen. Es kam keines. Ungeduldig legte sie auf und hob wieder ab. Immer noch kein Ton, kein Zeichen, nichts. Sie tippte einige Male auf die Gabel. Nichts. Sie legte nochmals auf, wartete ein paar Augenblicke und hob erneut ab. Der Apparat blieb stumm. Sie hielt den Hörer ans Ohr gepreßt und wählte trotzdem die gewünschte Nummer. Manchmal kam das Freizeichen erst, wenn man gewählt hatte. Aber nichts kam, auch kein Signal von der anderen Seite. Da versuchte sie es mit 01 für die Störungsstelle, wußte aber im voraus, daß es nutzlos war. Das Telefon war stumm, abgeschnitten, und mit ihm auch sie und Ranger.

In diesem Augenblick stieg eine wahnsinnige Angst in ihr auf, viel schlimmer als alles, was sie bisher empfunden hatte. Nun merkte sie, was der Satz bedeutete, den sie schon mehrfach gelesen hatte,

daß einem die Knie weich wurden. Ihre eigenen schienen sie nicht mehr tragen zu wollen und zitterten. Sie fühlte sich in tödlicher Gefahr.

Ich muß zu Ranger hinauf, dachte sie. Da hörte sie wieder ein Geräusch, diesmal dicht hinter ihr. Dann versank alles in Dunkelheit.

10

Als sie die Augen öffnete, war es vollkommen finster. Ihre Kopfschmerzen hatten sich wieder gemeldet, und ihr war zum Speien übel. Sie kämpfte gegen den Brechreiz an und merkte dabei, daß sie einen Knebel im Mund hatte. Panik überkam sie. Leute waren schon an Erbrochenem erstickt, das sie nicht ausspucken konnten. Lieber Gott, dachte sie, hilf mir! Die bisherigen theologischen Zweifel erschienen ihr jetzt völlig belanglos. Was immer sie bezweifeln mochte, jedenfalls nicht die Existenz einer Vorsehung oder ihrer eigenen Hilfsbedürftigkeit, und sie betete inbrünstig und mit Überzeugung.

Es – oder irgend etwas – mußte sie beruhigt haben, denn das Würgen in der Kehle hörte auf. Dann war ihr Kopf soweit klar, festzustellen, daß ihr die Hände hinter dem Rücken zusammengebunden waren und daß sie auf dem Boden lag. Die Luft, die sie durch die Nase atmete, war staubig, und unter ihrer Wange fühlte sie Holz. Ich darf auch nicht niesen, dachte sie und versuchte, sich aufzusetzen.

Das war ein Fehler. Die Kopfschmerzen, die sie für einen Augenblick vergessen hatte, meldeten sich erneut, und der Brechreiz kehrte wieder. Sie blieb still liegen und wartete, daß Schmerz und Übelkeit abklangen und das Schwindelgefühl aufhörte. Dabei schwand ihr wieder das Bewußtsein.

Als sie das nächste Mal erwachte, fühlte sie sich besser. Langsam versuchte sie sich aufzusetzen, was mit gebundenen Händen gar nicht so leicht war. Schließlich gelang es ihr auf Kosten eines aufgeschürften Ellbogens. Am meisten Angst hatte sie davor, daß irgend etwas ihre Nase verstopfte. Wenn das geschah, würde sie bei dem festen Knebel um den Mund nicht atmen können. In welch kurzer Zeit, hatte sie neulich gelesen, war das Gehirn bei Sauerstoffmangel für immer geschädigt? Angst davor half auch nicht weiter. Sie konzentrierte sich darauf, langsam und tief zu atmen. Dann, ganz allmählich, ließ die schreckliche Angst nach, schließlich so weit, daß es ihr möglich war, über ihre Situation nachzudenken. Wo war sie? Bedeutete die völlige Dunkelheit, daß es noch Nacht war? Oder befand sie sich in einem Raum ohne Fenster oder mit zugezogenen Vorhängen? Unwillkürlich lehnte sie sich weiter zurück, als sie beabsichtigt hatte, begann nach hinten zu fallen und streckte ihre gebundenen Hände vor, um sich zu stützen. Die Hände glitten über den Holzboden, und Splitter bohrten sich in die Haut.

«Autsch.» Das wurde natürlich nicht laut. Ihre Zunge stieß auf Stoff. Aber der Mund hatte den Ausruf geformt. Mühsam richtete sie sich wieder auf. Im Sitzen versuchte sie zu ergründen, wo es einen splittrigen Holzboden gab. Alle Böden im Haus, soweit auf ihnen nicht Teppiche und Läufer lagen, hatten glattgebohnertes Parkett. Vorsichtig lehnte sie sich ein wenig zurück und betastete mit den Fingerspitzen den Boden seitlich neben sich. Das Holz war rauh, ungehobelt und unpoliert. War sie je in einem Raum gewesen, auf den das zutraf? Nicht die Küche, die hatte einen Plastikboden, und nicht die Bäder, die waren gefliest. Was blieb übrig? Nichts außer dem Dachboden, in dem sie schon gewesen war, und dem ihr noch unbekannten Keller.

Sie versuchte sich an den Boden im Dachraum zu erinnern. Sie und Jed hatten ihn angesehen, als er sie auf die Abdrücke im Staub hingewiesen hatte, wo kürzlich noch rechteckige Objekte gestanden haben mußten. Aber ihr fiel nicht ein, ob der Boden so trocken und splittrig gewesen war, wie sie ihn jetzt mit den Fingern gefühlt hatte. Und hatten Keller nicht üblicherweise Betonböden? Die einzigen beiden Orte, in denen sie in ihrem Leben gewohnt hatte, waren New York und New Orleans. In New Orleans hatten die meisten Häuser keine Keller, weil die Stadt auf ehemaligem Sumpfgebiet errichtet worden war. Eher wurden sie auf kurzen, quadratischen Pfählen erbaut. Das traf jedenfalls auf das Haus in der Harmony Street zu. Und das in der Prytania Street? Sie konnte sich nicht erinnern. Und in New York hatten die Keller, in denen sie gewesen war, Betonböden, weil dort die Waschmaschinen standen. Natürlich konnte sie auch gar nicht mehr im Haus sein, sondern irgendwo anders, wo niemand sie hören oder nach ihr suchen würde ... Erneut überkam sie panische Angst, und es kostete sie große Mühe, ruhiger zu werden.

Wer hatte das getan? Die beiden, die ihr als erstes einfielen, waren McGrath und ein Einbrecher ... Ein Einbrecher würde ganz einfach vorgehen, erst sie binden und an einen Ort bringen, wo sie niemanden alarmieren konnte, und dann aus dem Haus so viel mitnehmen, wie er zu tragen imstande war ...

Und was war mit den neugierigen Nachbarn?

Wenn man das in Betracht zog, entschied Kate, mußte draußen wohl noch Nacht sein. Natürlich war der Dieb schon längst mit seiner ganzen Beute fort, und wenn sie wirklich noch im Haus war, rechnete er wohl damit, daß jemand anders sie finden würde. Und McGrath? Das ergab irgendwie keinen Sinn. Bei ihm, wenn er es gewesen war, kam gewöhnlicher Diebstahl als Motiv nicht in Frage ... Außerdem, warum sollte er durch das Dachfenster in das Haus einsteigen ... und was sollte er sich aneignen? Und wenn das nicht der Grund war, wozu dann das Ganze? Darauf gab es keine Antwort.

Und was war mit Ranger?

Es war an der Zeit, daß sie sich bemühte herauszufinden, wo sie war, und das konnte sie nur durch Tasten feststellen. Auf die Beine zu kommen, war nicht leicht. Es erforderte die Anwendung eines Tricks, den sie seit ihrer Schulzeit nicht mehr versucht hatte – die Beine zu kreuzen und so aufzustehen. Seinerzeit im College hatte sie das sehr gut gekonnt. Aber das war vor zwanzig Jahren gewesen.

Während sie hin- und herschaukelte und sich bemühte, in die richtige Stellung zu kommen, lenkte der Wunsch, so leicht hochspringen zu können wie Bones, ihre Gedanken auf den Hund. Warum hatte er nicht gebellt, wenn jemand hereinkam? Außer derjenige, wer es auch war, hatte dafür gesorgt, daß er nicht Laut gab ... Bei diesem Gedanken wurde ihr erneut weh ums Herz. Aber bevor sie Zeit hatte, darüber nachzudenken, war ihr der Schwung gelungen, und sie stand, wenn auch schwankend, aufrecht. Daß ihr das gelungen war, erfüllte sie mit neuer Hoffnung. Langsam bewegte sie sich vorwärts, vorsichtig einen Fuß vor den anderen setzend. Und dann, ohne recht zu wissen, warum, blieb sie plötzlich stehen. Sie schob einen Fuß vor. Er stieß gegen etwas Festes, offenbar eine Wand oder ein ähnliches Hindernis. Anscheinend stimmte, was sie einmal gelesen hatte, daß Menschen es irgendwie merken, wenn sie vor einer Wand oder einer Tür stehen. Sie drehte sich um und tastete mit den Händen nach der Wand. Auch diese war aus Holz. Wo, wenn überhaupt, hatte sie eine hölzerne Wand gesehen? Ihre Hoffnung, noch im Haus zu sein, schwand dahin, denn dieser Umstand schien dafür zu sprechen, daß sie in einer Hütte irgendwo anders war. Außer ... plötzlich tauchte in ihrer Erinnerung ein Bild auf: Sie war vor einer hölzernen Tür gestanden, hatte sie zu öffnen versucht, aber versperrt gefunden und gesagt: «Ich frage mich, was hier drin ist.» Die Tür war in einer Ecke des Dachbodens hinter einem großen Wandschirm verborgen gewesen ...

Langsam bewegte sich Kate an der Wand entlang und fühlte, wie ihr Pullover an Splittern hängenblieb. Aber nach wenigen Schritten stieß ihre Schulter gegen einen Vorsprung. Der war viel zu hoch, um ihn mit den Händen zu betasten. Wenn sie ihr Gesicht daran legte, würde sie dann feststellen können, was es war? Das war nur durch einen Versuch herauszufinden. Sie wandte sich um, trat zurück und brachte ihr Gesicht in die entsprechende Höhe, jedoch allzu schnell. Sie stieß mit der Nase an eine scharfe Kante. Wieder formte ihr Mund ein stummes «Au». Sie wartete, den Kopf erhoben, bis der Schmerz nachließ. Dann senkte sie ihn wieder, diesmal langsamer, und legte die Wange an den Vorsprung. Er fühlte sich kalt an, kälter als Holz. Es war irgendein Metall. Vorsichtig, um nicht das Gleichgewicht zu verlieren, tastete sie sich mit der Stirn und der schmerzenden Nase weiter. Der Gegenstand war klein und ragte aus anderem Metall vor, das – soweit sie es beurteilen konnte – auf die Holzwand aufgeschraubt war. Sie hob den Kopf wieder und versuchte sich zu besinnen, was es sein mochte. Plötzlich erinnerte sie sich an etwas, das sie seinerzeit nicht beachtet hatte. Oberhalb der Türklinke war ein blankes Yale-Schloß gewesen. Der Metallgegenstand war von der richtigen Gestalt, an der richtigen Stelle und in der richtigen Höhe, um das Gegenstück dieses Schlosses zu sein – ein rechteckiges Schnappschloß. Das bestärkte sie irgendwie in der Annahme, daß sie in der abgeteilten Kammer in der Ecke des Dachbodens war.

Mit den Füßen schlurfend und so geräuschlos und langsam, wie es ihr möglich war, tastete sie sich durch den Raum. Nach einigen Minuten wußte sie, daß alles verschwunden war, was früher in dem Abteil gewesen sein mochte. Es war leer. Sie lehnte sich gegen die Wand und versuchte scharf nachzudenken. Ihr Hinterkopf tat immer noch weh, aber der stechende Schmerz und erfreulicherweise auch der Brechreiz waren vorbei.

Es gab da noch eine Frage. Wenn sie sich im Dachboden befand und es schon Tag war, würde sie dann einen hellen Streifen unter der Tür sehen statt der völligen Dunkelheit ringsum? Nicht unbedingt, wenn die Tür dicht schloß.

Sie ging langsam zur Tür zurück und beugte sich, um nicht abermals mit der Nase anzustoßen, noch langsamer als zuvor herab, in der Absicht, die Klinke herabzudrücken zu versuchen. Sie hatte dabei die schwache Hoffnung, die Tür werde sich vielleicht öffnen lassen, als diese plötzlich aufgerissen wurde.

«Kate!» flüsterte jemand drängend.

Das hereinfallende Licht blendete sie derart, daß sie blinzelnd zurückwich. Undeutlich nahm sie einen Kopf mit krausem Haar wahr, dessen Umriß sich nur wenig höher als der ihre gegen das Licht abzeichnete.

Dann schob eine Hand sie in die Kammer zurück, und die Tür wurde leise geschlossen.

«Ich bin's, Jed», wisperte er, eine Sekunde nachdem sie ihn erkannt hatte. Tränen traten ihr in die Augen, und trotz des Knebels versuchte sie, etwas zu sagen.

«Ich mache die Tür noch einmal auf», sagte er leise, «nur einen Spalt, um Licht zu haben. Machen Sie kein Geräusch.»

Sie hörte die Klinke gehen, dann öffnete sich die Tür wieder.

«Drehen Sie sich um», sagte Jed, «damit ich den Knebel losbinden kann.»

Sie tat es und fühlte seine Hände am Hinterkopf. Nach einer Minute, die ihr wie zehn erschienen, lockerte sich der Druck, und Jed nahm ihr den Bausch aus dem Mund. Erst jetzt merkte sie, wie trocken ihr Gaumen war.

«Jetzt mache ich Ihre Hände frei», kündigte Jed an.

Das dauerte etwas länger, aber während sie schluckte und sich bemühte, nicht allzulaut zu schluchzen, gelang es ihm schließlich doch, und sie konnte ihre Arme wieder bewegen.

«Armer Schatz», tröstete sie Jed, «schon gut, schon gut.»

Sie wußte später nicht mehr, wie es dazu gekommen war, daß sie ihre Arme um seinen Hals geschlungen hatte und er sie küßte.

Jed war es, der sich als erster aus der Umarmung löste. «Wir müssen von hier fort», drängte er, «bevor er zurückkommt.»

Kate konnte sich nicht von ihm trennen und küßte ihn wieder. «O Jed, ich bin so froh, daß Sie da sind! Wie kann ich Ihnen danken!»

«Später. Sie können mir danken, soviel Sie wollen, und ich wüßte auch wie, auf sehr erfreuliche Weise – wenigstens für mich. Aber wir müssen verschwinden, bevor er wieder auftaucht.»

«Wer?» Sie fragte es lauter, als sie beabsichtigt hatte.

«Ich natürlich, meine liebe Kate.» Ein Kopf war hinter Jed aufgetaucht.

Jed wandte sich um. «Wo kommen Sie her?»

Paul lächelte. «Vom Dach, mein guter Mann, auf weichen Gummisohlen. Ich sah Sie in Ihrem Wagen jenseits der Straße auf der Lauer, hoffte aber, Sie würden ein wenig länger warten, bevor Sie ihr zu Hilfe eilen.»

«Paul», brachte Kate mühsam mit trockenen Lippen heraus.

«Ja, ich. Wie schade! Hätte dein edler Ritter nur noch ein Stündchen gezögert, hätte er dich in aller Ruhe befreien können, und ich wäre bereits nach Rio unterwegs gewesen. Aber so konnte ich mich nicht länger auf dem Dach herumtreiben. Und jetzt werde ich etwas mit euch beiden tun müssen.»

«Warum, Paul?» Kate trat in den sonnigen Dachboden hinaus und blinzelte.

«Warum was?»

Sie starrte ihn an, als ihr plötzlich alles klar wurde – auch ihre törichte Blindheit. Sie deutete mit der Hand rings um sich. «Na, das alles?»

«Das ist ziemlich viel gefragt.» Er trug Jeans und Pullover, und seine Hände waren staubbedeckt. Angeekelt rieb er sie aneinander.

«Offenbar warst du es, der mich in diese Kammer eingeschlossen hat», fuhr Kate fort. «Du warst also die ganze Zeit hier auf dem Dachboden. Was war in diesen Schachteln? Drogen?»

«Ja. Ich hätte angenommen, daß dir die Antwort ziemlich klar gewesen sein müßte. Pillen, Pillen und nochmals Pillen. Du würdest überrascht sein, wie groß der Schwarzmarkt dafür ist – besonders für die ausländischen, die hier nicht erhältlich sind. Dank dem alten Weib, das die Arzneimittelbehörde leitet, war es sehr einträglich. Aber die Zeit ist gekommen, zu verschwinden.» Fast gleichgültig zog er eine Pistole aus dem Gürtel, die der dicke Pullover bis dahin verborgen hatte.

«Das hast du also auf deinen Reisen getan? Drogen geschmuggelt?»

«Nun ja ... ihren – äh – Versand organisiert. Das ist gar nicht so schwer. Es gibt Wege – wenn man die richtigen Verbindungen hat, und die habe ich geschaffen, als ich, wie du sagen würdest, eine gutbezahlte Stellung hatte.» Er grinste. «Dadurch bin ich jetzt in der Lage, mich zur Ruhe zu setzen.»

«Und du hast auch den Telefondraht durchgeschnitten?»

«Ja.»

Kate strich sich mit den Händen über den Kopf. «Mir ist immer noch, als hätte ich Watte im Hirn. Wohl, weil du mir einen Schlag auf den Kopf gegeben hast. Aber ich habe mich schon vorher schwummrig gefühlt. Was war diese weiße Tablette, die ich für Aspirin gehalten habe? Sie war in dem Fläschchen mit der Aufschrift Aspirin im Arzneischrank.»

«Vermutlich eine von Deborahs Schlaftabletten oder vielleicht ein Beruhigungsmittel. Ich müßte sie mir ansehen, um es sicher zu wissen. Sie hatte Zugang zu allem und nahm, was sie wollte.»

«Nahm, was sie wollte? Aus deinem Lager? Hat nicht McGrath sie verordnet? Und diese deutschen Kapseln? Auf der Schachtel, in der ich sie fand, war eine Gebrauchsanweisung von McGrath, und ich habe im pharmazeutischen Leitfaden nachgelesen.»

Paul grinste. «Der gute alte Mark? Das glaube ich kaum. Nach dem schrecklichen Schlamassel, in das er in Kalifornien geriet, bezweifle ich, daß er je was anderes verschreibt als die sicherste der sicheren Pillen. Er sitzt auch so genug in der Klemme.»

«In welcher Klemme?»

Paul machte eine ungeduldige Handbewegung. «Ich habe keine Zeit, das lang zu erklären. Er hatte eine piekfeine Klinik in der Nähe von Hollywood für ein paar kleinere Film- und Rockstars, hauptsächlich aber für die reiche Playboy-Clique. Jemand, dem er ein Dorn im Auge war, gab der Polizei einen Wink, daß eine ganze Reihe seiner Patienten süchtig seien. Bevor sich die Bullen in Bewegung setzten, starb einer seiner Patienten an einer Überdosis. Es gab keinen eindeutigen Hinweis, daß Mark direkt daran schuld war. Die meisten seiner Patienten waren schon schwer süchtig, bevor sie zu ihm kamen. Und er hat behauptet, er versuche sie davon abzubringen. Jedenfalls, als die Bullen sich die Sache näher ansehen wollten, waren alle Aufzeichnungen auf mysteriöse Weise verbrannt, und Zeugen verweigerten die Auskunft oder verschwanden. Die Polizei hatte keine Handhabe, einzuschreiten. So konnten sie nichts dagegen tun, als er beschloß zuzusperren, nach dem Osten zu gehen und eine neue Klinik zu eröffnen.»

Kate wandte sich an Jed. «War es das, was Sie gestern meinten?»

«Ja. Als ich sein Gesicht sah und den Namen hörte, warnte mich etwas vor ihm. Deshalb riet ich Ihnen, vorsichtig zu sein. Schließlich erinnerte ich mich, daß ich sein Bild in der Zeitung gesehen hatte. So rief ich, als ich ins Hotel zurückkam, meine Sprechstundenhilfe an, die es noch genau wußte.»

«McGrath hat also diese unerlaubten Kapseln nicht verschrieben?»

«Ich habe dir schon gesagt», erklärte Paul, «sie bediente sich selbst und gab, was sie haben wollte, in handliche Behälter – Aspirinfläschchen, Vitaminpackungen oder dergleichen. Du hast weiß Gott was geschluckt, vielleicht irgendwelche harmlosen Schlaftabletten, die ihr McGrath verschrieb, bevor er wußte, wie süchtig sie war. Es ist kaum zu sagen, wie sie alles durcheinandergebracht hat. Aber wenn du nicht gewohnt bist, nach eigenem Ermessen Schlaftabletten und Beruhigungsmittel zu nehmen, hast du noch Glück gehabt, daß die Tablette dich nur ein paar Stunden schlafen ließ. Laß dir das eine Warnung sein – hol dir nie was aus anderer Leute Arzneischrank.»

«Woher hätte ich ahnen sollen, daß ich in einer Rauschgifthöhle Quartier bezog? Und nebenbei bemerkt, die Gewohnheit, starke Drogen in alten Behältern aufzubewahren, konnte für die Kinder ziemlich gefährlich werden.»

«In den letzten Jahren hat sich Deborah keine Gedanken mehr darüber gemacht.»

«Aber du warst da. Und es sind auch deine Kinder.»

«Du brauchst mir über meine Kinder keine Predigten zu halten», fauchte er, «die sind schon in Ordnung.»

«Das würde ich von Marie – wo immer sie derzeit steckt – nicht sagen. Und wenn du gesehen hättest, wie Ranger heute nacht wegen seiner Mutter geweint hat, wärst du auch über seine Verfassung nicht so sicher.»

«Ach, Ranger ...» Der Tonfall zeigte sein Desinteresse. «Er ist zu alt, um ein Heulpeter zu sein ...» Über Marie sagte er nichts.

«Außerdem», warf Kate ein, «wenn du das von McGrath wußtest, warum hast du dann Deborah zu ihm gehen lassen?»

«Zugeredet, zu ihm zu gehen, würde ich sagen», berichtigte Jed. «Er konnte seine Frau schwerlich einem anderen Arzt anvertrauen, der sofort erkannt hätte, daß sie süchtig war, und der Sache auf den Grund gegangen wäre.» Jed sah Paul an. «Ich stelle mir vor, Sie haben McGrath unter Druck gesetzt, daß er zunächst Deborah aufnahm und später zu den Drogen schwieg, die Sie ihr durch die Kinder schickten.»

«Er hat Drogen durch Marie und Ranger geschickt?» fragte Kate und wunderte sich vor Entrüstung nicht einmal, woher Jed das wußte.

«Allerdings», erklärte Jed. «Er hat ihnen gesagt, sie würden ihrer Mutter im Handel nicht erhältliche Vitamine bringen.»

«Das ist doch wirklich die Höhe», fuhr Kate auf. «Das ist widerlich!»

«Nicht widerlich», korrigierte Jed ruhig, «sondern teuflisch im ursprünglichen Sinn des Wortes. Absolut amoralisch.» Er wandte sich an Paul. «Und Sie hielten diesen Drahtseilakt aufrecht, indem Sie drohten, McGrath bloßzustellen?»

«Sicher. Eine gute Zeitungsnotiz in einem hiesigen Blatt hätte seine Klinik zugrunde gerichtet. Die Leute hätten ihre lieben Anverwandten herausgenommen, so rasch sie ihrer habhaft werden konnten.»

«Woher wußtest du das über McGrath?» fragte Kate.

«Meine – äh – Verteiler informierten mich darüber. Sie hatten auch Interesse daran, daß Deborah den Mund hielt. Hätte ich sie nicht weiter versorgt, hätte sie Zeter und Mordio geschrien. Wenn ich hiergewesen wäre, um auf sie aufzupassen, hätte sie nicht diesen Selbstmordversuch unternommen und wäre überhaupt nicht in die Klinik gegangen. Aber dort war sie bereits, als ich zurückkam.» Er machte eine Pause. «Ich halte es für zweckmäßig, dir reinen Wein einzuschenken, Kate. Indem ich sie an McGrath verwies, als sie zu einem Arzt gehen wollte, habe ich ihr das Leben gerettet. Hätte ich sie nicht zu ihm geschickt», fuhr er nachdrücklich fort, «hätte Deborah in meiner Abwesenheit ein tödlicher Unfall zustoßen können. Die Leute, mit denen ich in Geschäftsverbindung stehe, schützen ihre Interessen. Sie hatten von Deborah nichts zu befürchten, solange sie ihren Nachschub bekam. Aber wenn es je so ausgesehen hätte, als wolle sie davon freikommen oder zu einem Arzt gehen, der sie von der Sucht zu heilen versuchen würde, wäre sie vielleicht – oder sogar sicher – ernstlich in Gefahr gewesen.»

«Und du hast alles soweit kommen lassen? Warum – aus reiner Habgier?»

Paul zuckte die Schultern. «Ich war immer für die persönliche Freiheit des Menschen.» Er hatte die Waffe wieder in den Gürtel gesteckt. Kate war überzeugt, er habe sie nur herausgenommen, um zu zeigen, daß er sie hatte. Er bückte sich, hob ein Stück Schnur vom

Boden auf und begann es aufzuwickeln. «Ich glaube, wenn Leute Drogen haben wollen, sollte man sie ihnen erlauben. Ich habe nie jemanden gezwungen, sie zu nehmen. Ich habe nur geliefert, was man von mir verlangte.»

«Du fühlst dich also für Deborah nicht verantwortlich?» fragte Kate. Ihre Augen hatten sich endlich an das Licht gewöhnt. Alle Schachteln waren aus dem Dachboden fortgeschafft, nur Zeitungen und zerknittertes Packpapier lagen noch verstreut herum, dazu Bindfadenreste. Die verbliebenen Möbel sahen ein wenig verlassen aus: ein paar einzelne Stühle, Kommoden, Tische und Spiegel. Das Ganze machte nicht mehr den Eindruck eines großen Durcheinanders.

Warum stehen wir hier und schwatzen, dachte Kate. Warum versuchen Jed und ich nicht zu fliehen? Aber Paul, jetzt offensichtlich entspannt, hatte sich mit seinem athletischen, immer noch geschmeidigen Körper breit vor der Klappe mit der Bodenleiter aufgebaut.

«Du brauchst nicht zu versuchen, diese Leiter hinunterzukommen», sagte er liebenswürdig. «Du würdest es nicht schaffen. Auch dein Freund hier nicht.»

Wie sehr er die Situation genießt, dachte Kate und ärgerte sich, diesmal nicht über ihn, sondern über sich selbst – wegen ihrer langen Vernarrtheit in ihn, wegen ihres dummen Gefühlsüberschwangs, der mit dem Erwachsenwerden hätte verschwinden sollen. Zerstreut rieb sie sich das Gesicht, wo sich der Knebel befunden hatte. Plötzlich bemerkte sie rotbraune Flecken auf ihrer Haut. «Was habe ich im Gesicht?» fragte sie.

«Blut», erwiderte Jed. «Ihre Nase hat geblutet. Mit dem Knebel um den Mund hatten Sie Glück, daß Sie nicht an dem Blut, das aus Ihren Nasenlöchern floß, erstickt sind.» Seine Stimme hatte einen Klang, den Kate noch nie gehört hatte, aber er erinnerte sie an einen Ausdruck in seinem Gesicht, der ihr einmal aufgefallen war. Da er soviel weniger eindrucksvoll aussah als alle Männer, die eine solche Macht über ihre Gefühle besaßen – eine Macht, die sie ihnen selbst eingeräumt hatte –, war ihr nie in den Sinn gekommen, daß er Autorität haben könnte, außer damals in Maries Zimmer. Aber hier war sie wieder. Jed sah Paul an.

«Ohne unsere willige Mitarbeit», sagte er, «gibt es für Sie nicht die geringste Möglichkeit, ungehindert zu verschwinden.»

«Und ich würde mich keine fünf Minuten auf Ihre angeblich willige Mitarbeit verlassen. Sie sind einer, der ein solches Versprechen als erzwungen bezeichnen und die Polizei rufen würde, kaum daß ich auf der Straße bin. Das würden Sie doch?»

«Das käme darauf an. Nicht wenn mein Leben oder Kates Leben davon abhinge.»

Paul musterte ihn und schüttelte den Kopf. «Aber das wäre nicht der Fall. Auf meinem Weg zum Kennedy Airport könnte ich Sie schwerlich überwachen. Ich muß mir was Besseres einfallen lassen.»

«Wenn Sie uns beide töten», erklärte Jed sachlich, «werden Sie damit nicht durchkommen.»

«Ich habe nicht gesagt, daß ich das tun werde. Aber rein sachlich gesprochen, ja, ich würde damit durchkommen. Ich wäre in zwei Stunden auf dem Flugplatz, und nicht allzulang danach startet mein Jet. Zwischen Brasilien und den USA gibt es kein Auslieferungsabkommen. Sobald ich in der Luft bin, habe ich die USA verlassen und bin so sicher, wie ich es in Rio sein werde. Zweifellos würde jemand eure ... eure Leichen nach ein paar Stunden finden, aber ich wäre längst fort.»

«Das würdest du tun?» fragte Kate. Selbst nach dieser Erklärung erschien es ihr unmöglich.

«Ich gebe gern zu, daß mir Gewalttätigkeiten nie gelegen haben», pflichtete ihr Paul bei.

«Außer indirekt», erklärte Jed trocken. «Aber vermutlich rechnen Sie nicht zu Gewalttätigkeiten, was aus Beschaffung, Verteilung und Verkauf dieses medizinischen Humbugs entsteht, den Sie importieren. Auch nicht, was die Leute anstellen, mit denen Sie in Geschäftsverbindung stehen und die, wie Sie es nennen, ihre Interessen schützen.»

Paul tat, als habe er nichts gehört. Er wickelte bereits eine dritte Schnur auf den Knäuel in seiner Hand. «Sie versuchen mir die Verantwortung für Deborah zuzuschieben», sagte er. «Da sind Sie auf der falschen Spur. Ihr Arzt in Tokio – ein amerikanischer Arzt – hat ihr durchaus erlaubte Pillen verschrieben, die sie jedoch nach einer Weile in einer Menge zu nehmen begann, die der gute Doktor nicht beabsichtigt hatte. Ich habe sie danach nur weiter beliefert. Aber genaugenommen waren es die Légères, die mich ins Drogengeschäft brachten.»

«Die Légères?»

«Ja, die aristokratischen, allmächtigen und hochgeschätzten Légères. Einer von ihnen hatte entdeckt, daß es leicht war, verschiedenes Schmuggelgut im Rahmen ihrer Reederei hereinzubringen. In höchst vornehmer Weise gingen sie gerade so weit krumme Wege, als sie keine Entdeckung zu befürchten hatten. Und sie schnupften Kokain und rauchten Marihuana und nahmen Aufputschmittel und Beruhigungsmittel, lange bevor die Jugend sie entdeckte und der Gebrauch von Rauschgift allgemein Mode wurde. Wußtest du nicht, daß ihnen auch dein lieber Vater in die Finger geriet?»

«Das glaube ich nicht», protestierte Kate automatisch.

«Nicht? Er sollte seine Stellung in dem hübschen Maklerbüro wegen Nachlässigkeit, verbunden mit einer Neigung zu Unterschlagungen, verlieren. Aber da hatte er bereits Diane geheiratet, und die Légères fanden, daß sie ihn brauchen könnten. So bezahlten sie seine Schulden und halfen ihm aus seinem Schlamassel mit den Aktienmanipulationen heraus. Danach war er ihr Mann. Nachdem du in den Norden gezogen warst, gaben sie allerlei Parties, zu denen ich eingeladen wurde. Dann, nach meiner Heirat mit Deborah, begann ich für sie zu arbeiten. Natürlich, wie gesagt, bin ich mittlerweile selbständig, schon eine Weile, ganz im stillen. Ich habe ein kleines Büro, ein Telefon, jemanden, der Anrufe entgegennimmt und so. Ich fand nämlich die Arbeit für jemand andern ... unbefriedigend.» Er grinste.

«So war dein ganzes Gerede, daß du in Tokio gebraucht würdest und dir in Chicago Aufträge und Verbindungen verlorengehen könnten, glatt erlogen.»

«Es hat doch sehr vernünftig geklungen.»

Jed hatte recht. Paul war nicht unmoralisch. Er wußte überhaupt nicht, was Moral war. Und sie erinnerte sich an Jeds Frage: «Ist er ein Mann von Prinzipien?» Unter den gegenwärtigen Umständen erschien diese Frage geradezu lächerlich. «Warum hast du mich dann überhaupt hergebeten oder durch McGrath bitten lassen?»

Paul schaute auf seine Uhr. «Wegen dieser verdammten Nachbarin, die ihre Nase in alles und jedes steckt. Sie hat damit gedroht, die Leute vom Fürsorgeamt zu verständigen, und das konnte ich nicht brauchen. So habe ich auf McGrath ein wenig Druck ausgeübt, daß er dich anruft. Ich dachte, wenn die Aufforderung von ihm käme, hätte sie mehr Gewicht. Und als du mich nach meiner Ankunft im Stich lassen wolltest, schob ich McGrath abermals vor. Diesmal suchte er dich in deiner Wohnung auf.»

«Ich verstehe», sagte Kate. «Mir ist das immer schon verdächtig vorgekommen. Hätte nicht eine andere Haushälterin den gleichen Dienst getan?»

«So etwas hatten wir bereits. Sie pflegten uns zu verlassen, sobald sich Marie genügend rüde zeigte ... Und sie begann, ihre eigenen Wege zu gehen ... Und außerdem erinnerte ich mich, wie leicht du dich zu etwas überreden ließest.» Mit müder Stimme fügte er hinzu: «Ich hätte Marie gern gesehen, bevor ich fortgehe ... Nun, ich kann mich ja mit ihr in Verbindung setzen. Ich möchte, daß sie nach Brasilien kommt.»

«Weißt du, wo sie ist?»

«Wahrscheinlich bei einem ihrer Freunde. Sie ist schon öfter durchgebrannt, und es hat sich immer herausgestellt, daß sie bei einem ihrer Knaben war.» Aber es klang nicht sehr zuversichtlich, und Kate glaubte nicht, daß er selbst davon überzeugt war.

«Sie mag früher bei Freunden gewesen sein, aber diesmal hat sie etwas entdeckt – vielleicht, daß du ihre Mutter mit Drogen belieferst. Vielleicht, daß du sie und Ranger als Boten benutzt.»

Paul zuckte die Schultern. «Sie wird zurückkommen.»

«Und Ranger?» Kate schaute auf ihre Uhr. Zehn nach neun. Sie hatte nicht geahnt, daß es schon so spät war. «Wo ist er jetzt?»

«In der Schule. Wo sollte er sonst sein?»

Sie war also länger gefesselt auf dem Boden gelegen, als sie gemeint hatte. Das erinnerte sie an ein dringendes Bedürfnis. «Ich muß ins Bad», sagte sie und ging auf die Treppe und damit auf Paul zu.

«Tut mir leid.» Er hielt sie mit ausgestreckter Hand auf.

«Paul – ich muß aber. Du kannst ja mit mir kommen, wenn du unbedingt willst. Aber ich muß.» In Wirklichkeit war das Bedürfnis zwar vorhanden, aber nicht so dringend, wie sie vorgab. Doch rechnete sie damit, daß Paul als kultivierter Mann ihr eine derartige Bitte nicht gut abschlagen konnte.

Er zögerte, dann nahm er die Pistole heraus. «Okay, ihr kommt beide mit hinunter. Du zuerst, Kate. Und Sie, wer Sie auch sein mögen – vermutlich der Autor, von dem Kate gesprochen hat –, vergessen Sie nicht, daß Kate eine Kugel kriegt, wenn Sie irgendeinen Trick versuchen.»

Als sie im Elternschlafzimmer waren, erklärte Paul: «Na schön, Kate. Du kannst ins Bad gehen. Aber denk daran, was ich deinem Freund hier gesagt habe. Ich weiß nicht, was du unternehmen könntest, aber wenn du den geringsten Versuch machst, so erhält dein Möchtegern-Befreier eine Kugel.»

Wie sehr er doch seine Sticheleien genießt, dachte Kate, als sie ins Bad eilte. In den wenigen Minuten, die sie brauchte, zerbrach sie sich den Kopf, ob sie nicht irgend etwas entdeckte, das ihr und Jed helfen konnte. Aber anscheinend nicht. Sie konnte die Tür versperren. Doch wozu würde das führen? Es würde Paul freie Hand geben, sich auf Jed zu konzentrieren, und wenn er auf Widerstand stieß, würde er wesentlich gemeiner werden, als wenn sie dabeiwar. Jed war kleiner, älter und weniger kräftig. Ein ehemaliger Footballstar, der zum Unterschied von anderen sichtlich in Form geblieben war, hätte mit ihm leichtes Spiel.

Aber gerade als sie die Spülung betätigte, zog das Arzneischränkchen, dessen Tür halb offen stand, ihren Blick auf sich. Darin lagen ein Rasierapparat ... und Klingen. Sie überlegte nicht lang, sondern wickelte rasch zwei dieser Klingen in Toilettenpapier und versteckte sie unter dem Bund ihrer Strumpfhose, in der stillen Hoffnung, daß sie sich nicht daran schneiden würde. Dann kam sie heraus.

«Nur zur Vorsicht», meinte Paul freundlich. Er hielt weiter die Pistole auf Jed gerichtet, der mitten im Zimmer stand, aber mit der freien Hand griff er in ihre Jackentasche und betastete sie ringsum.

«Donnerwetter», sagte er, «wie gut du noch immer gebaut bist. Wie wäre es, wenn du mit mir nach Brasilien kämst?»

«Nein, danke.»

Nachdem er sich überzeugt hatte, daß sie nichts verbarg, trat er zurück. «Warum nicht? Ich habe Geld in Hülle und Fülle, wir könnten eine lange Zeit in Luxus leben. Deborah würde ohne meine zärtliche Beihilfe schließlich irgendwie von ihrer Sucht loskommen, und die Kinder ...»

Kate, die ihn beobachtete, sah, wie sich sein Gesicht für einen Augenblick schmerzlich verzog. «Und Marie?» fragte sie, denn der Grund war nicht schwer zu erraten.

«Wie schon gesagt, sie kann nachkommen. Sie und ich sind vom selben Schlag.»

«Das glaub ich nicht», widersprach Kate. «Ich meine, sie wird von der Idee, nachzukommen, nicht sehr begeistert sein. Sie hat nämlich herausgefunden, daß ihre Mutter weiterhin Drogen bekam, und zwar von dir, und deshalb ist sie fortgelaufen.»

«Und sie ist nicht bei einem Freund», ergänzte Jed. «Sie ist bei einem Beamten des Suchtgiftdezernats in New York.»

Paul hatte die Pistole, mit der er sie beide bedrohte, ziemlich lässig in der Hand gehalten. Sie sah nicht wie ein Spielzeug aus, aber er hielt sie, als wäre sie eines. Nun packte er sie fester, und sie sah keineswegs mehr harmlos aus, sondern wie eine Waffe, die losgehen konnte. «Wovon, zum Teufel, sprechen Sie?»

«Ich habe einen befreundeten Polizeibeamten in der Stadt angerufen», erklärte Jed gelassen und sah Paul dabei an. Er stand so, daß ihm das Licht voll ins Gesicht fiel. Der durchdringende Blick seiner braunen Augen hatte etwas Zwingendes, fast Hypnotisches, dachte Kate. Sie fand es schwer, ihn nicht anzustarren ...

«Ich habe ihm von Marie erzählt. Es stellte sich heraus, daß er im Suchtgiftdezernat arbeitet. Es gelang ihm, sie in der Grand Central Station aufzugabeln. Nach einer Weile erzählte sie ihm die ganze Geschichte, wie Sie ihr und Ranger Pillen – angeblich Vitaminpillen – gegeben hätten, die sie ihrer Mutter bringen sollten, wenn sie sie besuchten. Kinder werden nicht so sorgfältig überwacht wie Erwachsene, wenn sie in eine psychiatrische Klinik kommen – jedenfalls nicht in gleichem Maß wie diese, und schon gar nicht bei McGrath. Obwohl ich mir natürlich denken könnte, daß er aus Angst vor Ihnen ohnedies nicht gewagt hätte, allzuviel Wind zu machen, gleichgültig, was er vermutete. Es war jedoch ein übler Streich, den Sie Ihren Kindern gespielt haben, als Sie sie glauben machten, ihre Mutter brauchte die starken Vitamine, die nur im Ausland erhältlich seien. Deshalb ist Ihre Tochter fortgelaufen ... Nach Mitteilung des Polizeibeamten glaubte Marie, Sie zum erstenmal zu sehen, wie Sie wirklich sind, und merkte, wozu sie von Ihnen mißbraucht worden war ... Und das kränkte sie.»

Paul wischte das mit einer ungeduldigen Handbewegung fort. «Deborah wollte einer Entwöhnungskur nicht zustimmen. Hätte ich ihr gedroht, sie nicht mehr zu beliefern, hätte sie der ganzen Klinik und jedem, der es hören wollte, von meiner Tätigkeit im – äh – Freihandel erzählt.»

«Das mag einmal gestimmt haben», erwiderte Jed. «Aber nach Maries Bericht halte ich es für derzeit nicht zutreffend. Sie sagt, ihre Mutter sei vor einigen Monaten krank gewesen – wirklich krank –

und habe sich während dieser Zeit die meisten ihrer Drogen abgewöhnt. Aber ich stelle mir vor, daß eine nicht mehr süchtige Frau, die wieder voll zurechnungsfähig war, für Sie eine Bedrohung darstellte, und so verhalfen Sie ihr zu neuer Abhängigkeit.»

«Ich habe keine Zeit», erklärte Paul unwillig, «mir all das anzuhören. Marie wird tun, was ich will. Sie wird nach Brasilien kommen, wenn ich sie holen lasse. Sie hat immer getan, was ich ihr gesagt habe.»

Er glaubt das wirklich, dachte Kate. Warum sollte er es nicht glauben? Habe ich nicht auch immer alles getan? Und vermutlich jede andere Frau?

«Diesmal, meine ich, wird sie es nicht tun», sagte Jed. «Sie hängt sehr an ihrer Mutter.»

Kate war sich inzwischen über einiges klargeworden. «Während ich dachte, du seist in Chicago, warst du hier und hast deine Drogen fortgeräumt. Du hast die Geräusche verursacht, die ich in der Nacht hörte.»

Paul grinste. «Allerdings, aber ich war ziemlich leise. Die Lage wurde allmählich ein wenig gespannt und unbehaglich. Ich wußte, daß ich früher Schluß machen mußte als geplant. Natürlich hätte ich die Kartons hinaustragen und behaupten müssen, es seien Ordner vom Geschäft oder ähnliches. Unglücklicherweise wurde ich, wie mir eine meiner – äh – Kontaktpersonen mitteilte, überwacht. Und Wagen, die ich nie gesehen hatte, parkten neuerdings in den Straßen ringsum. Auch mußte ich einige geschäftliche Verpflichtungen erledigen, das hatte also nächtens zu geschehen. Ich habe die verdammten Dinger hinuntergetragen, bei der Haustür hinaus und in die Garage. Manchmal war es einfacher, über das Dach zu gehen, einmal sogar durch dein Zimmer, Kate. Ich dachte nicht, daß du einen so leichten Schlaf hast. Doch war die Tatsache, daß wir einen Einbruchsversuch hatten, recht nützlich. Einmal schaffte ich es gerade, über die Treppe in der Küche zu verschwinden, während du in unserem Schlafzimmer herumgeschnüffelt hast ...»

«Ja, ich habe dich in der Küche gehört ... Bones war bei mir. Irgend etwas in seinem Verhalten gab mir das Gefühl, daß jemand dagewesen sei ... Warum hat er solche Angst vor dem Schlafzimmer?»

«Weil er dort einmal sein Geschäft erledigt hat und dafür höllische Prügel bezog. Ich hätte ihn schon vor langer Zeit ins Tierheim geschickt, wenn ich öfter zu Hause wäre.»

Kate gab das einen kleinen Schock.

«Und außerdem sollte er hier nicht herumschnüffeln. Weiß Gott, was er ausgraben würde …»

«Es überrascht mich, daß Sie den Stoff hier aufbewahrten», meinte Jed.

Paul zuckte die Schultern. «Es schien sicher. Jedenfalls glaubten das meine Verteiler. Und so war es auch, bis du kamst, Kate. Es war ein ausgesprochener Fehler von mir, dich herzuholen. Einige Haushälterinnen hatten sich über nächtliche Geräusche beklagt. Aber bei dir dachte ich …»

«Daß du mir den Mund stopfen könntest», ergänzte Kate, «oder mich vielleicht auch süchtig machen. So wie du es mit Deborah gemacht hast. Meiner Ansicht nach ist das gleichbedeutend mit Mord.»

«Deborah wäre bestimmt von ihrer Sucht losgekommen, sobald ich fort war», sagte Paul. «Marie hätte schon dafür gesorgt.»

«Sie werden Ihren Flug versäumen», erinnerte ihn Jed.

«Aus einer Reihe von Gründen will ich von hier nicht allzufrüh aufbrechen. Vor allem möchte ich auf dem Flugplatz nicht lange warten müssen. Aber es wird allmählich Zeit. Die Treppe hinauf, ihr beide.»

«Warum lassen Sie uns nicht hier unten?» schlug Jed vor.

«So viel näher an der Straße? Nein, ich glaube nicht. Die Treppe hinauf. Kate, du zuerst.»

Als sie oben waren, zündete Paul eine Zigarette an und musterte sie beide eine Weile. Dann lächelte er. Jäh erinnerte das Kate daran, wie er sie über die Köpfe der Sonntagsschüler hinweg angelächelt hatte. Nie würde sie das vergessen. Es war der bestaussehende Mann – nach Keith –, der ihr je begegnet war. Und irgendwie hatte sie immer geglaubt, wenn es ihr nicht gelang, in Keith Liebe zu ihr zu erwecken, zumindest Paul gewinnen zu können. Sie waren einander so ähnlich. Aber Paul hatte nicht diese siegesgewisse Aura der Männlichkeit.

«Komm mit mir, Kate», sagte Paul. «Besser spät als gar nicht.»

Zu ihrem Erstaunen lockte sie das nicht einmal. «Nein», erwiderte sie.

Er zog an seiner Zigarette. «Wir hätten schon lange zueinander finden sollen. Komm mit mir, und ich binde deinen Freund hier so leicht, daß er sich selbst befreien kann, aber nicht, bevor das Flugzeug startet.»

«Nein, ich ziehe es vor, bei Jed zu bleiben.»

Er machte ein angewidertes Gesicht. «Du mußt eine Vorliebe für das Banale und Zweitrangige haben. Du wirst doch nicht behaupten wollen, daß du ihn mir vorziehst.»

«Doch, das tue ich.»

«Na, na, das muß wohl am Alter oder am Verlangen nach Sicherheit liegen. Wer hätte das gedacht? Ich werde euch beide binden müssen.» Er legte seine Zigarette auf die Tischkante hinter sich.

Das klang alles so harmlos, daß Kate es nicht ernst nehmen konnte. Nicht bevor er Jed am Arm packte, ihn herumriß und ihn mit dem Pistolenknauf niederschlug. Jed stöhnte auf und brach zusammen.

«Jed!» Kate stürzte auf ihn zu, aber Paul packte sie so hart an der Kehle, daß es ihr den Atem nahm.

«Verzeih das ungalante Benehmen.» Er schaute auf Jed hinunter und stieß ihm mit der Fußspitze in die Seite. «Ich schulde ihm noch einiges dafür, daß er Marie gegen mich aufgehetzt hat. Von sich aus hätte sie das nie getan.»

«O ja, das hätte sie. Bevor Jed überhaupt auf der Bildfläche erschien, hatte sie dich bei deinem hinterhältigen Schwindel ertappt. Und das tat ihr weh. Aber es steckt mehr in dem Mädchen als in den meisten von uns. Sie ...»

Ein Schlag brannte so heftig auf ihrer Wange, daß sie zusammenzuckte.

«Nur zu deinem Besten», sagte Paul und zerrte sie zu einem der Stühle, «halt gefälligst den Mund.»

«Laß mich wenigstens nachsehen, ob er schwer verletzt ist.»

«Warum, zum Teufel, sollte ich? Soweit es mich betrifft, ist er absolut entbehrlich.»

In diesem Augenblick stöhnte Jed und bewegte sich. Kate nützte einen Augenblick, in dem sich Pauls Griff etwas gelockert hatte, und stürzte zu ihm hin. Aber sie schaffte es nicht ganz. Sie wurde gewaltsam zurückgerissen, daß sie glaubte, der Arm werde ihr ausgerenkt. Sie schrie auf und fühlte wieder Pauls Hand auf ihrer Wange. Diesmal war der Schlag so hart, daß es ihr fast den Atem raubte. Dann wurde ihr ein Tuch in den Mund gestopft, und einen Augenblick lang glaubte sie zu ersticken.

«Kein Theater mehr, Kate», sagte Paul, wand Schnüre um ihre Arme und verknotete sie vielfach. Dann beugte er sich vor und schaute ihr in die Augen. «Du ziehst also einen ältlichen Verrückten mir vor. Das ist wirklich ein wenig zuviel, hörst du.» Dann lachte er. «Ich meine, du wirst auch das nicht mehr schaffen.»

Es war nicht Grausamkeit, dachte sie, Sadismus um des Sadismus willen. Es war zügelloses Sichgehenlassen zur höchsten Potenz. Was Paul haben wollte, bekam er. Und rasende Wut flammte in ihm auf, wenn er Widerstand fand. Was immer mit Narzißmus gemeint war, er besaß es im höchsten Grad. Was ihm oder seinen Wünschen nicht dienlich war, gab es für ihn einfach nicht. Er hatte auch Kate nicht wirklich haben wollen. Er konnte nur einfach den Gedanken nicht ertragen, daß sie – oder eine andere Frau – ihn nicht begehrte.

«Dad!» rief Ranger von unten herauf.

Kate erstarrte. Sie hörte Paul leise fluchen. Er ging zur Bodenklappe und beugte sich hinab. «Ranger?»

«Dad, du bist zu Hause?»

«Nur kurz. Ich bin auf dem Sprung, ins Ausland zu fahren. Was tust du zu Hause?»

«Ich habe etwas vergessen, das ich abgeben sollte. Weil ich eine Stunde frei hatte, bin ich heimgelaufen, um es zu holen. Da habe ich dein Auto vor dem Haus gesehen. Ist Tante Kate schon wach?»

«Sie ist in ihr Büro nach New York gefahren. Warum?»

«Oh, ich wollte sie bitten, daß sie heute nachmittag mit Bones spazierengeht, weil ich da an einer Sportveranstaltung teilnehmen soll. Wo bist du gewesen, Dad? Tante Kate hat versucht, dich zu finden.»

«Ich war in Chicago. Sie hat das gewußt, nur vergessen. Du kannst ihr das wegen Bones auf einen Zettel schreiben.»

«Marie ist verschwunden.» Rangers Stimme kam näher. Kate bemühte sich verzweifelt, einen Weg zu finden, wie sie ihn auf sich aufmerksam machen konnte, ohne ihn zu gefährden.

«Sie ist okay, Ranger. Sie hat mich angerufen. Sie ist nur bei einem Freund geblieben.»

«Na, das hätte sie uns sagen sollen. Tante Kate hat sich Sorgen gemacht.»

«Sie wird euch schon noch anrufen, jedenfalls hatte sie es vor. Aber sie war auf Kate wütend. Du weißt, wie Marie ist.»

«Was ist in all diesen Kartons in deinem Wagen?»

«Oh, Prospekte für das Büro in Tokio, Notizblöcke mit Werbung und dergleichen. Ich fliege am späteren Vormittag hinüber. Solltest du nicht lieber wieder in die Schule gehen?»

«Das ist schon okay. Ich hatte Erlaubnis, nach Hause zu gehen. Bist du sicher, daß Tante Kate fort ist?»

«Natürlich bin ich sicher.» Pauls Stimme, die sich allmählich immer mehr entfernte, da er die Bodenleiter hinabstieg, klang gereizt.

«Na, weil ihre Arbeit, das Buch, das sie durchsieht und immer mitbringt, auf dem Sofa in der Diele liegt. Komisch, daß sie es nicht mitgenommen hat.»

«Sie wird ihre Gründe gehabt haben. Geh jetzt in die Schule zurück, Ranger. Ich werde dich hinfahren. Es ist für mich kaum ein Umweg. Ich möchte dich sicher in der Schule sehen, bevor ich zum Flugplatz fahre.»

Wenn Kate die Ohren spitzte, konnte sie seine Stimme noch hören. Sie mußten außerhalb des Schlafzimmers in der Diele sein. Als Paul sie festband, war er in keiner solchen Eile gewesen, daß er nicht daran gedacht hätte, ihren Stuhl so weit vom Fenster wegzurücken, daß sie keinesfalls von außen gesehen werden konnte.

«Ich schließe nur noch die Bodenklappe, dann komme ich gleich nach», sagte Paul.

Sein Kopf tauchte aus dem Loch im Boden auf.

«Du bist eine Närrin, daß du nicht mit mir kommst», flüsterte er. «Aber das warst du wohl immer schon.»

Sie starrte wie gebannt auf den Tisch, auf den er seine Zigarette gelegt hatte. Ein dünner Rauchfaden stieg senkrecht zum Gebälk auf, und die Asche war schon über einen Zentimeter lang.

«Dad!»

«Ich komme schon, Ranger!»

Mit den Augen versuchte Kate verzweifelt, seine Aufmerksamkeit auf die Zigarette zu lenken. In ein paar Augenblicken würde sie auf das zerknitterte Zeitungspapier unterhalb fallen.

Paul tippte an den nicht vorhandenen Hut. «Adios!» formten seine Lippen lautlos zum Abschied für Kate. Damit verschwand er in dem Loch. Und schon glitt die Aluminiumleiter hoch, und die Bodenklappe schloß sich.

11

Mit weit geöffneten Augen starrte Kate auf die Zigarette. Mehr als die Hälfte war nun schon Asche. Vom Fenster kam ein leichter Luftzug. Die Zigarette bewegte sich. Es war unvermeidlich, daß sie herabfiel und das Papier am Boden in Brand steckte. Die Angst hinterließ einen bitteren Geschmack in Kates ausgetrocknetem Mund. Sie konnte nicht schreien. Sie konnte sich nicht bewegen. Panik schlug wie ein gigantisches Ungeheuer 100 Klauen in sie.

Jed, flehte ihr Herz. Einmal hatte sie gelesen, daß innerlich irgend etwas wachblieb, selbst im Schlaf, selbst im Todeskampf, selbst bei Bewußtlosigkeit. Nach dem, was Jed geschrieben hatte, glaubte er, daß sich zwei Menschen miteinander auch ohne den Gebrauch der üblichen Sinne in Verbindung setzen konnten.

Jetzt ist es an der Zeit, Jed, es zu beweisen, bestürmte sie ihn schweigend, halb spöttisch. Wach auf, mein Lieber, wach auf!

Mit ungeheurer Anstrengung begann sie auf dem Stuhl zu rücken, aber statt ihn vom Fleck zu bringen, kippte sie vornüber, und sie mit, da sie ja an ihm festgebunden war. Schmerz durchzuckte ihren Arm, als sie darauffiel. Auch im Gesicht hatte sie sich offenbar verletzt. Einen Augenblick lang war sie vor Schreck wie gelähmt, dann kam ihr beim Atmen Staub vom Boden in die Nase. Sie drehte den Kopf so weit wie möglich zur Seite und holte tief Luft. Dabei merkte sie, daß die Zigarette herabgefallen sein mußte, denn es roch nach brennendem Papier.

Jed! schrie ihr Herz. Wach auf! Jed, Jed ...

Sie fühlte mehr, als daß sie es hörte, wie er sich bewegte, denn der Boden übertrug leichte Erschütterungen.

Jed, beschwor sie ihn schweigend hinter ihrem Knebel, Jed, wach auf!

«Was ...?» Seine Stimme klang belegt. Sie hörte ein scharrendes Geräusch. So wie sie da unter dem Stuhl lag, das Gesicht gegen den Boden gepreßt, hatte sie keine Möglichkeit zu sehen, wieviel von dem Papier schon in Brand geraten war. Sie zog die Knie ein paar Zentimeter über den Boden vor. Splitter drangen ihr dabei ins Fleisch, aber sie konnte immer noch nichts sehen.

«Kate! Du lieber Gott!»

Sie hörte ihn, zuerst noch strauchelnd, näher kommen und fühlte, wie der Stuhl mit ihr aufgehoben und auf die Beine gestellt wurde, so daß sie nun wieder aufrecht dasaß. Da konnte sie es sehen. Die Flammen züngelten ringsum in den Papieren und leckten hungrig nach den Möbeln. Plötzlich erinnerte sie sich an Rangers Traum: seine Mutter, die Pillen nahm, und der Mann in einer Säule von Feuer und Rauch.

Jed zog sein Jackett aus und begann damit auf die Flammen einzuschlagen. Etliche brachte er zum Erlöschen, dann wandte er sich um, lief zu Kate zurück und nahm ihr den Knebel aus dem Mund.

«Alles in Ordnung, Kate?»

Sie nickte. «Ja.» Das Sprechen fiel ihr schwer. Ihre Zunge war wie geschwollen.

«Ich werde gleich versuchen, die Schnüre aufzuknüpfen. Aber er hat so viele Knoten gemacht, und ich möchte so rasch wie möglich das Feuer bekämpfen.»

Kate konnte endlich wieder sprechen. «Da stecken zwei Rasierklingen unter dem Bund meiner Strumpfhose. Ich habe sie mitgenommen, als ich im Bad war. Du kannst von oben mit der Hand unter den Rockbund fahren. Ich trage nur einen kleinen Slip darunter, so müßtest du sie leicht finden.»

Er sah sich nach den Flammen um. Sie schienen sich im Augenblick nicht auszubreiten, eher konstant zu bleiben. Dann griff er mit der Hand seitlich unter den Rockbund.

«Nein, auf der anderen Seite», sagte Kate, «und ein bißchen weiter hinten.»

Da fand er sie. «Kluges Mädchen», sagte er bewundernd. «Obwohl ich mich frage, wieso dir nicht das Blut herunterläuft. Zumindest hattest du sie in Papier gewickelt.»

Sie konnte spüren, wie er sich an den Schnüren zu schaffen machte, die sie am Stuhl festhielten. Dann gaben sie plötzlich nach.

«Jetzt lauf hinunter und ruf die Feuerwehr an. Aber schnell.» Und er machte sich wieder daran, mit seinem Jackett Flammen auszuschlagen, die an zwei Stühlen hochzüngelten und die zerschlissene Polsterung in Brand setzten.

Kate fühlte sich steif, und ihre Beine gehorchten ihr nicht recht, selbst nach dieser kurzen Zeit. Ihr rechter Arm tat höllisch weh. Irgendwie gelang es ihr, mit dem anderen Arm die Bodenklappe zu öffnen, worauf die Leiter sofort hinunterglitt. Und dabei kam ihr eine Ironie des Schicksals zu Bewußtsein. Wäre sie, wie geplant, imstande gewesen, die Klappe von der Unterseite her zu verriegeln, hätten sie und Jed keine Möglichkeit gehabt zu entkommen. Beim Hinuntersteigen merkte sie, daß ihr Arm viel weniger schmerzte, wenn sie ihn angewinkelt an den Leib gedrückt hielt. Mit der linken Hand hob sie den Hörer ab, merkte sogleich das Fehlen des Amtszeichens und erinnerte sich automatisch daran, daß Paul die Leitung unterbrochen hatte. Einen Augenblick blieb sie schreckerstarrt stehen. Aber dann kam ein Luftzug vom Dachboden durch die Klappe herab, sie roch wieder Rauch und sah, daß ein glimmendes Zeitungsblatt herabgeweht worden war, das nun am Boden der Kammer weiterbrannte und die dort hängenden Kleider entzündete. Sie warf den stummen Hörer auf die Gabel, rannte ins Bad, sah sich um und entdeckte einen emaillierten Krug. Mühsam, da sie ihren rechten Arm nicht gebrauchen konnte, füllte sie ihn, rannte zurück zur Kammer und schüttete das Wasser auf das Papier und die schwelenden Kleider. Dann rief sie Jed. «Hier brennt es auch schon. Komm schnell herunter. Eil dich, mach schnell!»

Aber es war zu spät. Die Kleider brannten bereits, und wo Plastikbehälter standen, schlugen die Flammen hoch hinauf. Jeds Gesicht erschien oberhalb der Klappe.

«Ich steige aufs Dach hinaus», erklärte er mit unglaublicher Ruhe.

«O Jed, mein Lieber – aber kannst du? Das Fenster ist so klein.»

«Ich bin nicht sehr dick», sagte er und verschwand.

«Die Telefonleitung ist unterbrochen», schrie sie ihm nach, «ich laufe zum Nachbarn!» Sie wandte sich um, stürzte in die große obere Diele, die jetzt voll Rauch war, und die Treppe hinunter zur Tür hinaus. Sie hörte wohl Bones wie wahnsinnig jaulen, wußte aber, daß er nicht in unmittelbarer Gefahr war. So schnell sie konnte, rannte sie über den Rasen zum Nachbarhaus, obwohl sie bei jedem Schritt abscheuliche Schmerzen in ihrem verletzten Arm empfand. Beim Haus angekommen, drückte sie auf den Klingelknopf und hämmerte an die Tür. Was tun, dachte sie, wenn niemand da ist? Aber die Tür wurde sofort von einer grauhaarigen Frau geöffnet.

«Rufen Sie die Feuerwehr», stieß Kate hervor.

«Das habe ich schon», sagte die Frau, «als ich Rauch aus dem Dachbodenfenster dringen sah.»

Kate wandte sich um. Tatsächlich kam Rauch heraus. «Jed!» flüsterte sie und lief über den Rasen zurück. Während sie durch die Tür in das Haus stürzte, merkte sie kaum, daß von allen Seiten und von jenseits der Straße Leute herbeiströmten. Und dann hörte sie den schönsten Klang der Welt, die Sirene der Feuerwehr. Bones jaulte in der Küche, das ließ sie kurz innehalten. Sie hastete durch die kleine Diele zur Schwingtür und fühlte mehr, als daß sie ihn sah, Bones an sich vorbeiflitzen.

Die Küche war relativ frei von Rauch. Kate eilte zur Spüle, wollte, ihre Verletzung vergessend, wie gewohnt mit der rechten Hand ein Geschirrtuch vom Haken nehmen und schrie vor Schmerz auf. Sie griff mit der andern Hand nach dem Tuch, drehte den Hahn auf und feuchtete es an. Die Hintertreppe war noch ziemlich rauchfrei, wahrscheinlich weil die Küchentür geschlossen gewesen war. Aber als sie in den ersten Stock kam, mußte sie sich das nasse Tuch auf Mund und Nase pressen.

«Jemand dort oben?» kam eine laute Männerstimme von unten.

«Ja», schrie Kate und begann zu husten. «Auf dem Dachboden», wieder mußte sie husten, «ein Mann.»

«Wo sind Sie?»

«Auf der Hintertreppe.»

«Kommen Sie zurück und gehen Sie durch die Hintertür hinaus. Wir werden uns um den Mann auf dem Dachboden kümmern.»

Sie wollte erst nicht, konnte aber kaum atmen. In diesem Augenblick tauchte aus dem Rauch eine riesig erscheinende Gestalt, ein Mann mit einem Feuerwehrhelm, vor ihr auf.

«Kommen Sie», sagte er, «ich bringe Sie hinaus.»

«Jed – da oben.»

«Der ist okay. Kommen Sie.»

«Aber ...»

Der Feuerwehrmann hob sie auf. Der wilde Schmerz in ihrem Arm raubte ihr den Atem. Sie glaubte ohnmächtig zu werden. Als sie wieder vernünftig denken konnte, wurde sie auf den Rasen hinter dem Haus auf die Beine gestellt.

«Gehen Sie da rechts herum und sehen Sie selbst», sagte der Feuerwehrmann. «Okay jetzt?»

Sie nickte und humpelte um die Ecke des Hauses, da entdeckte sie, daß sie Jed – oder besser gesagt, seine körperlichen Fähigkeiten – bedeutend unterschätzt hatte. Er saß oben auf dem Dach, weit entfernt von dem Rauch, der aus dem Fenster drang, und betrachtete alles mit Ruhe, die sie widernatürlich und aufreizend fand.

«Bist du okay?» schrie sie fast anklagend hinauf.

«Durchaus», erwiderte er so sachlich, daß sie fast den Eindruck hatte, er sei nur aufs Dach gestiegen, um zu meditieren.

Der Feuerwehrmann legte direkt vor ihm eine Leiter an, und ohne jegliche Hast kletterte Jed herab und kam auf Kate zu.

«Ich habe nicht geahnt, daß du so sportlich bist», sagte sie.

«Ich jogge», erwiderte er einfach. «Nicht weit und nicht schnell, aber täglich.»

Unfähig, sich zurückzuhalten, beugte sie sich vor und küßte ihn ungeachtet der Feuerwehrleute, der Nachbarn und sonstigen Menschen, die wie aus dem Nichts erschienen waren, um zu gaffen.

«Ich habe dich so lieb», sagte sie, über sich selbst erstaunt. Wie leicht ging ihr das von der Zunge und wie anders als bei früheren Gelegenheiten, wenn diese Worte Einsätze in einem Spiel waren, von denen man eine noch größere Gegenleistung erhoffte.

«Und ich liebe dich auch», erwiderte er, schlang seine Arme um sie und drückte sie an sich.

Sie hörte sich noch aufschreien, dann wurde sie ohnmächtig.

Als sie zu sich kam, lag sie in einem fremden Zimmer auf dem Sofa. Jed saß neben ihr, und am Fußende stand die grauhaarige Frau mit einem Glas Wasser in der Hand.

Kate starrte die beiden an. «Das Feuer!» sagte sie.

«Das ist aus», erwiderte Jed, «ohne allzugroßen Schaden, nur der Dachboden und das Elternschlafzimmer sind triefend naß. Auch die obere Diele ist ziemlich feucht.»

Noch etwas machte ihr beträchtliche Sorgen. «Bones! Ich habe ihn hinausgelassen.»

«Der ist okay. Anscheinend ist er direkt in den Schulhof gerannt und hat dort herumgebellt, bis ihn jemand sah, am Halsband packte und zu Ranger brachte. Der ist mit ihm heimgelaufen und kam an, als du gerade in Ohnmacht gefallen warst. Sie sind jetzt zu Hause im Erdgeschoß. Wie fühlst du dich?»

Kate versuchte sich aufzusetzen und wurde nachdrücklich an ihren verletzten Arm erinnert. «Ich habe mir den Arm verrenkt», sagte sie und fühlte mit der linken Hand nach dem rechten Arm. «Au!»

Jed beugte sich vor und betastete ihn vorsichtig. «Er ist gebrochen», stellte er fest, «kein Wunder, daß du ohnmächtig wurdest, als ich dich umarmt habe.»

«Hast du gedacht, es sei die Wirkung deiner Reize?» fragte Kate lahm.

«Man hofft es. Aber irgendwie glaube ich, der Arm ist eine bessere Erklärung. Mrs. Fitch war übrigens höchst hilfreich», sagte er mit einem Blick auf die grauhaarige Frau und erhob sich.

Kate richtete sich stöhnend auf. «Ja, vielen Dank. Sagtest du Fitch?» Der Name erinnerte sie an etwas. Die Fitch-Hexe, die herumschnüffelnde Nachbarin hatte Marie sie genannt. «Mrs. Fitch», sagte Kate, «ich glaube, ich schulde Ihnen noch weiteren Dank. Hatten nicht Sie die Aufmerksamkeit auf Maries Eskapaden gelenkt?»

«Allerdings, was mir die unversöhnliche Feindschaft Ihrer Nichte eingetragen hat. Aber es schien mir wichtig, daß ein Erwachsener im Haus sein sollte.»

«Sie hatten durchaus recht», sagte Jed. «Kate, ich fahre dich jetzt ins nächste Krankenhaus, damit dein Arm versorgt wird.»

«Ich will nicht im Krankenhaus bleiben», erklärte Kate, «ich hasse Krankenhäuser.»

«Das ist eine gesunde Einstellung. Ich hoffe, du bewahrst sie dir. Du wirst wohl nicht dort bleiben müssen, außer natürlich, wenn es ein komplizierter Bruch ist. Aber es sieht nicht so aus. Sie werden dich röntgen müssen und dir einen Gipsverband machen oder den Arm in einer Schlinge stillegen. Dann kannst du nach Hause gehen. Aber du wirst dich ein bißchen schwertun bei allem, besonders bei dem Zustand, in dem das Haus ist.»

«Ist es sehr arg?»

«Wie gesagt, das Parterre ist ziemlich in Ordnung. Ein wenig feucht da und dort und mit Streifen von herablaufendem Wasser. Der Anbau ist auch in Ordnung. Aber die Vorderzimmer im Oberstock sind durchnäßt, und der Dachboden sieht schlimm aus.»

«Aber man kann im Haus wohnen?»

«Ja.»

«Wo ist Marie?»

«Auf dem Weg nach Hause, dank meines Polizeifreundes in New York.»

Kate setzte die Füße auf den Boden. Mrs. Fitch fragte: «Kann ich noch etwas für Sie tun?»

Kate schüttelte den Kopf. «Im Augenblick nicht, aber nochmals vielen Dank. Ich komme morgen zu Ihnen herüber.»

Ein paar Stunden später fuhr Jed Kate vom Krankenhaus zurück ins Haus der Lamonts. Sie trug den rechten Arm in einer kunstgerecht angelegten Schlinge und hielt in der andern Hand krampfhaft einige schmerzstillende Tabletten, die man ihr aus der Krankenhausapotheke gegeben hatte.

«Es tut gar nicht so weh, wie ich dachte», sagte sie.

«Wenn du dir schon etwas brechen mußtest, war es der bestmögliche Bruch, hoch am Oberarm, glatt und ohne Verschiebung der Knochen. Deshalb haben sie ihn dir nur in einer Schlinge fixiert. Aber sei vorsichtig damit. Laß Marie in den nächsten paar Tagen die Arbeit erledigen, oder eine Nachbarin.»

«Wie konnten sie Marie nur finden – ich meine, du hattest sie nicht einmal gesehen, wieso konnten sie sie so rasch in der Grand Central erwischen? Sie war vielleicht schon zwei Tage in New York – so lange hatte ich sie jedenfalls nicht mehr gesehen.»

«Glück war dabei, verbunden mit Findigkeit. Du hattest mich gestern früh angerufen. Da war sie bestenfalls erst 24 Stunden fort, möglicherweise jedoch nicht so lang. Nachdem ich dich an diesem Vormittag verlassen hatte, rief ich meinen Freund bei der Polizei an. Er fragte mich gleich, ob ich wisse, wie sie aussehe, und ich mußte bekennen, daß ich es nicht wußte. Daher telefonierte mein Freund mit der Ortspolizei, denen Marie Lamont bekannt war, weil sie in einige kleinere Affären mit lautstarken Parties verwickelt gewesen war. Sie nahmen an, daß sie noch in der Privatschule war, sprachen dort vor, erhielten ein Foto und eine ausführliche mündliche Beschreibung. Mit dieser und mit zwei Kopien der Aufnahme schickten sie einen ihrer Männer mit dem Zug zur Grand Central, und der informierte dort die Bahnpolizei. Zwei Stunden später schnappten sie Marie und riefen meinen Freund an, der hinfuhr, sich ihre Geschichte erzählen ließ und sie dann zu Frau und Kindern heimnahm, bis er mich erreichen konnte.»

«Das war ein Glücksfall. Sie hätte schon am Tag zuvor fort sein können.»

«Nun, das war sie aber nicht. Sie war bei einem Freund geblieben, dessen Eltern verreist waren. Deshalb erfuhrst du nichts davon.»

Eine Weile fuhren sie schweigend weiter. Mit einem Blick aus dem

Fenster sagte Kate: «Ich kenne mich hier zwar noch nicht recht aus, aber das ist mir alles unbekannt.»

«Weil ich dich auf einem Umweg nach Hause bringe. In den letzten zwei Tagen habe ich die Gegend hier ziemlich genau kennengelernt. Kate, es tut mir leid, aber ich habe eine schlechte Nachricht für dich. Während sie dir die Schlinge anlegten, habe ich die Telefongesellschaft angerufen, damit sie deinen Apparat in Ordnung bringen, denn ich wollte nicht, daß du im Haus bist, ohne telefonieren zu können, vor allem, weil du nur einen Arm gebrauchen kannst. Dann rief ich noch Mrs. Fitch an, ob alles in Ordnung sei. Sie sagte, von der Ortspolizei habe ein Mann nach dir gefragt und ihr auch mitgeteilt, warum er gekommen sei.» Jed holte tief Atem. «Paul ist tot. Die Polizei hatte während der letzten 24 Stunden das Haus überwacht. Als Paul es verließ, fuhren sie ihm nach. Bei dem Versuch, sie auf der Hauptstraße abzuhängen, fuhr er zu rasant, kam ins Schleudern und prallte gegen eine Betonwand. Er war sofort tot. Tut mir leid.» Er machte eine Pause. «Ich fürchte, ich bin nicht ganz unschuldig daran. Als ich die Polizei wegen Marie anrief, sagte ich auch, womit sich Paul meiner Ansicht nach befaßte und daß er einen großen Teil Schuld an dem derzeitigen Zustand seiner Frau habe. Nachdem ich dich verlassen hatte, reimte ich mir das Ganze zusammen. Und es erschien mir wahrscheinlicher, daß Marie fortlaufen würde, weil sie dachte, ihr Vater sei schuld an dem Zustand ihrer Mutter, als nur wegen des Verdachts, daß sie wieder süchtig war. Nach meinem Gefühl – besonders damals in ihrem Zimmer – war Marie furchtbar verzweifelt. Aber sie hatte schon lange gewußt, daß ihre Mutter mal Drogen nahm und mal nicht. So mußte etwas anderes der Grund sein, etwas Neues, mit dem sie nicht fertig wurde. Dann erinnerte ich mich an die seltsamen rechteckigen Flecken im Staub des Dachbodens und an die Kammer mit der versperrten Tür hinter dem Wandschirm, auf die du mich aufmerksam gemacht hast, und die Stücke begannen sich zu einem Ganzen zusammenzufügen. So erzählte ich meinem Freund bei der Polizei, was ich glaubte, und er erfaßte es sofort und gab es an die Ortspolizei weiter. Offenbar waren sie hier nicht allzusehr überrascht. Jedenfalls hatten sie ihn schon in Verdacht. Und anscheinend auch McGrath. Die Polizei von Kalifornien stand bereits mit der von New York und Westchester in Verbindung und hatte ersucht, ihn zu überwachen. Soweit feststellbar, hatte er sich hier nichts zuschulden kommen lassen, außer natürlich, daß er die Augen davor verschloß, als er merkte – oder den starken Verdacht hatte –, daß Drogen für Deborah in die Klinik gebracht wurden.»

«Vermutlich hätte er sich darauf herausgeredet, daß er erpreßt wurde.»

«Er hätte zur Polizei gehen können.»

«Allerdings. Also weiß die Polizei hier schon Bescheid ... Natürlich, wenn Marie es ihr erzählt hat.»

«Ja. McGrath kann, glaube ich, wegen Beihilfe belangt werden, selbst wenn er erpreßt wurde, weil er, wie schon gesagt, zur Polizei hätte gehen können. Aber ob sie ihn wirklich verhaften werden oder nicht, weiß ich nicht. Vermutlich hängt das davon ab, was er ihnen erzählen kann und ob die Polizei von Kalifornien irgendwelche neuen Beweise gefunden hat, daß er etwas mit der Überdosis zu tun hatte. Die Frage ist auch noch, ob er dorthin ausgeliefert werden kann.»

«Glaubst du, daß er für diesen Tod wirklich verantwortlich war?»

«Nun, du hast ihn gesehen. Was würdest du sagen?»

Kate dachte über McGrath nach, über die gelegentlich fast hypnotische Wirkung seiner Persönlichkeit, seine erstklassige (und teure) Kleidung, sein elegant eingerichtetes Arbeitszimmer, seine Gabe, Leute (besonders Frauen) dazu zu bringen, das zu tun, was er wollte.

«Ich weiß nicht. Er liebt die Macht, auch die Macht über Menschen. Das könnte ihn dazu verleiten, Dinge zu tun, die er sonst vielleicht nicht tun würde. Es könnte sein.»

«Selbst wenn sie ihn nicht ausliefern, bedeutet es das Ende seiner Karriere. Sobald eine Zeitung davon erfährt – und ich bin überzeugt, daß irgendwer für eine Indiskretion sorgt –, ist es damit vorbei.»

Nach einer Minute sagte Jed: «Ich hoffe, du bist nicht allzu betrübt über Pauls Tod.»

Seltsamerweise war sie es nicht. Wenn sie etwas fühlte, so nur Erleichterung, Erleichterung für Pauls Familie. Im Gefängnis oder in einem südamerikanischen Staat hätte er ein böses Geschwür im Leben der Familie werden können. Und was sie selbst betraf? Bitterkeit, dachte sie, Bitterkeit über die Vergeudung großer Gaben. Hätte es einen Zeitpunkt geben können, in dem ihm ein anderer Weg offenstand?

«Paul sagte einmal, ich hätte ihn im Stich gelassen. Irgendwie hatte er recht. Natürlich habe ich das getan, weil ich dachte, er habe mich bereits wegen Deborah verlassen. Vielleicht hatte ich recht, vielleicht auch nicht. Aber wenn ich mit den Nerven nicht so fertig gewesen wäre, wenn ich zu ihm gehalten hätte ... Ich frage mich, ob dann sein Leben anders verlaufen wäre.»

«Du kannst nicht den lieben Gott spielen, Kate. Bevor du anfängst, dir Selbstvorwürfe zu machen, überleg einmal, wieviel zum Beispiel dein Vater an deiner Verranntheit in Paul Schuld trägt. Hätte er dich anders behandelt, wärst du dann Paul so blindlings verfallen? Wärst du dann nicht imstande gewesen, Paul so zu sehen, wie er wirklich war? Und wenn deine richtige Mutter nicht das Gefühl gehabt hätte, sie müsse dich zur Adoption freigeben, und so weiter ... Ich glaube, das meint die Bibel mit jenem häufig mißbrauchten Spruch von den Sünden der Väter. Mir erscheint es als einfache Feststellung der Tatsache, daß ein dickmaschiges Netz von Verantwortung die Menschen nicht nur in der Gegenwart, sondern auch mit der Vergangenheit und der Zukunft verbindet.»

«Jetzt aber», sagte Kate und griff mit ihrer linken Hand nach seiner rechten, «bin ich frei.»

Nach einer Weile begann sie wieder: «Was meinen Vater betrifft, er hatte immer etwas an sich, das mich verwirrte – jedenfalls seit ich erwachsen war. Gerade er förderte mein Interesse für Religion – ungeachtet dessen, daß er mich nicht liebte. Er verabscheute die Kirche, was ein ständiger Zankapfel zwischen ihm und Mutter war. Aber er war fasziniert von ... nun ja, von Gott, und er grübelte ständig über IHN nach. Er verschlang alle Bücher über dieses Thema, und wenn er mit mir sprach, so nur davon. Aber all sein Interesse daran schien sich nie auf sein Verhalten auszuwirken. Du hast gehört, was Paul sagte: Er war ehrgeizig und nicht allzusehr von Skrupeln geplagt, und ich weiß, er heiratete Diane Légère, weil sie eine gesellschaftliche Position und Geld hatte. Aber Mutter war das Gegenteil. Für sie war Gott ein Satz Vorschriften. Jede Art von Spekulation war ihr höchst langweilig, ja sie hielt sie für sündhaft.»

«Deine Eltern scheinen die beiden Aspekte der Religion verkörpert zu haben, die einander oft bekämpfen und Glaubensgemeinschaften spalten. Gnosis oder Wissen und Moral. Im Idealfall sollten sie vereint werden. Es hat immer Menschen mit einem Hunger nach religiösem oder geistigem oder esoterischem Wissen gegeben, aber ohne Gefühl dafür, daß erworbene Kenntnisse ihr Verhalten beeinflussen sollten. Und anderseits sind da die Moralisten, für die Gott ein zürnender Vater ist.»

«Ich habe immer gedacht – oder wenigstens hat Mutter immer gedacht –, man könne nicht Gott lieben und gleichzeitig moralisch lax sein.»

Jed lächelte. «Das läßt eine ganze Reihe durchaus religiöser Menschen aus. Ich finde nicht allzuviel Scheinheiligkeit in der Schwäche deines Vaters. Wir alle haben sie. Ich finde sie in seiner vermutlichen Unfreundlichkeit dir gegenüber. Du hast mir darüber nicht allzuviel gesagt, aber ich sehe und höre den Widerhall in dir.»

«Was wird nun mit Deborah geschehen?» fragte Kate nach ein paar Minuten.

«Das wirst du mit den Kindern besprechen müssen. Mein Vorschlag wäre, sie in eine der guten psychiatrischen Kliniken in New York zu bringen. Wenn du willst, kann ich mich mit dem Primarius einer dieser Anstalten in Verbindung setzen. Wir haben zusammen Medizin studiert.»

«Ja, danke, das halte ich für eine gute Idee. Und je eher, desto besser, schon wegen der Kinder, aber auch für Deborah.» Wieder fuhren sie einige Minuten schweigend weiter. Dann sagte Kate plötzlich: «Zwei Dinge sind mir noch unklar. Erstens, wenn McGrath von Paul mehr oder weniger erpreßt wurde, warum war er dann auch so dafür, mich ins Haus der Lamonts zu bringen? Weil Paul ihn gezwungen hatte?»

«Natürlich, aber auch aus eigenem Interesse. Ich wäre bereit zu wetten, daß McGrath nichts sehnlicher wünschte, als Deborah loszuwerden. Sie konnte ihm, selbst unter den besten Umständen, nur Unannehmlichkeiten bringen. Sein Personal war vermutlich nicht gerade erstklassig, aber auch diese Leute müssen sich gefragt haben, was mit Deborah los war. Und wenn es der Teufel wollte, konnte er durch sie in noch größere Schwierigkeiten geraten als seinerzeit in Kalifornien. Ich glaube, er sah in dir seine einzige Hoffnung; eine energische Verwandte würde viel eher als eine Haushälterin beschließen, die Schwester in eine andere Klinik zu stecken. Ich würde annehmen, daß er täglich betete, es möge geschehen. Dann wäre er die Verantwortung los. Anderseits mußte er vorsichtig sein und dir nicht zuviel verraten. Wenn du damit zu Paul gelaufen wärst, hätte er deshalb eine Menge Ärger bekommen können. Ich habe nicht viel Achtung vor ihm, muß aber sagen, daß er mir wegen dieses speziellen Problems beinahe leid tat.»

«Ja, das könnte man wohl meinen.»

«Und was war das andere, das dir unklar war?»

«Ob Paul absichtlich die brennende Zigarette, von der ich dir erzählt habe, auf dem Tisch liegenließ. Hat er sie wirklich vergessen, oder wußte er, daß sie da lag?»

«Irgendwie wußte er das sicherlich. Aber ob mit Absicht oder nicht, werden wir nie herausfinden.»

«Aber wäre es ihm gleichgültig gewesen, wenn sein eigenes Haus niederbrannte?»

«Die Kinder waren nicht zu Hause. Außerdem dachte er wohl – wenn er überhaupt an etwas dachte –, daß es versichert war. Aber was dich betrifft, du hast seiner Eitelkeit – seiner verwundbarsten Stelle – einen schweren Schlag versetzt.»

«Aber ich habe ihn schon vor Jahren aus meinem Leben gestrichen, als ich mich auf meiner letzten und verheerendsten Party in New Orleans betrunken hatte.» Und Kate erzählte Jed davon.

«Er konnte es jedoch mit gekränkter Liebe erklären. Diesmal hast du dir etwas Unverzeihliches zuschulden kommen lassen – du hast mich ihm vorgezogen. Und außerdem hast du dich als Fehlgriff erwiesen. Er hat dich aus der Vergangenheit ausgegraben, weil er meinte, er könne dich beherrschen. Du hast ihn fühlen lassen, daß du ihm entglitten warst – für immer.»

«Erinnerst du dich daran», fragte Kate, «daß du einmal von mir wissen wolltest, ob Paul ein Mann von Prinzipien sei? Ich wußte wirklich nicht, was ich antworten sollte. Ich habe nie an ihn – oder an einen andern Mann – in derartiger Weise gedacht. Nur ob sie für mich attraktiv waren oder nicht; oder sogar, was ich bei einer Art Kußprobe empfand, die erwartungsgemäß alle Männer mit mir anzustellen in der Lage waren.»

«Mit anderen Worten», sagte Jed, als sie in ihre Straße einbogen, «Männer waren für dich einfach nur Lustobjekte und nichts anderes. So wie die Frauen den Männern immer vorwerfen, daß sie in Frauen nur das sehen.»

«Ja, vermutlich. Obwohl meine Motivation anscheinend ein wenig anders gelagert war. Die meine kam aus einem Gefühl schrecklichen Versagens, das mir wohl mein Vater eingeimpft hatte. Das Wichtigste, was ich von einem Mann erlangen konnte, war daher Anerkennung auf rein sexueller Basis.»

«Nun, sehr weit ist das nicht von dem sogenannten männlichen Dünkel entfernt. Was du von einem Mann zu brauchen glaubtest, nämlich sexuell nicht abgelehnt zu werden, das entspricht auf der Gegenseite dem männlichen Bedürfnis, sich von allen Frauen – persönliche Eigenschaften zählen da nicht – in seiner Männlichkeit durch Unterordnung bestätigt zu fühlen. Beide Einstellungen sind extrem egozentrisch und entspringen einem eingebildeten Mangel.»

«Ja, Herr Doktor.»

Jed grinste, sagte aber nichts mehr.

Plötzlich erinnerte sich Kate an ihre Erfahrung, als sie kürzlich versucht hatte, zur Beichte zu gehen. «Habe ich dir das schon erzählt, Jed? Dann und wann erinnere ich mich daran, daß ich katholisch bin, und gehe zur Beichte. Nur beim letztenmal, als ich ging, war das einzige, was ich wirklich beichten wollte, daß ich kein sexuelles Verlangen nach irgendwem verspürte. Klingt das verrückt? Oder hängt das mit den profunden Feststellungen zusammen, die du eben von dir gegeben hast?»

«Irgendwie schon. Ich meine, du hattest es satt, eine falsche Art von Verlangen aus einem falschen Grund heraus zu haben, was ein gesunder Standpunkt ist. Und ich glaube nicht, daß du bisher viel Erfahrung mit der richtigen Art hattest. Menschen können sich aus durchaus guten Gründen für sexuelle Enthaltsamkeit entscheiden – die meisten Religionen lehren das. Aber die Gründe müssen positiv, nicht negativ sein.»

«Das wirst du mir noch erklären müssen, zusammen mit deinen andern tiefschürfenden Gedanken. Und da wir davon sprechen: ich frage mich, was dein ehrenwerter medizinischer Freund in New York von den letzteren, ich meine, von deinen Gedanken halten würde?»

«Was läßt dich so sicher sein, daß er sie nicht teilt?» Jed sah sie fragend an. Sie hielten gerade vor dem Haus der Lamonts. «Auch mein Polizeifreund teilt sie. So habe ich ihn nämlich kennengelernt. Er las meine Bücher, wurde ein Fan und schrieb mir.»

«Das reicht», sagte Kate und öffnete die Wagentür mit der linken Hand.

«Laß das lieber mich machen und dir heraushelfen. Höchst unnötig, daß du auf die Straße fällst und deinem Arm ganze Arbeit leistest.»

Im Erdgeschoß war niemand, als Jed und Kate ins Haus traten. Der Teppich war naß und verschmiert, wo die Schläuche gelegen waren, und an den Wänden sah man genau die Spuren des herabgelaufenen Wassers. Sonst hatte es nicht allzuviel Schaden gegeben. Aber als Kate den Fuß auf den Treppenläufer setzte, merkte sie, daß er sich von oben bis unten mit Wasser vollgesogen hatte. Im ersten Stock hatten die hellen Wände buchstäblich überall Flecken. Die Reste des Manuskripts waren ein durchweichter Brei. Gott sei Dank war es nur eine Kopie, dachte Kate. Zögernd klopfte sie an Rangers Tür.

«Herein», rief er, und sie hörte Bones bellen.

Ranger saß mit gekreuzten Beinen auf seinem Bett. Er hatte rote Augen und Tränenspuren auf den Wangen. Bones sprang an Kate hoch. Sie streichelte ihn und küßte ihn zwischen den Ohren. «Braver Hund», sagte sie. «Jetzt ist es genug. Gib Ruhe.»

Sie ging zum Bett und setzte sich neben Ranger. Obwohl sie ziemlich sicher war, daß er von Paul wußte, fragte sie: «Du hast das von deinem Vater gehört, Ranger?»

Er nickte.

«Tut mir leid.»

Er erwiderte nichts.

«Versuch ihn nicht zu hart zu beurteilen.» Es war eine eher allgemeine Phrase, und sie kam sich dabei scheinheilig vor.

Ranger reagierte sofort. «Warum nicht? Er hat Mami wieder süchtig gemacht... Marie hat es mir gesagt. Nur weil er Angst hatte, daß sie ihn verpfeift, wenn es ihr gutgeht. Und er hat uns diese angeblichen Vitaminpillen für sie in die Klinik mitgegeben. Sie würde sie immer noch nehmen, wenn Marie nicht gesehen hätte, daß sie eines Tages beinahe einen Anfall hatte, weil sie spät dran war und Mami ihr letztes sogenanntes Vitamin genommen hatte. Mami hat ihr das Fläschchen aus der Hand gerissen, ist ins Bad gestürzt, hat eine Pille genommen, und als sie zwei Minuten später herauskam, war alles bestens. Marie hat erfaßt, was das bedeutet. Daher gab sie Andy eine von den Pillen, und der brachte sie zu einem Freund in ein Labor, um festzustellen, was es war...»

Ranger versagte die Stimme. Er rieb sich die Augen mit dem

Handrücken und verschmierte dabei sein Gesicht noch mehr. «Ich bin froh, daß er tot ist. Er verdient es, tot zu sein.»

Kate seufzte. Das kam ihrer eigenen Meinung ziemlich nahe. Aber einen solchen Groll mit sich herumzutragen, konnte Ranger in Zukunft unsäglichen Kummer bringen. Dagegen, dachte sie, kann ich leider gar nichts tun.

«Ranger», begann sie, «ich werde von euch beiden jede nur mögliche Hilfe brauchen. Mein rechter Arm ist gebrochen, nicht schlimm, aber es ist unangenehm, und ich werde eine ganze Weile nichts tun können.»

Ranger schniefte gewaltig. «Klar. Ich meine okay. Wir werden dir helfen. Marie ist gar nicht so, wie sie manchmal tut. Wann hast du ihn denn gebrochen?»

«Ich bin gestürzt.» Sie griff mit der Linken nach einer seiner Hände, beugte sich vor und küßte ihn. «Danke.»

Dann ging sie zu Maries Zimmer und klopfte.

«Herein.»

Marie saß auf einem Kissen, den Rücken an die Wand gelehnt, die voller dunkler Streifen von dem Wasser war, das vom Dachboden durchgedrungen und herabgelaufen war. Auch der Fußboden schwamm.

«Ist das Kissen, auf dem du sitzt, nicht naß?» fragte Kate.

«Ja», antwortete Marie gleichgültig.

Kate sah sich um. Erst nach einer Weile bemerkte sie, daß es außer den dunklen Flecken auch einen rechteckigen hellen gab, die Stelle, an der früher das Poster mit dem Mönch gehangen hatte.

«Was ist mit dem Mönch geschehen?» fragte sie.

«Ich habe gefunden, er war ein blödsinniger Angeber. Was er getan hat, war feige Flucht. Großes Theater, nichts weiter.»

«Das mit deinem Vater tut mir leid» sagte Kate.

«Ja-a.» Anders als bei Ranger waren ihre Augen nicht geschwollen und ihre Wangen ohne Tränenspuren. «Ein toller Kerl, nicht wahr?» Dann, wie ein wörtliches Echo zu ihrem Bruder: «Ich bin froh, daß er tot ist.» Aber bei dem letzten Wort versagte ihr die Stimme.

«Er hat dich geliebt», sagte Kate. «Ich glaube, du warst vielleicht der einzige Mensch, den er wirklich geliebt hat.»

Marie schneuzte sich in ein Papiertaschentuch, das sie aus einer

Packung neben ihr auf dem Boden nahm. Die Packung schien Kate nicht in dieses pseudo-orientalische Zimmer zu passen. Sie sagte: «Ich bin froh, daß du wieder da bist. Ich hatte mir Sorgen um dich gemacht.»

Marie wischte sich die Nase ab und hob den Kopf. «Ich hatte die romantische Idee, nach New York zu gehen und es allen heimzuzahlen, indem ich ein Call-Girl wurde.»

Vorsichtig auf die linke Hand gestützt, ließ sich Kate auf den nassen Boden nieder. «Irgendwie, glaube ich, wäre das Romantische daran ziemlich rasch verblaßt.»

«Ja, das hat der Bulle auch gesagt.»

«Welcher Bulle?»

«Das mußt du doch wissen! Andere Mädchen gehen nach Port Authority oder Grand Central und werden von Zuhältern aufgegabelt. Ich war sicher, daß wenigstens drei es versuchen würden. Schließlich sehe ich recht gut aus. Aber Grand Central ist natürlich nicht wie Port Authority. Jedenfalls stellte sich heraus, daß der Mann, der mich ansprach, ein Bulle war. Ein Kumpel von dir hat ihn geschickt – so ein Wichtigtuer, ein Arzt namens Marker oder so, wenigstens habe ich das zuerst gemeint. Aber dann stellte sich heraus, daß dieser Bulle seine Bücher über richtig tolle Sachen gelesen hatte. Ich sage, daß mich das Thema interessiert, daß ich aber von einem Marker noch nichts gelesen habe, und da erklärte er, daß der Arzt unter dem Namen Kramer schreibt. Kate, du hast mir nie gesagt, daß du Jed Kramer kennst. Ich meine, er ist doch sozusagen unser Idol. Nur hat ihn noch niemand gesehen. Ich möchte ihn gern kennenlernen.»

«Nun ja», sagte Kate ein wenig verdutzt. «Das kannst du haben. Er ist unten im Erdgeschoß.»

«Tatsache? Na jedenfalls, sobald ich wußte, daß es Kramer war, fühlte ich mich bei dem Bullen wohler. Ich dachte, wer so was liest, kann kein arger Faschist sein. Er hat mich nach Hause zu Frau und Kindern und zu einem Abendessen mitgenommen. Irgendwie verrückt, aber sie waren recht nett. Er hat geredet und geredet und geredet, bis ich vom Zuhören schon ganz müde war. Und dann habe ich gedacht, du bist ja auch davongelaufen, und was hast du damit erreicht? Zwar hast du jetzt einen guten Beruf und all das, aber du bist von den alten Dingen nicht losgekommen – wie Daddy.» Ihre Stimme schwankte wieder.

Für einen kurzen Augenblick hatte Kate erneut das unheimliche Gefühl, daß ihrer beider Leben – ihres und das von Marie – parallel liefen, eines der Kontrapunkt des andern …

«Verdammt», sagte Marie und begann zu weinen. «Es war so niederträchtig gemein von ihm, was er Mami angetan hat.»

Kate erhob sich, ging zu Marie hinüber und setzte sich neben sie. Nach einer Weile schlang sie den linken Arm um sie. Marie sträubte sich erst, lehnte sich aber dann an Kates Schulter und weinte fünf Minuten still vor sich hin. Schließlich richtete sie sich wieder auf, zog ein paar Taschentücher aus der Packung und schneuzte sich. «Ich habe mich so lausig gefühlt, weil ich ihr diese Pillen gebracht und gedacht habe, es wären Vitamine. Ich war so blöd! Daddys große Masche war, mir einzureden, ich solle niemandem in der Klinik davon was verraten, weil es extra speziell starke, hier nicht zugelassene Vitamine wären. Und das wären sie deshalb nicht, sagte er, weil die Regierung mit den Medikamentenherstellern unter einer Decke stecke, und die würden befürchten, daß bessere Vitamine ihre klotzigen Gewinne schmälern könnten.»

Ich habe länger gebraucht, dachte Kate, aber jetzt sind wir beide frei von Paul. Trocken sagte sie: «Er hat es sicherlich verstanden, den richtigen Leuten die richtigen Gründe anzugeben. Aber eines interessiert mich noch. Wo hat Deborah die Pillen aufbewahrt? Eine Pflegerin hätte doch Bescheid wissen müssen.»

«Manchmal im Bad, meist aber im Schrank, in dem sie ihr Kleid hatte.»

«Ich verstehe. Marie, ich kann nicht behaupten, daß dein Vater ein Mann von gutem Charakter war. Das war er nicht. Aber versuche, seine guten Seiten nicht zu vergessen. Er konnte lustig sein, und er war da – wenigstens manchmal –, wenn du ihn gebraucht hast. Und vor allem, er hat dich wirklich geliebt.»

«Es reicht, einem die Männer zu verleiden», stellte Marie fest.

«Nicht auf immer, hoffe ich.»

Nach einer Weile sagte Marie: «Ich habe in der Klinik angerufen. Mami geht es besser.»

«Sie kommt jetzt für eine Weile in eine andere Klinik, eine in New York, die als die beste hierzulande gilt.»

«Und du bleibst noch da, bis sie heimkommt?» fragte Marie. Es klang ein wenig ängstlich.

«Gewiß. Nett von dir, daß du danach fragst.»

Marie schniefte wieder. «Vermutlich war ich nicht immer sehr liebevoll und freundlich. Aber – ich bin froh, daß du da bist.» Und nach einer Weile: «Wenn Mami dann nach Hause kommt, wird sie wahrscheinlich eine ganze Menge Beistand brauchen.»

«Ja. Vielleicht kannst du dabei Helfer bekommen. Die Leute in Deborahs neuer Klinik werden wohl so etwas wie Gruppentherapien für Familien oder ähnliches haben.» Nach einer Weile nahm Kate ihren Arm von Maries Schultern und sagte: «Um jetzt zum Praktischen zurückzukehren, du kannst heute nacht nicht hier schlafen. Das Zimmer trieft ja vor Nässe. Warum kommst du nicht in das zweite Zimmer im Anbau?»

«Daran habe ich auch schon gedacht. Ich wollte mein Zimmer ohnedies ganz anders einrichten. Ich meine, ich komme jetzt in eine neue Phase.»

Kate stand auf und unterdrückte ein Lächeln. Marie meinte es ganz ernst, und das war nicht der richtige Zeitpunkt, sie zu hänseln. «Das würde mich nicht allzusehr überraschen. Gute Nacht, Marie.»

Als sie ins Erdgeschoß hinunterkam, wand sich Jed gerade seinen Schal um den Hals. «Ich glaube, es ist besser, wenn ich jetzt ins Hotel zurückkehre», sagte er.

Betrübt sah Kate zu, wie er sein Jackett zuknöpfte. «Schade, daß du schon gehen mußt. Wenn das Elternschlafzimmer und das von Marie nicht völlig durchnäßt wären, würde ich dich einladen hierzubleiben. Marie wäre begeistert. Sie sagt, du wärst ein Idol. Ich wollte, du müßtest nicht fort.»

«Ich auch. Aber meine Patienten an der Küste – jene, die nicht treulos zu einem andern Arzt gegangen sind – brauchen mich. Außerdem kann ich mir diese Hotelpreise nicht länger leisten.»

«Du könntest in meiner Wohnung bleiben. Dort ist niemand. Überhaupt», fügte sie rasch hinzu, ehe Jed etwas erwidern konnte, «könntest du da auch bleiben, wenn jemand – ich zum Beispiel – dort wäre.»

Er überlegte. «Das ist furchtbar nett», sagte er. «Wenn du wirklich dort wärst, würde ich es annehmen. Meine Patienten könnten auch ohne mich gesund werden. Das würden sie wohl auf jeden Fall.»

«Wie sich das von einem Arzt anhört! Und was ist mit der Hohepriesterschaft der Medizin, ohne die wir alle mit sechs Jahren sterben würden?»

«Grob übertrieben. Wenn man den Dingen genügend Zeit ließe, würde das meiste von selber heilen. Ich billige der Medizin zu, daß sie die großen Plagen ausgetilgt hat – Pocken, Typhus, Scharlach etwa. Aber der Körper, insbesondere im Verein mit dem Geist, ist ein großartiger Organismus. Alleingelassen und bei richtiger Geisteshaltung kann dieser Organismus oft die eigene Heilung bewirken. Das tägliche Bad und eine ordentliche Hygiene haben mehr gegen die verschiedenen Seuchen getan, die wir geerbt haben, als alle Antibiotika zusammengenommen.»

«Sie werden dich aus der Ärztekammer ausschließen, wenn du nicht achtgibst.»

«Ich weiß, ich weiß.» Mit dem Schal dick vermummt, zögerte Jed. «Danke für das Angebot, in deiner Wohnung zu bleiben, vor allem mit dir zusammen.» Er errötete ein wenig.

«Hättest du das angenommen?»

«Sicher. Man braucht nicht jung und schön zu sein, um sich danach zu sehnen, zu lieben und geliebt zu werden.»

«Darüber bin ich mir klar, ich habe es eben entdeckt.» Sie lächelte ihn an. «Ich bin so froh, daß du da warst, als das alles begann. Was für ein wunderbarer Zufall!»

«So etwas wie Zufall gibt es gar nicht.»

«Wie meinst du das, Swami?»

«Ich meine, ich habe immer die konventionellen Tagungen verabscheut: Zahllose Leute wimmeln herum und tun sehr herzlich, trinken zuviel, essen zuviel, behaupten Dinge, die sie nicht wirklich glauben, und machen Versprechungen, die sie nicht halten können. Daher habe ich immer Ankündigungen solcher Tagungen prompt in den Papierkorb geworfen. Aber diesmal, als ich es getan hatte, träumte ich einen seltsamen Traum. Ich träumte von meiner Frau, was ich natürlich schon öfter getan hatte. Aber sie schien mir Lebwohl zu sagen. Und statt durcheinander zu sein wie sonst, wenn ich von ihr geträumt hatte, fühlte ich mich – frei. Am nächsten Morgen fischte ich die Formulare aus dem Papierkorb, füllte sie aus und schickte sie ab.»

«Das wirst du mir alles schön langsam erklären müssen.»

«Gern.» Er ging auf sie zu und küßte sie, sorgsam ihren bandagierten Arm vermeidend. Ihr Herz tat einen Sprung und begann rascher zu schlagen. Sie fühlte sich so warm und wohlig. Er hatte recht, es war wundervoll, zu lieben und geliebt zu werden.

In diesem Augenblick erschien Marie oben auf der Treppe. Unter dem Arm hatte sie zwei Bücher. Sie stockte, als die beiden zu ihr hinaufschauten.

«Jed», sagte Kate, «das ist meine Nichte Marie. Und das ist Dr. Marker, alias Jed Kramer.»

«Ich weiß.» Sie kam die Treppe herunter. In ihren verschossenen Jeans und dem ausgebeulten Pullover sah sie noch jünger aus als fünfzehn. «Ich habe euch reden hören. Kate sagte, Sie wären da.» Plötzlich hielt sie ihm mit einer kindlichen Geste die Bücher hin. «Würden Sie mir bitte ein Autogramm hineinschreiben?»

Jed fühlte sich geschmeichelt, das war ihm anzusehen. Er wurde im Augenblick ganz Autor. «Mit Vergnügen.»

«Warum bleiben Sie denn nicht hier?» fragte Marie. «Sie müssen nicht gleich fortsausen.»

«Wir sind ein bißchen knapp mit Platz», erwiderte Kate. «Sonst hätte ich ihn eingeladen.»

«Warum nicht in deinem Zimmer?» meinte Marie. «Es hat ein Doppelbett. Ihr habt euch doch gerade geküßt.»

«In meiner eigenen Wohnung, ja. Hier im Haus, nein. Es wäre – äh – ungehörig.»

Die jüngere Generation, dachte Kate, war in dieser Beziehung viel freier als Jed oder sie selbst. Sie fühlte, wie ihr das Blut in die Wangen stieg, und sah auch ihn rot werden.

«Wir sind noch zu jung», fuhr sie fort. «Warte, bis wir so alt sind wie du.»

«Das ist scheinheilig und außerdem atavistisch», sagte Marie. «Niemand denkt heute mehr so.»

«Wenn deine Mutter nach Hause kommt ...» begann Kate.

«Na und, wie lange wird das noch brauchen? Sie ist wirklich krank gewesen.»

«Einen Monat, sechs Wochen», meinte Kate und empfand es als kurze Zeit.

«Vermutlich wird es noch länger dauern», erklärte Jed freundlich. «Nach dem, was ich gehört habe, war sie wirklich sehr krank.»

«Und du hast doch gesagt, du würdest bleiben, bis sie wieder in Ordnung ist.»

Sie und Marie hatten einen weiten Weg hinter sich, erkannte Kate. Da war wieder ein ängstlicher Ausdruck in Maries Gesicht, als wäre sie nicht sicher, daß Kate ihr Wort halten würde. Kate legte den Arm um Maries Schultern. «Wie ich dir versprochen habe, werde ich euch nicht eher verlassen, als bis deine Mutter wirklich gesund und zu Hause ist.»

Erleichterung zeigte sich kurz auf Maries Gesicht, dann verfiel sie wieder in ihre bevorzugte Art gespielter Gleichgültigkeit. «In diesem Fall ist es schade, daß ihr so altmodisch seid.»

«Ja. Aber du mußt nachsichtig mit uns sein», sagte Kate und fand, daß sie selbst nicht sehr erpicht darauf war, ihre Rolle in diesem Haus bis in alle Ewigkeit zu spielen.

«Ich habe einen revolutionären Vorschlag, der allen Schwierigkeiten gerecht werden könnte.» Jed schlang nervös seinen Schal nochmals um den Hals. «Ich komme in einer oder zwei Wochen zurück, und wir können heiraten.» Er sah Marie an. «Würden Sie mir Kate anvertrauen?»

«Da wäre ich gern Brautjungfer.»

«Prima», sagte Kate. «Akzeptiert.» Seltsam, dachte sie, daß ich nicht die geringsten Zweifel habe.

«Und was wird aus deinem Beruf?» fragte Marie.

«Wenn man etwas entdeckt, das man sehr gern möchte, ist es eine gute Idee, es schleunigst zu tun.»

«Das ist nicht sehr frei gedacht.»

«Ich war jahrelang für Freiheit, jetzt bin ich soweit, mir eine kleine Bindung zu wünschen.»

«Du kannst einen schwach machen!» Marie schlenderte zur Küche. «Ich lasse euch beide allein», sagte sie herablassend. Dann, kurz vor der Tür, stockte sie. «Was ist mit Daddy? Wird es nicht irgendwas in der Kirche geben?»

«Natürlich.» Kate fühlte sich schuldbewußt, daß sie nicht selbst daran gedacht hatte. «Haben Paul oder Deborah hier irgendeine Kirche besucht?»

«Mami ging manchmal nach St. Andreas.»

«Dann werden wir den Pfarrer heute nachmittag anrufen.»

«Du wirst leider in die Stadt fahren müssen, Kate, um ihn zu identifizieren», sagte Jed. «Dabei kannst du veranlassen, wo die Leiche hingebracht werden soll.»

Maries Mund zuckte. Sie schluckte. «Es will mir nicht recht in den Kopf, von Daddy per ‹die Leiche› zu sprechen.» Sie schaute Jed an. «Glauben Sie, daß er einfach ganz tot ist? Oder meinen Sie, daß etwas von ihm irgendwo weiterlebt?»

«Ich bin überzeugt, sogar sehr, daß etwas von ihm weiterlebt», sagte Jed.

«Und meinen Sie, daß er schlecht, böse war? Daß er in die Hölle kommt?»

«Ich meine, er hat seine Fähigkeiten falsch angewendet. Und das ließ ihn schlimme Dinge tun. Aber ich glaube auch, daß der Sinn des Weiterlebens darin besteht, daß er eine neue Chance bekommt, den richtigen Weg zu wählen.»

Marie nickte. «Das glaube ich auch.»

Kate begleitete Jed zur Tür. «Glücklicherweise», sagte sie, «und da es theoretisch leichter ist, mich und meine Lektoratarbeit zu verpflanzen als dich und alle Patienten, gibt es in Kalifornien auch Verlage, zusammen natürlich mit komischen Käuzen und Orangen.»

«Du bist ungerecht, um nicht zu sagen voreingenommen. Sobald deine Schwester zu Hause wieder in Form ist, kannst du kommen und es dir selbst anschauen.»

«Das habe ich vor. Schließlich», meinte Kate nachdenklich, «habe ich Orangen immer gern gemocht.»

Juliette Benzoni

Cathérine
(1732)

Unbezwingliche Cathérine
(1785)

Cathérine de Montsalvy
(1813)

Cathérine und die Zeit der Liebe
(1836)

Cathérine im Sturm
(4025)

Marianne – Ein Stern für Napoleon
(4254)

Marianne –
Das Schloß in der Toskana
(4303)

Marianne und der Mann der vier Meere
(4692)

Marianne – Gesandte des Kaisers
(4894)

Rose der Nacht
(5561)

rororo

C 839/10

Alice M. Ekert-Rotholz

Reis aus Silberschalen
(894)

Wo Tränen verboten sind
(1138)

Strafende Sonne, lockender Mond
(1164)

Mohn in den Bergen
(1228)

Die Pilger und die Reisenden
(1292)

Der Juwelenbaum
(1621)

Fünf Uhr Nachmittag
(1781)

Füchse in Kamakura
(4144)

Gastspiel am Rialto
(4810)

Flucht aus den Bambusgärten
(5383)

rororo

C 486/20

Elizabeth Goudge

Das Gasthaus am Fluß
(4085)

Das Herz der Familie
(4147)

Das Mädchen vom Meer
(4296)

Der grüne Delphin
(4472)

Das Testament des Mr. Adam
(5673) Januar '86

868/5